虫 之 履

察察 著

百花洲文艺出版社
BAIHUAZHOU LITERATURE AND ART PRESS

图书在版编目（CIP）数据

虫之履 / 察察著. -- 南昌：百花洲文艺出版社,2022.10
ISBN 978-7-5500-4785-3

Ⅰ.①虫… Ⅱ.①察… Ⅲ.①长篇小说 – 中国 – 当代 Ⅳ.①I247.5

中国版本图书馆CIP数据核字（2022）第169664号

虫之履

Chong zhi Lǜ

察察　著

出 版 人	章华荣
选题策划	萌芽杂志社
责任编辑	蔡央扬　郝玮刚
特约编辑	吕　正　唐一斌
书籍设计	黄敏俊
封面插画	卫　霖
制　作	何　丹
出版发行	百花洲文艺出版社
社　址	南昌市红谷滩区世贸路898号博能中心一期A座20楼
邮　编	330038
经　销	全国新华书店
印　刷	苏州彩易达包装制品有限公司
开　本	720mm×1000mm　1 / 32　　印张 14.25
版　次	2022年10月第1版第1次印刷
字　数	320千字
书　号	ISBN 978-7-5500-4785-3
定　价	52.00元

赣版权登字　05-2022-175

邮购联系　0791-86895108
网　址　http://www.bhzwy.com
图书若有印装错误，影响阅读，可向承印厂联系调换。

自　序

"还能不能吃呢？"

我和G蹲在快递盒边，望着里面的速冻荠菜。

"你敢吃我就敢吃。"G说。

我白了他一眼，想到妈妈抱怨爸爸时说的话："他什么事都不肯自己做决定！"虽说听妈妈抱怨了一辈子，可我找七找八还是爱上一个像爸爸的男人。

六月，买不到新鲜荠菜了。三天半的运程后，冰袋早化成温水。透明的包装袋里，速冻荠菜仍青翠欲滴，既像是加了着色剂，又像是还没坏。

我决定吃。毕竟已经买了馄饨皮，绞了肉馅，就像前些天为了一碗醋不被浪费而包了饺子。当时我在想，又不是北方人，何苦包什么饺子；现在我在想，又不是春天，何苦包什么馄饨。馄饨做起来费事，吃起来快。

是啊，为什么呢？只能是因为馋。小时候，妈妈总在春天包馄饨。她买来现成的皮，剁碎猪肉、荠菜、姜，变魔法一般迅速和馅，再变一个魔法迅速包完。半透明的馄饨在沸水中翻滚了，三口大碗一字排开，妈妈逐碗放入猪油、酱油、醋、盐、糖、油辣椒，以及韭菜碎。在妈妈的酸辣馄饨中，韭菜碎是点睛之笔：舀起一只饱满的大馄饨，勺里全是韭菜碎，和着其他调料组成的汁液一起吃

1

到嘴里，辛香十足。这样的馄饨我能一口气吃掉二十五个，和爸爸吃得一样多。

后来我到外地念书，试着"做"的第一样菜就是馄饨，因为有各种速冻馄饨随便挑。它们的皮又硬，又厚，煮出来熟不匀，馅当然也不够大，但只要循记忆而往，拌入合适的酱油、醋、盐、糖、油辣椒，以及韭菜碎，味道也能像个六成。这时我以为，馄饨的麻烦之处全在韭菜，它可真难择，真难洗，何苦长这么细？于是我和室友偷懒，用剁碎的番茄代替，吃起来的那种满足感，特别像翘课一学期还考了60分的快活劲儿：我真是天赋异禀，若再努努力，拿满分不在话下。

很快我就以60分的成绩毕业了，并后知后觉到会用功才是真正的天赋。我的阿公阿婆上了年纪，张罗家庭聚会的担子落到了妈妈肩上。周末，她支起大锅来煮米线，烫饵丝，即使春天也不包荠菜馄饨。要填饱十多张嘴的午饭可真难做！派给我的活儿大约是韭菜。米线需要韭菜，饵丝也需要韭菜，即便馄饨也需要韭菜。我蹲在垃圾桶边，生无可恋地从那捆足有大腿粗的韭菜里捏起一根，撕掉根部粘了土的膜叶，揪掉那些发黄的尖，终于得到了第一根待洗的韭菜。乖乖，我真不想伺候韭菜，哪怕择豌豆尖也是享受啊。终于功成，我一溜烟跑回房间，关门前，告诉妈妈我要写点东西，比方说《虫之履》。妈妈宠我，大略翻个白眼就"嗯"准我饭熟再出来。Word（一款文字处理软件）文档打开了，我愉快地开动脑筋，试图思索一个人能在到处都是虫的limbo（灵薄狱）里尽点什么人事，很快便悲从心生。何苦写什么虫呢？迷人的故事离我仅一门之隔。阿公在门外讲小时候陪他的妈妈去翠湖旁的医馆看病，舅妈讲某玉石老板如何一夜暴富又一贫如洗，表姐不需要开口都充满了故事，她儿女双全，马上要离婚，而且她长得美若天仙。妈妈抱怨爸爸，爸爸抱怨妈妈的抱怨："都让她做主，她还不满意。"大舅爹铜铃般地笑了。

真正的好故事总在门外，好比真正的生活总在别处。我在2019年初开始写《虫之履》。那时，我有几个朋友正唉声叹气，要么说效益不好，被降了薪，要么说养小孩太贵，还是不生为妙。这些烦恼，当时听来新鲜，我自己则刚当了半年妈，刚还了半年房贷，十是头一回理解了简·奥斯汀的女主角。当然，我和朋友们都没有过到米缸见底的地步，我们在有限的范围内挑挑拣拣，并笃定地说2018年可真是个坏年头，2016年以前才叫好时光。我们没病没灾，期望赚到更多的钱、受到尊重、和爱人白头到老，遗忘仅是活着是什么滋味。我们的生活被虫侵扰，但能自由来去，阅读，取食蔬果，聆听音乐并记忆歌词与旋律。我们向往爱情，躲避婚姻的负累，来不及遭逢灾难，于是能轻易地憎恶自己。我们如此脆弱，在捕风捉影中受伤，享有完好的肉体，以及总能伤春悲秋的脑袋。我们有余裕记录自己或他人的梦，缺乏真正的愤怒或悲伤，即便是侵扰我们的虫，也大多性情温和，以善于沟通闻名。

这就是《虫之履》里的主人翁们。他们生活在一个甜蜜的小时代里，没有大规模的战争、混乱、饥饿，离洪水或病毒都很远。

我悠哉地写完了。感谢《萌芽》的编辑老师们一直帮助我，感谢G不厌其烦地挑毛病。我拖拖拉拉地修改到了现在，到了2022年的六月。大约在上个月，我看到许多帖子在怀念2018年，它成了最幽默的一个黄金年代。

连载结束后的这几年，我做了什么呢？没有任何值得一提的事，没能让《虫之履》变好些。当然，我有幸包了不少馄饨，剁荠菜，拌肉馅，择洗韭菜。我发现速冻荠菜也有优点，起码择起来容易许多。我学会了把握火候，烫辣椒油。我学会了把肥肉切小，炼猪油，和妈妈炼得一样白。馄饨总免不了冷嘲热讽，它见我不够熟练，还总想一口气包够三顿的量，就说："难怪你的小说写不好。"我花在馄饨上的时间越来越长，长到足够我想东想西，提出各种问题。有时候，馄饨忍无可忍，尖声叫我注意言辞，有时候它也和蔼可亲，比方说——

"我该怎么做，你才会变得和妈妈做的一样好吃？"

"啊，只要做得时间够长，你准能做出点馄饨。"

大概是去年吧，我们在昆明的一天，妈妈说要包馄饨。她没有买荠菜回来，仅是拌入了葱和姜末。她没让我洗韭菜，而是切碎了不知哪顿饭剩下的一小把，大约三指粗细吧。我们五口人吃，每人碗里飘着零星一点儿韭菜碎，与记忆中相比，真是少得可怜。我像小时候那样舀了一勺辣椒油，拌匀我的二十五只馄饨，带着满心的遗憾、失望，开始吃。

该怎么说呢，我很吃惊，因为这绝对是一碗很好吃的馄饨，大约能拿满分。可我一边吃着妈妈做的馄饨，一边怀念着小时候妈妈做的馄饨。莫非这就是那碗馄饨？我彻底拿不准了。我在想，生活到底在哪儿呢，不、不，它到底在哪儿也不重要。

只要我们还想找。

2022年6月于北京

目录

像我一样假装

1

听说虫也穿鞋子的事，是在大学毕业十年的同学聚会上。老实说，我对同学聚会向来敬而远之。一来我不是爱热闹的性格，二来大学毕业后的这十年里我实在一无所为，所以当聚会的提议出现在微信群里，我便像桌子下方被安装了定时炸弹的玩家一样，再好的牌也打不出手。

"去呗！"

妻子说。

与我相反，结婚后的妻子简直步步高升。她先是惊人地在一年之内考过了全部CPA（注册会计师）科目，成了她所在的小事务所里唯二的持证会计师，接着又考完了第一部分的ACCA（国际注册会计师）科目，跳槽去了一间有名的大所，成了破产清算方面的高级经理，满世界飞来飞去。等她如愿考完CFA（特许金融分析师），收入只怕将变成我的十倍。

"去嘛，带上我一起。"

妻子又说。

我连忙点头。

不用问我也知道妻子为什么想去。和我毕业的那所985比起来，妻子的大学当然"野鸡"，她就是鹤立鸡群。上半年《创造101》爆火，我戏称她为白版王菊。她对这个称呼很不高兴。

"你都多大了还追这种网综？我手底下最'弱鸡'的小朋友都只看《奇葩说》好吗！"

我立刻把尾巴夹得紧紧的。有的时候，我还真希望自己能有条尾巴。

聚会一拖拖到了十二月，到底还是来了。班长在学校附近新开张的馆子订了能坐下两桌的大包房，馆子毫无格调可言，菜品更是连婚宴都不如，但十年前我们吃散伙饭也在这一带。那是家破破烂烂的苍蝇馆，味道不错，价格实惠，去年被划成了违章建筑，和周围的七七八八一起拆了。

今天来的人不多，两桌都没坐满。当年我们这个大班算起来人数得小一百，十年过去，同学里头出国的、回老家的不少，也有的出于宜居或是工作调动的考虑，去了杭州、成都之类的城市，还在北京的也没来全。都是三十出头的年纪，到场的没一个生了小孩，不论男女。那几个我印象中灰头土脸的女同学，眼下都神采奕奕，但若论外貌，她们谁也比不上我的妻子。妻子正如愿充当着"满场飞"，捏着小玻璃酒盅专挑我那些光鲜的同学聊天，双颊在酒精和兴奋的夹击下像一颗湿透了的水蜜桃。和她相反，我专注于吃回票价，毕竟一会儿得AA制。妻子比我小五岁。现在的她比五年前我们刚认识的时候更漂亮。

到底为什么要来？我后悔不迭。同学聚会本就不是为我这号人准备的。寒暄已经结束，眼下正是三两聊天的阶段，恐怕不久还得去KTV续摊。妻子正和班长聊得起劲。班长供职于一家老牌国营券商，刚刚升了MD（营销总监），妥妥的人生赢家没跑了。这两年行情不好，可他看上去丝毫未受波及。也不奇怪。好歹是名牌大学的金融系，要都混成我这样才奇怪呢。假如我的人生是一条若有若无的虚线，那么班长的人生一定是主干道上的双黄线。

他还没结婚。

我尽量不去看他搭在妻子肩上的手，又喝完了一碗小米粥，然后做贼似的猫起身，离开包厢，溜出喧闹的饭馆大堂。拐过周黑鸭，不远处有一条背巷，我就在那儿做起了深呼吸。

连云烟都涨价了。我长长地吐出一口烟，感到雾霾变得好闻了一些。

"你怎么也出来啦？"

一只手轻轻地拍了我一把。循声望去，这个裹在深棕色外套里的人形又干又瘦，格外扎眼，不注意看还以为是衣架拐了外套正在夜奔。

"徐伟？"我有些惊讶。我刚才没看到他。我以为他今天不会来。

"看来你还有点儿记性嘛，林布里克。"

有十年没人这么叫我了。

假如有谁能比我更讨厌今天这个聚会，那一定就是徐伟。大学报到的第一天我走进宿舍，看到一个瘦小的男生空荡荡地穿着高中的校服，笑嘻嘻地指着地上的一麻袋花生对我说："来点儿？"没等我搭腔就塞了一把过来。他就是徐伟。印象中，徐伟总是这样笑嘻嘻的，和他相处时你绝不会感到所谓寒门贵子周围的紧张空气。我们同宿舍的几个都拿他当哥们儿看。具体来说，尽管他没空和我们一起上网吧组队DOTA（一款游戏），但扎堆看毛片时绝少不了他。熄灯后，大家躺在床上，一人一把花生，静悄了。有人好奇，徐伟回答得清晰流利，毫不回避，那种泰然自若简直完爆我们这些小康之家的孩子。于是我们都知道了他的家境，父亲老实巴交，母亲年轻时候就跟别人跑了，家里还有个读中学的弟弟。嗑花生的声音重又响起，壳扔到地上，铺了厚厚一层，几天后宿管阿姨检查卫生才被扫掉。

徐伟比我们小一岁，长相甜美，好比寒流袭来时偎在电暖器右侧打盹的小白兔，双耳顺在脑后。这比喻毫不夸张——他偏偏长了那样一双眼睛——大而有神，黑白分明，形状圆。不仅如此，徐伟左眼睑的下方还长有一枚胎记，淡淡的，小指甲壳那么大，仔细看形状还有点儿像个什么花瓣，不碍眼，倒添了几分"古风"之美。他是我见过最用功的人，势如破竹地连拿三年逸夫奖学金，捣鼓出能够申报国家基金的项目，连外院的女生都到手了。这使他容易给人留下目标感很强的印象，可他身上又没有急功近利的气质，反而有些天真。在所有志在留校的同学里，唯他不是为了北京户口或稳定安逸，起码不止于此。他就是这么说的："我要成为国之栋梁！"我们逗他，嘲笑他，留校就能当栋梁啊？而他朗声反问，难道所有理想都得奔着钱去吗？我们便都被镇住了。是啊，如果每一个人——甭管有钱没钱——都能拥有与钱无关的理想，这世界离理想国恐怕就不远了吧。

就在毕业之前，徐伟的父亲病了，得了尿毒症，弟弟又马上要升高三。我们几个人偷偷商量着凑钱。我们说："你该跟学校说一下，如果校方出面，组织募捐，这事儿就不难。"但他不想声张这个事，他说："幸好达到了尿毒症的标准。"他要请假回去，帮父亲申请特病医保。

在我们看来，徐伟不笨，不认命，更不清高，既然他觉得没问题，那想必是我们杞人忧天。他向我们科普了尿毒症的知识，肾脏细胞自然不断在坏死，他说，但存活期可达30年，和一般的绝症不一样。他有自己钦佩的导师——刘教授，他和刘教授一道儿做的项目想申请国家基金。他告诉我们，刘教授给了直博的承诺："延毕不要紧，回来考试就成，只要你考我，我就收你。"我当时满脑子都是文艺创作，热衷于组织校内放映活动，对经济类的研究半点兴趣也没有。但我当然清楚这是前途一片光明的意思，很为徐伟感到高兴。

等他真的安顿好父亲回来，刘教授的项目里没有了他的名字。两人掐架了，谁是谁非众说纷纭，连我们宿舍里都分成两派。渐渐地，仍相信徐伟是受害者的那一派好像就只剩了我一个。他似乎去找学校理论过，直博也告吹了。我们说，栋梁？他像是没听见。我们说，徐伟，没事的，一切都会过去。宿舍拉了个六人微信群，他不冒泡。我小窗过他，问问近况，第二天他回复我说，不好意思，昨天在忙。那时候，我对他仍抱持乐观的看法，就是说，当时我还是个乐观的人。我觉得，徐伟一定会憋一个大招东山再起的。下一次见面没准又笑嘻嘻地说："来点儿？"来点儿比花生还好吃的玩意儿。

我们很快迎来了下一次见面。五年前，我和徐伟走进那间还没拆的苍蝇馆，吃掉不少馒头，喝掉几罐啤酒。接连的不顺蚕食他的脸，留下一层锈，乍一看还以为是五官走样了。我告诉他班里的散伙饭就是在这儿吃的，他告诉我，所里在给一个上市公司做年报审计，授意他作假，奖金能管够亲体肾移植的费用。他辞职了。他说他的三观完蛋了，既没有能力按照自己的意愿重建三观，也没有能力随波逐流改头换面，就这么力不从心地晃荡着，被车门夹住了。

　　"你爸的病好了？"我说。

　　他一愣，然后笑嘻嘻地看向我。

　　"你怎么样？还录像不？"徐伟说。

　　大学时我弄了个电影社，整天给男社员放《发条橙》。我那时候还是校园论坛里影视类的版主，ID（账号）为林布里克。

　　"录啊，每天11个小时被摄像头包裹，无死角。我在银行上班，你呢？"

　　他没有回答。我掏出云烟递过去，点烟时，火光照亮了徐伟的脸。那层锈迹像是更深、更重了，令我惊讶的是别的什么。火苗闪烁，一股陌生的活力燃亮了徐伟的面孔，仿佛他是一只蛰伏多年的蝉，即将蜕壳新生。我松了一口气，猜想他的处境有所好转。

　　我们一根接一个地抽着烟，渐渐聊得热乎起来，颇有同为天涯沦落人之感。他问我工作顺不顺心，和老婆是否和睦，业余时间怎么打发，什么时候要孩子。我不担忧他的处境比我糟，也不焦虑他的处境比我好，所以痛快地有一说一。他买了两盒超辣的周黑鸭，我俩站在路灯下吃。被聚会那帮人看见可能不大好，但难得开心一场也就无所谓。吸着吸着嘴，我想起一直都是他问我答，到现在连他这次回北京干啥我都还不知道。

"我最近心情不错的。"他像是知道我在想什么一样，主动说道。

"碰到什么好事了？"

"确实有一件。你注意过虫子吗？昆虫。"

大冬天的，很难想起什么虫子。我随口说了几个常见的虫，想起父亲来。小时候，父亲常带着我辨认各种昆虫，是他告诉我许多蚊子都不叮人。

"蚯蚓恐怕不行，"徐伟说，"蚂蚁可以，大部分有脚的虫子都行。总之你仔细看的话，就会发现虫子也能穿上鞋的。"

我愈发不明白他想说什么了。

"我最近忙着干这个呢，帮虫代购。虫子也跟风，像什么椰子鞋就很受欢迎。"

光脚的不怕穿鞋的。我突然想起了这句话。

"虫喜欢椰子鞋？"

"当然喜欢。毕竟是想穿人造的鞋子，口味嘛，和人也差不多。关键在于认同。那是怎么说的来着？走的人多了，就真成了路。虫的看法也一样，喜欢的人多了，再丑的鞋也不愁销路。"

"有道理。"我顺着他的意思点点头，"你拍照了吗？"

"看来你不信。"他慢悠悠地抽了口烟，"鞋子本身没有看头，不是说了吗？关键在于认同。"

"那虫的？"

"虫啊……"徐伟顽皮一笑，将烟头碾灭在吃完了鸭脖的盒子里，"真可谓，妙不可言。"

那对大圆眼睛在夜色里闪闪发光。长这么大，我还是头一回亲耳听到有人对我说出这么个词：妙不可言。

"我爸年初走的。"徐伟说。

一辆脏兮兮的白车驶过，大灯晃得我闭上了眼。

2

每次早高峰坐地铁通勤，我就会想起沙丁鱼罐头。不是有这句话吗？挤得跟沙丁鱼罐头似的。我一直没吃过什么沙丁鱼罐头，老实说对任何罐头都不感兴趣。假如此时此刻——采访正挤在我身边的通勤人士，估计没人会想到什么沙丁鱼罐头。

"挤得一逼！"

出于某种原因，"逼"总是被拿来形容各种不可描述之事，它原该写作"屄"，但它已经不是名词，不是形容词，而是升级为虚词，通杀一切。

"我喜欢你说话从来不带'逼'字，至少不对我说。"

刚开始谈恋爱的时候，妻子曾这样对我说。她说得没错。我觉得这是对女士说话时基本的礼节。不过，像沙丁鱼罐头这种老套的比喻，恐怕只存在于我的大脑里。说到底，比喻根本就不是生活的必需品。

五年前我不得不开始找工作。算是运气逆天，我被四大行之一的银行录用，从柜员做起。我搬离了东四环的一居室，通过豆瓣整租了一个南城的三居，再分租给室友。

两个室友都是刚毕业的大学生，学什么的没问过。在音乐App的选择上，他们俩都很酷，一个用酷我，一个用酷狗。有时我刚想说这首歌还不错，室友便表情尴尬地问："哥，是不是吵到你了？"我总觉得这是在说我已经失去了听歌的资格。

他们俩都朝九晚五，个头都中等偏上，脸颊都时不时冒出彰显年轻的粉刺。袜子穿到硬了就先放着，过俩礼拜搓软了继续穿，衣服晾在厕所里挂防水布帘的绳子上，被重力挤在一起，干了就有一股馊味。我刚毕业时跟他俩一模一样，总像还没过够宿舍生活。所以公共区域的卫生虽然约定为轮流负责，却多半由我一人打扫。他们俩个性简单，既不爱贪小便宜，也不会过分热情，除了有一回在抽水马桶的水箱内发现烟头使我发了通脾气外，我们相处得颇为融洽。

合租的房子离地铁站不远，步行五分钟就有大mall（购物中心），小区里还有能凑合使用的健身房。最妙的是，房东签完合同就没露过面。他和我同龄，就五年前的样貌来说，我和他也确实称得上同龄。房子是他父母的。

签合同的时候，我告诉他会找室友分摊房租。

"这么会精打细算，明年你也会有自己的房子。"

房东叮嘱我别搞成群租房。也许是我答应得太过殷勤，他竟像有些不好意思。

当时我还真想过没准有一天能在北京有一套自己的房子，毕竟2016年还没来，而我那会儿刚开始做柜员，又因为谈恋爱的缘故对未来充满了希望，哪里知道五年后的现在我居然还是个柜员呢。

我的父亲是个语文老师，后来成了中学校长，在我高中的时候升任教育局的副局长。市里头能给予老师的荣誉他都拿了，他当之无愧。他绝对是个好男人，吭吭哧哧赚钱养家，周末不是在管学生就是在陪我和妈，应酬能推则推。对我的姥姥姥爷十分上心，以至于姥姥有什么事总先打电话找他，而不是我妈。他写得一手好字，启蒙我对艺术的热爱，教育我要做一个人格独立的人，要为建设一个自由民主的国家贡献力量。他说，接受良好的教育，意味着一个人什么都能来点儿，并能精通一项。所以，他没有严格限制过我爱好什么，会看我书架上的《北回归线》，不唠叨我攒打口碟是浪费钱或耽误学习，发现我电脑里有个放毛片的文件夹也一声不吭。我在他的信任中四处晃荡，什么都干一点，不紧不慢地寻找着自己想要精通的那一项。

"做什么都好。"他说。"不过不要走你爸这条路。"

他说的是仕途。我读大学的时候，刚过半百的父亲被调到了建设局，当上了局长。

"怎么会是建设局呢？你一个当老师的。还是那么肥的地方！"母亲提心吊胆。

"是有些复杂。"父亲熟练地捏着母亲左侧酸痛的脖颈，脸上挂着他那标志性的微笑，弧度与米老鼠的一般无二。

"你可千万小心，安全着陆第一。"

"那当然，都这把年纪了。"

当时正是我的家乡崛起的时期，四处挖得尘土飞扬，各方势力在推土机的突突声下暗自角力。我当然明白父母在担心什么，但我信我爸，信他无船可翻：他严格控制航道，总保持在贫瘠的水域里，不至于引来什么风浪。我一直自豪于父亲的清廉，逢年过节从没见他收过水果、熟食之外的礼物。家里的条件平平常常，当然谈不上清贫拮据，可是也没有任何奢侈的地方。小时候我们一家三口住父亲学校分的小房子，长大了住教育局分的大房子，有钱人家的孩子有什么我就没有什么。所以当我连着两次给他打电话都是关机的时候，我压根没想到他进去了。

"到底是得罪谁了？"我问母亲。

"也得罪了人。"母亲讷讷地回答。

赶上严打，父亲因为滥用职权、贪污受贿183万而被判了无期徒刑。他谨小慎微，竭力避免成为任何一方利益链上的一环，但仍然，或说正因如此，狠狠地栽下了跟头。被查处的非法收入正是在升任建设局长后获得的，其中一套房子在我名下，我竟然不知道。

"为什么偏偏是我家遭殃呢？"

母亲经常这么说。

很长一段时间里，我的脑袋都混乱不堪，要从中拎出任何一句称得上是观念的东西，都势必和其他东西打架。我想过权力与腐败的关系，但懂得一个道理，和经历一个道理是两码事，这就像知道肺癌这个名词和真正得了肺癌的差别一样。否则北京就不会有那么多在雾霾天里抽烟的人了。

我不止一次愤懑地想，为什么我爸贪了一百多万就和那些上亿的一个徒刑。这种愤懑近乎本能，而同时我又为这种本能感到恐慌。

一个我说，别洗地啦，贪污就是贪污，贪了一块钱和一亿明明都一样好吗，没学过五十步笑百步吗？

另一个我说，这环境就是个染缸，换任何人处于父亲的位置都会是同一个结局。你也一样。

哪一个都无法说服我。

确有不少"叔叔阿姨"开始对我们母子俩敬而远之，但也有两三个以前常来的年轻人特意来看望我们，手里提着水果或是熟食。他们是父亲当年的学生，和我的年龄差在十岁以内，算是本地的精英。

"师母，师父是条真汉子，一个人扛了全部，否则绝不会判那么重。你放心好了，十五年后又是一条好汉。"

这种事母亲心里有数。

"我们都知道师父已经尽力啦，风气就这样，他有什么办法呢？你想他分管德育处和基教处那么多年，做了多少事情，大家都很钦佩他的。现如今哪儿有做事情还能全身而退的人！"

于是我听到他们说蚍蜉撼树这个词，像是对曾经身为语文骨干教师的父亲奇妙地致敬。

话题并非都同父亲有关。大家说着前任局长的事，规划处曲某某的事，津津有味。这时候我会产生一种错觉，就好像我是在别人家里做客，在旁听别人的家长里短。老实说，就父亲这点事，端到陌生人的饭桌上恐怕引不起半点兴趣。这年头不上亿就没有被谈论的资格。

没过多久，曲某某落马的事情就传来了。他女儿不满意他给情人的钱更多，实名举报了自己的父亲，这么一来，曲先生被判了死刑。

于是除了蚍蜉撼树，我又听到了大义灭亲。但我从中感到的更多是恶心，而非正义。

当然可以说我的混乱来自父亲，但究竟怎么回事儿，其实我搞不清。母亲夸奖这几个学生有良心，他们看上去也颇为温良恭俭让，长得一副一夫一妻制坚决拥护者的面孔。可我总觉得他们说的话有什么地方不对劲。父亲真是条汉子吗？"做事情"一定会惹一身腥吗？不供认任何人出来当真是正确的选择吗？我不知道。我对我的不知道感到失望和恐惧。假如这个世界真的只允许人一身腥臭地做事，那么我该去什么地方，该做什么事情呢？想到那么多的日夜，我的父亲作为既得利益者的一员，和那样一些人心照不宣地共事，我就觉得那个男人和每天对我露出米老鼠笑容的我的父亲绝不是同一个人。假如我最敬爱的老师因为同样的原因坐牢，我该如何理解他呢？我去探望他的亲人的时候，该说什么？难道什么都不说？抑或站在道德的制高点痛斥对方就是正义？说到底，什么才是良心，什么才是有良心的人呢？

我不知道。

这个不知道将我一掌推入了泥沼。以前，当我看到贪官落马、毒食品，或是某某小学的孩子被砍死之类的新闻，总是一眼带过。我当然也同别人一起抱怨和议论，就是说，我们站在安全的区域里，对深陷泥沼的受害者施予同情，对挥舞屠刀的施害者大声斥责。我晓得，我和那些人截然不同——无论是受害者还是别的。然而，当其实不出所料的判决被那样平板、正经的声音轻轻地念出来，某种安全的底线便被抽走，脚下的地面，松动了。

父亲竟然会干出贪污这种事？就是说，我的父亲，不是别的什么人。在他没有这么干的时候，好像他贪了也没什么好奇怪的，但等到这件事板上钉钉且尽人皆知，我却发现自己怎么也接受不了这个事实。

父亲真的像那些人一样会干出贪污这种事情？

那么，我也会干的。

我也会干的、我也会干的。我自己也是既得利益者的一员。譬如，那套被查处的房子便落在我的名下。

这时再看到恶性新闻，我对自我的想象变了。我不再担心自己会受到伤害，相反，我总担心自己会伤害到别人。看到腾讯新闻里红辣椒图标旁的咒骂，我就觉得被骂的正是自己。我变得不爱和朋友说话，出门必戴耳机，只要我对别人说出任何解释性的话语，我就会觉得自己在撒谎。哪怕只是对母亲说句"出去一下"，我都条件反射一般觉得自己即将出去干什么坏事。

然后有一天，我在母亲的劝导下试图将满脑子的混乱倾倒一些出来。

"都怪我们对你保护得太好了。"等我磕磕绊绊地说完，母亲说道。

我等着她再说一点别的什么，但母亲只是担忧地望着我。

她的目光令我心碎。

"纯好奇啊，妈。你们是怎么在我名下买房子的，我本人从头到尾都不出面也行？"

"啊，这没什么。互相帮个忙而已。"

我们有了长时间不自然的沉默。

有许多人提出要为我解决工作问题。他们或他们背后的人都在夸奖我，当然，他们夸奖的是我的父亲：他是条真汉子，一个人扛了全部。

我对母亲说我要回北京。

"嗯，换换环境，我看你整天情绪都不好。"

我们互相叮嘱对方注意身体。

"有泽啊，做人要灵活一点，不要那么清高。哪个行业都需要高情商。"

这话我听过许多回，这回可算是听懂了。

就这样，我在28岁刚开始的夏天逃回了北京，和两个不爱洗袜子的毕业生合租了一套三居室。离开前我手上刚接到一个执行导演的活儿，并正在着手写一个故事，幻想着父亲被约谈约谈就能脱身。之前租住的一居室早已麻烦朋友Run（跑步，此处为人名）退租，家当也由Run帮忙收拾找仓库寄放，我只取回了单衣和沙滩鞋，总提不起精神来处理剩下的东西。我从未踏入小区的健身房。

我比过去更卖力地推销自己，参加着大大小小的剧本会，在KTV里厚着脸皮挤开漂亮姑娘，好让导演看我一眼。每天我都会打开一个崭新的Word文档，我想我至少能写一个反腐的主旋律故事，"化悲痛为力量"。我知道，出了这种事我就是家里的顶梁柱。但努力归努力，我心里的火苗却熄灭了。我对电影什么的其实已没有任何兴趣，听音乐时脑袋麻木，刚有起色的公众号也断更了。夜深人静的时候，我回忆那些高中时频繁购买却很少全部听完的打口碟，我怀疑自己从未真心喜欢过什么艺术。我拥有的不是理想，甚至无关浪漫，仅是年少轻狂的虚荣与自负：不屑于像大多数人一样为钱奔命。而我能够享用这份虚无，不过是因为曾有人为我托底。

15

地面松动，那个托底的人掉进去了，我对这桩"生命体验"竟说不出一个字来。我真的有能力、有资格，对任何事情发表看法吗？而所谓艺术，归根结底就是发表看法，是说出自己笃信的偏见，无论用音乐、绘画、文字、影像，还是别的什么语言。

不可避免地，我的所有笃信都已烟消云散。

就是在那段时间，我和徐伟一起吃了顿饭，在那间苍蝇馆。红底白字的价目表贴在墙上，每一样都油大量足，最贵的小炒牛肉也没有超过二十块。虽说我俩的穿着和身边闷头吃饭的大学生们相差无几，无非是廉价的T恤和运动鞋，但就是能一眼看出谁才是真正的在校生。徐伟说所里接到一个大项目，涉及为上市公司造假，大家都心照不宣地干，奖金不赖，能管够父亲亲体肾移植的手术费。他辞职了。

我们要了西红柿鸡蛋，一打啤酒，不知不觉就吃掉了14个馒头。汗从大腿根往下淌，震耳欲聋的电扇就在旁边，白漆网罩上每一根铁丝都被油烟腻黑。他对我说，三观尽毁之后才知道自己不过是个弱者，既没有能力按照自己的意思重建，也没有能力随波逐流改头换面。

"就这样啊，被门夹住啦！上车下车是鲁迅说过的吧？一门之隔心态全不同啊。"

我们俩笑哈哈地干了一杯。

"我说，林有泽，我说点不好听的？"

"尽管说。"

"你真有这么震惊？"

"你说我爸那事？"

看他的表情，俨然已拿我当共犯了。

这事儿我没藏着掖着，而朋友们给的全是安慰或回避，没人像徐伟这样问过。我看着他，渐渐地，不再觉得被冒犯，反而得到了一种公开处刑的爽快。就好像我真的是一个逃犯，终于被逮住了。

"你觉得你爸是清白的？"

"我没那么天真。"

"那么，你觉得他罪不至此？"

"我没这么说。"

徐伟笑着与我碰杯。我们俩埋头啃馒头，忽然地，他抬起眼来看我。

"如果不是尿毒症，如果再严重个两厘米，我会干的。"

他用手指比出"两厘米"的大小。

"如果我爸马上就得死，而钱能救命，我就不辞职。我会把那项目干下去，拿到奖金。"

他说着，眼睛放出锐利的光。

"你呢？"他问我，"你怎么想？"

我撕下一块馒头，蘸了点儿番茄汁。

"假设啊，"我说，"假设这笔钱到手，会让你隔壁工位的同事死掉呢？"

"因为这笔钱死？"

"假设。"

徐伟眯起眼，一连问了我几个问题。这同事跟我交情好吗？我平时跟他打交道多吗？他帮过我吗？

我便说，不好，不多，没。

"问题是，如果真有这么明确就好了，要么左，要么右。问题是生活不是选择题。"徐伟笑着总结，"算了吧，我爸得病又不是我同事弄的。"

我设想了一下自己。说不好。我似乎不如徐伟坚决，但我相信最终的选择会和他一样。

"我再假设一下啊，"我说，"不死人。但这笔钱是靠搜刮每个人得来的，比如一人搜走一分钱。但这笔钱确实能救你爸一命。你干不干？"

"那不就是你爸吗？！"徐伟哈哈大笑，"干。干完我自己去坐牢。"

可是我爸并不需要救谁一命。我吃着馒头。如果他是为了救命就好了。我在一个饭局上听过一个导演谈自己的艺术观。他说，伟大的作品必须刺破时代的遮蔽。我当时对他佩服得五体投地。可现在想来便觉得不过是句漂亮话。对于普通人而言，不同时代的遮蔽能有多大的差别呢？每个人都生活在自己的遮蔽中，这遮蔽是一张网，织网的是亲人、恋人、朋友，乃至他人。没有网，普通人连只苍蝇都捕不到，哪个时代都一样。难道说，只有伟大的人需要担负刺破遮蔽的使命？

"别想啦。"徐伟说，"用不了多久大家都是一死。"

说着，徐伟掏出手机点击一番，把音量调到了最大，仍然听不分明。他把手机戳到我跟前。纳京高的"Pretend"（《假装》），我听过。看着那些歌词，记忆中的旋律被唤醒了，摇荡在这间散发着地沟油气味的小馆子里。

在难过的时候假装开心其实不难，

你会发现幸福快乐永无止境，

只要你开始假装……

"魔幻极了。"我说。

"你是说我会听这种歌？"

"我是说此情此景。"

"哦？我倒觉我们俩能这样推心置腹更魔幻。"徐伟说，"想想看，我多少可以说是被教育系统里掌握特权的人给坑了，比方说，像你爸那样的人。可到头来竟然是我在安慰你。"

徐伟闭上那双大眼睛，右手在指挥似的打着拍子，说了更多不好听的话。他说得越难听，我心里越舒坦：听着听着，我仿佛把毕生捞到的好处都还出去了。

又能做事又不脏手的美差，这世上恐怕是不存在的。

说话的不知是我还是他。

不存在吗？

而当你开始唱这曲调，

你将会和我一样开始假装，

这世界是我的，也是你的，我的朋友。

还等什么呢？

纳京高娓娓唱道。

那天的徐伟压根儿没提到虫，我也还没去银行上班。

3

"你说的鞋子，是在打什么比方吧？"

"不。"徐伟跺跺脚示意我看向鞋子，"还能有什么样的鞋？"

徐伟穿着一双黑色的匡威高帮帆布鞋，虽然很旧，但洗得干干净净。我穿着一双麂皮面料的马丁靴，这是前年的情人节妻子送我的礼物，当时我送了她一本以世界地图为内容的日历本。

"那得是多大的虫啊？"

"想知道？"

"×。"

"给你看，不过不是现在。"徐伟还来劲了，笑嘻嘻的，"你嘛，还不够格！"

那就算了。我转而问他现在住在哪儿，但总觉得怪怪的。从常识出发，什么虫穿鞋子的事当然是无稽之谈，可是我隐隐有一种感觉，徐伟既不是在开玩笑，也不是在打比方，而是在说现实中的鞋子本身。现实，我竟敢忘了现实。一想到得向妻子解释出来这么久是在和徐伟聊天，我就再也不想听什么虫穿鞋子的事儿了。她知道徐伟的那些事。

"时间不早了。"我说。

我原以为徐伟会就妻子那满场飞的架势刺我几句，没想到这时候他倒很给面子，二话不说就叫了滴滴走人。

我羡慕他的自由。两年前，徐伟退出了和大学有关的所有微信群，还在每个群里发上一条"群太多，没话说，886您哪！"，和微信那无声退群的设计干了一把。有人嘲笑他故作潇洒，但我羡慕他的自由。我当然也有不少无话可说的群，可总拿不出徐伟这样的勇气。当然，也可以说我拥有比他多的东西。我拿不准失去勇气和拥有羁绊是不是一回事。

我独自走回了聚会所在的馆子。班长和妻子并排站在饭馆门口。妻子显然不乐意了，小脸僵极了，偷拍一张简直能用《连打7针玻尿酸的59岁女星出演秦雯》做通稿题目。

"不好意思，和徐伟聊了两句。好久没见了。"

我看着妻子，向班长说道。

妻子的脸更难看了。一辆白色的迈腾打着双闪停了下来，妻子头也不回地走过去。她总叫专车。我匆忙向班长道别，追上了妻子。

"我不想跟你吵。"妻子说，"我明早7点有个视频会。"

第二天是周六，我轮休。贯彻妻子的指示，这一夜悄无声息。到家后，妻子迅速冲了个澡就把自己关进了书房，我躺在床上双眼直瞪。我想弄点音乐听听，结果发现手机没带进卧室来，如果出去取就可能会碰到妻子，那我就更别想睡了。

冷战也好热战也罢，比眼下严峻的形势也不是没有过，为此失眠好像是头一遭。妻子并非生来就像59岁的女明星的。我们刚认识的时候，她比14岁的女明星还水嫩。一想到榨干她的凶手里头我竟是首恶，我就十分心痛。不如离婚算了——最近我开始这样想。她还年轻、不要耽误她之类道貌岸然的理由当然也有，不过理由仅是理由而已。

最接近真相的理由是逃跑。

离婚，让她的人生直线上升，而我则像跷跷板的另一端那样哐当落地，保持仰望。类似这样殉道者的幻想能满足我的自尊。可班长并非良人。就冲他那股人生赢家的派头，我就不信他能对有婚史的女人认真。可如果她也不想认真？我越想越气，继而哭笑不得，可不是吗？就好像我还真有实力给妻子置办嫁妆似的。事实上，即便她的人生当真直线上升，也跟我下不下降没有半毛钱的关系。毁灭自己不会成全任何人，尤其是像妻子这样强韧的女人。

我怀揣着这一系列的念头迷迷糊糊。天亮了，我终于有了困意，卧室的门却突然打开。

妻子看上去有些焦躁不安，是那种拿着叫号条排了一下午的队，轮到自己时柜员下班了的表情。不过我们银行从不驱赶已经拿到了叫号条的上帝。她穿着双十一新买的纯白丝质浴袍，一把揪下束发的橡皮筋，掀开被子，扯掉了我的底裤。

"你不睡会儿？"我说。

"闭嘴。"

我往她的位置凑了凑，调整姿势，然后拉她跨坐到我身上来。妻子的身体很僵硬，我像在拉一尊雕像。我又试了一下。手一碰到丝质睡衣就像着火似的烫，而妻子的身体纹丝不动。我左侧小腿突然开始抽筋。

妻子号啕大哭。

"对不起。"我不知说什么才好，"昨晚我也没合眼。"

她哭着倒在床上，把身体紧紧地蜷在被子里，留在外头的只有一对脚。我在被子外围打转，听着混沌而声嘶力竭的哭声，时不时拍拍她拱起的背。不一会儿，赤身裸体的我已经冻僵。我帮她盖好了脚。她看起来更像一个蛹了。

哭泣持续了半个多小时，以无声的抽噎告终。我轻轻地拉开被子想给她透透气，发现她已经在一摊眼泪鼻涕上睡熟。妻子缩紧双膝，两手握拳，眼睫毛上仍挂着亮晶晶的泪珠，鼻子也红彤彤的。我抽了纸巾，用点按的方式将她的手、脸轻轻擦干，然后说着"可能会有点凉"，抱她挪至床的另一侧。妻子睡得很沉。为了让她的口鼻避开已湿透的部分，我开始拉扯被子，我做得尽量轻而小心，我希望她能好好休息。

做完这些事之后，我坐在床头柜上看着她。她的呼吸开始变得平稳，像是听到了什么歌——譬如帕特·布恩唱的"Cherry Pink and Apple Blossom White"（《樱桃粉和白苹果花》）——脸上的肌肉一一放松，仅偶尔不由自主地抽搐提醒我她刚才哭过。八九个月之前，我还能看着她的睡姿暗暗赌咒发誓"我一定能给你更好的生活"。现在不成了。现在，光是想到"更好的生活"我都觉得不可信，像在写小学时那种伟光正的作文。于是我坐在床头柜上，什么也没想地只是看她的脸，看她的长睫毛、红鼻子，听她的呼吸声。然后我突然想起昨晚她和班长在同学聚会上谈笑风生的样子。

我离开卧室，在冰箱里找到了剩着的一点牛奶，餐桌上放着我的手机和一袋没吃完的小牛角面包。我看了一下保质期，决定把牛奶留给她。我揉着太阳穴坐在餐桌边，往水杯里倒凉白开，总觉得像是被什么东西拧住了脑袋。妻子不喝凉白开，她只喝宜云牌矿泉水。

虽然预想过妻子可能会和别人搞在一起，但当我真的能以一个具体的人的形象来设想那个别人时，心里还是十分不好受。

4

我和妻子是五年前在闲鱼上认识的。

听完了徐伟那地沟油味儿的"Pretend"，我开始着手处理仍寄存在仓库里的家当，首当其冲的是一箱子打口碟。这些打口碟都是高中时买的，平心而论，它们是我最宝贝的东西。这并不是指每一张我都如获至宝听了又听，毕竟是不靠豆瓣、不靠朋友推荐买来的，几乎跟赌石差不多，所以大失所望的不在少数。但作为整体，它们于我而言意义非凡，说成是我的一部分也不过分。当时我已经有了豆瓣账号，不过一来身边还没有谁养成买碟先看评分的习惯，二来，对于那个年龄的我，按图索骥式的购买魅力不大，起码远远没有扛着锄头乱挖一气来得过瘾。

卖给我的人是一个小贩。说起来，这位卖碟小贩的生意很不好，原因很古怪：据说他卖的都是盗版碟，上面象征走私的孔眼全是他自己打的。其实在我的老家，盗版碟比打孔碟还便宜，样子也走心，谁还愿买打坏了的盗版碟呢？

吸引我的恐怕就是古怪。这小贩是我认识的第一个爱搞行为艺术的家伙。他皮肤黑，鼻子塌，看上去比我大不了几岁，总穿着高腰牛仔萝卜裤，头发乱糟糟得跟刚起床似的。老式40寸自行车既是他的代步工具，也是流动摊点——后座上绑一个漆面斑驳的木箱，里面插满两排CD，连CD的封面都像是他自己用手搓旧的，像别人搓珠子那样。他发青的下巴迷倒了我校不少女生——胡子既不全剃光，也不留长，总是刚好保持在能戳得人脸微疼的地步，风骚得很。

我们聊过。

"哥，我叫林有泽，敢问尊姓大名？"

小伙儿抬起脚来，示意我看——他穿着一双基础款的耐克滑板鞋，白底红钩。

"杨耐克。"他说。

我起初未发现那鞋有何特殊，无非是既脏且旧的滑板鞋一双，人造革的表皮已有多处脱皮，与颜色可疑的污垢混在一起。大约一阵前奏的工夫，我终于看出了异样——那"耐克"竟是个半钩，原本昂扬的钩上，微妙地打了一个小小的捺，简直像语文老师面对精彩得似是而非的答案挠头批改。脚后跟该饰以"Nike"字样的部分，印的是一个汉字——"耐"。

杨耐克进一步解释道："我卖的CD和我这个人一样，既是冒牌货，又不全是。"

我不由得对小哥肃然起敬。倒不是因为他坦白自己卖的东西不够"正牌"，而是因为我意识到此乃一位知行合一的人士。既冒牌又不尽然，竟能同时体现在他的名字、鞋子，以及谋生之道上，可钦可佩。于是我鼓起勇气，想要同杨耐克深入交谈下去。

"耐克哥，你这些CD是自己打的孔吧？"

"嗯？"

"干吗要打呢？直接卖不好卖？"

"嗯。"

"是不是因为没打孔就只能按盗版碟卖，打了孔就像正版碟了？"

"嗯……嗯。"

没想到杨耐克就此封口一般，只靠"嗯"回答一切。后来我们虽多次见面，我也总满怀敬意地称呼他为"耐克哥"，但他再未给予过"嗯"以外的回答。

杨耐克是我的音乐启蒙者。他的衣兜里搁着索尼的CD随身听，插着森海塞尔的大耳机，如果你问他要个推荐，他就一言不发地挑出碟片来卡上，然后把耳机往你头上一扣，按下播放键，好像你们已经是老朋友了。如果你选了碟子想要试听一下，他就按开随身听，不急不慢地等着尚在旋转的碟片彻底停摆，咔嗒一下取走碟片，摊开手心，对你做出一个"请"的手势。他的惜字如金完全满足了我对文艺的想象。以"耐"鞋为中心，只要踏入那块方圆一米五的圣地，谁都能立刻被他的气场吸引。我幻想着这么一幅图景：我和他如同老朋友一般站在自行车边，一张接一张地听个没完，时间在共鸣中飞快流逝。我们会仅用"有点意思"来评价那些使自己热血沸腾的作品，像西部牛仔对枪一般各自以冷静的语气道出歌名、歌手名、流派、乐器，乃至唱片背后的八卦故事，一回头便迷住了一个同样爱好音乐的女生。然而事实上，我几乎前奏都很少听完就匆匆付钱离开了，就算听前奏也如坠云雾，心跳快，眼前的景象恐怕像素化了，面红耳赤自不必说。毕竟那是学校门口的地界，是上无屋顶左无窗户的大马路，而我当时成天想的都是如何离开故乡，前往未知的远方，以此为动力拼命往大脑里填塞高考所需的知识点。所以，我买碟只靠封面，前后只向他要过一次推荐。当时，杨耐克漫不经心地瞥了我一眼，以账房先生拨拉木质算盘的手法从左侧那一排碟片里抽出了倒数第二张递给我。我一看封面便大失所望。红黑色调，左侧一道红，右侧印有一个着黑衣、表情陶醉或近乎狂喜的男人，手持指挥棒，年龄在当时的我看来无疑是叔叔辈。在封面的上部，以左对齐的方式印有三行英文字，虽然我的英文不怎么样但看懂第一行还是略有余地：贝多芬第七交响曲。当时我几乎不听古典乐，挑封面也挑不到它（起码对当时的我而言这样的封面过于四平八稳，没有新意），但这毕竟是杨耐克推荐给我的东西，我如领圣物（譬如领到高考志愿表或《刺客信条》游戏盘）一般小心翼翼地将之放进冬外套的右侧衣兜里，公交卡、钥匙、手机等杂碎则统统挪至左侧。索尼随身听我是带着的，但我的耳机普普通通，没有隔音效果，我决定忍耐一路再说。

　　到家后我立刻将之塞入我那个老旧的索尼随身听。五分钟后，我失望得更厉害了。现在我恐怕会说当时的我还没有这个能耐听懂，但当时的心情即是失望。直觉是太吵，透不过气，没有旋律，听着它我就没法做作业了，做阅读题都不可能，而我毕竟找不出完整的听音乐的时间。如果非要加以点评，我较为喜爱的是第三乐章。

　　尽管如此，如果没有他，我不可能会迷上爵士乐，不可能会听那么多老歌，不可能总寒来暑往地把这些沉甸甸又落伍的东西搬来搬去。是的，大学时每逢放假搬运它们的时候，我就觉得拜他所赐，我也成了个爱搞行为艺术的家伙。毕竟那时已是酷狗音乐和QQ音乐的天下了。

五年前的秋天我决定把它们全部扫地出门。我和我混乱的大脑站在南五环外的仓库里瞪着装有碟片的纸箱，纸箱被老鼠咬了几个洞。

一共六十九张打口碟。数完才发现不过这么点。我将碟片摊在水泥地上，一一拍了照片上传到闲鱼里。我说3元一张，大部分是盗版碟，自选不包邮，可自提，可地铁站送货，超过十张送CD随身听。做完了这件事之后天已经黑了。我坐在这些CD旁边，吃着Run从便利店里买来的关东煮，觉得快活的日子就像这些亮晶晶的空心圆盘一样，已经被淘汰。最后一块儿萝卜下肚之后，第一条留言出现了——来自我后来的妻子。

她问，帕特·布恩的*Love Letters in the Sand*（《沙地上的情书》）还在吗？我说在。她说，里面有"Cherry Pink and Apple Blossom White"吗？我说没有。过了一会儿，她又问我，布洛瑟姆·迪里*In That Golden Summer Time*（《在那个金色的夏天》）还在吗？我说全都是我刚po（上传）的，架上的全在。她说，里面有"Doop-Doo-De-Doo"（歌名为哼歌时发出的无意义音节）这首歌吧，我说你稍等，我给你拍目录页。

她没回复要不要买。

她就这么问了我近一个小时，大部分碟片里还真有她要找的歌。关于她的口味，有一点很有意思：她喜欢的歌多是名字带叠字的，像念绕口令："Jingle Jangle Jingle"（《叮当叮当叮当》）、"Mua Mua Mua"（歌名为模仿亲吻的声音）、"Bitty Boppy Betty"（《比蒂还是贝蒂》），跟一串九胞胎似的。

我们约定了一个地铁站作为当面交易的地方。我会穿一件红色的高领毛衣，她说。我说，不用吧，到时候打电话不就知道了？她没回复我打不打电话。

我们没有打电话。正是下班的高峰期，尽管我们避开了排队最厉害的那些站点，站台仍然熙攘。我一眼就认出了她。她果然穿了红色的高领毛衣，搭配黑色的阔腿裤和灰色球鞋，外面是黑色的薄呢风衣，肩上挎着一个复古范儿的酒红色皮包，款式设计得像在全力避免与任何大牌撞款。除了蓬松的齐耳短发，她身上没有任何学生气的装饰，整一个干练女白领的打扮，然而当她转过头，冲我露出不经意的微笑时，稚气未脱的光华立即从那笑容中倾泻而出。站台变亮了。我把拉杆箱递到她手中：送你了。她脸一红，提出要请我吃顿饭作为答谢。我当然没有拒绝的道理。

事后想来，她之所以要请我吃饭恐怕并非对我有意，而只是因为当时的她脸皮薄。和闲鱼上的利索劲不同，见面时她说话吞吞吐吐，总显得很难为情似的。我们在地铁站边的广式速食店坐了下来，要了些粥、点心和小菜。她告诉我，她叫孟惊雷，我告诉她，我叫林有泽。我喜欢她吃流沙包的时候不停地嘬嘴的样子，好像少嘬一下包子就会被别人给抢走。

刚开始总是我在找话题。我很快学会了对症下药，专聊听歌。她的语速快多了，风度自然起来，简直像身上的大衣一样潇洒了。说起来，我们俩的口味不尽相同，就是说，在一个共同爱好的范围内各有偏爱。没有比这更理想的。她说大学时选修了一堂爵士乐的课，老师在课上放了各时期的代表作。但是她不喜欢《灵与肉》，总之纯音乐的听不来，反而对老师一掠而过的一些歌很感兴趣，通过校内局域网下载了不少。而我则更喜欢纯乐器演奏的爵士乐。

我问她，既然已经有下载的可以听，为什么还要专门买什么CD？

"总觉得我和北京没什么关系，"她笑着说，说完吐了吐舌头，"我想弄点跟自己有关系的东西摆在家里。我是说，我租的房间里。毕竟我不看小说。"

"不爱看？"

"不。不看。"

我挺吃惊，但毕竟刚问了一个为什么，我担心再问一个会坏事。

她对北京还处在蜜月期，刚开始感到孤独。她说到自己刚毕业，读的是南方某个叫不上名字的大学，一个人来的北京。说到那所大学，她一下子又没了底气，解释说高考发挥失常了。我报出自己的大学名号，故作谦虚，而她看我的眼神里多了一层欣赏。以前交女朋友的时候，我可不会这么急切地亮出自己的优势，我不知道现在这么做，究竟是因为她非常吸引我，还是因为我手中的优势已寥寥无几。

我借上厕所的当口买了单。回座时她正在专注地看手机，像是看到了什么伤心事。

"怎么一下子严肃了？"我说。

"林森浩那件事你有印象吗？"

"那个复旦投毒的？"

她点点头："你怎么看？"

我并不了解整个案情的始末经过，只知道这个叫林森浩的人是复旦大学医学院的学生，好像因为点什么小事情和室友闹了别扭。

此人把氯化钾还是什么毒物弄进了饮水机，室友就这么被他给杀了。经她这么一问，我立刻窘迫起来，觉得不关心这件事的自己十分冷漠。

"我不是很清楚到底怎么回事。"我说。

"好像他家里很穷。"

"我也听说了。可是家里穷的人多了去了。"

"他穷得连桶装水都没法和室友一起分摊。"

"所以就在桶装水里下毒？"

"我没这么说。我不知道他为什么下毒。"

"对不起，我当然也不知道。"

她笑说干吗道歉，我赔笑，摇了摇头。我们各自吃着碗里已经凉了的粥，都变得没什么胃口。

"你会同情林森浩这种人吗？"我问。

"这正是我苦恼的地方。"她用勺子缓慢地搅和着剩粥，那似乎是一碗甜粥，"我不明白自己该以什么样的心情来设想这件事。同情他吗？当然，他说他只是想开一个玩笑。'也许'我可以相信他是一时冲动，其实本质不坏，'也许'我可以相信他作为一个名牌大学的医学研究生，却并不清楚自己做实验时给动物用的N-二甲基亚硝胺对人的致死量。可是，有一件事我很在意。他的室友——那个男生叫黄洋，林森浩31号投毒，黄洋4月1号就住院了，4月3号转了重症监护室。而林森浩直到4月12号警方审讯才说出实情。也就是说，他花了十三天才把一个人杀死，这十三天内，但凡他的心意产生了变化，事情就会发生转机。怎么说呢？我想不明白他这些天来是怎么过的。十三天欸，很长，对不对？他是怎么过的呢？难道真的可以什么都不考虑地活着吗？"

这一点我之前没想过。我默默地想着"十三天"，我发现自己压根儿不记得十天前发生过什么，或是当时的我希望发生什么。不过现在我希望发生点什么，这恐怕还是清楚的。

"也许大家不住在一个宿舍里，就不会有这些事。每个人多点空间。"

"是吗？"

"没准儿。"

"不过咱们国家腾不出那么多地儿吧？人太多了。"

我们俩苦笑着对视了一下。任何事情好像只要归结到人多二字上，就得到了堂皇的解答。也就是说，什么也没有解答。

"我觉得……"她犹豫了一会儿说道，"愤怒不起来，我对他愤怒不起来。贫穷是可以把人磨成铡刀的。我这样想是不是有病？"

"嘻，有同情心是好事情。"

我尽力说得随便些，但恐怕声音仍有些发抖。我有些感动，我觉得她不像大多数人那样粗暴地唾骂一个犯人，恐怕就不会嫌弃我是一个犯人的儿子。

我们俩拖着拉杆箱，慢慢地朝她家的方向走着，那只是个大概的方向，毕竟她家在十站地外。我开始向她说父亲的事，把审讯期间我的煎熬，把我大脑里的混乱，细细地说给她听，尽量保持调侃的口吻。她时常被我逗乐，又转而用一种抚摸小动物般的眼神瞧着我。她温柔地说，你挺古典呀，是我认识的最古典的男生，你像上个世纪的人。我很清楚地意识到自己被她身上的某些东西给迷住了，比如她的迷惘，比如她不失迷惘的活力。我得到了一点大病初愈的幸福。她说，告诉我，你觉得最理想的生活是怎样的？我说是远离商业社会的生活，和心仪的对象并排躺在月亮下，听美妙的音乐在身畔奏响，有一筐刚摘下的果子搁在肚皮上，你一个，我一个。她看我的眼神让我明白，她正和我并排躺在月亮下呢。我们一口气走到了她租住的小区门口，那时，话题已经又回到了音乐。我哼了一段埃迪·希金斯他们仨演奏的"A Lovely Way to Spend an Evening"（《齐满爱的夜晚》），她说，你很……活泼。就是说，我边哼边摇摆，在大街上上蹿下跳，像条疯狗。

"埃迪·希金斯他们是真不错，有点意思。"我说。

"你听过帕特·布恩唱的'Cherry Pink and Apple Blossom White'吗？"

她把英语说得很可爱，标准的中国口音。

"没有。我只听过几个纯音乐的版本。"

她说那你一定要听听看，然后问我要了电子邮箱，她的版本来自校内局域网。从她住的地方刚好有一趟夜班公交车能到我住的地方，不过那天用不着它出场。我们俩在她单元门边的单车棚里又说了好一会儿，天擦亮时都冷得直跺脚。等到头几个早起出门的人打断了我们，她才说着哎呀被室友发现就不好啦，笑眯眯地跟我告别。我小跑着进了地铁站，身边是一帮昏昏欲睡的上班族，而我仍悬在半空。那首歌来了，我戴上耳机听，似乎又摘掉耳机听，似乎又乱编歌词跟着唱。我从没听到过那么好听的歌。我从没喜欢过帕特·布恩。如前所述，相当不少的CD我虽然买了但并不喜欢，帕特·布恩的便位列其中。歌诚然美，旋律当然悠扬，但我总觉得这人无论是长相还是声音都是一副白马王子的面孔，有点无聊，过于油腻，简直是中年妇女之友。我想象不出和我年龄相仿的人能喜欢上他。但在那个早晨，我希望自己能化身为他，钻进她的口腔。

> 难怪诗人要这么写，
> 假如新月在头顶发光，
> 就能有樱桃粉红苹果花白，
> 当你身在爱中……

我没联想到聂鲁达的诗，而那个清晨不需要诗人。她的意思再明白不过了，我兴奋不已，我觉得听不懂的都是傻×。我跟着节奏摇摇晃晃地打开合租房的门，这才发现，装满了碟片的拉杆箱还在我的手里。

买卖还是要做的嘛。我以送货为由第二次去找她，然后是第三次，再然后拉杆箱在谁手里都一样了。我从仓库带回了更多的东西，盯着毕业证和学位证看了足足十秒。我投了简历，终于赶在我们第一次做爱之前找到了银行的工作，谢天谢地。

后来的事就简单了。我变得踌躇满志，殷勤地推销着各式理财产品，卖力地吆喝亲朋好友们到本行存款，誓要为了她把一切幸福都搞到手。我觉得，父亲的事从我心里过去了。我不再纠结于"做事情"与自保有什么冲突，或者说，我的眼睛不再单单盯着自个儿。如果做事情能让她得到幸福，那我就要大做特做。

恶意无法染指幸福的人。我们听歌，谈天说地，在北京屈指可数的好天气手牵着手坐地铁去郊外踏青，整天都做春天对樱桃树做的事情。她在闲鱼上买了九成新的无印良品挂壁CD机和一个楠竹架子，把那些碟片码起来，放在门厅。在那些阳光明媚的下午，一片打口碟在墙上飞速旋转，乐声传来，我在万千租客使用过的那条红色布沙发上舒服地一躺，打开怀抱。我们搂在一起，亲吻，聆听，喋喋不休，互相看。越来越低的太阳刚好能染红她的眉梢。虽然我仍然对帕特·布恩提不起劲，她也仍然对奥斯卡·彼得森无动于衷，但我们都喜欢听"Tea for Two"（《鸳鸯茶》）或另一些歌。当"Speedy Gonzales"（《飞毛腿冈萨雷斯》）那阵风骚的"啦啦啦"响起时，我们笑得厉害，像疯狗一样扭动身体。她对我吹"Just Walking in the Rain"（《雨中漫步》）里的口哨，我对她说，"Orange Colored Sky"（《橘色天空》）是写实派，它唱到的电光石火正是我头一回见到她时的内心。她当真一本小说都不看，但我们可以一起看电影。看完了《爱乐之城》，我们决定结婚。偶尔地，当我仰面朝天地躺着，当我回忆过往，思索我究竟是谁，我会感到一阵剧烈的恐慌。我依然一事无成，一文不名，仍然是一个"nobody（小人物）"。于是我把左手朝前移动三拃——我摸到了她，摸到了一个温暖迷人，浑身散发着青春气息的，大概率能属于我的躯体。已经到了不进则退的节骨眼儿，我和她都明白这一点。那期间固然响起了若干不和谐音，比方说我领教了她母亲对我的百般挑剔，比方说，《爱乐之城》上映的时候2016年已经过去，特朗普上台了，英国脱欧了，伦纳德·科恩死了，阿里收购了虾米音乐，界面变俗歌变少了，QQ音乐开始打击网易云，我们俩的歌单都变灰了。北京的房价像跳楼机一样直蹿云端。但世界仍是属于我的：只消我们对视超过三秒，她的脸便会和初见时曾照耀整列地铁的笑容一样发光。微风加入传讯的队伍，花瓣翩然而至，站台上唯余我俩，一切都不在话下。

一切都不在话下，虽然我们一起听歌的机会越来越少。一是到手的时间变少，二来，她用起了豆瓣电台，我用起了Radium（一款广播应用）。等到我们都决心对网易云音乐不离不弃时，一起听歌的习惯已荡然无存。我开始再次谈论理想，并试图忘记她听后的表情。有电影院重映《爱乐之城》，我买了两张票。她说，我去不了啊，你看不出来？你以为我不想去吗？然后她接了一个电话，用工作性质的，因而快活得体的语气迅速交谈。我感到，我们和房价一起坐上了跳楼机，升入云霄，只不过它还在上头，我们已经下来。我们由工作人员招呼着走入散场通道，拍拍屁股，诧异地盯视对方，想不起来怎么就凑到一块儿进了游乐场。如果拍我们俩的十分钟年华老去，对准那个放满了打口碟的楠竹柜子就可以了。它们并没有落满灰尘，因为那上头盖了一件又一件别的、更常使用的东西，到了今年夏天，我发现不知何时，那些打口碟已经再次被收进了拉杆箱。就是说，我也不知道它们是什么时候进去的。

5

听到妻子起床的动静时，我正在回忆我们初次见面的站台。我坐在餐桌边，面前搁着杯凉白开，目光跟着妻子在厨房里转。她的头发留长了，扎着个低马尾，身上穿一套白灰色的丝质晨衣。我从不穿晨衣或是家居服。

"冰箱里还有点儿牛奶。"我说。

"看到了。"妻子取出牛奶，直接拉开纸盒的口子喝了起来。我看到一丝奶液顺着她的白脖子流下，于是非常地想搂抱她。我坐着没动。她眯起眼睛看向窗外。我们租住的这套两居室离我上班的地方远，离她上班的地方很近，是电梯房，明厨明卫，出门右拐甚至能散步，十几分钟就能走到三里屯。出钱的是她。

"其实今早的视频会议取消了，"她说，"马上圣诞了嘛，甲方在夏威夷。取消得好。"

也就是说，昨晚妻子没到卧室来睡不是因为要开会。

"不开会也还有些工作，不过没干。我看到你的手机在餐桌上呢，啊，跟现在的位置差不多。我就试了一下。看来密码还是我生日。"

妻子说着走到我的对面坐下，也拿出一个牛角面包来吃。我很想就密码是她的生日表白一番，然而实在说不出口。假如这房子是我负担房租，没准就会不一样。

"别紧张！"

"我不紧张。"

"你那样子好像很紧张。我没有看微信、邮箱、短信这些，你放心，这些我什么都没看。我点开了你的网易云音乐，坐在这儿，听了一遍你的日推。"

她说着又停了下来，一口吃掉了半个牛角面包，像吃流沙包那般津津有味。我耐心地等待。说到"日推"，即网易云音乐里的智能栏目"每日推荐"，我已经好久没认真地听了。现在我总是在做别的事情时点开听一听，地铁上又心疼流量，最专心的时候是为了催眠而听。

"你的日推我一首都没有听过，很惊讶呢，毕竟我们一起听过那么多歌。我又把我的日推听了一遍，六点更新嘛，再不听就是今天的了，当然，今天的可能也一样。没有一首是重合的，我们俩。"说到这儿，妻子慢慢地把晨衣拉拢些，吃掉了剩下的牛角面包，"你猜我在想什么？"

我有很不好的预感。我冲她摇了摇头。我想我看上去一定不好受。

"我在想我们俩听音乐的口味还是很像的，还处在差不多同一个范畴里，就是说都离华语乐坛很远嘛……不过已经井水不犯河水啦。你的口味混杂着老掉牙的爵士，一点摇摆乐，一点浪漫主义后期的古典乐。总之，你只听经典的东西，就像我最近的甲方穿衣只穿超一线。我的话，喜欢舞曲风的爵士，一点乡村音乐，最近迷上了西尔维奥·罗德里格斯，迷得不得了。此外，还加一点电子乐，一点摇滚，"Radio Ga Ga"（《收音机嘎嘎》）（这时她唱了几句），还有不少流行歌，就是那种大飒蜜们唱的歌，不，飒而不蜜，那种又骚又烈又可爱，有光有土就开花的……"

她卡住了。她说西尔维奥·罗德里格斯时说的是西语，声音标准而性感。说到"Radio Ga Ga"时，则是地道的美式发音。

"独立女性？独立女性的歌。"我说。

"是吗？你这样看？大概是吧。我妈总说，女性是被迫独立的，她念叨了一辈子。你知道她一直不满意我爸，觉得别人都是噌噌地长，只有我爸一直在萎缩，在倒着长。以前我有一点相信她的说法，现在一点不信。我觉得独立是一件特别爽的事情。刚才我们说什么来着？对，听音乐的事。哦，用App听音乐真是，只要集齐五个App就能召唤神龙了。认真听一个月，没有什么你听不到的东西。便捷真的可以改变一切。入口很重要。啊，我本来不想说什么广度，我想说口味的。它们把所有的音乐流派都碾平了，跟调酒似的和和在了一起，'我喜欢听爵士，我迷电音'，这种老掉牙的表达已经不够用了。你没有你的App更清楚自己的口味，它成了一种没法儿被概括的……当然也可以说，更以人为本的东西，独属于你，严格说来，和任何人都泾渭分明。它知道我喜欢什么，知道我什么时候喜欢上的，知道我喜欢的程度、角度、进度。它甚至知道哪些是我真正喜欢的，哪些是我希望别人以为我喜欢的。这就是人工智能，它让每个人都自成一派。它逼着你成为你自己，所以做自己才是当下的哲学……你觉得呢？"

我点头。最近妻子正在和一个闺密琢磨创业的事儿。不知为何，我回想起那个CD挂壁机被开启的画面来。无论颜色多花哨的封面都会被它旋转成一小团高级灰，像一朵纸月亮。

没想到妻子突然愤怒地站起来说："我受不了了！"

她像个困兽一样在房间里走来走去，我的眼睛又跟了她一会儿，然后我感到窒息，我回过头来，盯着眼前的水杯。

"你总是这样。你让我觉得自己总在自作聪明。你用沉默来否定我的价值！"

"不，我打一开始就认为你很聪明。"

"但你其实不喜欢这样的我！"

"我没有这个意思。"

"那你是什么意思？"

我不知说什么好。我当然没有任何意思，但这恐怕正是让妻子介意的地方。

"你看！又不说话了！你为什么变得那么冷漠？其实第一次见面你就这样对我，那时候我们聊那个投毒杀人的败类，你也是什么都不说。你也不发朋友圈，你也不发微博，你到底怎么做到只进不出的？"

"我确实两天没拉屎了。"

妻子哼哼了两下，然后终于忍不住笑了起来。她那样子并非气昏了，而是真有点开心的意思。我松了一口气，给她倒了杯水，和她并排坐在沙发上。

"我不是冷漠，我是没有底气啊。"

"一回事。"

"好，你说得对。"

这对手工水杯是今年我送她的情人节礼物。她则把我领进这间小区，在开门前掏出钥匙递给我。那钥匙上拴着代表礼物的蝴蝶结。

"林有泽，我被降薪了。"

"今年都这样。我有几个朋友甚至被裁员了。据说我们行也有裁员指标。"

"嗯。"

"明年可能会更糟。没办法的事。别担心，你是金子，再降也是高收入的。"

"不是钱的事。"

好，不是钱的事。

"一直向后跑是什么感觉？"

她问我。

"是不是因为方向不同，所以反而不费力了？老年人不都喜欢倒着走吗。看着其他人只能朝前跑，累得半死，气喘吁吁，只有你能笑眯眯地一一打招呼，说hello你好？"

我沉默地看着她。我猜到她下一句话要说什么了。

"我们分开一段时间好不好？"

她的声音很温柔。

我坐了好一会儿，然后起身把我们俩的杯子放在餐桌上。她也喝完了。

我觉得我要是再说"好"就太傻×了。

"打口碟留给你吧，我再租的话不可能住这么大，实在没地方放。"我说。

"那我负责处理吧。都好久了谁都想不起来听。"

"也是。也好。"

我低头看着她。我弯下腰，捧着她的脸，好好地亲了她一下。她的嘴有一股奶香味，嘴唇很软。她动了动嘴，我以为她要说什么呢，结果她说"要不要现在和你妈视频一下？给你点时间缓冲"。我谢过她，我拒绝了。

下午，她说要和闺密一起逛逛，带着电脑出了门。她说她们俩要过冬至。她从没过过冬至。我猜她是找了个咖啡馆加班。我开始麻溜地收拾东西。衣服、鞋和不多的几样日常用品刚好能装满大号拉杆箱，但书就没办法带走了。当然，也可以整理好了暂存到朋友家，打个电话给Run，这点事肯定马上就办妥了。

但我还不想和任何人说明自己和妻子的近况。我在书架前坐了一会儿，犹豫着，最终只检查了一下kindle（一款电子阅读器）的充电线有没有带。只有坐地铁通勤时能看会儿书，而高举着kindle较之纸质书要省力得多。我想我早已习惯了。

当晚，我住进银行旁边的7天快捷酒店，立刻开始找房子。我先去豆瓣的租房组里逛了一圈，点击最近讨论，图省个中介费。结果两年不见，如今里头充斥着以无中介租房为名义发布的自营公寓帖。这时我妈的视频电话来了，她总是能记住我轮休的日子。我后悔早上没同意和妻子演一出和平戏，难得她那么体贴。骄傲什么呢？有什么可骄傲的？现在倒好，我以信号不好为由转了语音，说妻子在洗澡。妈的声音还是老样子，她照例问了问我工作的近况，照例让我好好照顾妻子，别让她太辛苦了，就像在问"今天学校里有什么新鲜事吗"。我听得出她还想着抱孙子呢。她说了一句探监的事。

挂了电话后，我看着眼前的自营公寓帖发了一会儿呆。我没住过这种公寓，没准儿还不赖，但我不想尝试，去实地瞧一眼的兴趣也没有。大约地，我也像岳父大人那样，越活越萎缩了吧。

最终还是交了中介费才找到住处，室友是两个刚毕业的大学生，其中一位是二房东。他们说："哥，是不是吵到你了？"他们口中的音乐App一听就很起范儿，界面简洁，曲库小众，想必很酷。厕所里，一排衣服正挨着防水布帘挤在一起，散发出一股馊味。我坐在衣服底下拉屎，觉得那股馊味似曾相识，那晾衣绳的颜色、质地、新旧程度，似曾相识。举目四望，一切皆与五年前父亲刚入狱时似曾相识。生活回到了原点，就好像与妻子的相识相爱不过是一场历时五年的梦。

搬进新房间的当晚我很快就睡着了，又在平常的时间醒来，但现在我已经犯不着醒那么早。我难免想到那箱留给了妻子的打口碟。我有一种物归原主的滑稽感。我看着网易云音乐的那个红标，想把它删了，然后意识到自己幼稚得可笑。我戴上耳机，躺在床上开始听日推，就是说，听得相当认真。妻子对我的口味形容得很精准，但我仍觉得有好几首曲子是我和她一起听过的，到底有没有我也不知道。没有"Cherry Pink and Apple Blossom White"。出乎我意料的是，最后一首来自西尔维奥·罗德里格斯，名字叫"Unicornio"，《独角兽》。

　　昨天我的蓝色独角兽走失了，

　　我放牧时走开了，她就这样消失不见。

　　谁有任何关于她的消息，必重金悬赏……

我的脑海中回荡着妻子念及"罗德里格斯"时微妙的口音，它作为伴奏一遍遍回荡在大脑深处，这首歌遂凄楚得催人泪下。我虽然在向后跑，但一直面朝前方。早就想这么告诉她。总给自己打气说，好歹跑到某个节点就这么告诉她。无奈竟什么节点也还没跑到，虽已跑了这么久。任凭我挥舞向前跑的动作，大地这条传送带偏偏固执地向后滑去，速度飞快。按说，以这个世界为参照物，我该因此向后平移才对，应该被传送带送往后方某处才对，但事实并非如此。大概，一只我看不见也摸不着的手正提着我的后脖领，使我悬空而立，浮在原地，并努力做着奔跑的动作。

昨天我的蓝色独角兽走失了，

　　我的思念或许走火入魔，

　　可我除了一只蓝色独角兽，一无所有……

　　我单曲循环着这首歌，听着它洗脸刷牙，坐进柜台。

　　我想，我仍然在爱着她，她恐怕也还爱着一点我。我们站在不同的传送带上，一个向前，一个向后，业已分道扬镳。

Run!

1

早上九点整，我揿动了叫号器，迎来当日第一名客户。这是一位要取钱的老太太，不知该说幸或不幸，她的孙女在旁边陪同。老太太面带微笑，孙女则嗓门很大。

我说："十万以上需要预约，奶奶。"

老太太说："敏敏，他说什么？"

孙女说："那姥姥咱们就取十万吧。"

老太太说："什么？"

孙女说："十万！取十万！"

老太太说："你不是说欠人家三十万吗？"

孙女说："那怎么办，先还十万呗！你不会预约啊？！"

老太太说："那剩下暂时不还，你得好好跟人家说，不然人家还会对你有意见。"

孙女说："别操心了！"

从气势上来讲，孙女倒像是债主了。老太太仍然笑着，冲我不好意思地点着头，从穿得很旧的波司登羽绒服的内兜里掏出一个带别针的布片来，里面搁着她的身份证和存折。

因为有孙女帮忙，这笔取款很快就结束了。祖孙二人预约明天来取剩下的二十万。我将票据归入"取"的那一格，花了一秒钟的时间想问题：一个耳背得需要十倍时间才能签好凭证的老太太，和此等雷厉风行的祖孙二人组，究竟为谁服务更痛快呢？我的收入与存款量挂钩，尤其现在还到了月底，大家都在铆足了劲儿冲量。从概率上讲，我服务的客户越多，存款量越有可能达标。而倘若老太太独自前来，谁知道她会不会恶狠狠地要我告诉她为什么本月退休工资还没打过来呢？人性是捉摸不透的。我唯一确知的是无论服务的对象是谁，我都需要双手递接，竭诚微笑，至于这究竟是培训所致还是心存善念，我总是拿不准的。

不多一会儿，下一位客户已经颤巍巍地坐了过来。这回是一个老爷爷给异地的儿子转账。我每天的服务对象十有八九是老年人，他们的退休金业务占本行对私业务量的半数以上。

下午一点多，轮到我吃饭。我离开两道门把守的现金区，解锁手机，看到上头有一个妻子打来的未接来电。我不能带机上岗，妻子知道这一点，但她并未在微信上留言。我立刻给她回电话，无人接听，于是我改发微信。

我溜达到银行附近的7-11便利店，买了关东煮和盒饭，坐在店内靠窗的吧台椅上吃。这个位置刚好正对着人行道上的那条绿色长椅。刚开始在这个支行工作的时候，妻子常利用自己的午休时间跑来找我吃饭。当时妻子供职的那家会计师事务所离我工作的银行只有两站地，每天中午能从十二点休息到一点半，而作为柜员的我总是轮流吃午饭，每个人限时45分钟，我们俩的时间并不是总能对上。碰到老柜员开恩让我先出去吃饭的日子，我就赶快告诉她，然后一路小跑过来。她总是能先我一步提着7-11的购物袋走向长椅，像一团红云似的飘进我的眼中。她喜欢穿红色衣服。她喜欢红色、白色和灰色。我们就坐在这条绿色的长椅上，分食关东煮、黄金菜团之类的玩意儿，商量晚上吃点什么。末了，她总要塞一个士力架给我，让我下班以后吃。

不过现在是冬天，长椅上空无一人。妻子迟迟没有回微信，电话也不接，我开始担心她是不是出了什么事。挨过这45分钟，我上了个厕所，回到柜台前开始下午的工作。今天的存款量是不可能达标了。17：16，我接待完当日的最后一个客户，终于看到叫号机上显示"等待人数0"。我像往常一样轧账，确认没有长短款之类的疏漏，锁好钱箱，然后和同事们闲聊着等待款车过来。等到夕会开完已经快八点了，行长像复制粘贴晨会的内容那样，又一次点名批评了我。

手机里，除了各式被我关停通知的微信群以外，只有菜鸟驿站给我发了消息，通知我去取快递。我这才想起今天是平安夜。一周前，我给妻子代购了一套五只装的管式蒂普迪克香水礼盒，准备作为圣诞礼物送给她。

天黑透了。我在同一间7-11便利店里买了一只士力架，边吃边加入排队进站的行列。

当然，我可以给妻子转发一下菜鸟驿站的消息，但我知道，假如我还对和好抱有期待，就一定得亲自去送这个礼物。没准儿她是故意不理我的。没准儿她正三心二意地加着班，或是等在家里，每隔三分钟就看一眼我有没有打电话。妻子就是这样的女人，她喜欢一板一眼地声称自己独立，拒绝我的关心，为的是要我给予她更多一点关心。我兀自思考着这些事。末了，我意识到自己有多么地一厢情愿。

年底的菜鸟驿站照例处于爆仓状态，我又排了一次队，然后从上一个拆包裹的人手里接过脏兮兮的裁纸刀。在灰头土脸的外包装下是卷了三四层的气泡膜，鼓囊囊的，小时候这东西很稀罕，每次到手都跟过节似的，总舍不得一口气捏完。我揣着礼物走在小区里，又给妻子打了个电话。她仍然不接，但我刷到了一条她更新的微博——她在家。图片里是我俩那张餐桌，有红酒和明亮的电脑屏幕，文件打了马赛克，配文是"平安夜的打开方式"。她又要在家里加班。所以她没出什么事。这时都九点多了，我又累又饿，心中那存了五六个小时的柔情早已烟消云散。现在我只想赶快把这玩意儿往她跟前一放，回屋睡觉。

出乎我意料的是，她出现了。

拐过一个弯，我看到妻子正走在几步外的路灯下，并不是独自一人，走在她身边的是我那个班长。我倒抽了一口凉气，本能地想躲。这小区人车分离，所以行道窄，简直避无可避。我尽量自然地朝最近一个单元门走去，在门禁跟前掏出手机，假装自己是个正要给主人打电话的访客。这时候妻子和班长已经到我身后了，正慢悠悠地经过我的背影。我听不清他们在聊什么，只觉得被一根钉子钩住了头皮，它把我吊了起来，浑身的皮肉遂自那个点开始分离。

我满脸通红地盯着手机，这才发现嘴里默诵的竟是屏幕上显示的菜鸟驿站取件码：2-3001-09。妻子的声音远去了。我回过神来。这下我感到愤怒，尤其想到她不接电话搞得我现在还跟这儿耗着就更是火冒三丈。小区里，这两人已经没影了。犹豫片刻之后，我开始朝三里屯走去。

想象妻子出轨，和目睹这一可能在眼前展开完全是两码事。说来可笑，正是此时我才分外清楚地感受到了已婚二字。在最相爱的时候，我们聊过性少数、开放式婚姻，聊过离婚，我当时的论调十分开明。但现在我只想把班长的头往马桶里按。

不愧是平安夜，一路上都热闹极了。每看到一间饭馆，我就猜想妻子和班长在里面。离三里屯酒吧街越近，分岔越多，路边的饭馆也越多，这情形简直像没有取件码却想在爆仓的菜鸟驿站里找一件快递。

刚开始同居的时候，我们住在离三里屯很远的地方，却也曾大晚上地跑来这儿散步。我们乘六号线，转十号线，在团结湖站下车，手拉着手，并且也是在今夜这样工作日的晚上。我们看着街边那些馆子，评论它的装潢，凭临窗的食客猜测菜式和口味，妻子会兴致勃勃地跟我打赌某某店在大众点评上有几颗星。她猜的评分总是比网友们的高。入选我二人心愿单的饭馆为数不少。那时候，想要一起做的事情很多，太多，或是什么都不做也足够，所以我们似乎总也没有推开哪扇门，坐下吃吃看。在"拔草"一词流行起来之后，妻子的收入变多了。一个周末，她点开App，兴致勃勃地说："咱们点个外卖拔草吧。"我总觉得码进打包盒后的心愿单和9.9元的特价盒饭也差不了多少。

我便是沿着这心愿单一路寻找。不知是幸或不幸，总之哪儿也没见到这两人的踪影。到了十一点左右，心愿单全跑完了，那些店多位于南、北小街，其中半数以上已经易主更名。我开始往工体的方向走。穿行在各种打扮时尚的年轻人中间，我渐渐觉得自己这么做的唯一理由只不过是发泄掉剩余的精力。寒意、疲惫和饥饿一点点侵蚀着我的大脑。午夜临近，又一张熟面孔出现了——某人猛地拍了一下我的背，二话不说，上来就扯开了我那羽绒外套的拉链。

竟是徐伟。他上气不接下气，脸上全是汗，像是刚跑完1500米的运动菜鸟。我吓了一跳，本能地想守住自己的衣服。我不知道这小子一副弱不禁风的样子，怎么会突然间有如此蛮力。他哆嗦着向后方看去——那儿只有几个假装什么也没看到的路人，然后他猛地回过头来，扎入我的怀中，将我紧紧地抱住。

我想着妻子。我想着，她和班长没准儿正好看到了这一幕。

2

"对不起。"

徐伟到底说了几句对不起呢？

"你小子发什么神经？"

这话我也像是说过好几遍了。

不知道跟他抱了多久。总之，我居然忘记了抱住自己的是一个男人。人类的确是需要拥抱的，需要体温和柔软的肉体，需要睡觉，需要良好的休息来留住理智，以免被拥抱本身迷住。我推开徐伟，开始笑。我觉得我不比他正常多少。

"对不起。"

说着，徐伟又向后方看去。他盯着某处，又失神一样地回过头来，拉起自己的领口嗅，然后再回头，再嗅。"对不起。"他看起来离"正常"更远了，"我能跟你换一下外套吗？"

他仍穿着同学聚会那天的深棕色外套，这衣服看上去没什么毛病。为什么要换外套？徐伟的表情，看上去就像换外套是一桩性命攸关的事。

内心深处，有一个理智的声音在说，别答应，别他妈给自己找麻烦。然后我脱下了身上的黑色羽绒服，接过了他的呢子外套。他嗅着我的领口，又说了几声"对不起"。

这件深棕色外套把我箍得很紧。有一阵子，我的大脑似乎停住了运作，仅满足于跟着他游荡在这个特别的平安夜里。我们坐进了工体附近的天堂超市，取了些啤酒烤串。他执意要请我夜宵，以表歉意。

这间大型酒吧一共三层，热闹非凡。靠近吧台的位置有一个电子屏，提供霸屏功能，一秒钟一块钱。眼下，正有一行某某某爱某某在上头闪，到我第二回看时，已经换了一组人，每次更换都由一个身材火辣的女郎把内容播报一遍，语调颇具煽动性。

看来时间就是金钱。不，时间比不上金钱，它只是个装钱的破布袋子。

妻子或班长到底有没有看到我？实在地，我此刻很难关心徐伟到底是怎么回事，但有他在旁边说话，我便能不那么频繁地想到妻子或班长。

徐伟说："别问了，说了你也不信。"

我说："你要是有什么难处可以告诉我。我虽然没多少钱，但现在也没什么需要用钱的地方。"

徐伟说："不是钱的事儿。"

好吧，又是这句话。但"钱"确实解决了一点问题，徐伟待我的态度自在多了。

报幕女郎说："张先生要送给宋小姐999秒的表白，让我们祝这对爱人长长久久，甜甜美美。"

"真会借我钱？"

"你就说要多少吧。"

徐伟一笑，拿起一根烤串，朝我凑近。

"有人在追杀我。"

我点点头，开始吃下一串羊肉。我们说话的声音很大，这样才能勉强听清。我想酒吧里的嘈杂是有道理的，这么扯着嗓子聊天，谁都得多喝几口。羊肉的味道还过得去。有一个朋友告诉我，北京的羊肉都是假的，都是狐狸肉。他说得非常肯定。我好奇的是，难道养狐狸比养羊便宜？

"不是开玩笑。"徐伟说，"上次不是跟你说代购鞋子的事吗？因为那个惹到了一点麻烦。追杀我的不是人，是虫。"

"虫呢？"我大声说，"叫它出来，我帮你踩死它。"

"踩不死。"徐伟义正词严，"所以想换你的衣服。换衣服当然骗不过人，不过骗过虫子看来行。"

他的身体淹没在黑色的羽绒服中，脸上的胎记倒真像一只被踩扁的虫子。我们把座位换到楼上，那里能安静一些。他又问起平安夜，我便告诉他自己正在和妻子闹别扭。我略去了班长一节。

"倒霉是好事儿，倒霉才能遇到虫。"徐伟笑嘻嘻地喝着啤酒，"你够格了，能讲给你听，我是说虫和鞋子什么的。当然，这和平安夜无关，而且说来话长。你明天要上班的吧？要不下次再说？"

我让他尽管说。再没有什么事能把我和平安夜扯上干系了。

3

你知道肾脏是什么样的器官吗？

徐伟开口说道。

肾脏和我的父亲很像，不单单因为他得了肾病。一个肾约莫有半个手掌那么大，扁豆型，主要的功用是生产尿，排毒嘛。肾脏神通广大，好比天赋异禀之人，只需要调动自己一半的能耐就能轻松成为学霸，所以割除自己的一个肾脏给别人，大体上不影响捐赠者的人生。

你看，肾脏它不仅仅有天赋，还很勤奋，自尊心也强得不行。如果生了病，脑子不好使了，它反而会奋起直追，玩命工作，轻易不肯暴露自己的问题。于是嘛，50%的能耐不够用了，就调动51%，再来是60%，扶摇直上。直等到双肾功能不足20%，它才开始认命，不得不将问题上报。尿无法顺利生产，毒素无法顺利排出，肾脏伤透了心。于是人开始浮肿，脸色变灰，有时会痛风，皮肤也不那么好受。我父亲就是这样。他农闲时外出打工，农忙时回家种地，等到腿肿得走不了道才到医院检查。这时候他已经到了慢性肾衰的终末期，尿毒症。

我父亲一直视我为人生的骄傲。他梦想着我能在大城市扎下根，也就是说找份工作，结婚生子。他从来没要求我赚很多钱，让他享清福什么的，他只是说你不能忘本，你必须在花花世界里做一个正派的人，这样心里才踏实。好笑吧？他居然觉得离开了农村就算到了花花世界。也是，这年头，村里的花都搬到城里去了，支持市政建设嘛。

我从来没告诉过他自己在大学里有了个女朋友。事实也证明我的这个有约等于无。他一生病，女朋友就只是女性朋友了。她上知乎去问"男朋友的父亲得了尿毒症，我该怎么办"。所有的高赞回答都劝她赶快分手，我挨个儿看了一遍，逐条点赞加喜欢。

我想我没见过什么花花世界，但我确实想做一个正派的人。

我回家给父亲办医保。父亲的医保交得时断时续，好在农村医保不存在补缴前几年的费用一说，补缴了当年的费用，三个月之后就能用了。经病友指点，我们家的情况可以申请大病补贴，不过这是当年的费用合计下来之后才能走的程序，也就是说，得先筹足当年的费用才行。我花了不少时间研究该去附近哪个城市就医，进哪家三甲医院。不同级别的医院，医保报销的比例不一样。也借了钱，托乡亲们的福。得这个病没什么好惊讶的，他吃口重，又不爱喝水，长期过度疲劳。他的肾为了他殚精竭虑。我弟弟嚷嚷着要退学。尿毒症是个慢性病，要根治除非做移植。透析的费用大部分可以报销，移植的情况就复杂了。我们没想过等肾源，但即便做亲体移植，医保也只能报销一部分费用。算上各种药物，少说也得准备个十几万。

父亲做了动静脉造瘘术，每周三次透析。他总说自己已经是个死人，说不想拖累我。

一开始没想放弃直博。刘教授你还记得吧？也不能说他是我的导师，就说刘老师吧。我不是跟他一起做了个项目嘛，一开始就听他的话卖掉就好了，许多事儿都不用愁了。

弟弟必须得有个高中文凭。我弟弟成绩一般，人没走歪，但是脑子不行。我爸总说弟弟遗传了他，言下之意是我遗传了妈。我对我妈的记忆很少。她是村里第一拨外出打工的人，有两年的春节，我看到她总需要好一会儿工夫才能反应出一声"妈"。第三年，她一去不返。谈不上恨她。我父亲很少提到她，但凡提起，总是说母亲怀孕生子的那几年受了很多苦。

你好奇过我那个项目吧？不是什么了不起的东西。那时候刚刚开始说大数据这类词，我想传统的计量方式迟早会行不通，必须有能够处理海量数据的研究方法。我就想解决这个问题。是我先找到刘老师的，我读过他发表在顶刊上的文章，仰慕他的才华。这事儿算是跨专业了，确实，如果没有他，只靠自己我是无法在短期内学会已有的线性与大多数非线性模型的。我在他的指导下写文章，第一作者署他的名字，我觉得天经地义。也是在他的点拨下，我找准了项目方向，自己建模，动了申报国家扶持基金的心。

为什么没奔着变现去呢？我后悔过。可是，那时候我认同互联网精神，共享。我希冀着搞研究能让我吃上饭，能让我把研究成果免费分享给所有人，这是我所理解的报效祖国。刘老师劝过我。他说"你的这个项目能盈利，这是个创业项目，你应该考虑自己出来开公司"。我说"我不想开公司"。是我短视了。报效祖国？嗐，你们都笑过我吧？该琢磨报效祖国的是你，是你，不是我。不自量力就是短视的一种，最可怕的一种。

后来的事你们都知道了，父亲生病，项目没了。不过这也不是全部。

我经常想，到底是错在了哪一步？如果一开始就听刘老师的话，把项目卖掉，会对一些吗？如果听师姐的话，假装这事儿没发生，会对一些吗？我不知道。

挺蠢的。我在老家给刘老师打电话，求他帮忙找买家，说我终于想通了，早就该听他的话。我不好意思提父亲生病的情况。他和风细雨地安慰我，打太极，说会让师姐联系我。我觉出些不对劲，因为他压根儿没就卖项目本身和我细聊，而且像是已经知道了我父亲得的病的事儿。师姐的电话很快就打来了。她说得含蓄，但也足以证实我的猜测：项目已经被刘老师牵头卖掉了，比我猜测的更早。早在我写文章期间，他们就已经着手实践，和未来的买家合作完成了商业化的步骤，可喜可贺。师姐说："刘老师想邀请你加入他的团队，给你开两万一个月。"

应该答应的。我再也没能拿到比这起薪更高的offer（录取书）。当时我只觉得很受伤。为什么不跟我商量？不只是刘老师，那些师哥师姐，平时一派热乎劲儿，为什么没一个试过提醒我？

为什么没人肯拿我当自己人？

直到现在我都想不通为什么那么在意他们对我的态度。如果当时放下电话，立即找一个公司合作，另起炉灶，克服心理干扰，我恐怕仍能赚到不少钱。这个世界不只犒劳第一个吃螃蟹的人。

不过现在说这些都晚了。

我是在研究室里找到刘老师的。

"你父亲的情况怎么样？"他问我。他的眼神热乎，语调热情，我不由得相信他的关切是真实的，就好像卖项目是我们一起商量的结果。事实上一看到他那张和蔼可亲的面孔，我的愤怒，我被践踏的自尊，就统统消失不见。有的人就是具备这种能力，无论他对你做了什么，只要他还肯对你笑，你就没法儿计较。

我把父亲的具体情况告诉了他，由不得我不说。他听得很仔细，遇到我说磷高、钾高要吃药这类事，他还能当即给他的医生朋友打电话，然后告诉我某种治磷高的进口药可以走医保报销70%。我感到惭愧，为什么我自己没打听到呢？

"缺钱吧？你们考虑肾移植吗？"

对，说完父亲的病之后，他问的第一件事就是这个。

"缺钱我可以转给你。"

说这话时，他的表情就像一个单纯地想要救济学生的师长。

"刘老师，"我说，"刘老师，您是不是特意留了一部分项目收益给我？"

听听，我居然说了这么蠢的话。他没有直接回答我的问题。

"本来想让你加入我们。但我考虑到你现在最要紧的是尽孝，这种创业期的苦差事恐怕不适合你。我太了解你的脾气了，回老家找一个就近的工作，攒上三五年，要么你，要么你弟弟，三个人，四个肾，你能处理好。百善孝为先，总是不能给老人家再拖下去的。这种情况下，把你找过来，对我们双方都不负责任。"

我气坏了，又说不清自己气在哪里。他说的当然就是我当时的打算，何况又是那样一张春风满面的脸说出来的，声音也好听。

可我就是气坏了。我没有再提他要给钱的事，他也就没有再提。那个师姐说我运气差，赶上了刘老师的小孩幼升小："我校的附属小学不够好。"

那天你们都在上课，我一个人在操场上走了三圈。心情好歹平复下来了。一部分的我甚至想折回头去，重新提钱，但我最终去到了教务处，把事情的始末抖了出来。你看，自尊心太强会做出这种不理智的事情，想要出口气，只想要别人承认"你才是正确的一方"，而压根儿就忘了怎样做才对自己有利。

我找的是那几年为了助学贷款、奖学金，总和我打交道的老师。对方听得很认真，为我打抱不平，请我在食堂吃饭，告诉我她爱莫能助。

我安慰自己，还有别的路。法律系的校友很快就联系到了，我扬言要告刘老师，想把事情闹大。起初我不信这些法律人士的说法，等我自己动手了解才不得不承认，我就是一个法盲。如果真要对簿公堂，我毫无胜算。你看，刘老师又不是只写了那几篇文章，况且，那几篇的文章的第一作者也是他。

许多人说我在胡搅蛮缠。我痛恨这个，痛恨自己把时间和精力花在胡搅蛮缠上。所以我又没能刹住车，而是反复想要证明我没有胡搅蛮缠，这样便又浪费了更多的时间和精力。事情已经在学校里传得沸沸扬扬。所有知道内情的人都在讽刺我不会做人，得了便宜还反咬一口。而所有的，他人的眼光和看法都在使我越陷越深。教务处和系里都找我谈话，问我需不需要由校方出面，与刘老师一块儿坐下来谈谈。大家都强调这是一个沟通问题，"刘老师的确有错，他应该及时和你沟通"，大家都希望这事能正式画上一个句号，"这样对你自己的人生也有好处，不会留下污点"。也提到了父亲，提到父亲，便提到病，提到钱。大家总把父亲和钱说到一块儿，好像他就是印在五十元人民币上的那个农民，当然，新版已经不印农民了。

我谢绝了学校的好意。我开始害怕和别人打交道。宿舍也像一座地狱，我知道你们如何看我。

其实，我比你们更看不起自己。经刘老师修改后的模型无懈可击，我只能自叹不如。有时候我甚至不恨他，只恨自己没本事做一个唯有我能说得明白的模型。如果我真有那本事，这个项目白送他了也没什么大不了。

最近几年我才明白，一个宝贵的想法是无价的。人生不可能随时都在"开挂"，要有这个眼力抓住"开挂"的那一年，然后才能换来"开挂"的那几年。当然，只有眼力是不够的，还得有那个命。

　　我没有那个命。不得不说，我对人生的设想还是太过简单。十二年的义务教育就像一个真人版消消乐，我确凿地知道要制造多少颗炸弹才能通关。大学，通关后的终极奖赏。这之后消消乐就不好使了。我也想继续消除障碍，却不知道从何下手。每过一个时间节点，那些未消除的障碍便如期上涌，把我的生存空间挤压殆尽。我读三国，读《红楼梦》，读到那些表面一套背后一套的东西时从没有反感过。不反感，就好像我自己也能办得到似的。我喜欢听别人夸我聪明，讨厌别人夸我老实。然而事实上，我压根儿也没有那个能耐成为一个不老实的人。你知道最让我难受的是什么吗？是我真的觉得自己被羞辱了，是我真的觉得自己败下阵来。不是有那句话吗？除了你自己，没有人能将你打败。被打败的感觉就是那样清晰，它让我明白，我在认输。我讨厌自己竟然这么轻易地被打败了，我讨厌自己竟然承认了这一点。

　　后来我常常回想去研究室见刘老师的情形，总听见他在给医生朋友打电话。

　　磷高，对对对，福斯利诺？咀嚼片啊，对，哦？可以走医保？

　　于是我给父亲买了福斯利诺。我为自己感到悲哀。我干不过刘老师。我在他跟前就像一个二维的平面人，手伸得不够长，眼界也远不如他开阔。

　　父亲走的时候，我在一家小公司干会计。那天刚好是春节前最后一次发工资的日子，效益不好，但年底的大红包还是有的。公司里的气氛喜气洋洋，老板学着刘德华的腔调，在午休的时候给大家唱《恭喜发财》："我恭喜你发财，我恭喜你精彩，最好的请过来，不好的请走开！"大家都笑得不像样了。弟弟给我打来电话，说父亲在透析的时候突然低血压，进了抢救室。这种情况之前就发生过一次，我接起电话来也没往心里去。他本来就有心血管疾病，我一直为他死于心脏衰竭做着心理准备。防着他感冒，不让他干活，每天早上盯着他喝牛奶冲鸡蛋，严格控盐。现在说这些都没意思了。父亲去了抢救室，再也没回来。医生通知我的时候，我突然想起了我妈。她也再也没回来，不过，她去的是比抢救室好许多的地方。我希望她正过着好日子。

我打车赶往医院。就像一个笑话。我当然是为了父亲才回老家的，结果连最后一面也没见到。早知如此，何不在北京找一个薪水高一些的工作，让他和弟弟过得更好呢？

当时为了给父亲做移植，我已经攒了近十万块钱。配型已经做好了，我和父亲合适。原本打算过完春节就办这事，但人算总比不上天算。攒下的钱，半数拿去还借款，剩下的分了一半给弟弟。左邻右舍都有一种松了一口气的感觉。弟弟要去深圳，他谈了个对象，两人一起去。大概又干了俩月吧，我从公司里辞了职，想来想去，还是买了回北京的火车票。

深夜里，我躺在卧铺上，手掌按着右侧肾脏所在的位置，想象它为父亲生产尿液的样子，眼泪就下来了。天亮了，春暖花开，杨树毛毛满天飞，空气里照例有一股金属味。我背着包走出火车站，一时有种恍如隔世之感。太像了，太像我大学报到，第一次来北京的感觉了。只是当时我还带着一麻袋落花生，现在我两手空空。

是想要从头开始的，想。回老家只是暂时的，是一次小小的搁浅。总想着，等我能面对刘老师那事儿，也就能重整旗鼓，杀回自己擅长的领域。所以我回来了。仿佛只要回来，该面对的也就能面对了。不是有那句话吗？在哪儿跌倒就在哪儿爬起。

也许这就是年轻的代价，仍然天真。我在熟悉的地方跌倒了，再一次。恐怕跌倒的姿势和角度都一样。

还在火车上我就琢磨着该联系你们。该在咱宿舍的小群里吭声，让你们帮忙找个工作。理智告诉我，这种忙你们肯定是愿意帮的，况且我还揣着钱，可以请你们吃顿饭，把当年你们主动借我的钱还上。可是，该怎么解释呢？

没法儿联系你们，这么小的一步，就是做不到。当然，我也投了不少智联招聘，但没有收到回音。我是一个没人要的劳动力吧？想到这个，便愈发不敢麻烦你们了。日子一天天地过去。早上醒来，我便叮嘱自己，今天一定要联系你们，起码联系你。很快，我需要把这件事写在备忘录上，贴在眼面前，以此来逼迫自己行动。可我就是没法儿，行动。按说，多大点事儿呢？我真是不明白。一拿起手机，许多细碎的念头便开始困扰我：你们还管我叫栋梁吗，比方说，背着我？我没能学以致用，而是干了这么多年的会计，让你们给我介绍工作会不会让你们丢脸？你们常在群里聊天，逢年过节相互问候，而我只围观，不说话，现在有事相求才联系，是不是不要脸？几个问号冒完，当时猜测你们暗中责备我不会做人的表情就栩栩如生。这么着，我就真的需要消消乐了。《开心消消乐》，它确实让我开心过。

在老家的那些年我反倒比较洒脱。不在乎别人的眼光、看法，和我刚到北京的时候一样。那会儿我是有自信的，那自信来源于高考成绩的余热。至于现在，当我的手指迫不及待地滑动彩色的像素方块（《开心消消乐》把它们做成了各种迷人的小动物），我便觉得那个自信的自己实在陌生得不可信。

没准儿我只是在扮演呢？pretend。毕竟，谁都喜欢同自信、快乐的人交朋友，我知道这个。

我挣扎过。我用一些简便的易得的方法来获得掌控感。比方说，退群。摆脱所谓的人际关系，故意得罪一个谁，让我觉得自己好像克服了弱点，好像不在意别人，不在意谁对我有看法了。没有人那么在乎你的，没有人那么闲。这些道理每一个公众号里都有，而每当我看到，便觉得只有我一个人还做不到。

我住在南四环一个靠近地铁站的小区里，和三户人合租，住主卧的是一家三口，也是二房东。我的房间大概有六平方米，靠墙一张0.8米×2米的单人床，靠窗一个贴皮原木色书桌，配一把黑色折叠椅。我的桌子像是冬天的地，盖了一层又一层的雪被子。从下往上数吧：第一层，是大学时代保留至今的专业书，我原打算在等待面试通知的时间里温习一番；第二层，是若干闲书，地摊货，以前买了解闷的，一直没舍得扔；第三层是手机，总连着充电器。除此之外就复杂了，泡面碗、烟盒、五指姑娘的卫生纸、苹果核，总之包罗万象，应有尽有。我渐渐地懒于出门，垃圾一袋袋地扎好扔在衣柜跟前。衣柜门坏了，半豁着，不过里面的玩意儿比垃圾也香不到哪儿去。合租的潜规则是互不照面。有时我想撒尿，透个门缝，一看厕所里有人，我也就不好意思出去。矿泉水瓶和塑料袋充当了便盆。渐渐地，我什么门都不想出了。我一般拣中午的时间段叫够三餐的外卖，一则这时候外卖优惠多，二则合租的其他人这时候都在上班，二房东的闺女上学，屋里只有我。有时缺少纸巾、烟酒之类的必备物品，就留言让外卖员代买，有时也专门挑搞活动的商超直接下单。我一律留言让人家把东西放在门口，门禁响起，我就猫在门后等，等快递员上楼、放下东西、离开，再开门取物。

我不知道这样的日子过了多久。招聘软件递来不少回信，我竟一封也没有及时回复过。

蟑螂就是在这时候出现的。蟑螂，黑褐色，个头比老家的要小，琥珀或说玳瑁色，最深处和楼底下那辆捷豹牌轿车的外漆一样。晚上睡觉，塑料袋发出窸窸窣窣的声音，起初我还以为是老鼠。有东西在脚上爬，爬得很有礼貌。已经入夏。二房东来敲过我的门，大约是担心我是不是死在了里头。一天夜里，我感到脸上一阵酥麻，睁开眼睛一看，一只蟑螂正站在鼻头上，触角摇来荡去。租屋的廉价窗帘不遮光，我看得分明。我当即想把它甩掉，但浑身动弹不得，大概是被魇住了。我瞧着它，它瞧着我，瞧久了，我就觉得它是在可怜我。它眼神里有这种意味。它也是有眼神的。

它说："小伙子，你开开眼吧，看看别人遇到的事儿有多操蛋，你就知道自己有多幸运了。你这叫被幸运蒙蔽了想象力。"

我和蟑螂你来我往地聊着天，他时不时搓一搓带刺的前腿，转一转头上的触须，叹一口气。

等到天蒙蒙亮了，虫鸣声起，我睁开双眼，一时想不通我究竟是人还是虫。都说人如蝼蚁，但我觉得，我连蝼蚁都不如。人人都讨厌蟑螂，只有灭虫剂上印着它的画像，可是人人又都羡慕蟑螂的强韧，说谁是"小强"那是亲热的夸奖。我躺在床上，脑子里浮现出父亲的面孔，他即是所谓的庄稼汉，泥腿子，进城务过工的农民，小学都没毕业。但是我不如他。我这点事儿如果落在他头上，他漫漫眼就过去了，哪怕浑身上下只剩20%的细胞还活着。我想起他脏乎乎的手，想起他的笑眼，想起他带着我们兄弟二人走在地里，剥开没长熟的蚕豆递给我们吃。

我深深地怀念生蚕豆的味道。

能拥有这样一位父亲，是我的幸运。我想对得起他。

和弟弟平分的钱只剩下三位数了，不管怎么说，我必须在这个月找到一份工作，干什么都成。我从床上爬起来，刷牙洗澡，把床单衣物分批投入已经积了一层腻灰的塑料盆里，搓洗干净。我一连跑了六趟才把垃圾全部扔完。我浏览了一遍面试通知，逐一打电话过去询问、道歉，然后刨出一套姑且称为干净的衣服换上，出门买了蔬菜、面条、抽纸、啤酒，和一瓶灭虫剂。

重新开始，再一次。就从灭虫开始吧。

扫出了不少虫的尸体，蟑螂的并没有我想象的那么多。我恨不能将一整瓶灭虫剂用光。

这天晚上，我又一次梦见了蟑螂。确切说来不是蟑螂，而是一个穿着蟑螂cos（角色扮演）服的男士。

梦里，我不知为何躺在了地板上，床上即坐着这位男士。来人看上去五十开外，脸庞光滑。只说光滑是不恰当的，他的脸、脖子、手、脚，总之露在外头的部分统统像是涂了层油那般反着光。他脸上带着一种商人式的笑容，既有些不可一世，又有些低声下气。头发全包在一个褐色的运动头巾里，颅顶两侧，各出溜开一根"天线"，长度足足有一米，和口服液的吸管一般粗细。他穿的衣服很古怪，大致像是连体服外套了个斗篷，颜色嘛一如前述，琥珀色或玳瑁色，带着渐变，材质看起来硬邦邦的，不大舒适。有一个大兜帽，垂在脖颈边的帽檐上左右各有一大团黑印子，像是昆虫用来唬住天敌的假眼。胸腹部一棱一棱的，不过，怎么说呢，比起他那威风的斗篷，这些横棱多少粗制滥造了些，看着怪别扭的。

他没穿鞋子，跷着二郎腿，大脚趾上有几根肉眼可见的毛，毛随脚掌抖动。

大夏天的，我赤裸上身，只穿着个橘红色的裤衩。

"能来瓶冰啤酒吗？"男士说着用手指扫了扫胸腹部那些横棱，"没办法，始终得穿着这个，多担待。"

我去冰箱里取了两罐当天刚买的啤酒。男士接过一瓶，把我的垃圾桶放在脚边。他玩儿命地摇晃易拉罐，然后举在手里等待，半晌才拉动拉环。啤酒沫子顺着他的手往下流，他利索地揩掉沫子，咕嘟咕嘟喝了两口。

　　"不好。"他说，"我喜欢不起泡的啤酒，完全不起泡才好。"

　　他仰面打了个响嗝，放下啤酒，像做某种手部体操那样，左右手以眼花缭乱的速度展动一番。较之脚，他的手小得有失协调。

　　"谢谢，谢谢啤酒。"

　　他瞟向那瓶灭虫剂。

　　"不打算默哀五分钟？"

　　说着，他端正了身体，闭上双眼，纹丝不动。

　　真是过了五分钟（分秒不差），男士睁开双眼，看着我叹了口气。

　　"放心吧，我不是来算账的。毕竟你提供过饮食——我会在报告里写明——功过相抵。知道我们为什么不喜欢飞行吗？"

　　我还在想着"算账"的事，摸不准他为什么突然换了话题。我多少有些害怕，毕竟越喜欢叫你放心的人，背地里算盘打得越响。

　　男士仿佛洞察了我的心思，用那双小得别扭的手比画起打算盘的样子，继而四指并拢，左右拇指扣起，比出一只手影游戏式的老鹰。

"你看，我们也有翅膀，实在要飞也勉强能飞，也承认飞行十分有趣，姿态优雅。但我们不喜欢。无他，飞行所需的能量是爬行的四五倍，就是说，飞行时必须吸入四五倍的氧气才能燃烧体内的糖分。遇到你买的这种喷雾式杀虫剂，苍蝇、蚊子这类碍于面子总飞个不停的小家伙便随着呼吸，摄入大量毒素，无可奈何地死掉。所以，我们不飞。我们保存能量，一代一代地活下去。"

说到这儿，他油腻的脸上浮现出不够油腻的笑容。

"你有双椰子鞋吧？灰底，橙红色条纹的椰子鞋，经典款。"

我点点头，总觉得说"有"或"没有"都挺奇怪。那鞋子在哪儿我有点想不起来了。

"床底下嘛，瞧你这记性。这段时间，承蒙照顾，不甚叨扰。大体来说，我更喜欢待在右脚的那只鞋子里。"

他从裤兜里掏出一把花生米，递过来。我有些恶心，实在没法儿说谢谢。

"哎呀，我忘一干净。"来人面带微笑地收回了手，自己吃了起来，"我对你已经万分熟悉，你对我则不然。这就献上迟到的自我介绍：我乃蜚蠊也，蜚蠊科，褐斑大蠊。一般人管我叫蟑螂先生，你叫我强哥就好。"

强哥……我在脑海里不由自主地默念了一下这俩字儿，强哥遂愉快地点点头，又喝了口啤酒。

"我可是堪称活化石的蟑螂哦，白垩纪末期的地壳活动搞得了恐龙，搞不了我们，这总不是我们的错。"

强哥讲述了一番蟑螂的前世今生，扬扬自得。总之，人有人本位，虫也有虫本位，所以虫是不大看得起人的，这个观点我记住了。

　　"我来嘛，是想跟你谈个小买卖的。你那双椰子鞋我看上了，喜欢！我想买。"

　　我想想自己卡里的余额，问他肯出多少钱。

　　"我们蟑螂做头卖都是不谈钱的。我是说，钱算个什么东西？"

　　强哥愤然朝嘴中投入一颗花生米，顺时针碾动牙齿，像在嚼一沓钞票那般卖力。良久，他心满意足地下咽，直视我的双眼。

　　"我看你天性纯良，乃栋梁之才，如果连你都不能过上称心如意的生活，那还有什么人配？"

　　他说着就往地上一呸，然后表情一惊，张手抽了纸擦拭干净，投入垃圾桶。

　　"简单来说，我的出价就是这样。你给我鞋子，我给你称心如意的生活，等价交换。"

　　"我不信什么称心如意。"我说。

　　他点点头，闭上眼睛，颅顶的两根天线开始转悠。我想，这就是触角吧？

　　"听说过万象结合约束吗？"

　　我默然。

　　"知道你没听过，知道的。不过还是得问一下，以示尊重。听说过简志易这个名号吗？"

我摇了摇头。

"哎，那就对了。这名字响亮吧？简志易，意志坚，你正适合到他那儿去补补意志。这位仁兄是一个研究力学的教授，主要讲些弹性力学、断裂与损伤力学之类的玩意儿。似乎还有别的头衔。我之所以能注意到他，乃是因为治沙。他这些年忙着治沙。沙知道吧？细小的石子，沙漠，占咱陆地面积的五分之一。虽然我们蟑螂轻易不考虑这么大的事情，可是吞噬你们人类的生存空间，就是和我们褐斑大蠊一脉过不去。我和你，我们蟑螂和你们人类毕竟是命运共同体。所以最近这几年，我不得不开始考虑沙漠的事。"

我关注过一阵子荒漠蓝藻固沙，于是很好奇这个强哥究竟想说什么。

"长话短说。总之，这位简志易也想在治沙上插一杠子。他想到了自己的老本行，力学，琢磨着把'团结就是力量'这一箴言实践到一盘散沙里。他搞了一种胶水，掺进了沙子中，把流动性大，无法保水蓄水的沙子团结起来。什么胶水？大致类似于把瓷砖贴到墙上的玩意儿，无毒无害。还有一个好处：一次性添加之后，沙子就变成了土壤的质地，后续维护简单，适于做机械化、大规模的推广。

"此乃万象结合约束之奥义。

"不过，这法子有一个很大的缺点——成本高。一句话，缺钱。明面上，他这种改良土壤的方法每亩的成本在2000～5000元，远低于各省市土地复垦费用。然而，真要到了一无公路二无水源的地界，恐怕就没那么简单了。

"所以我才想到了你。是,你受了点挫折,受了点不公正的待遇,经历了丧父之痛。但小兄弟啊,你开开眼吧,等着你施展拳脚的地方有的是!不是想搞经济吗?搞,必须搞,去最饥渴最贫瘠的地方搞,搞出一片绿洲来!我嘛,跟简教授背后的'金主'认识,老交情了。这世上荒漠很多,治沙的队伍也很多,但我只对能够商业化,有盈利空间的队伍感兴趣。我不反感商业社会,不,我举双手双脚赞成!唯流动是不变的真谛,所有受压抑的个体都该得到解放,都该到属于他的绿洲去!"

强哥那光滑的脸微微冒汗,透着粉红,小拳紧握。他歇了口气,喝了点酒,又做了一次手部体操。

"不好意思,不该说那么多大话。说点实在的。不瞒你说,别看我这副样子,我其实是个搞人力资源的。我最清楚该把什么人放到什么位置上去了。简教授当然不是什么完人,不过算是个地道的,除了吃多了蚕豆会放臭屁之外,我看你俩蛮合脾气。你要是觉得椰子鞋卖给我可以,以后就跟着他干吧。"

"有一个问题。"我说。

"但凭驱驰。"

"我那椰子鞋根本是淘宝上的冒牌货,也就百来块。要说正经的椰子鞋,我买不起。"

"我知道。"

"你知道?"

"你该不会是舍不得吧?"

我连忙否认。强哥叹了一口气。

"我说，这玩意儿的价值跟它有多正经关系不大。作为鞋子，鞋底、鞋帮、鞋带，一应俱全，踩上去也像踩到屎。那条橙色的装饰嘛多少有些凑合事儿，但我买它的目的，只是要让穿的人意识到，哇，我在穿椰子鞋！至于这鞋到底正不正经，那不是重点。对，重点是，穿鞋的需要产生此乃椰子鞋一双的感觉，这感觉需要汇入椰子鞋备受欢迎的共识当中。一句话，认同感才是关键！要达到此等效果，这双冒牌货足矣。"

说着，强哥晃了晃手里的易拉罐，于是我把剩下的都拿了过来。他招呼我在床上坐下，进一步指点江山。大概地，他说，你就去帮这些人拉拉投资，具体怎么做你和我那个老熟人自己商量，术业有专攻嘛。不过即日启程是不实际的，陆续还有一些山头要拜，"是我拜，不是你拜。"也有一些人需要你认识，头等地，他说，这段准备期你得谈个恋爱，否则就谈不上称心如意。旋即，他告诉我翌日需要打开智联招聘，翻到第十七页，选择从上往下第三家公司投递简历，"你先在那儿解决解决个人问题。"

我们俩对饮起来。我没想过要帮什么治沙的人拉投资，也不觉得自己真有这能耐，但经强哥这么一说，我就觉得自己正是为了成为金融界的地球小卫士而诞生于世的，再没有半点怨天尤人的情绪了。不得不承认，强哥对何为我的称心如意理解得十分到位。

啤酒喝完，我钻到床底下，找出那双椰子鞋。他磕磕灰，并没有穿在脚上，想来他的脚是比我大了不少。然后他打开房门，说了句"好好睡"，弯弯地一笑，就此告辞。

回过神来的时候，我已经躺在自己的床上，并且刚刚睁开眼睛。垃圾桶里有六罐空了的青岛啤酒，再往下还能看见一团揩拭过的纸。塑料袋湿漉漉的。他为了赶走泡沫浪费了不少酒液。

床底下的椰子鞋自然是不见了。

会不会是一个梦呢？也许啤酒是我自己喝的，痰也是我自己吐的，虽然与我一贯的习惯有所不同，可到底不是什么不可能之事。那一阵什么地球小卫士的欢愉之感还留在心中，醒后想来则天真可笑。问题是，我从未听说过什么简志易——我打开电脑，换了几个姓名输入百度，终于确定了蟑螂口中的人物是"简志易"。

我不是学治沙的，也没接触过诸如风沙动力学之类的学科。说实话，我判断不出来这位教授的方法到底可不可行，况且，把瓷砖贴到墙上的明明不是胶水，而是水泥。我家就是种地的，这事儿我多少有点话语权。在我看来，什么样的土壤都不是关键，只要水管够，石头地里也能长出东西来。我查了查教授背后的"金主"，那家公司还投资了360，这增加了我对简教授的质疑。

可试一试似乎也不会损失什么。我按照强哥的说法，点开了智联招聘，翻到求职信息的第17页，看到了第三栏。这是一个名叫"山馆"的公司，搞美容的，招会计，薪资面议。招聘时效已过期半年。我"百度"了一番山馆的相关信息，确定它是正规公司，在北京还挺火。我投了简历过去，当天下午就接到了面试通知。

面试地点在大望路地铁站的那个SKP（华联），顶层。我没见到财务总监或总会计师一类的角色，面试我的人是山馆的老板，山冉，一个女的，中性美，完全猜不透她的年龄。她没有提及蟑螂，当然我也没有提。但我总有一种感觉，蟑螂的事山冉大约心里有数。在这样的氛围下，面试过程怎么看都像是走个过场。总之，第二天我就能开始上班。山冉客客气气地问我工资多少比较合适。我琢磨着私企会计在北京常见的起薪，琢磨着讨价还价的空间，于是报出了八千这个数。她没有立刻答应，而是微笑着看我，看得我心里直发毛。她说："要不，两万怎么样？"

我惊讶得说不出话来，立刻回想起当年师姐的声音："来跟我们一块儿干吧，刘老师优待你，起薪两万。"

薪水就这么定下来了。山冉说："再往后的待遇咱们可以先不谈，你看呢？"我登时明白过来，她是说再往后，我恐怕要去干别的事了。

比如治沙。

工作清闲得可以。这公司本身已经有自己固定的会计团队——三个人；处理山馆的财务问题已经够用了，有我无我关系不大。名义上我是个成本会计，实际上干的是核算会计的活儿，报税、收付款、记账，基本上哪儿忙我就搭把手，候补队员的意思。除了山冉本人，山馆里似乎没有人知道为什么要招我进来。但是呢，山冉总是恰到好处地表达出对我的看重，所以其他人也万分尊重我，从不给小鞋穿，到了月底也不叫我加班。

我们在SKP附近的写字楼里办公，公司不大，访客也极少，按说不需要多大的成本投入。但这地方挂着爱马仕的窗帘，铺着古驰的地毯，无一不是定制款。包括我在内，每个人的办公桌都是实木的，桌上搁着iMac Pro（一款苹果计算机），顶配，茶水间里有一个专职的手冲咖啡师。这些操作我是看不懂的，但我和公司里采购团队的小姑娘好上了，她一一向我讲解。她在这个公司里找到了归属感或是自豪感一类的玩意儿。

她叫周凝，今年23岁，入职一年多，人长得水灵，刚认识的时候话很少，周围一旦超过三个人，她说话就会脸红。她喜欢把自己穿得五颜六色，每个颜色都带一定的灰度，她介绍说，这叫莫兰迪色系。

她的性格根本不适合搞采购。但周凝的工作内容并不复杂。山馆在四川凉山设有自己的厂，专门生产供给山馆的美容液。周凝负责的正是这部分的采购，只需要留意按时交付货物，核查好采购清单即可，基本上不需要什么谈判技巧。需要和大量供应商、备用商打交道的工作由另一个女生负责，那人明显更像个正经的采购。

"你知道咱们的美容液是用什么做成的吗？"

周凝问过我。那时我们已经开始正式交往，北京刚刚入秋。

我当然联想到了蟑螂。我问她，是用什么做成的呢？

"主要是蟑螂的反刍液。"她说，"蟑螂是一种很仗义的虫子，一旦发现了什么好吃的东西，就会排出反刍液作为标记，与其他蟑螂分享。后来的会连着前辈的反刍液一起吃下去。我们的美容液就是用这种反刍液的提取物做成的，有点像酵素的原理吧。知道酵素吗？"

于是她就酵素给我科普了一番。蟑螂什么都吃，而公司的蟑螂有特定的食谱，具体吃什么属于商业机密，周凝自然也不清楚。如何加工反刍液，添加些什么其他成分，这些也不明不白。说起来，山馆的美容液从没有打着蟑螂的旗号对外宣传。周凝也是一个在意保养的女生，她倒觉得女性未必会在意涂在脸上的东西跟蟑螂有关系，日本还有鸟屎面膜呢，据说是夜莺的粪便。哪怕用蟑螂的粪便做成美容液，只要有效果，爱美的人士也会大把地往脸上抹。

我的日子就这样一天一天地过去了。要说称心如意吗？我有点说不清。诚然，我拿着这么多钱，还找到了女朋友，也没有人叫我做假账，总之违心的事一桩也没碰到。蟑螂的反刍液涂在脸上到底有没有效果并不干我什么事，只要那些光顾山馆的顾客说好就成。这种生活如果都要抱怨什么不称心，未免就太拿自己当回事儿了。我问周凝对治沙有什么看法，似乎不出所料，她表示，如果能为环保贡献一点力量再好不过。

"但必须和你在一起。"她说。

这时我感到自己确实是爱上她了，或者说，我应该爱上她。我本人便是一片沙漠，而沙漠无法燃烧。"必须和你在一起"，她说。于是，水流如同绿色的利箭，射中我的心。终有一天，我会死心塌地地爱上这个姑娘，会真正变成一片绿洲，为她奉上给养。至于要不要去治沙，要不要和简教授背后的"金主"共事，那本也不是我能说了算的事儿。

就在我们同学聚会的前一天，我再次见到了强哥。仍然是在夜里，或说梦里，我是不大分得清了。我们交流了一番最近的心得，他说治沙的事儿这就要提上日程，不过，我需要再买几双椰子鞋。质量嘛，和上次的差不都就行。

我那双鞋子是好多年前买的了，买完我才知道什么是椰子鞋，所以穿的次数极少，又舍不得扔掉。现在打开同一个链接，商品早已下架，连那家网店都没了。我和强哥并排坐在床上，一起挑选淘宝里的椰子鞋。他对这鞋子十分熟悉，各种款式都能直接说出型号。他自有一套筛选的标准，并且只考虑两百块以下的。我按照他的指示，又买了三双椰子鞋，42码、41码、36码，各一双。约定在12月23日，也就是昨天交货。

他依约出现，但并未取走鞋子。

"赶上严打了！"他说，"这批货暂时没法提。"

他神色有些颓唐，左侧的触角短了一截，贴着个创可贴。我问他伤势要不要紧，他没接茬儿。

"不日你将被别的虫人追杀。听好了，一定要逃跑，保持社交距离。社交距离知道吧？一米二到两米一，不能再近。不过你也不要太焦虑。实在跑不过就从气味上想想办法。"

说完他扭头就走。

这个梦很短，我却一下子吓醒了。"一定要逃跑"，强哥说这话时那慑人的气势挥之不去。到了24号，也就是今天，我做什么都小心翼翼，总忍不住四下里打量有没有人穿奇装异服。毕竟，每一次强哥出现的时候都是直接坐在我的床上——梦总是从这个画面开始。我只见过他打哪儿走，从未见过他打哪儿来。那个关于蜗牛的段子你听说过吗？好像是说给你十亿美元随便花，但终生会被蜗牛追杀。这蜗牛会在每天12点的时候，随机出现在距离你方圆10公里的范围内，然后便瞄准了你开始爬。一旦与它肌肤相亲你就挂了。也就是说，这蜗牛没准儿能正好出现在你身上。乖乖，这一天下来，我的心情就比这段子里的富豪还要糟糕。你看，我当然没有10个亿，也没有什么12点不12点的规则，压根儿不知道"别的虫人"会在方圆多少的范围内现身，也不清楚他们的速度能比蜗牛快多少。

我平安地下了班，和周凝手牵手走在路上，她要来三里屯过平安夜。我左顾右盼，常常不知道她上半句说了什么，接不上话。周凝很担心我，问这问那，但我不想告诉她。不是不能开口，是不想把她卷进什么奇怪的事情里。于是她开始问我还爱不爱她。爱，非常爱，我不断张望，不断表白。

这么着，约会草草结束。我把她送进地铁站是十点多。看到她消失在视野里，我的心情终于平复了不少。起码现在不会连累到她了，我这么想着，走入出站的自动扶梯。

这时候，"别的虫人"出现了。

和许多地铁站一样，团结湖E口的自动扶梯很长，只供出站之用，旁边是进站用的楼梯。那两个男人就站在扶梯的出口，远远望去只是两道黑色的轮廓，一高一矮，高的那一个非常高，矮的那一个非常矮，活像姚明与我并肩对唱达明一派的

《石头记》。二人如同门神一般岿然不动，背对着我，身穿某种奇特的连体cos服，没有斗篷，看款式绝非蟑螂。脚下的电梯使我离他们越来越近，一个响亮的"跑！"在脑袋里炸开了，心如鼓点撞动，不知哪儿来的力气，我双手一撑就跃到了旁边的楼梯上，拼命向下跑，想找另一个出口回到地面。身边挤挤攘攘的人群投来诡异的目光。回头望去，那两个男人亦登时跑了起来，有意思的是，他们是在向后跑，似乎不需要眼睛就能辨明我逃跑的方向。

起初，我尽量往人多的地方跑，想借助人群打乱他们俩。然而我很快确认了一点——除了我之外再没有人看得到他们——其他人，也即物理意义上的他人，丝毫不会对这两人造成障碍，就好像他们真的是虫子般大小，我所谓的拥挤对于他们而言不过是无人之境。人群倒成了我的障碍。于是我转变策略，开始寻找视线开阔之处，这时候便看到了你。

"实在跑不过就从气味上想想办法"——强哥这么说过。你的气味与我的总是不同，我庆幸自己终于意识到了这一点。你是不知道的，当时，他们俩就在我身后，一高一矮两个头颅正慢慢地回转过来。我连"救命"二字也说不出口就抱住了你，直觉一只手——或类似手的什么东西在朝我靠近，瞬息间，那种逼近的气流消失了。

我花了好一会儿工夫才肯相信，他们这是真的找不到我了。

4

我和徐伟喝掉了六瓶啤酒，吃光了数量可观的羊肉串和烤韭菜，他结的账，递给我一瓶矿泉水。

我努力保持着提问的状态。比方说，强哥要那么多椰子鞋干吗？不至于是卖给别人。毕竟人人都有自己的智能手机、淘宝账号，强哥倒卖的鞋子看不出半点竞争力。还能有什么别的买卖呢？比如，卖给虫。如徐伟所言，大约虫也是想穿鞋的。徐伟说他也拿不准，下次见到强哥就问。

事情荒诞不经是肯定的，但徐伟犯不着费那么大的劲儿编故事给我听。他没问我相不相信，可见他本人深信不疑。简志易是何许人我不知道，但山馆我是知道的，之前想搞影视的时候听说过这家美容院。据说有不少想攀高枝的女孩子会下血本去山馆美容，图的是认识已经成名的艺人。这样一个地方会用爱马仕的定制款窗帘没什么奇怪的。

"羽绒服就让我穿回去好吗？"徐伟说，"对不起，老给你找事儿。"

我连忙答应。不管怎么说，这点忙我总归帮得起。他继而提出要寄一箱衣服给我，让我晚上塞被子里捂出点味儿来再给他寄回去。我答应得有些勉强了。倒不是嫌麻烦。实在地，想象晚上得睡在老同学的衣服里才能替他解围，我就觉得他说什么都不可信，而我竟还在不停地说着没问题，简直可笑至极。

"能讲通的，大概不会真把你当作我。"他说。

"什么？"

"噢，我担心他们把你当成我，抓走！"

他说完一句，便用听不见的音量自言自语一阵，使我有些紧张。

"但没准儿把你控制起来，刑讯逼供，问你我住在哪儿。"他又说。

"那你就别告诉我。"

"但你得给我寄衣服！"

这话说得，活像一条正从自个儿尾巴吃起的蛇。看来我得找一个轮休的工作日逼着他上北医六院挂个号。

滴滴来时竟已是半夜三点。一上车我就开始犯困，毕竟早过了常常熬夜的年纪，况且几个小时后我就得去上班，今天轮到我和另一个同事接款车，得比往常更早到岗。今天的日推格外温柔。我计算了一下在线听歌会花掉多少钱，想不清楚。疲惫的大脑渐渐被遗憾和内疚浸湿了。

十年前那个充满了生命力的徐伟已经消失不见。如果这些年我没有仅仅关注自己的生活，如果我时不时主动关心一下他的近况，事情会不会变得不一样？

"你没问题的，"我给徐伟发信息，"这道坎儿总能过去。"

徐伟回复我一个大笑的表情。我想提北医六院的精神科，但这话太难启齿了。

快到家的时候，耳机里传来一首阴森冷峻的歌。来自Cours Lapin（库尔·拉平，我不知道这是谁），封面吓人，前奏悦耳。这不是我的口味。想来，自从点击收藏了那首《独角兽》，我的日推就开始出现这类从没听说过的歌。

妻子会喜欢这首歌吗？不清楚。歌词大意为我爱你，我爱死你了。主题如此沉重，听上去和独立女性毫无干系。

当晚，我做了一个梦。梦从向后奔跑开始。

5

蓝天耀目，清鼻涕样的云丝粘在上面，半透明。我的右侧是蓝莹莹的静谧的湖水，左侧的山坡上建有若干民宅。这类民宅毫无章法，和江浙一带饱含艺术追求的农舍不能比，再加上簇新的贴面瓷砖，总令人不忍卒视。不过嘛，再丑的房子往这湖边一戳也是人间美景。我脚下是坑坑洼洼的沥青路，狭窄的单行道。倒也不碍事。如果两辆车错身而过，其中一辆可以退到旁边的草地里。眼下，哪儿也见不着车的影子，如同湖泊正在睡眠般安静。

我便是跑在这里，在一个清晨中。

这里是步仙湖，是我十分熟悉的地方。步仙湖不在我故乡那个省会城市的管辖范围内，但我总将它视作"故乡"的核心之一。从离开家门算起，到这儿大约需要一小时的车程。我和其他小伙伴一样，打小就随父母来这儿消暑。步仙湖水质清澈，盛产鲜美的淡水鱼，捕到十公斤的大家伙也不稀奇，上了二十公斤的会被当作湖仙放生。夏季，各式虫子跳来跳去，父亲踩下一只皮鞋，随手逮上两只蛐蛐扔到鞋中，用草茎撩拨它们打斗。我喜欢戴着泳镜跳进湖中。湖水冰冷透骨，头皮疼得发麻，不多一会儿，身体就适应了这个温度。沿着岸边往下探，各式妖娆的水草和种类不明的鱼虾尽收眼底。湖的中央深不可测，青色的湖水渐次变深，如炭如墨。据说，那里面卧有一座远古的城。

　　沿湖各处有不少能提供水上单车一类游玩设备的农家乐，也有搬运白沙，自建沙滩的度假村，这类阔绰户多是仿欧式建筑。近几年，随着自驾游越来越普及，步仙湖开始人满为患。应环保部门的要求，所有临湖而建的民宅、酒店悉数后撤。摩托艇等有污染嫌疑的东西严禁使用。车道拓宽为双行道，沿湖建起了供人行走的木质栈道。在我看来，那类做工粗糙的栏杆，那些仓促种植的"自然景观"，实在碍眼。安保人手不足，加之每年都有溺水而亡的游客，新规定里已不再允许大家下水游泳。不知是幸或不幸，自从开始在银行上班，我就再也没见过夏天的步仙湖了。

　　大约因为这个，我梦中的步仙湖还保持着小时候的风貌。树木疏懒，杂草丛生，简陋掉漆的渔船泊在水边，间或有扔弃了许久的矿泉水瓶。我跑在夏天里，穿着那双妻子送的麂皮马丁靴，不过丝毫也不觉得热就是了。

　　眼前的一切正向前方逝去。我很卖力气地挥舞着向前跑的动作，然而眼前的一切仍旧向前方逝去。我由此得知自己在向后跑。没有跑步的实感，没有喘气，没有肌肉酸痛，跑得毫不费力。我甚至感到了一丝欣喜，不错嘛，向后跑也是跑，好歹有个方向，竟没有原地踏步。

　　跑着跑着，视野尽头出现了两个身影，也在向后跑。一高一矮，高的似要上天揽月，矮的似要下海捉鳖。他们都穿着一种古怪的连体服，黑色，以皮带扎成了三截藕状，那比例令我想起了蚂蚁。待这二位——姑且称为蚂蚁人——跑得近了些，我发觉他们头上戴有膝形触角——呈90°直角弯折的触角，连体服的质地硬且反光，像是某种高级漆皮。没穿鞋子。蚂蚁人正光脚向我跑来。

不多一会儿，我听到了他们交谈的声音。

"不对劲。不是这人。"其中一个说。

不太清楚究竟是哪一个说的，但我觉得声音有些耳熟。

同一个声音又说："在这里跑来跑去真是又累又不成事儿，还不如回去听音乐。"

没有听到另一位的声音。

这时，他二位已追上了我，我确定说话的人是那个个头高大的。他们流畅地各让一步，把我夹在了中间。不知是我加快了步伐，还是他们俩速度慢了，总之吧，我们仨并驾齐驱地向后跑了起来，仿佛一开始就是这么跑的。

我的脖子仰到了极限，终于看清了那位说话的高个子长什么样。作为某种特色，他那连体服的下颌处有两根挺括的系带，比手掌还大，一左一右逼仄地咧开，以系带的标准来看未免挺括得过头，更像是老虎钳略略开口的样子。头、手、脚，露出连体服之外，可又看不清分离的界限，衣服以某种方式与肉身长在了一起。他的下巴肉乎乎的，鼻孔很大，嘴唇细而锋利，戴着墨镜。我认真地端详着他下巴上的肥肉，终于恍悟——这不就是我们支行的行长吗？

行长大人与我同龄，是本行最年轻的中层干部。他这人勤勤恳恳，热爱演讲，尤其热爱在开夕会的时候演讲。演讲的主题总离不开"中国"，譬如，中国有那么多人，让每个人来存个一块钱，有那么难吗？所以，每逢他要和大户出去应酬而提前下班，我们的高兴都是真心的。今年他的揽储任务是十五亿，根据他近一个月来发脾气的频率推测，这任务恐怕是达不了标。他喜欢用抱怨的方式和我们套近乎，说自己想辞职，说家里的两个孩子是吞金兽。他也发朋友圈，譬如一路跟拍孩子们的玩具，玩具们你挨着我，我挨着你，排成了一列，从客厅的阳台一直排进儿童房，令我想起早晚高峰地铁站门口的人。

现在，这个长着行长面孔的蚂蚁人说道："鞋子的味道不同，这人不是我们要找的那一个，这可如何是好？"

矮的那一位终于开腔了："干脆把他带回去，你喷一点，我喷一点，皮肤的耐受度我是知道的，不怕他不招。"

"我明白你的意思，对付这样的货色，你我的蚁酸绰绰有余。问题是，真正的嫌疑人大概正夹着尾巴逃跑。"

"不知道有没有尾巴。"

"不知道有没有尾巴。"

不得了，矮个子竟也是我的老相识——班长。

我丝毫没有感到害怕，但浑身上下哪儿都不自在。我自然不想同这二位一起跑步，无论是现实中还是梦中。停下来的办法是明摆着的，要么站住，要么往前跑，无奈哪一种都办不到。腿脚不听使唤。没有跑步的实感，也就没有静止的实感。周遭的风景向前方逝去，有条不紊。我想着不相干的念头，比方说，仅凭参照物过活还真是行不通。

两人继续烦琐地商量着，俄而得出不值得在我身上耗费精力的结论。他们加快了向后跑的速度，把我落在了前头。

比 肩 民

1

款车每天早上7点从总行金库出发，给各网点支行运送钱箱。一辆款车上有六个来自押运公司的员工，据说考虑到枪法精准性的问题，他们的配枪杀伤力极强，允许在口头警告后当场击毙劫匪。按照各网点的规模和客户流量，每个钱箱内的现金数量不等，一般不会超过40万。最近这两年现金业务少了，一个钱箱里通常只有20万。

我们这个支行离总行金库算近的，款车到达的时间在7点20分左右。一会儿和我一起接款车的是个刚入职的女同事，勉强算得上漂亮。7点刚过，我拎着煎饼馃子走向支行内门，听到女同事发出了银铃般的笑声。她同勤劳的行长正在聊ofo（一个共享单车品牌）不肯退押金的事儿。他们俩也在吃煎饼馃子。

也许是睡眠严重不足的缘故，行长在我的眼中一会儿高，一会儿矮，高的是那位梦中出现的蚂蚁人行长，矮的是这位西装革履的正常人行长。

"小林，你最近到得都很早嘛。"

行长这么冲我摆手的时候，我刚将好塑料袋，想要咬下第一口。我总是加一块钱，买油条煎饼，行长只吃标配的薄脆煎饼。

"是不是和媳妇闹别扭了？"行长又说。

"搬家了。"我说。

"没关系。我和我媳妇也不对付。生了二胎到现在都不让我碰。"

说着，行长向那位女同事嘴边的油条看去。

"这种时候啊，还是工作能带给我们安慰。"行长说，"等你把年终奖往她跟前一放，就什么矛盾都没有了嘛。"

我不知该回答什么，只希望能赶在凉透之前，把手里的煎饼吃完。

"所以我得替她鞭策你。一会儿晨会业绩通报，可不能怪我不客气。"

一般来说，晨会是由网点员工轮流主持的，行长级别的干部只在重要的时候才出面。但我们的行长非常敬业，不肯放过任何可以演讲的机会。

我快速地吃完最后几口，接过行长和女同事手中的塑料袋，一块儿扔进了垃圾桶。我站到内门外，掏出手机，松了一口气。终于，款车抵达。我与同事核对完车和人的信息，在款箱交接单上签好名字。

直到晨会过半，我也没能完全从梦境的残留中走出。在梦里听蚂蚁人交谈的时候，我基本没什么恐惧的感觉，活像看一出自导自演的戏。一醒来这滋味就变了。梦境遗留下的感觉反倒比身在梦中更显真实。那两个蚂蚁人留在脑中的印象，同现实中的班长、行长，一样鲜活，简直像在高声宣誓自己的存在。

我立刻给徐伟打电话，他接起了第二通，听上去还没睡醒。我问起做梦的事儿。徐伟说刚梦见了周凝，梦见跟周凝一道儿在黄河边治沙呢。我说，我也做梦了。

你梦到虫了？！徐伟的声音一下子变大变亮不少，显然为找到同类兴奋着呢。我来回来去回答着他的问题，终于打断他，说我今天得早到。

"真是班长？"他说。

我首先想到的是那个与妻子走在一块儿的身影。

"不是？你不是说看到正脸了吗？"

我说是他，刚才没反应过来。徐伟说了一通对不起（兴奋十足的对不起），说这就收拾衣服寄给我。

挂了电话后，我拎起昨晚随手扔在椅子上的外套，闻了闻。说不清徐伟的味道和我的有什么不同，大约只是使用了不同的洗涤剂的结果。我开窗透气。很快，一宿的臭味和温度都跑了。也许能救命的味道闻起来都不怎么样。

从合租房走到银行只需要十分钟。我仰面躺在床上，看着天花板中央受潮的裂缝。蚂蚁人嘴边那两道挺括的玩意儿不是什么饰带，是大颚，用来啃咬的大颚。和蟑螂一样，蚂蚁也是历史悠久的昆虫。它们都长着咀嚼式口器，像蜜蜂、蚊子那类优雅的吸管式口器还没进化出来，想活命只能靠细嚼慢咽。我的脑袋能被那副cos服上的仿真大颚咬住，尺寸是匹配的。这使我想起了恐怖片里头骨碎裂的镜头，一段接一段，平静地滑行在记忆深处，流出肉红色的汁液和腥味。

我又迷糊了一会儿，然后爬起来洗漱。出门前，两个室友也都起床了，我颇为正式地朝他们打招呼。以袜子的颜色做一个区分，黑袜正在厨房刷牙，白袜正在拉屎。黑袜对我突如其来的热情很是吃惊。我喜欢他吃惊的表情。我需要他们，我需要他们对我做出反应。我由此确认自己仍然生活在熟悉的世界中，是一个无须穿什么cos服的"三次元"人类。任谁听朋友说上一整晚的糊涂话，都能做点糊涂梦。班长也好，行长也罢，都是现实生活中能够令我焦虑的人，日有所思夜有所梦，没什么稀奇。

难道不是吗？

我在银行旁边的早点摊买煎饼馃子，殷勤地打量周围每一个早起的人，这些西装、制服、羽绒外套，一张张被生计泡白的脸，从未像此刻这么亲切而分明。然后我开始想，是不是每个人都既是虫，又是人？这位经常卖煎饼给我的大婶，会是蚂蚁，还是蟑螂，还是别个什么虫？

比如巨圆臀大蜓或金小蜂。

2

今天的晨会照例从学习新产品开始。我行与某家装行业的龙头老大达成了合作意向，要面向年轻人推出12期装修免息的服务，当然，前提是办理本行信用卡。我们挨个儿复述着服务流程，小柜长做点评，行长补充了若干风险提示。紧接着就到业绩通报了。我们面向行长站成一排，左起第一个同事说："我昨天开了两个基本户，一个证券户绑定，一个手银，没有信用卡，揽储8万。"行长简单地"嗯"了一下，表示此人中规中矩。第二个同事，也即早上和我一起接款车的女同事说："我昨天办理了两张信用卡，两个电子银行签约，一个新能源购车签约，三份活期理财产品，金额共计25万，还拉了60万的存款。"行长兴奋地环视我们，双手举到胸前停住，我们会意，立刻开始整齐地鼓掌。谁都心中有数。谁刚来的时候都能做成这样，无非是厚着脸皮把家里能说上话的亲戚都拉来本行罢了，等你自己榨干自己，才尽显英雄本色。这一点行长当然比我们还清楚，所以我真心佩服他的活力。

接下来到我了。我说："我昨天办理了一张车主卡，开了一个基本户。"行长仍看着我，下一个同事也看着我。我说："通报完毕。"我等着行长预告过的不客气，然而没有，他点点头，让下一个同事开始通报。

这我就有点害怕了。晨会结束在八点二十，两个还没吃早饭的同事相约着出去买包子。行长说："小林，你过来一下。"我刚换好了工作服。我跟着他，来到二楼。

除了办公区域外，二楼还设有为VIP客户办理业务的窗口。

"你是一个非常优秀的柜员。"

行长说。

"五年了，没有超过十块钱的长短账，没丢过凭证，没被监控拍到过打哈欠一类的违规仪容，上头的'黑衣人'微服私访，扣我们分，但从没扣在你这儿。上个月被厉害的阿姨指着鼻子骂了半个小时，你都能90°鞠躬欢送。零投诉。五年了，每天和爷爷奶奶打交道还零投诉，不简单啊。当然，点钞大赛你从没拿过名次，不过我不看重这个。就这么说吧，你真的是个万中无一的柜员，天生就是干这行的。"

我面朝行长坐着。我们中间隔着他的办公桌。

"小林啊，想过三十年后你在干什么吗？"

三十年。三十年后我62岁，和我爸现在的岁数一样。

"你和爷爷奶奶们相处融洽，难能可贵。66周岁至75周岁的老年人办理网银需要做认知评估，75周岁以上的老年人不予办理。那么，三十年后呢？三十年后，你我就该取而代之，预备着填写认知评估测试表，成为本行的主要客户。想想看，想想。你觉得，三十年后的你需要到柜台才能存取吗？如果ATM机说'请输入密码'，你会听不懂，会需要工作人员告诉你它在说什么吗？"

能够自助办理的业务越来越多了，每个网点都在增加新型ATM机，大堂经理会引导客户熟悉办理流程。况且，用手机完成移动支付已是主流，我都不记得上一次用ATM机是什么时候了，更别提银行柜台。

"我不知道三十年以后还有没有需要你的工作，或者说，会有哪些需要雇人完成的工作。跟你说句交心话：搞不好，我们这个银行都会完蛋。你可不能说这话是我说的哦！"

我连连点头，行长便也满意地微微领首。

"不过再怎么迭代，钱总是被需要的。"

说到这儿，行长专注地看了我几秒。

"上头要求每个柜员转型做销售，你不要理解成我们在逼你们，这是在救你们啊！人工智能现在还不成事儿，比如风控，比如靠它卖理财，绝对打不赢漂亮的小姑娘。当然啦，卖不出去也不全是你的错，谁让总行不同意提高利率呢？是吧！它宁愿留着你们搞推销，也不愿上利率，因为人没有钱值钱嘛。我也知道某某产品比我们的利率高，在这种情况下去跟亲朋好友说'我们的产品好，你来找我买'，我也会不舒服的。但如果你连这都克服不了，那么，你能靠什么来打赢一台机器呢？电才多少钱一度啊，你每个月工资多少？"

我平板地报出自己月工资的数目。

"我不是要你回答我！听不懂我的意思？你爸不是语文老师出身吗！"

行长打开保温杯，气鼓鼓地吹了几下。

"人不能这么活着，不能习惯落伍，要争当凤头！哪怕鸡头呢？鸡头也是头啊！"行长说，"你刚来的时候比现在有朝气。第一次年会你不是登台表演了？你唱的那英文歌我一直记着呢，"说着，行长骇人地唱了一句，"Raindrops keep fallin' on my head！（雨点不断落在我头上！）里头有句话我印象很深刻，大概是说，不能这样做事情，工作的时间不能偷懒，有这句吧？"

我点头。

"这句话送给你。我们有个末位淘汰制，这你没忘吧？年会前算账。往年的末位淘汰，无非是去做贷后，去催收，如意是不如意的，可好歹保底工资没多少差别。但今年不一样了，今年哪儿都在断尾求生。"

说到这儿，行长慢悠悠地吹了一下杯口。

"知道自己的位置吗？"

我又点了头。

"你先去上柜吧。想想三十年，想想。"

我谢过行长，起身往外走。这时候，行长又叫住了我。

"你放心，不管最后怎么样，今年的年终奖我不会少你的。"

我再次谢谢他。他放下保温杯，到底没能喝上一口。

上柜之前，我独自在更衣室里蹲了一会儿。我戴上耳机，听了一遍"Raindrops Keep Fallin' on My Head"，托马斯演唱的版本。行长记性不错。歌里唱到，"我"为突如其来的雨同太阳理论，说不喜欢太阳他老人家做事的方式——怎么能偷懒，怎么能让雨掉下来呢。然后"我"很快转过弯儿来，认为抱怨什么也改变不了，决心再次投入幸福的怀抱。

曲调欢快极了。我总觉得哪部电影用过这首歌。

哪一部呢？

我苦苦思索着，开始核对票据、款额，打开系统，输入工号和密码。叫号系统响了起来，第一位客户竟又是那对祖孙二人组。我笑着向她们俩道早上好，双手接过老奶奶包在布片里的身份证和存折。验钞机开始点数钞票。

"奶奶，存折比卡容易消磁，您想换成卡吗？"

"敏敏，他说什么？"

蜘蛛侠。我想起来了，这首歌是《蜘蛛侠》里的配乐。

哪一部《蜘蛛侠》呢？

中午，我在7-11的吧台椅上吃盒饭。

行长的话清晰明白。因为业绩垫底即将被裁，对此我早已有心理准备。这是很公平的事。没料到的，反倒是行长竟会如此苦口婆心。我能理解他的想法和决定。我姑且算得上一个优秀的服务员，可惜做不成合格的销售。

我该去做什么？可以做什么？又为了谁？

三十年。想想三十年，想想。父亲入狱前我正着手写一个故事，科幻的，我为它取的名字是《2048》，也即三十年后。写它的时候，同名手游正在流行，而我信心满满，坚信无论多少年过去，这世上都有我的一席之地。

在2048年，人工智能是能成事儿的。如同上帝造人的时候把人造成了自己的样子，算法也会被人造成人的样子。所以算法充满了人性，它一点都不冰冷，它爱自己，也怜悯人类。它会和别的算法攀比，为自己的代码不够优雅而自卑，还像上帝看待人那样看待自己麾下的计算机。当然，它"本人"就居住在计算机里，如同"上帝"居住在每个人的心里一样。人将允许算法拥有自己的假期。有一天，两个天王天后级别的算法一见倾心，开始恋爱。人类的世界立刻变得一团糟。不能网购了，不能用App叫车了，人们只好回归到智能手机出现前的时代，过起了"刀耕火种"的生活。但没人抱怨算法。恋爱嘛，可以理解。人类为自己的造物能够恋爱而骄傲，自豪，活像一群催婚催育的父母。此外，因为线下的接触变多，人类自己也谈起了更多的恋爱。最后，两个算法吵架了，分手了，重新开始工作，工作风格变得有些忧郁，不少人类组成了志愿者，为它二位提供心理疏导。

最后皆大欢喜。

世界上真的有皆大欢喜吗？

我想到徐伟在山馆做会计的事，想象他日后为治沙团队拉投资的事。他说，违心的事一桩也没碰到。

世界上真有既能有所作为，又干干净净的差使吗？

如果有，我也想帮蟑螂先生代购鞋子。

然后我会被蚂蚁人追杀吧，会吧？我就一气儿跑到妻子跟前，跟她换一下衣服。大约穿不进去。不过嘛，要的只是气味，抱一抱当然更好。

我这才意识到，刚睡醒时那种迷雾状的恐惧感已经完全消失了。这就是现实的力量吧。比起梦里或徐伟口中那种呆头笨脑的虫，被失业的前景笼罩显然更恐怖。

我浏览了一番微信通讯录，琢磨谁手里能有份工作给我。我翻了一下班长的朋友圈，无他，大约想找点恶性刺激。然后我打开智联招聘，为找工作热身。某知名企业中层干部跳楼了，他39岁，老婆刚生完二胎，父母老了。新闻里说，这家公司裁撤了一大批员工，以35岁作为分水岭。这么说，我还有3年。小时候我根本不知道30多岁的自己是现在这副德行。小时候我只关心在20多岁就功成名就的那类人生。

一直向后跑是什么感觉？

仿佛听到妻子在耳畔问道。

如果能在年会前实现业绩逆袭，避免被裁，该称为向前跑，还是向后跑呢？

我不知道。

45分钟的午餐时间很快就要结束了。我收拾餐盒，离开7-11。垃圾桶边冰冷的地面上，有一只蚂蚁在赶路。我打量了一下周围有没有人，然后奋力踩了那蚂蚁几脚。挪开鞋子一看，小黑点儿一动不动，不一会儿，它动了。它翻身坐起，迅捷地向某处跑去。

好吧，放它一马。今天很冷，蚂蚁很小，而地面凹凸不平。

刚走进银行后门，一个同事叫住了我。他说："你朋友来了。真羡慕你有这样的朋友。"我朝二楼的VIP会客室走去。他说的是Run。支行里每个人都知道我的这个朋友，因为自打我在这里上班，Run就每个月来找我存钱，金额一般在30万左右，月月如此。所以，单看揽储这一项指标的话，我还从没垫过底呢。

"让她买个理财。"行长说，"活期理财也行啊。'日增金'和余额宝没差别。"

行长经常这么提醒我。

Run坐在二楼等候区的沙发上看书。她喜欢自己剃头，选9mm的卡尺。从我们认识到现在，她一直是这副毛寸发型。

"等多久了？怎么不打个电话？"

"没关系，带了书。"

她带了一本大部头的《贝多芬传》。

我们坐到窗口两端。我输入工号和密码，她从帆布购物袋里掏出身份证、银行卡、一塑料袋的钞票。她的名字叫雨润，1992年生，证件照也是毛寸发型，每次看到都让我想起少年犯这类名词。

"你们行长又劝我买理财了。"

"不好意思。我再去跟他说说。"

"没办法，不是我的钱，是Ran（此处为人名）的。"

"我知道。"

就是说，我的朋友Run总是在帮她的朋友Ran存钱，但存进的是Run自己的账户。为什么这样办我没问过。揽储本身不会给银行带来多少利润，但有储蓄金才能往外放贷，银行要的是利差。

Ran，即是Run这个英文单词的过去式，跑。所以，有时我会猜想Run是否把自己的另一个人格称呼为Ran，这也是有可能的。她们俩商定再多的钱也不买理财，我作为朋友没有立场干涉。在所剩无几的自由度里，我希望留住这点不干涉。

"你看上去不怎么样。"Run说。

"是不怎么样。"

"待会儿一起吃饭吧？晚饭。"

"我下班还得好一会儿。"

"没关系，带了书。"

说着，她又冲我晃了晃手中的大部头。

3

我和Run是在7年前的夏天认识的。

那天，一个在大影视公司上班的朋友或说熟人找我，说有个靠谱的活儿想跟我谈谈。我们约在健德门地铁站外的漫咖啡见面。现在这个漫咖啡改为云巢咖啡了，装潢和菜单几乎没变。我提前十分钟进了店门，信息来了，约我的人说他路上堵车，可能得晚个半小时。我说不要紧，进去点了一杯热美式，拿着收银员递过来的布偶熊，寻找合适的座位，打算看会儿书。

给我的熊是黑色的。熊是这个连锁咖啡馆的特色之一，服务员通过熊的颜色来识别客人。另一个特色是大。"漫咖啡"的门店总是很大，宏伟动人。这一间分上下两层，生意十分火爆。也许因为健德门地铁站离北京电影学院、北京电影制片厂比较近，在这里谈事儿的人大都是干影视的。一层没有空桌了，我一路听着"我这戏得找至上励合演才行""咱得组一个三亿的盘子""到第五集就塌了"之类的交谈往上走。

二层似乎也满客。靠窗的双人桌前多是奋力敲击键盘的人，女士居多，另有两位正专注地读着什么，都戴着耳机。找他们拼桌不太合适。居中的区域是几间设有最低消费的多人座隔间，玻璃墙内，五个年轻人正往各自的手提电脑上码字，一个染着一头蓝发的女青年正在表情严肃地说着什么，边说边端详染成钻蓝色的指甲。再往里走，有三张沿墙而设的方桌，这儿是寻找空桌最后的机会了。头一桌与末一桌前，各坐一位正埋头改文案的男士，手速惊人，居中的那一桌则坐着个女孩。

女孩剃着寸头，桌上空空如也，连手机都没有。她正盘腿坐着，目视前方，又像什么都没看，大概正在发呆或说沉思。她穿着件灰黑色的工字背心，毛边牛仔中裤，椅子边一左一右散着两只拖鞋。

我之前就见过这个女孩。

第一次见是在悠唐的KTV里。深夜，我被朋友（另一个熟人）叫去了那儿，说是某某导演组局狼人杀，让我过去混个熟脸。结果我到那儿之后，朋友和导演都转移阵地了，"你先去307大包，一会儿某某制片人要去，一样的。"于是我进了307大包。很尴尬，在场的清一色是女孩，没一个认识的，又都穿得十分清凉，和她们说话时我不得不专注地凝视对方的眼睛。大家都在等那个制片人。

一个女孩在独自摇骰子，摇一下，查看一下，喝一口或再次摇过；喝的是杰克·丹尼兑可乐，似乎在和一个触不到的对手比大小。两个女孩在讨论各自的皮肤科医生，都表示自己很羡慕对方的皮肤。光线昏暗，女孩们脸上的妆容无懈可击，以我的能耐，半点看不出谁的皮肤更胜一筹。剩下的女孩都在低头玩手机。我也一样，取出kindle低下头。

不一会儿，包房的门被打开了。

我和女孩们都抬起头来。大家都失望地撇下目光。一个剃寸头的女孩走入包房，她穿着件黑色的工字背心，黑色毛边中裤，黄色X形橡胶拖鞋。女孩没有同任何人打招呼，径直走到点歌台坐下，打开话筒，开始一首接一首地唱歌。

全是粤语歌。第一首是《侯斯顿之恋》，第二首是《暗涌》，第三首是《春夏秋冬》。包厢内的空气一点一点变得稀薄，等到她开始唱Beyond（超越）的《喜欢你》，我就怎么也没法儿看书了，总觉得不认真听就是在暴殄天物。她唱得并不美，嗓音介乎于甜与沙哑中间，有点像杨千嬅的声音，但又缺乏某种穿透力。

怎么说呢，她唱得非常动情。专注，时不时闭上眼睛，能听得出她在克制——不是因为场合之类的原因克制，而是她在表达某种克制的心情，当然，也可能与她挑选的歌有关。她随意地略过那类需要技巧的段落，就像边洗澡边哼哼那样自得其乐。神奇的是，在场的其他人似乎都没注意到她的存在，唯独我有了如坐针毡之感。

大约十来首歌的工夫，包厢的门再一次被打开。来人是一个穿着名牌T恤衫，戴着钻石耳钉的中年男士，看样子他也不是那位制片人。不过，在场的女孩都认识他。男士坐到了我左侧的两个女孩中间，三人开始聊天。这时我打算走人了，但这男士说的话挑起了我的好奇心。

"你一个月赚多少钱啊？"男士问。八千，一个女孩说。"那我每个月给你八万，怎么样？"听了这话，女孩呵呵地笑了。男士又说："你别担心，我今天不和你睡，我今天和你睡我就是大傻X。"女孩不做声。男士说："我给你开个公司，保证你明年敲锣上市，到时候我们俩再睡，如果到时候你不和我睡，你就是大傻X。"女孩又笑了，告诉男士自己叫什么名字。

男士叫来了服务员，按人头要来了12瓶芝华士，开始讲自己与某某导演的趣事。这时我已经被挤到了点歌台前，包厢内热闹非凡。我不大能听清男士在说什么了，而那个剃寸头的女孩竟仍然坐在点歌台前唱歌，就好像我们这帮人的嚣响只是一首歌的伴奏。我心里十分诡异，试图猜想她的目的，由此开始质疑自己的目的。是啊，我是干吗来了？为了回答这个问题，我鼓起勇气给戴着钻石耳钉的男士递上名片，掏出手机想加他的微信。男士客气地接过名片收下，说："这么古典啊，没个公司还自己印名片？你适合写年代戏！"我笑着谢他，把手机揣回兜里，离开了包厢。

不知怎的，女孩的歌声迟迟萦绕在脑海中，像是一种拷问。深夜，盛夏终于流出一丝凉意，但我总觉得身上燥热得很。

再一次见到剃寸头的女孩，是在一个饭局上。也是掐头去尾的局，大圆桌，在雍和宫附近一个影视公司园区里的地下一层。这回，我坐在我朋友左侧，他坐在某某导演的左侧，某某导演坐在某某制片人的左侧，再往后是那位戴钻石耳钉的男士。男士仍然戴着耳钉，像是换了一副，抑或是同一个款式的另一副。他一开口说话，我的记忆就一下子回到了悠唐KTV里，有意思，就好像我从没和这位男士分开过，上一秒仍在听他聊天似的。他在说自己有一次去某地探某某导演的班，晚上有一个女孩进了他的房间。他问那个女孩："你要多少钱？"女孩说："我不要钱。"他说好："那你想要什么东西？"女孩说："我不要钱。"他说："那咱们好好聊聊，你到底要多少钱。"女孩说："我真的不要钱，我就是喜欢你这个人！"他不作声了，越想越害怕，最后穿上裤子走出房间，连夜离开剧组所在的郊区赶往市中心，终于在希尔顿的行政层睡了个踏实的觉。

话讲完了，在场的人无不笑了起来，无论男女——除了这个剃寸头的女孩。她就坐在钻石耳钉的右侧，仍然穿着件背心，这回不是工字背心，似乎是篮球背心。她盘腿坐在餐椅上，面无表情，只管往玻璃杯里倒雪碧。其他人都忙着敬酒，唯独她，无论哪一个某某举杯同庆，她都只喝雪碧。神奇的是，仍然没有人注意到她的存在。没有人介绍她是谁，没有人跑过去和她聊天或是敬酒，她也没有敬任何人酒。她的食量很好，一盘菜上来，总是她第一个动筷子，当然，这也跟服务员总在她身后上菜有关。

类似歌声带来的拷问又开始了，仿佛在逼我看清自己的嘴脸，朋友责怪我不够主动："别忘了你到这儿来是为了推销自己。"

"那女孩是谁？"聚会结束后，我问朋友。

"哪个女孩？"朋友问我。

"剃寸头的那个。"

"哦，我也不清楚。他们管她叫Run。"

与其说她的名字叫"Run"令我吃惊，不如说朋友竟知道她的名字更让我感到吃惊。朋友说，没人知道Run是打哪儿来的，也不知道她具体是干什么的。出于各种猜测，也有人拿热脸往上贴，可终究连冷屁股都没贴着。

所以呢，我又见到了Run，在健德门的漫咖啡里。她失焦的眼神在我身上聚拢了，笑着冲我点点头，用手快速地擦了擦桌子，示意我坐到她身边。

不得了，这是我第一次见到Run露出笑容。

"喝水吗？"

她点点头。我去自助吧台取来水和几张方形餐巾纸，告诉她我在等朋友。她校正了我那黑熊的位置，使它的背脊与桌沿平行。

"太巧了，我们之前见过两次。"我大概地说了一下悠唐和雍和宫。

"嗯，有印象。"Run说，"KTV，你是唯一的男生。"

我有点想就"唯一的男生"做个解释。罢了。这种事真是越描越黑。

"你在想什么？"Run说。

"不是什么有意思的事。"

"想知道我在想什么吗？"说着，Run将我倒来的水一饮而尽，"比肩民，在想我的比肩民。"

她取一张方形餐巾纸，铺开来，从裤兜里掏出一只黑色圆珠笔，写下了"比肩民"三个字。

"这是什么意思？"

"枳首蛇和比翼鸟，你会想当哪一个？枳首蛇是这样的——"

她用左手扶住那餐巾纸，先写下"枳首蛇"三个字，继而开始画。不是书写用的纸，画起来磕磕绊绊。她先画了一上一下两道弧线，像是"微笑"的简笔画法，然后用〇把弧线两端连了起来，以此作为两个圆乎乎的蛇头。末了，在两个〇的顶端各添一根蛇舌，分岔的。

　　"这就是枳首蛇。一个身子，两个脑袋，连体蛇。不愁没人聊天，白首不分离。明白了吗？"

　　我答说明白，于是她便要画比翼鸟了。我从双肩包里掏出常备的笔记本递过去，她点点头，随手翻开一页白纸，画了比翼鸟。

　　"比翼鸟就简单了。就这么想吧，一只鸟，劈成两半，一鸟一只眼，一鸟一只翅，非比翼不能成飞。当然，硬要分开恐怕也是可以的，只是不能飞。"

　　"嘴呢？"我问，"嘴也一人一半？食囊也一人一半？"

　　"不晓得。"她说，"恐怕屁眼还是得一人一个的。"

　　我们俩默默看着那两只鸟，以及不知该说是一条蛇还是两条蛇的蛇。我总觉得，下一秒鸟就会被蛇吞掉。

　　"你听过'Evelyn Evelyn'（《伊夫琳伊夫琳》）这首歌吗？"我掏出手机来，搜索这首歌给她看，"据说这俩歌手受一对叫Evelyn的连体婴启发，创作了这么一张同名专辑，还扮演连体婴录了MV。"

　　她的手机和我的一样。她掏出耳机来插上，戴上右侧的，把左侧的递给我。我接过来放在桌上。

　　歌很长。她听得十分专心。

　　"这是枳首蛇之歌，不是比翼鸟。"听罢，她点评道，"你想当枳首蛇，还是想当比翼鸟？"

我看着餐巾纸和笔记本。相较之下，她画的蛇更好看。

"好像比翼鸟活得轻松点……"

我答得勉强。

"明白。较之飞行，拥有能够分开的自由度更要紧，对吧？就像Evelyn唱的，万一左侧蛇头所代表的自我和别人谈起了恋爱，有右侧蛇头在旁围观总是碍手碍脚。"

她说起一则在网上看到的故事，讲一对来自泰国的连体婴，男士，一个叫昌，一个叫恩。昌与恩被卖到了马戏团，成为美国"玲珑马戏团"的台柱子。二人买了黑奴，买了庄园，和一对来自英国的姐妹花喜结连理。昌的太太生了12个小孩，恩的太太生了10个。

"据说所有的连体婴都曾经想杀死对方。"我说。

"谁天天和谁在一起都想杀死对方。可真到一个人了，又幻想能和一个谁天天在一起。"Run说。

那段时间，我和一个女孩在一起了两个月，分了手，分后至今倒也差不多两个月了。不过，即便是在一起的时候，我也没想和她天天在一起。

"比翼鸟，比肩兽，枳首蛇，比目鱼，比肩民，被称为五种大怪物，东方之异气。"Run说，"最后只有比翼鸟变成了爱情的象征。也是，其他四个听起来就不上台面。你说，为什么比肩民不叫比肩人呢？"

我答说不知道。她将餐巾纸叠起来夹入我的笔记本，双手托腮地看向我，当然，也许只是在给自己的眼睛找一个焦点，是不是看我没有那么重要。

"我昨天刚刚找到了自己的比肩民。"她说。

说着，她掏出手机来给我看了一张合影。不知她用的什么App，那合影以爱心的形状把两人的头圈在一起，外围还画了各种粉色的花纹。我对她表示祝贺。她非常高兴，傻笑了几声。这时我那位晚到的朋友打来电话，他顺利地在一楼找到了空桌。我向Run道别，匆匆前往一楼。

下楼梯的时候，我忍不住又想了想比翼鸟。诚然，爱情之象征。不过较真起来，恐怕没有谁真的想和别人成为比翼鸟。较之比翼而飞，能有双自己的翅膀，能自己决定飞向何方显然更受欢迎。

"你觉得电视剧改电影可行吗？"朋友说。

"不好说，得看题材和甲方的要求。"

于是，朋友报出电视剧几位主演的名字，问我"咖位"还过得去吗。我吃了一惊，说这"咖位"相当可以。朋友接着说这项目的具体情况，现代爱情轻喜剧，剧的版本下个月就要播出了，芒果台。我输入剧的名字搜索了一下，这是个很有钱的组啊。

"电影版也由这些人演吗？"

"不然呢。"

听朋友的意思，是想找我来做这次改编的编剧。朋友问我有没有时间。乖乖，我还从没接过这么好的活儿，再没有时间也得有啊。我问朋友总编剧是谁，朋友说："你啊。""什么？"我更吃惊了。大学毕业后，我写过一个十分钟的宣传片，也帮电视剧编剧当过枪手，无奈哪一个都没有播出。不只是写，我什么活儿都接过，还帮电影学院的学生当过场务，不要钱。我和这个朋友是在后期公司认识的。谈不上熟。刚认识的时候，他在那个后期公司干剪辑，后来跳槽到这个大公司，也许高升了。

这么好的事儿他怎么会找上我呢？

"所以你觉得可行？"

"这也不是什么新鲜事吧？"我被问得有些茫然。"许多电视剧不都拍一个电影版吗？"

"不是，我老板的意思，是让我套剪一个电影版。"

"套剪？"

"对啊。"

"不重新拍？"

"拍什么？用已经拍好的电视剧素材，剪它一个电影出来。老板说，一鸡两吃，这事儿没人干过，如果卖得不好也无所谓，重在尝试。"

重在尝试？听我这么一重复，朋友呵呵一笑。

"我跟他说了，我得找专业的编剧来看看，才能确定这事儿可不可行。所以你觉得可行？"

"这得看电视剧的素材吧。"

"素材嘛，就那样。服化道可以的。你要说电影化的视听表达，那谈不上。我也不知道剪辑能救多少。"

"我算不上专业编剧。"

他没接茬。我的头皮开始一阵阵地发麻。

"假如剪出来了，你老板打算怎么卖？剧版粉丝快过来，买票看个浓缩版？"

"不知道。那是宣发的事，我管不着。老板不怕砸牌子，黑红也是红。"

他咕嘟咕嘟地喝着冰美式。他皮肤粗糙，黑眼圈很有特点，颜色深，界限清晰，像两个对称的文身。

"我就不参与了。你要帮忙吗？我可以帮你看看素材。"

"没事啊，我和老板说好了，会给你钱。"

他报出了一个数，约等于我过去两年收入的总和。

"谢谢你找我。我真没这能力。"

后来这朋友再也没找过我。后来，比如2016年，我偶尔会想起这一出。如果这事儿晚几年找我，我还有底气拒绝吗？我很怕这个如果发生。不过，到底也没见这部"电影"上映。

离开咖啡馆之际，Run朝我走来。她递给我一杯打包好的咖啡，说我忘记带上熊了。我们俩端着各自的饮料往外走，又聊了一点比肩民的事。她说："很奇怪，一直有人想找到真正的比翼鸟或比目鱼，不过还没有谁对比肩民感兴趣，你说这是为什么呢？"

"可能比肩民不稀奇，"我说，"古时候想必也有连体婴。"

"有当然有，"Run说，"可是，那时候的人会让怪胎活下来吗？"

我思索着这个。《搜神记》里就写过连体婴的事儿。正应了Run的担心，关于那俩孩子的污言秽语触目惊心，可笑的是我之所以能记得，正是因为这点触目惊心。但我觉得，总会有母亲舍不得杀掉自己的孩子，总会有村落、城市、山林容得下比肩民。我告诉Run，我对此深信不疑。

我们就此成为了朋友。

4

今天Run要存30万零7800元。验钞机点数两遍，我手动点数一遍，Run则掏出手机，搜索离银行最近的咖啡馆，说会在那儿等我。

"又是漫咖啡哦。"Run说。

办理完存钱的手续后，我回到一楼，开始下午的工作。我卖力地揿动着叫号器，并且成功地卖出了一份装修免息的服务。给这位客户办理信用卡的时候，我得到了一丝成就感。我想，我应该努把力，保住饭碗，给一个多月后的除夕夜留一点阖家欢乐。

天黑得很早。夕会开始了。行长发表了一番颇具领导范儿的演讲。他把我们的工作目标浓缩为，新、快、稳，然后就着这三个字各做一番二十分钟左右的阐释。阐释结束后，他说，为了达成新、快、稳的目标，必须调整工作安排。

"我们这个季度的信用卡业务量全行垫底！所有柜员都必须在轮休的日子回来加班做电销，直到我们的业绩杀上去！"

说着，行长看向了我。明天我轮休。

"我明天来行里做电销。"我说。

行长把双手举到胸前停住，掌声响起了。

我要了一份金枪鱼三明治，Run要了冰淇淋华夫饼、烤牛肉帕尼尼，喝棉花糖热巧克力，并坚持点一份核桃蔬菜沙拉分着吃。我们俩坐在二楼靠窗的位置上。这个漫咖啡里人不多。

"说呗。"Run说。

虫之履
Chong
zhi
LU

于是我说了和妻子刚开始分居的事。

"贝多芬一生都没找到自己的比肩民，好像。"Run说，"不是不想。他刚到维也纳的时候，二十二岁，找海顿上课。海顿这人脾气蛮好的。当时玛丽·安托瓦妮特都快被断头了，大革命席卷整个欧洲。他家乡不是在波恩吗，贝多芬。德国还是一个个的小侯国，波恩小侯国主跑路了。贝多芬没有了经济来源，不过不要紧，他找到了别的赞助人。也招学生。他特别喜欢招年轻漂亮的女学生。女孩们是这么评价他的：丑陋而近乎疯狂。"

"他第一次赚钱是什么时候？"我问。

"六七岁？他爸是按照莫扎特的神童套路推销他的。贝多芬十二岁第一次出版作品，音乐出版人格茨出版，据说是日后《悲怆》的雏形。他本人有没有因此赚到钱不知道。不过嘛，那时候他弹琴给别人听已经能赚不少钱了，演奏家。据说，莫扎特、海顿他们的主要收入都是靠演奏。表演嘛，明星。按照自己的意愿出版作品是二十多岁的事儿，贝多芬。"

我想起网上的一个帖子，说莫扎特写的谱总是非常整洁，就像正用肩膀卡住电话，手持鹅毛笔，将电话那头上帝的意思一字不漏地记下那般顺理成章。而贝多芬的谱则凌乱不堪，修来改去，和他这人一样邋遢。文中附有两人曲谱的图片。帖子的作者以此来论证莫扎特是天才，贝多芬是人才。

我竟敢信以为真。

"Run，你干吗要来找我存钱？你家楼下不就有个ATM机？"

"你是我朋友啊！"

朋友，Run说得真诚极了。可我看着她那副理所当然的表情却只想骂人。我想起徐伟说过的那些话，愈发理解他为何在最困难的时候拒绝同我们这些朋友联系。这么一比较，我的心情更差了。

"谢谢你一直在帮我。"我克制着自己，"我是说，我简直没有能力带给别人快乐。"

Run用勺子舀起一块棉花糖，送入嘴中。她似乎被我的表情吓到了。

"莫非，你想和我绝交？"吃到第二块，Run歪着脑袋问道。

我一愣，简直哭笑不得。真在说绝交？她认真点头的样子使我真的笑了出来，那股郁结的愤怒像是纾解开，也像是被压进了更深处。

"不是绝交就好。"Run长舒一口气，将热巧克力一饮而尽，开始大口地吃起烤牛肉帕尼尼。

我剥了些核桃到盘子里，嫩核桃，配上沙拉汁总觉得味道古怪。

"我觉得你很了不起。"Run边吃边说，"谁都有三观碎了一地的情况，每天都碎也正常。不过嘛，大部分人在这种时候，都会依照时下某种已经成形的样式迅速地把三观拼凑起来，拿胶水粘好，遗漏的碎片找不到就只好算了。然后嘛，再碎再拼，碎片越来越多。虽说大家都按照那么几种成形的样式拼凑，可到底不是自己的样式，就跟闭着眼睛传话一样，传到最后驴唇不对马嘴。"

我吃着三明治，她吃着帕尼尼，都觉得有些口渴。

"你不一样。你嘛，也碎了一地。然后你就看着这些碎片，什么也不做。就是说，不搞清楚自己的样式之前，你居然能什么也不做。了不起。"

我想说这不就是懒吗。不过难得朋友夸奖一场，夸得那么认真，我心里是很受用的，犯不着刻意谦虚。

"你不觉得只靠想，不足以搞清楚自己的样式吗？"我说。

"这我就不知道了。"Run说，"不做也是一种做，不是吗？反正做什么都会塑造自己的样式。谁能只靠'想'活着呢？不吃饭不拉屎啊？"

"不过嘛，我倒是认识两个什么都不做的人。"Run说。

就说A和B吧。A和B十年前就认识了，在外人看来，两人是天造地设的一对。各方面都相宜，长相嘛都能打八分。相似的观点，头一天从A的口中听到，第二天就从B那里再听一遍，当然，两人事先没有就这观点交流过。兴趣爱好也差不多，不过缘分使然，很少有一起实践某个兴趣爱好的机会。所谓成长的步调也一致，譬如说都在一个操场上跑步，速度也好，体能也罢，都势均力敌，十年跑下来相距也不过五厘米。情路坎坷，A也坎坷，B也坎坷，十年的时间里各自谈过不少恋爱，或长或短，从没遇到一锤定音的对象。然后十年过去了。有一天，他们俩一个共同的朋友问A："你对B怎么看？"A说："其实我想说的，只要B问，我什么都会告诉他。"隔天，这个朋友又问了B类似的问题。B说："她从没问过我啊，我倒是有很多事想告诉她的。"

"这两人最后在一起了吗？"

"没有。不是说了吗？这是什么都不做的两个人。"

我思索着"什么都不做"。老实说，我不明白Run到底想说什么。

"不是说都谈过不少恋爱吗？"我问，"你是觉得一旦谈得太多，就成了'什么都不做'？"

"他们什么都不为对方做。"

好吧，原来这才是Run口中的"什么都不做"。

"就没有人推一把？"我问，"共同的朋友就没一个牵线的？"

Run似乎料到我会这么问。她像一个即将上演诡计的魔术师那般，嘴角缓缓勾出一道笑容来："你相信比肩民吗？"

比肩民。我顿时想起七年前她在一张方形餐巾纸上写下这三个字的光景。

"每个人都能找到一个比肩民。"Run说，"每个人都渴望被剥，也渴望剥光一个谁，不论性格外向、内向，涉世深、浅。所以做比肩民很简单：别压抑自己，接受剥与被剥的欲望就行，这之后就互相鼓励、互相监督——继续剥！毕竟时间总能使我们长出新的外骨骼。总之，想当比肩民就得剥个不停，和吃小龙虾一个样。"

我想象着两条小龙虾谈恋爱的样子。不停地剥，不停地长出新壳，这么一想，我感觉浑身上下的皮肤都在疼。什么健康的边界、独立的空间，Run恐怕都嗤之以鼻。

"也不是所有人都得这样吧？"我说，"许多人都满足于浅尝辄止的关系。从哪儿剥起呢？剥到什么地步算干净呢？反正我是搞不懂。"

"浅尝辄止的关系只会让人更寂寞。"Run不屑地摇头，她盘子里的食物已经快吃光了，"没什么搞不懂的，这能力人人与生俱来。只要拿出足够的耐心和毅力，就能吃上小龙虾，自觉自愿，赤诚相见。真正的爱就是这样，没法儿隔靴搔痒。"

我也想拥有一点真正的爱，可又隐约感到一点恐惧。到底在害怕什么呢？说不清。

"太太是你的比肩民吧？"

Run把我问住了。

我起身去自助吧台倒水，想着妻子。真奇怪，明明现状依旧，可分居前那种想要逃离妻子的欲望却已经感觉不到了。以Run的标准来看，我和妻子的这五年简直像没有爱过。也许Run是对的。我既没有向前跑，也没有向后跑，只是站在原点。那么，现在只需要鼓起勇气跑动起来即可，不管哪个方向都行？

回到桌前，我看到Run正在端详手中的两张票，很不舍的样子。她把票递给我。是柏林爱乐乐团在中山公园音乐堂举办的新年音乐会，12月31日晚七点开演，堂厅第七排靠中间的位置，重头戏是贝多芬的七号交响曲。

"送给你吧。"Run说，"和太太一起去。"

我道谢后接了过来。

"本来我想和Ran去的，盼了很久。在贝多芬的作品里，我最喜欢'贝七'。没办法，她那天临时有工作。我们改了计划，打算1月3号去京都玩，你们要一起来吗？求签，看雪，泡温泉。"

我推说签证根本来不及，没想到Run说Ran能帮忙，这就要拿起手机来联系。我连忙制止她。其实，我还挺想见Ran的。

"她不可能去的。"我没告诉Run妻子和班长并肩走在平安夜里的情形。

"太太是你的比肩民吧？"

脑海中，妻子和班长比肩行走的样子变得更清晰了。

"不知道她怎么看。"

"问她。"Run说，"'贝七'是送给你和太太的，你一个人不准去。"

"否则就绝交？"

"否则就对不起贝多芬。"

我又笑了。如果可能，还真想和贝多芬见上一面，随便说点什么，说对不起也行。

5

和Run道别后，我步行回到租屋，在菜鸟驿站取了包裹——徐伟的衣服。两个室友出去过圣诞节了，还没回来。我把衣服悉数抖在床上，盖上被子。没有开灯。我坐在漆黑的卧室里，一边听着今天的日推，一边猜测哪一首歌妻子有中意的可能。

我和妻子一起去过中山公园音乐堂，听的也是贝多芬。那时候，我们已经开始吵架了，总吵不出结果。音乐会使我们休战。为什么吵架？怎么吵的？我已经全忘了。

但关于音乐会的记忆仍历历在目。

去年的秋季，北京国际音乐节，第20届北京国际音乐节，德国不来梅室内爱乐乐团上演了全套贝多芬的交响曲。我们去听了10月26日的八号和九号交响曲。我为此和同事对调了轮休的日子，开始看萨义德的乐评，可惜萨义德更喜欢瓦格纳，对贝多芬讲得很少。妻子则花时间细细地化了妆，戴上那条她很宝贝的正圆珍珠项链。音乐会的票是妻子买的，她说："我终于有能力享受来自北京的福利了。"

中山公园音乐堂在中山公园内，长安街沿线，坐地铁转乘一号线是最方便的选择。我们在家门口吃了个沙县小吃，四十多分钟后抵达天安门西站，B出口外即是中山公园。夜晚的长安街很美。中山公园供人免费游览，园内松柏遍地，大都是古树，枝杈长得浑厚自由，难免让人相信它们都成了老柏精，三更后要爬起来搓麻将。草坪整齐，这里那里点缀着地灯，小径幽然，凉风习习，天空开阔而晴朗。我们牵着手，沿着园内的标识往音乐堂的方向走。我说，我今天看到萨义德写瓦格纳痴迷于水疗，每天都要给自己整水疗八件套。你还记得《年轻气盛》吗？那个电影。也是水疗。它里面不是有段歌剧式的配乐嘛，会不会是瓦格纳。妻子说，瓦格纳啊，大老板就特别喜欢瓦格纳。他今天来北京了。我跟小老板说我不去吃饭，小老板还很吃惊呢。他以为我跟他一样呢。我说，瓦格纳确实很像"大老板"会喜欢的人。妻子说，还有啊，还有一个电影也讲水疗，你还记得吗？浴缸里有许多鳗鱼那个，惊悚片，我好多地方都不敢看的那个，虎头蛇尾的那个。

我们俩聊这个惊悚片，始终没想起它叫个什么名字，接着又聊起了另一个和鳗鱼有关的电影。

远远地，中山公园音乐堂像一座灯火辉煌的船泊在夜中。许多面孔等待入场，矜持地兴奋着的面孔，因矜持地兴奋而显出纯洁的面孔。妻子也带着这样的神情，举手投足都不一样了。

乐声如海燕展翅般飞来，自暴风雨降临之际的彤云中。当《欢乐颂》的合唱响起时，妻子激动得泪流满面。据说，贝多芬二十岁的时候就想为席勒的这首诗谱曲了，他把这个念头存了数十年，终于在九号交响曲里实现。当时还没有谁在交响曲里加入人声。我把裤兜里皱巴巴的纸递给妻子，她擦得很小心，留意着不抹到睫毛膏。她将濡湿的纸塞回我的手里，目不转睛地盯着台上的乐手，表情里多了点愤愤然的滋味。我端详她的面孔，偷偷地乐。

我们一路聊着听后感回家。听后感或观感，姑且称为听后感吧。我和她都不是专业发烧友，什么种类的音乐都只能听个感觉。听说过"调性""织体""动机"这类专有名词，不过根本也对不上号；勉强能认清乐器，没有熟悉的乐手，不知道指挥家雅尔维有过什么成就。

那么，我们能聊什么呢？

大约是这么聊的：你说圆号怎么清洗啊？得怎么造才能不被口水搞臭？他们用手扶着，像是把手伸进了喇叭里。那会摸到口水吧？不知道，弯弯曲曲的，得存多少口水才摸得到啊。我喜欢那个吹双簧管的老大哥，他总是小眼圆瞪，像这样，特像我刚开始画眼线时绷紧法令纹的样子。你注意到他和他旁边吹黑管的哥们儿了吗？注意到了。他们俩"基情四射"，一到婉转处脑袋就要靠到一起。敲定音鼓的金发男太帅了。是挺帅的，像《狩猎》的男主角。叫什么来着？米科尔森，《汉尼拔》。对！他每敲几下，就倾身护住鼓面，像在说，孩子们别闹。吹小号的也很有意思。是的，上嘴的乐器各有各的看头。吹小号的有一个很壮，像让·雷诺在吃烤原蝾。原蝾是什么？《千与千寻》里锅炉爷爷给的原蝾，用来煮药浴的。坐第二排拉小提琴的妹子好看，耳环也好看，亮晶晶的，总跟着她左右摇摆，我也想要这样的耳环。

你连她的耳环都能看清？

看不清。

亮晶晶的？

亮晶晶的。

于是，我给她买了一对耳环。她很少戴，不清楚是否有亮晶晶的效果。如果可以，很想跟她再去看一场交响曲，戴不戴耳环倒无所谓。

我拍了一张音乐会门票的照片发过去，邀请她。她始终没有回复我。信息发送无误，起码她还没把我删掉或是拉黑。我开始给她打电话。大概拨到第14通的时候，我睡着了。

6

支行里有一间小办公室，专门供电话推销之用。里面有三个工位，桌上放着电话，没有窗户。

我往系统里输入年龄、资产量一类的条件，打印出十张自动筛选后的名单。我拿着名单走进这间没有名牌的办公室，开始给本行客户打电话。

喂，请问是张先生吗？您好，这里是某某支行，由于您的信用记录良好，我行想邀请您体验信用卡服务。请问您有这方面的需求吗？

大约有50%的人会在电话接通的三秒之内直接挂断。能听完整段开场白的人中，50%的人会说"我不需要"，20%人会加一句"谢谢"。

以上人士都是我们做电销时喜闻乐见的客户，节约彼此的时间。

我划掉一栏信息，拨打下一个电话。

喂，请问是赵女士吗？您好，这里是某某支行，由于您的信用记录良好，我行想邀请您体验信用卡服务。请问您有这方面的需求吗？

如果客户还不挂电话，我就接着说下去。

不需要您专门来跑一趟的，我们会派业务专员为您上门办理，选您方便的时间、地点就可以。您最近有空吗？

30％的人会在这时候说，"我不需要"，然后挂断电话。剩下的人里约有30％会开始提问，诸如年费、授信额度、溢纳金，也有人会问到征信记录、喝星巴克是不是有优惠这类细节。我一一作答，有时需要翻阅近期更新的信用卡权益手册确认一下。有的客户会爽快地接受预约，我就记下时间和地点。也有客户就信用卡的事和我聊个二十多分钟，然后再说，"对不起，我不需要"；聊得更久也是有的。这时我就在该客户的名字前面打一个△，表示此人有办理的可能，需要再次争取。以前，我会因此灰心丧气，但现在已经没有半点情绪波动了。毕竟，一整天的电销下来，我大约需要打600通电话，真正愿意预约办卡的不到1％。换句话说，只要你肯打，就一定能遇到需要办卡的客户。

打来打去，一个早上的时间很快就过去了。我和同事们闲聊几句，去隔壁买了包子，继续拨打剩下的电话。一个多小时后，我拨出了一个万分熟悉的号码，明白过来时电话已经接通。

"喂，请问是……孟女士吗？这里是……"

是的，妻子也是本行客户。

"是我。"

妻子仍未挂断我的电话。

"不好意思，在做电销。你刚好被系统筛出来了。"

"卖什么？"妻子说。

分居至今，妻子终于对我说话了，在电话里。

"信用卡。"我说，"您是我行白金会员，可享受15万的授信额度。"

"可以啊。"妻子说。

"不需要您来网点，我们会安排业务专员为您提供上门服务。"

"可以。"

"你最近什么时候有空？"

妻子没有说话。

"跨年夜那天有空吗？"

"办信用卡？"

"也可以办信用卡。"

"办信用卡可以。"

我没有说话，妻子也没有说话。

"晚上你有别的安排？"

"需要汇报日程安排才能办卡？"

我摇头，换成右手拿话筒。不需要，当然不需要的。

"为什么你那天不直接过来问？"

妻子说。

"看到我和别的男人走在一起，怎么就不能直接上来问？"

"希望我直接上来问？"

"你那位班长先看到你的。他说：'欸，那不是有泽吗？'他说，'算了，他好像不太方便的样子。'他说，'今年银行不景气，我这儿招人，你要不要问问有泽有没有兴趣？'如何？你有兴趣吗？"

"跨年夜，你和他有安排？"

"你觉得他也配？"

我把话筒又换回了左手。谈不上高兴，只觉得比刚才更紧张了。

"当然，你也不配。"

说完，妻子把电话挂了。

我打开门。正做到不知第几次深呼吸时，行长从他的办公室里走出来，招呼了我一句，露出八颗牙齿的微笑。我笑着应一声，回到工位，拿起话筒拿起笔。

我的笔悬在纸上。孟女士，该划掉呢，还是再打一个过去？毕竟还没有确定办卡的时间和地点。我在她的名字旁画了一个△，拨出了下一通电话。

一天下来，有63位客户预约了上门办卡，不知最终能下卡的有多少。行长对我的表现很满意。我获准在五点半下班回家。行长说，他会在夕会里为我鼓掌。

7

"贝多芬27岁的时候耳朵第一次出现毛病。没全聋。起初他不敢告诉任何人，毕竟是音乐家用来吃饭的耳朵。他不停地看医生，医生给他开出了一系列治疗方案，譬如水蛭、放血、冷水浴与热水浴、将树皮绑在手上什么的，瑞香树皮。然后，他写了《悲怆》。好评和恶评一样多。那时候对音乐的主流看法仍是莫扎特那一套，认为音乐绝不能违背听觉，应该永远怡人。但是《悲怆》很流行的，那会儿维也纳没什么专门的音乐厅，大家在各自的家里开音乐会，《悲怆》是常被弹奏的曲子之一。十岁的车尔尼去见贝多芬的时候，看到他耳朵里塞着带黄色药水的棉花。车尔尼不知道这是什么意思，他坐下来，为贝多芬弹奏了《悲怆》。"

Run说。

"杰出的音乐家，比如贝多芬，会租用皇家宫殿的剧院公开演出，自负盈亏。比如贝多芬的第一首交响曲，就以这种方式在霍夫堡首演。当时他29岁，耳朵里每天都充斥着各种噪声，他性格本来也不好，耳朵一坏就更惹人厌了。只有写曲子的时候如入定一般清静，他说。等他写到第七首交响曲，耳朵当然聋得不行。没人知道病因到底是什么。当时大家喝葡萄酒喜欢掺甜味剂，一种含铅的甜味剂。不过嘛，这也不是他耳朵聋的原因。"

Run继续说。

"不知道说这些能不能让你们俩看的时候多点滋味。你就随便听一听吧。"

我吃完了自己做的青椒肉丝盖饭，把音乐会的票插进羽绒服的内袋，穿上妻子送的马丁靴，搭地铁前往中山公园音乐堂。

五天过去了，妻子有没有办信用卡暂时不得而知。五天以来的每晚十一点，我会准时坐在床上，给妻子打电话。信号接通。长嘟声响起了。这声音总使我想起Run那套剥壳理论。比肩民与良性的亲密关系显然大不相同，而我拿不准孰优孰劣。我害怕自己这么执着地打电话过去会被妻子视作骚扰。

长嘟声响过十下之后，总会有三个短促的嘟声，提醒我对方未接。最后一下长嘟声听上去总是和第一下不大一样。等短嘟声也没了，我便小声地说一句"晚安"，为她当日的微博点赞，躺下，读一点kindle，听一点日推。昨天，我和同事对调了轮休的日子，以保证今天能按时去听音乐会。

"7点开场，我在门口等你。"

我用微信给妻子留言。

18：23，我出了地铁。跨年夜的中山公园音乐堂和记忆中的大不相同。青草没了，代之以或灰或黄的地。天空泛白，行人中穿呢子大衣的与穿羽绒服的各占一半。风一劲，耳朵就要脱落，要长出新的耳朵，也许是驴耳朵。柏树还是老样子，稀疏了些，但仍绿意坚挺，三更后恐怕还能爬起来搓麻将。我迅速地穿过中山公园前往音乐堂，能走多快就走多快。

天气冷，大家都拥在室内，等待开场。徘徊在外头的大多是黄牛。他们戴着帽子，领口拉到顶，鹰一般打量谁像是需要票的人。我面朝门的方向站着，一动不动地注视着来路，想象她从那里走来。她会穿呢子大衣的，不出意外会穿黑色的羊绒呢子大衣，裤子的颜色不好说。会穿高跟鞋。在北京的冬天穿高跟鞋不容易，地面常有冻冰，一不小心就得摔跤。不过总是有妻子这类女性能穿着高跟鞋在各式各样的道路上健步如飞。

18：45，可以进场了。大家按票的种类，分别由堂厅、楼厅的四个入口排队进场，单号的在左侧，双号的在右侧。Run给的这两张票是堂厅双号的。

我终于开始相信妻子不会来了。她不是说了吗？跨年夜另有安排。

18:59，大厅内再无一人候场。我想起Run的嘱托。"喂，孟女士，您好，您是我的比肩民吗？"这种话我问不出口。我拉好羽绒服的拉链，走出音乐堂的大门，径直朝目之所及的第一个黄牛走去，"要票吗？"我说，"好票。"

这黄牛穿着件皮质的飞行夹克，头戴飞行帽。他接过我手中的票看了看。这是最贵的票，售价为2888元一张。

"嗯。"他说。

我再次看向他的脸，吃了一惊。

"杨耐克？"

说着我本能地寻找他那辆40寸自行车的踪影，没见着。

"我是……我高中时找你买过碟。"

"嗯？"

十多年不见，杨耐克长得和记忆中一模一样。皮肤微黑，眼距宽，看起来有点像个马来人。脚上仍穿着双"耐"鞋，那钩上表示否定的小捺，那鞋帮上卡着的泥渍，简直一点儿没变，就好像这鞋子真能一穿十多年不坏似的。我顿时想起他向我推荐过的那唯一一张打口碟。是呀，不正是贝多芬的七号交响曲吗？卡洛斯·克莱伯做指挥，由巴伐利亚国家管弦乐团演奏的版本，录制于1982年。不过，克莱伯已经死了，在我18岁的那年死的。

"没想到还能在这儿见上。你要吗？便宜给你，马上也开场了。2000块……两张？"

"嗯。"

我点开微信，2000元立马到账了。

我递上两张票，他接过去，用慈父般的眼神细细瞧了一番票面，抽出一张递给我。

"走吧，我请客。"杨耐克说，"这可是贝多芬的七号交响曲。"

8

坐在我前头的是一家三口，三人都穿着正装，小女孩由母亲抱着，坐得很不安分。

我和杨耐克落座时正值指挥鞠躬敬礼，全场掌声雷动。这指挥是个大肚子秃头，表情郁郁寡欢，泡眼袋。乐手呈扇形排布，清一色的黑西装，指挥的左侧坐着四排小提琴演奏者，右侧是中提琴和大提琴。再往后是管乐，长笛、双簧管、巴松、小号、圆号，不一而足。右侧最后的位置上坐着一个敲定音鼓的女士，黑发整齐地束在脑后。我还是第一次见女性敲定音鼓。从我的位置看过去，她的脸有些悲伤。

指挥以左手高高举起指挥棒，全场寂静，然后，一记强音奏响。所有的小提琴摇摆起来，琴弓翻飞，满堂辉煌。我顿时被钉在了座位上。交响曲光听是不行的，需要看。

贝多芬该是个喜欢搞对比的人。短暂的豪迈过去，婉约就来了，如此反复，深入，豪迈的愈发豪迈，婉转的愈发婉转。我心中

虫之履
Chong
zhi
lü

的失意、落寞、孤寂，就这么被一道道琴弓拉走了，意识到时，脑袋已空空如也，实现了断舍离。并不是轻松的感受，是倒空：为了欢迎他人的意志灌注进来，而将脑浆倾倒一空。乐声充盈在那样一个空旷的脑壳内，我化身为18世纪跳英国组曲的乡下小伙，揽着漂亮的伯爵女儿不停地旋转嬉戏。

我闭上双眼，在虚无中舒展身体。

有一种说法是，听音乐需要想象。什么都不必管，只需要任由自己的大脑展开联想，任意捕捉音符的旨意，并无听得懂听不懂一说。高中第一次听"贝七"的时候，我就胡乱想象了一通。与其说当时的我沉浸在"贝七"当中，不如说那个我沉浸在自己的想象当中。想象告一段落时，我压根儿不清楚耳机里在播放第几乐章，只知道再不专心做作业明天就得早早起来抄答案了。并非音乐美妙地将我引诱进想象当中，恰恰相反，音乐过于吵闹，把我赶入想象。贝多芬就是有这么丰沛的激情，海啸来了，冲浪者夹着浪板落荒而逃。

然而此刻不一样。此刻，我被高达十余米的海浪吞噬，或卷入暗中，或抛向光明，时而靠肺泡吞吐氧气，时而靠鳃。水花声鱼贯而入，我的脑海任其翻腾，忘记银行，忘记末位淘汰，忘记妻子，忘记我自己。须臾婉转、轻盈，一匹瘦马驰来，驮我飞越水天一色的银湖中央。跑着跑着，雷鸣般的掌声响起，响起又落下，湖畔归于寂静。远远地，一列白衣少女迈着忧郁的舞步出现，她们涉水而上，雪臂悠扬，足尖滴水不沾。黑色潮水鼓胀。弦音低回，少女舞近，空中，信天翁滑翔。

第二乐章开始了。

我睁开双眼，如同已在水下屏气到了极限那般大口呼吸。据Run介绍，这个第二乐章是贝多芬久负盛名的《葬礼进行曲》，当年公演时就大受欢迎，屡屡被要求重演。我记得许多电影用它来做配乐，《国王的演讲》算是里面比较有名的例子。

是科林·弗思即将发表最后那通演讲时的配乐吗？我开始回忆那电影里的镜头。想着想着，我感到了一阵不对劲。

乐池中，负责敲定音鼓的人换了。那个面孔悲伤的黑发女士不见了，代之以两位陌生人。此时没有定音鼓什么事，他二位遂一动不动地坐在椅子上，戴着墨镜，却不穿鞋子。左侧那一位较右侧的高出了大半个身子，乍一看还以为他是站着的。虽说也是一身黑的打扮，可两人的衣服怎么看怎么奇怪，头上还耷拉着两根粗壮的触角，就好像一对弯曲膝盖的小孩腿裹着黑胶插在了脑袋上。

高个儿的那一位下巴敦厚，眼睛小而上挑，嘴唇薄如刀刃——

这不是我们支行的行长吗？

我是说，梦中所见的蚂蚁人行长。

不用说，矮个儿的那一位便是班长了，蚂蚁人班长。

正当我端详蚂蚁人班长的面孔时，他二位微微举额，齐刷刷地看向了我。

饥饿爬进我的肠

1

我说："看来你没事。"我说，"全是虫人。"我说，"本来挺好的，后来全变了。指挥变成了水板凳，大肚子。拉提琴的清一色蝈蝈，吹笛吹管的要么蚊子要么蝴蝶，吹大管的头上戳个鹿角，像鹿角的虫角，我也不知道啥玩意儿；还有蚂蚁人，对，又有了，俩，敲定音鼓的。还那俩，一个行长，一个班长，一个高，一个矮。×，吓我一跳。"

徐伟说："说完了？"

我说："这可不是梦，我在长安街上，我刚才没睡觉。"

电话那头传来一声推拉门的响动，继而变得更安静了。我听到了打火机的声音。

徐伟说："我要戒烟了。这是最后一根。"

我说："这样下去不好。是不是把我俩的味儿混一块儿了？不能再帮你沤衣服了，没准儿真把我当成你了。"

徐伟说："我正想跟你说这事儿呢。不用再给我寄衣服了。"

我觉得他的声音听上去怪怪的，像是在发疯。

徐伟说："我今早闲着没事儿，整理了一下收藏栏，发现我那

"蓝藻固沙"的收藏夹里有简志易一篇报道。你还记得我跟你说过这人吗？我是说，遇到蟑螂的时候我确实不记得这一出的，跟你说的时候确实不记得这一出。没准儿啊，我是说没准儿，我的潜意识里记着呢，于是就梦到了。这种事儿谁都说不好。"

我说："徐伟，这他妈什么意思？"

推拉门像是又打开了，一个女孩儿说了一句"是谁啊"。大概是周凝吧。

我说："你是不是不方便说话？你听见我刚才说什么了吗？"

徐伟说："我听说，成功人士都按照'重要'和'紧急'的程度来安排时间。你试过这么安排吗？"

我不知道他提这个干吗。我的头疼得厉害。前方能看到复兴门外的彩虹门了，这一路走得太快。

徐伟说："不管有多少'紧急'，都该留些时间给'重要'，这样人生才能不断前进。我也想前进的，可惜前些年吧，我的人生总是被'紧急'包裹，没有余暇留给'重要'。但最近有些变化，我像是恢复元气了。林有泽，你说得对，我得把这道坎过去，我能过去。谢谢你，也就你还相信我。"

不知怎的，我听到这话就再也绷不住了。我大吼大叫，眼泪鼻涕一股脑儿地出来，嘴也抖个不停。

徐伟说："说完了？"

我说："你也看到虫了！你先看到虫的！"

徐伟开始说对不起。我的心情平静了些。我想我只是太需要一个出口了。

徐伟说："对不起。我那天不该跟你说什么虫。这几天，怎么说呢？太平常了。如果真有什么虫人要追杀我，这平常就太古怪了，可总不能说平常的生活是个问题，所以大概是我，是我出了问题。"

我说："好，你出什么问题了？你还就不相信自己了？你不是没听说过什么简志易吗？"

徐伟没接茬。我想起来了，他刚说过什么收藏栏里有什么报道。

徐伟说："山馆的总会计师走了，老板想让我坐这个位置。"

徐伟说："周凝今早问我过年有没有安排。她说，她把我家的情况告诉父母了。她爸妈邀请我回去一起过年。"

徐伟说："林布里克，我跟你不一样，没人给我托底。我觉得我看到了机会，不管是哪方面吧。这是我翻盘的最后机会了，我能感觉到。如果我还走不出之前那点挫折，老天爷就不会再给我发入场券了。我得向前看，我们都得向前看。你明白吗？"

挂电话之前，徐伟又说，不用再给他寄衣服了。

我呆呆地站在冷风中。人在经过我，车在经过我，正常的人，正常的车。一部分的我非常高兴，为徐伟高兴：这家伙在重整旗鼓。人逢喜事精神爽，这家伙开始了反思、内省，接受自己一度产生幻觉的事，相信未来能不被幻觉困扰。积极向上。我不用再考虑带他上北医六院挂号了。

这种时候，我居然还顾得上为朋友感到高兴，×，我快把自己给感动哭了。

我是说，那我呢？我是不是疯了？我刚才看到的又是什么呢？

乐池中，敲定音鼓的换人了，换成了俩男人，一高一矮，头上顶着小孩儿腿似的膝形触角，身上的漆皮连体服分头、胸、腹三段束腰，不是蚂蚁人又是谁呢？我看到他们的时候，他们也看向了我。虽说他们俩戴着墨镜，但我的确知道那墨镜里面的目光正在朝我射来。

　　我挺了挺背，寻思着自己是不是脑子糊涂了，想找杨耐克聊几句缓缓。杨耐克坐在我的左侧。我转头一看，好家伙。杨耐克脚上的"耐"鞋不见了，和蚂蚁人一样光着脚。他穿着个大斗篷——像是塑料做成的大斗篷——红底黑斑，跟个大瓢虫似的。斑点没那么多，不是七星瓢虫，该是什么别的花大姐。他还在听"贝七"呢，专注，陶醉，大斗篷呼吸一般轻微扇动，翅脉贯穿着黑斑和红底。

　　我慌了。我先瞧了瞧自个儿，确认我仍穿着鞋子，是个人样，心下稍安。可一抬头，我瞧见正前方坐着只大蛾子，火红火红，头上那对毛茸茸的触角巨硕得叫人直犯恶心。左前方是另一只蛾子，腿上抱着只毛毛虫，比较起来，那毛毛虫比蛾子的体积还大，身上全是斑点。它扭来扭去，压根儿坐不住，更不想听什么贝多芬。它回转过来，面朝我，露出软体cos服包裹下的人类幼儿脸，眼神混沌，蒙着层白翳，像是失明者的眼睛。显然，这玩意儿在跟我对视呢。我被吓得闷叫一声。我想起来了，原本坐在我前面的是一家三口。

　　环视周遭，所有的人无不穿着虫样的衣服。坐在我右手边的男士穿着某种甲虫cos服。那行头的背部雄伟地隆起，金属质地，绿色调为主，间杂红色光芒，随光线的角度呈现出不同的渐变色调。许多金龟子都这样，叶甲、吉丁虫也能长成这样，我实在不清楚这到底是什么甲虫。乐池中，大肚子指挥穿上了大肚子水板凳cos服，提琴手穿上了绿色蝈蝈cos服，随节奏摇摆胸腹。无数的触角在空中挥动。这音乐没法儿听了，贝多芬亲自指挥都不行。我哆嗦着站起来，一路道歉，一路经过着蝉、虻、蝇、蚜往外走，留心着不要踩到那一双双赤裸的脚。招呼我离场的工作人员是一只大蜂，马蜂还是胡蜂，搞不清楚。

我既不回头，也不抬头，死盯着自己的鞋跑出了中山公园，跑到了长安街上。一辆黑色的三厢吉利在我眼皮底下驶过，我瞥见里头开车的是一个人类——一个姿色平平的女人，穿着式样保守的职业装。

我依依不舍地目送她离开。心跳随着车流声渐缓。平凡正带给我安慰，平凡带给我非凡的安慰。

给徐伟打完电话之后，我掉头，往西单地铁站的方向走，满脑子都是"我是不是疯了"。我不知道判断自己疯没疯该归在什么当中。重要且紧急？不重要且紧急？重要且不紧急？衣服不用寄了，好。那我该拿那堆徐伟的衣服怎么办才好呢？这事儿简单：不重要也不紧急。我有点儿羡慕徐伟。徐伟的确转运了。徐伟似乎真的过上了称心如意的生活。称心如意！我激动了，我想立刻打个电话给他，我要辩论：如果没有蟑螂，你怎么会过上现在这种称心如意的生活呢？然后我把自己辩倒了：这是一个悖论。真的称心如意就意味着不存在把称心如意给你的那个人，因为被施舍的称心如意远非称心如意。莫非，那位强哥就是这样想的？所以功成身退了？

手机响之前，我便在琢磨这些。竟是妻子。妻子给我打来了视频电话。

2

"后面的我不想听了。"

妻子说。

"听完'贝七',后面那些应景的活泼小品不想听了。不想破坏现在的感觉。"

一看到她,我那些胡思乱想便集体噤声。分居以来,这是我第一次见到她的脸。妻子的身后,是中山公园音乐堂灯火辉煌的轮廓。

"你怎么不说话?你这是在哪儿呢?"

"不远,就长安街上。"我说。

"我看见你走了。你怎么连第二乐章都没听完就走?不喜欢?"

"惊雷,音乐堂里,没有什么不对劲的地方吗?"

妻子问我什么叫不对劲。我登时明白她什么虫也没见着,便连忙把话题岔开。比起发疯,我更害怕她明知道我出了问题还不管不顾。

"谢谢你请我来。"

"是Run送给我们的。"

"哦?那替我谢谢她。我来晚了,对不起。想跟你说一声要晚到的,你没接电话,可能是静音了吧?我运气好,买到了堂厅的黄牛票。"

我查看手机。奇怪,通话记录里并没有来自妻子的未接来电。

"你没事儿吧?你好像有点怪怪的。"

"惊雷，我们能见面聊吗？"

妻子停顿了一下，答应了。

"要不你就在中山公园等我？我已经走到西单这个十字路口了。"

妻子笑着点头。

"别挂！"

"哦？"

"……没什么。"

"我没说要挂啊。"

"你别误会，这跟不自信没什么关系，具体的我一会儿再跟你说。"

"我没说你不自信啊！"

妻子不再笑了。这是我熟悉的表情。我不明白为什么我们俩现在总能把天聊死。

妻子闷闷不乐地找了个长椅坐下来，说她今天心情挺好的，不想冲我发脾气。

"对不起。"我气喘吁吁地说。我试图走得再快些。我有一种稍晚一步就会酿成大错的预感。

"你能少说点儿对不起吗？"妻子说。

这时，视频画面忽然就黑了。信号满格，我喊着妻子的名字，缩小视频窗口，又重新点回去。画面再次开始动。我明白了，并不是信号出现问题，而是有什么东西或什么人挡住了妻子，正在摄像头跟前移动。那是一团黑乎乎的影子，填塞了画面，然后一分为二，直到居中的妻子再次露出来。影子在她身边落座，紧紧地挨着她，一左一右。

"那是谁？"

"什么？"

"你旁边啊！谁和你坐在一起？"

"你嚷嚷什么？就我自个儿！"

妻子说着左右晃动了一番摄像头。我看到一截着黑衣的腰，又看到一截着漆皮黑衣的胸和半截脖子，班长那似笑非笑的嘴唇挂在上头。

"你快起来！快走！走啊！"

妻子狐疑地起身，往前走了几步。这下，我能看全蚂蚁人的脸了。我大叫着让她走。她问这是怎么了，要她去哪儿。我看到蚂蚁人行长与蚂蚁人班长相继起身，他们悄无声息地转过身来，背对着妻子，开始后退，静悄悄地跟上了她。

这时，视频电话断了，微信上显示着通话时长。我抓着手机飞快地跑了起来。我边跑边给她打电话，没有人接，不论她还是别的什么。

3

中山公园里没有她。

我在空无一人的公园内到处找，我找到了长椅（有许多一模一样的长椅），我到每一条长椅上找，我不知道自己是在寻找血渍还是手机还是别的什么。这些椅子面朝公园内宽阔的主干道，上承树荫下接草地。找完第7条椅子，一个工作人员礼貌地走过来询问我是否需要帮助。

"我老婆丢了，刚才还在这儿。能不能给我看一下监控录像？"

"你们刚才在这儿散步？"

"不是。我们刚才在里头听音乐。"

"那现在是？"

"不是，我们先出来了。我先出来，后来她也出来了。我让她在这儿等我。我当时都走到西单了。"

"先生您贵姓？您别急，您慢慢说。"

"听明白了吗？她丢了，绑架之类，有两个，两个……人。您得让我看一下监控录像，您必须让我看，您看了就明白了。是不是该报警？我报警吧。"

这时工作人员打断了我，问我要妻子的电话号码。电话通了。他们俩说了几句。我听到妻子向他道歉，说什么"给您添麻烦了，真不好意思"。

她的声音听上去很平稳，一点儿没有被绑架的意思。

"我跟她说。"

"您太太已经挂了。"

现在，无论我说什么，这个工作人员都不搭理了。他挺有礼貌，真的挺有礼貌，还劝我吵架应该回家吵，关起门来吵。我寻思着，他能成为一个优秀的银行柜员，准能。

在北京的大冬天跑步的后遗症出来了。一喘气，整个呼吸道发疼。那些个恐惧或焦虑淡了。也不是淡了，是一下子被抽走了，可身体总觉得它没走。我成了一个被抽走了气的气球，下一秒所有的皮就得缩到一块儿，被什么人扔进垃圾桶。不知所措，起码不知道自己为什么还不生气，感到的竟是委屈，方方面面，唯有委屈能大略贴近此刻的感受。

她为什么就这么走了？为什么又接电话了？她为什么偏偏就不接我的电话。

最可恨的是，尽管我想不通她为什么不接我的电话，为什么要折磨我，可当我依稀听到她的声音在那位工作人员的手中响起，当我猜想她还能跟我堵着气把电话挂断，行使她的自由时——

我居然感到高兴。

她没有怎么样，事情没有我预计的糟。她要是真被蚂蚁人绑架了才好呢——我竟没有这么想。我原以为我会这么想的。

那么，我看到的那两个蚂蚁人究竟是什么呢？

音乐会散场了。人群涌出中山公园音乐堂，向外走，三三两两地和同来同往的对象走在一起，愉快地聊着什么。我又看到了坐在我前面的一家三口。男的和我一般大，女的和妻子一般大，孩子像是五六岁，也像是七八岁，我判断不来小朋友的真实年龄。是个小女孩，眼睛闪闪有灵气，穿着白色连裤袜和小靴子，驼色的毛茸茸外套，红色的连衣裙边露在外面，一点也不像毛毛虫。也许是我的样子骇人，也许是我老盯着人家闺女看，那位父亲走到我跟前的时候狠狠地瞪了我一眼。接着，我看到了杨耐克。他将皮夹克的拉链拉到顶，整理了一下飞行帽，掏出包崭新的软壳烟，拍出一根来点上。

我向他走过去。

“你别跟我来'嗯'的。”我说。

“嗯。”杨耐克说。

“我知道你能说别的。”

“嗯。”

“我刚才听着听着就听不下去了。我妻子也来了。我那票本来是想和她一起的。我应该再等会儿。卖给你干吗？本来也不是为了听贝多芬才来。”

杨耐克抬眼瞧着我，似笑非笑。他拍出另一根烟递给我，帮我点上。我吸了一口就开始咳嗽。呼吸道还处在跑完步的状态里，吸气都难受，别提吸烟了。杨耐克引我向前走，很快走到了排列着长椅的主干道。

他径直朝左数第三条长椅坐下去。

“坐。”他说。

我杵在那儿。

我端详着，总觉得这儿就是妻子刚才坐过的长椅。

我不由得开始往后退。杨耐克跷着二郎腿，左腿轻轻晃动，鞋帮上那条红色的半钩格外醒目。

4

毕竟是跨年夜，这个点的地铁一号线没有平时那么空。我打算坐到国贸下来打车，去妻子的住处看一看。

我多少还处在神经质的状态里，周围的人无论是谁，在我看来都有点儿虫的意思。现在想来，就凭那黑糊糊的视频画面，我根本看不出杨耐克坐的长椅和妻子坐的长椅有什么相似之处。我明白自己莫名其妙地走掉不大礼貌，可我确实没什么心情听他说话，哪怕他能发表世上仅此一份的"贝七"观后感我也不感兴趣。

脑海中充满了虫的样子。瓢虫cos服还挺适合杨耐克的，比他爱好的复古范儿更和谐，总觉得浑然天成。他那副翅脉随呼吸翕动的模样简直在完美诠释何为陶醉地聆听，就好像乐声变为富含氧气的气流在他的气囊中自如穿梭。波点与翅脉的融合流畅，比任何人造织物都自然。这时我发现自己的判断错了。作为一种鞘翅目昆虫，瓢虫的壳很光滑，像剑鞘一样保护着壳下的翅膀，这上面不可能有什么翅脉。这么说，杨耐克穿的并非什么瓢虫cos服，而是某种拥有不带壳的大波点翅膀的昆虫。

我歪了歪脑袋，思索印象中符合这类特征的昆虫种类，想不出个所以然。

莫非这一切真的只是幻觉？产生幻觉总好过生活在怪力乱神之中，对吧？我拿不准自己到底该相信什么。信或不信，都显得有些自欺欺人。一件事，假如只有一个人看到，总是不可信的。可如果一个人的感官不足为信，那我32年来的人生又有哪里值得相信呢？譬如现在吧，我坐在地铁上，身畔俱是陌生人，我们没有彼此见证的基础，那么，我到底是坐在地铁上，还是身在别处？

刚开始谈恋爱那会儿，我和妻子经常坐一号线。长安街附近是适合散步的好去处。东交民巷的老外交楼，东华门外的护城河，我们都喜欢。我们数故宫屋脊上的神兽，谈论滴水与簃，怀念从未见过的古城墙。神兽有十，龙、凤、狮子、天马、海马、狻猊、狎鱼、獬豸、斗牛、行什。海马，象征忠勇，狻猊食虎豹，狎鱼能灭火消灾，獬豸是独角兽，斗牛是龙的一种，行什猴面人身，手持宝杵，唯太和殿独有。

地铁里安静得能掐出水来。目之所及，除了一个穿工装裤的女士闭目养神之外，大家都在看手机。到了建国门，一个冷得浑身哆嗦的小伙儿背着吉他走了进来，站外的工作人员默着脸，小伙儿也默着脸。车子晃动，再次向前行驶，小伙儿露出挂在胸前的二维码，顺了顺肩上的吉他背带，刷响一个和弦。穿工装裤的女士睁开眼，斜斜瞧一下。小伙儿开始唱歌，唱的是鲍勃·迪伦的"Blowin' in the Wind"（《风中飘散》）。

这首歌全是问号，那种谁也答不上来的问号。比如，一个人可以回望多少次，并假装他只是什么都没有看到？

我不知道。

妻子曾预言鲍勃·迪伦会获得诺贝尔文学奖。在我身边，她是唯一一个事先把鲍勃·迪伦与诺贝尔文学奖联系到一块儿的人。

那是在五年前的秋天，北京的秋天。那天我们没有坐一号线。我约她出来，说要把那箱CD拿给她，毕竟她已经在闲鱼上下单了，而我们第一次面交以失败告终，又谁都没取消订单。我们在公交车站碰面，我没有带装着CD的拉杆箱，她没有问为什么。

她穿了一条红色的裙子，灰色连帽衫，黑色高帮帆布鞋，涂了口红，红中带点棕。我们坐上一辆公交车，前往颐和园。她问我做什么工作，我说我是写剧本的，她说哦，真厉害，我回去一定看。我说你想多了，都还没播呢，她说那播了一定要告诉我。我说，我准备去找工作，正经工作，已经投简历了，她听后扑哧笑出声来，她说，你别怕，我不歧视文艺工作者。我说我是认真的，她就笑。

周末，颐和园里人不少。大殿前那头著名的麒麟泛着绿光，面憨，鼻头肉乎，大嘴四开，露出四颗尖圆虎牙。我们俩聊起小时候的事儿，我说了步仙湖，说了父亲拿脏皮鞋引斗蛐蛐的事儿，说了卖打口碟的杨耐克——你买的CD都是他卖给我的。她低头聆听，时而追问几句，偶尔地，她会说她初中时也听过某首歌。她不是一个喜欢回忆童年的人。她说，我希望能赶快活到三十岁，我总觉得，到了那时候，就什么烦恼都没有了。我问她，那你现在有什么烦恼呢，她就笑。

我们走在回廊里，看回廊里的人。我问她有没有去过杭州，她说没去过，但觉得颐和园一点儿也不像杭州。我看着也不像。廊长且阔，周围没有遮挡，固然造得堂皇，但总少了点曲折。我问她第一次来颐和园是什么时候，她说，你看这回廊上的画多好看啊。

于是我抬起头来看画。经她这么一说，我顿时觉得这回廊很好，造得这么直也有道理，否则横梁上的画就没法儿专心看了。

天空白得厉害，低低压下来，云仅一尾，长长荡开，带出朦胧的秋意。昆明湖水色碧绿，谈不上清澈，有人在争吵，一对与我们年龄相仿的情侣。两人坐在船上，都用食指指过对方，印象中，无论我和惊雷走到哪里，都能听到他们俩尖锐的声音，船身也摇晃不止。涟漪把日光切碎了，使我着迷，白昼入夜仅用了一秒。我转头看向惊雷，发现她面红耳赤，好像湖中人是在同她对质。她似乎问过我，为什么现在的人总是年少心老，计较的事绕不开一个"钱"字？而以前的人交付自己，不纠结，心事浩茫得真能与广宇相连。

我答不上来。我开始纠结自己的心在她看来老不老，有多老，还觉得她一定想成为"以前的人"。

沿湖走了一遭，我们又折返来，开始爬万寿山，走西路。已过下午五点，许多游客开始返程，上山的路清幽静谧了，桃花色的晚霞铺在山腰上，云撕扯开，被红光映出层次。

后山有名为四大部洲的汉藏式建筑群。红白色调，时而见到喇嘛塔、经幢，有那么一点异域风情。这些建筑多是斜坡飞檐的歇山顶、庑殿顶，少了布达拉宫的方正庄严，显出皇家霸道。我们边聊边走，她开始说到一些自己的事，说大三时申请去拉萨支边，在那儿待了一年，周末常坐班车去看湖。有时看着看着，会想扎根不走了。不回故乡，不去大城市，也不回拉萨市区，就待在湖边。她说虽然喜欢西藏，喜欢蓝色的天和钻石般的日光，但是不想晒黑，每天出门前都涂防晒霜，戴帽子，午休时再掏出防晒霜来抹一遍。如果去看湖，如果长时间地坐在湖边，就找一棵树。

颐和园内的广播响了起来，一个温和的女中音招呼游人们离场。

她问我："颐和园这么大，如果真有游客不走，工作人员怎么办呢？巡湖巡山？"

我说"我也不知道，要不我们试试？"

她就笑，没表示看法。

我们往东方走。日光熹微，身畔再无游人，夕阳的红彩已经没有她的裙子醒目了。前方出现一座亭子，我们俩便走进去。俯瞰之下，佛香阁、昆明湖皆在眼底，树木间杂暖色，姿态肃穆。她靠前，我靠后，她靠左，我靠右，都望着远处。夜色一点一点降下，广播声早没了，佛香阁上灯，烛火般黄，烛火般闪烁，不知为谁而亮。

她说："黑暗焊住灵魂的银河。"

我说："快登上你的烈火马车。"

她又笑了，没有看我，只顾看那黑暗如何炽盛，衬得阁上愈发光明。我凝望她的脸，她被光挑白的额头，被光晶莹的眼睛。看她的脸，像是在想着什么，又像放了空，我分不清那是惆怅还是惬意。我掏出手机，搜索一首歌，我拿不准，究竟是"Make You Feel My Love"（《让你感受我的爱》）比较好，还是"Some Enchanted Evening"（《迷人的夜》）比较好。我把声音调得能听清歌词又不至于太吵，然后放下手机，望向她望的方向。黑暗已填满颐和园，佛香阁依旧明亮，为你我而亮。

"鲍勃·迪伦的歌？"她说，"我喜欢鲍勃·迪伦。"

我跟着旋律哼哼。有歌词这个幌子在，我便免除了表白的紧张：你听见了她的笑，那笑声传到梦中，这一切谁能解释，只有愚夫斗胆作答，智者不敢尝试。我不敢唱最后那两句。我也怕这只是一厢情愿的梦。

她说："鲍勃·迪伦会得诺贝尔奖的。"

我说："诺贝尔和平奖？"

她说："诺贝尔文学奖。"

我说："他要真得了诺贝尔文学奖，伦纳德·科恩怎么办？"

她："科恩也很好，虽然我是因为科恩才喜欢上奇多玉米棒的，但是科恩没有迪伦好。"

我说："这我不同意，科恩的歌词明显比迪伦的还好。"

她不高兴了，转过头来严肃地瞧着我。

"你听过《劳动者的忧伤》吗？'Working Man's Blues#2'。"

我说我听过的，但是印象不深。

我撒谎了，我没听过。她就笑笑——不屑而骄傲地笑笑，她扬着头，开始唱这首歌。实在地，即便她能把那些个英语单词唱准确些，我恐怕也听不懂这歌到底什么意思。可我当然听得专注极了，假装自己在听一首中文歌。

　　傍晚的薄雾定居小镇，星星在溪边闪出微光。

　　底层的人们买不起东西了，钞票贬值，变得软弱……

她唱得缓慢，时常为了念全一个单词而破坏节奏，把乐句拉长，但很有一股味道。一个人，但凡能不顾体面，执着到底，总有一种潇洒。唱到"into my gut（进入我的肠道）"的时候，她哭了，两条泪掉下，立刻闭紧双眼。后来我当然查了一下，那句歌词大约在说"紧闭双眼，只是坐在这里，努力避免饥饿爬进我的肠"。

"怎么样？"

"很好，唱得好极了！"

"我是说诺贝尔奖的事你怎么看？"

我服了。鲍勃·迪伦一定能拿诺贝尔文学奖！

后来，到了2016年的10月，鲍勃·迪伦真的拿了诺贝尔文学奖。有人问伦纳德·科恩的感想，他回答得很有风度，保持他一贯的风格：这没什么好说的，这就好比在珠峰上挂一个"世界最高峰"的牌子。到了11月，科恩死了。妻子网购了一箱奇多玉米棒。

那天晚上，我们没有遇到清园的工作人员。有些冷，但还不到脱下外套给她披上的温度。我们朝北宫门的方向走，再次经过了四大部洲，穿过空无一人、像座鬼城的苏州街建筑群，爬下青白色石板台阶。出乎意料，北宫门附近没有值班的人。我们敲门，先轻轻敲，然后再重重敲，无人应门。这时已经快九点了，回望来路，看不见一盏灯。我们俩开始合计要不要在颐和园里过夜。我当然乐意。如果真能这么待一宿，我们俩就成了，可是，秋天的夜晚不能没有被窝，我怕把她冻坏了。北宫门边，有一道砖灰色的楼梯，我们钻过"禁止入内"的铁栏杆，向上爬，也许在期待上面有人值班，也许仅是因冒险或别的什么而兴奋不已。那上面像极了迷宫的截面，许多墙曲折蜿蜒，以木板衔接，摸不透这些"墙"缘何而建。青龙桥东街的车水声响，车影人影都藏在不远处。估来，墙有四五米高，跳下去很成问题。我让她待着别动，我去前方探路，她冲我笑，笑中有讥讽味道。我就往东侧爬，不久看到一片稍低的屋顶，心中喜悦。我招呼她过来，她很快爬到我身后位置。我们跳到那低处，再爬再跳，终于又瞧见地面了。黑乎乎的，我纵身一跳，没考虑到底有多高。

我转身向她，举起双手，跳吧，我接着你。

她跳了下来，只用手搭了搭我的手臂。

这是一个公交车的停车场，这屋顶是停车场办公室的屋顶。屋内有人，却没发现我们。往外走，街对面有一家亮着灯的麦当劳。我们饥肠辘辘地进去，一人要了一份套餐，并排坐下，吃薯条，喝豆浆。她开始担心我们爬的墙会不会是文物，如果破坏了文物就太糟了。我们打开手机查了半天也不知道答案。网页里说,以前的人讲究"视北为上",所以北宫门才是正门。她叹一口气,像是被风吹斜了那样,脑袋碰到我肩膀,就这么碰着不走。我的上半身本能地挺直,又松回原来姿态,嘴巴咽下豆浆。她的脑袋遂从我的肩滑下大臂,又滑上肩。我不敢动了。原来,触电是这么一回事。

后来我常想,如果没有颐和园,她不会和我在一起的。起码不会那么快。再后来,我们开始闹别扭了,我就常常回想颐和园的夜晚,回想她轻轻的一搭手,回想触电是怎么一回事。我们能再去一趟颐和园吗?我不敢想象故地重游是什么意思。

我极少想起她唱歌时落泪的样子。我很久之后才明白那首歌让她落泪的缘由。这使我怀疑自己并不清楚起初她吸引我的到底是什么。但是,搞清楚这一点并没有多少重要。

5

妻子租住的这套大两居是电梯房,两梯四户。出了电梯,我自然而然地向右转,不久便看到对门门口搁着一袋熟悉的垃圾,跟十天前的那袋一模一样,就好像这袋垃圾是邻居的门神。我先给她打了电话,没人接,手机铃声依稀传出。于是我按了按门铃,等一等,又礼貌地敲了敲门。

门上有个猫眼,一道影子在里头遮住了光,大概是妻子在犹豫要不要开门吧。我说我有本书想带走,不进来,帮忙递一下就行。

猫眼里,妻子的影子动了动。

"你来啦?"

一个声音在门里回应，像是一只手伸出来，软绵绵地搭在了我的大腿上。不是她的声音。

"太好啦，我们正担心你呢。"

一股火噌地就上来了。竟是班长在门里答话。我开始叫惊雷的名字。

"急什么？她刚哭过，情绪不太好。"班长说，"现在好容易才稳定了，正在加班呢。"

我更生气了。动静这么大，妻子到底在想什么？

"干吗哄着他？！"

门内，另一个声音出现了，行长的声音。没想到会在这儿碰到行长，我吓了一跳，条件反射一般想起我那些低迷的业绩。古怪的是，两个声音在门内吵嚷起来，语速极快，勉强能听清几句。行长说，他不过是个人，班长说，这我还能不知道吗？所以得哄着。行长说，这么遮遮掩掩地到猴年马月都说不清楚，班长说，你不懂，人都吃这套，像你那样只会激起逆反心理。行长说，你他妈的果然被污染了！这话该是戳中了班长的痛处，他尖叫着反驳行长，不难想象已经跳得八丈高。声音大得不自然了，能听懂的部分似乎和撒尿有关，两人在拿撒尿的事儿互相指责。一个说你撒尿撒不干净，你是故意憋着，另一个说你在招生的时候偷偷喝尿，别以为我不知道。

我当然尴尬得不行，也担心扰民的事儿。邻居家的防盗门一脸不高兴的样子。感应灯已不知何时熄灭下来，我想起自己是有钥匙的人。这间房的钥匙我还没还给妻子。找到了。插不进去。借着手机上的电筒，我确认门上的锁已经换了。

我想不通她为什么要这么做。门那头安静下来了。安静得好似从来没有喧哗过。

　　"我劝你别费力气。"行长说，"和我们聊过之前，她听不到你的声音。"

　　"你们到底是谁？"我说。

　　我一开口，感应灯就亮了起来。我的身体抖动了一下，像是想躲开这光亮。

　　"不是见过一面吗？"班长的声音透着笑意，"还一起跑过步呢，忘啦？"

　　"怎么称呼？"

　　"蚂蚁人。就叫我们蚂蚁人吧，蛮好。"

　　我开始揉太阳穴。好吧，究竟是不是幻觉固然重要，可眼下，我只能先解决紧急的事。

　　"我不管你们想干吗，我只是想和惊雷简单说几句。"

　　"想说什么呢？"

　　"这是我和她之间的事。"

　　门里传来笑声，如苍蝇在耳边振翅。

　　"我劝你别费力气。"行长冰冷的声音传来，"她听不到你的声音，打电话也没用。当然，也听不到我们。她不知道我们在这儿，因为没有必要。"

　　我的脊背开始发凉。行长到底是什么意思呢？人会产生自己理解不了的幻觉吗？我不知道。

　　"天哪，你还真是个现实主义者！"班长嗤嗤一笑，竟像是在回答我的所思所想。

"我们能做的事情很多。我们能把你的头按进马桶里……"行长说。班长像是被吓到了一般，反问行长干吗非要说这些，两人一捧一逗，如同讲午夜恐怖故事集那般罗列出一大堆虐待手段来。我好歹看过几个B级片，总觉得他们口中的手段听起来都像过家家，况且真正的狠角色恐怕已经将我的头按进马桶里了，犯不着费这么多口舌。说到最后，行长蚂蚁人竟反问我："知道我们为什么没有对你做吗？"我自然语塞，只觉得有些好笑。

"哎呀，怎么这么不解风情？"班长嚷嚷起来，"还不是因为我们疼惜你嘛！我们疼惜你，你得学学感恩。"

说完"感恩"二字，两人不约而同地住口了。我也想说点什么，以便能见到妻子，确定她安然无恙。可又不知该说什么才好。

想必，蚂蚁人将妻子屏蔽在外。我不知道他们究竟是如何办到的，但得知妻子不搭理我另有缘故的确令人高兴：并非真那么讨厌我，而是有蚂蚁人从中作梗。我看不上《罗密欧与朱丽叶》。这两人居然不是死于障碍，不是死于不爱，不是死于爱的破灭，而是死于不沟通。既然朱丽叶能通过神父拿到假死的药，为什么就不能让神父去给罗密欧通风报信？亲爱的，我预备死一下，死个一时半刻，准备好带着沉睡的爱人逃亡。这么重要的决定为什么不说。如果他们俩也遇到了蚂蚁人，一切就说得通了。我顿时感到自己有许多话要说，对她说。以前不说是因为没脸说，现在想说，是因为有人不让我说。

当然，我不清楚如果真把我的头按进马桶里，我还说不说得出来。

我掏出手机，搜索开锁公司的电话，在拨号键盘上输入110。该先找开锁公司还是先报警？我犹豫着。

"你真的喜欢人类的世界吗？"

行长蚂蚁人说。

"我看你根本不喜欢。你喜欢的是我们。你喜欢我们的世界。你过来吧，我们欢迎你。"

我拨通了一个开锁公司的电话，对方说半小时之后能赶到。

"正如刚才介绍的那样，通常我们对人类实行另一套政策。但你不同，你值得礼遇。"

我谢过开锁公司，我把手机揣回裤兜里，我说" × 你大爷的"。

"知道我们为什么找上孟女士吗？因为你。孟女士是人才啊，难得一见，兢兢业业。我们认可她的劳动。但为了你，我们不得不找上她。"

班长尖叫道"你又凶巴巴的了"，行长叫他闭嘴。无论他们嚷嚷得多厉害，楼道里的感应灯都不亮。

"我们研究过你。"行长的声音低沉，"32岁，176厘米身高，66千克重量。样子有些疲态，眼睛不大不小，嘴唇不薄不厚，鼻子不高不矮，头发不多不少。当然，你本人对自己拥有的东西谈不上满意，但容我说一句：只要继续做人，再做10年，你现在拥有的一切都会告吹。上眼皮下垂，鼻头变大，肚腩凸起，发际线退后，牙齿松动，不服用酒精不能入睡。365个日子里，5/6的部分缺乏快乐，10/11的部分连继续生活的欲望都不会有。你会结婚，和另一个女人。会有小孩，另一个女人生的小孩。要剧透一下吗？是一个男孩。那孩子给过你快乐，让你鼓起勇气要第二个孩子。意外的是你们尝试了两年都没能怀上。再往后，勇气没了，再往后，你会感谢自己失去勇气。你会买一台车，每天花1/10的时间堵在路上。1/48的时间，你独自一人待在停车场里，待在车上，这是你每天最放松，最舍不得的时间。你母亲身体不好，你不得不卖掉她住了一辈子的房子，给她治病。你的小孩到了青春期，成绩中等偏下，不花钱补课就会被淘汰，但又没差到足以打消你的期待。接着，你父亲会出狱。你们形同陌路，但因为你母亲病了，你又不得不经常和他见面。你当然不爱你的新老婆，但你也没有那么蠢，你珍惜她，因为这一路再没什么别人能陪你走。她固然也不爱你，固然嫌你挣钱少，但每当想到自己是一个有家的女人还是倍感安慰。你不会有时间听音乐的。你有时间看电影，也许还能看小说。毕竟你需要打发掉下班后的时间。但任何虚构的玩意儿都无法打动你了，你对它们失去了耐心，你对现实的生活同样失去了耐心。差别是，你没有时间拒绝现实生活，所以你拒绝了虚构。再往后，你母亲死了，父亲开始生病，你的小孩开始读大学，你和妻子的关系开始变好，有那么两三年的时间，你们能潇洒地到处走一走，看一看，感叹生活终于变得美妙，直到她的父母也开始得病。此时你年过五旬，但内心深处常误以为自己只有三十岁，不过没人知道这个，就算知道了也不相信。你的小孩开始谈恋爱，你开始掏空家底给他买一个房子。或者，你的小孩迟迟不谈恋爱，你们忙着给他介绍对象，可他却完全没有稳定下来的意思。偶尔地，你会想起自己年轻时候根本也不在乎身边的谁有没有结婚，你自己也不知道为什么现在却咬定一个人不结婚就无法获得幸福。偶尔地，你会想，我呢，那我呢，我幸福吗？你会给自己找到无数的佐证来说明自己有多幸福，好忘记真正的答案。别担心，你的小孩总算是结婚了。年迈的父母是挡在子女与死亡中间的一道墙，现在这道墙塌了，轮到了你。临死前的那半年你都在忍受医疗续命的痛苦，你变成了一个你不认识的人，易怒，悲观，乏力，迟钝，臭烘烘的，奋力倾倒压抑半生的毒素。等到你真的不省人事，所有人对你的爱基本也耗尽了，他们松了一口气，开始考虑给你穿什么价位的寿衣。你合上眼睛，吐出最后一点流动的气，他们开始哭，开始遗忘你带给他们的麻烦。他们会怀念你的。你最后的意识混沌不堪，甚至来不及感叹自己为什么要生而为人。你有无数后悔的事不曾承认，然后，一切归零。

"你不知道的是，你的人生已经超过了95%的别人，堪称人类幸福的标本。

"可是，离那1%的天选之子尚有距离，仍属于那可怜的99%。很遗憾，作为人类，只有1%的那一些能过得称心如意，在你们的世界就是这样。"

我蹲了下来，避开猫眼的视线范围。

我试图思考一点什么，是自尊心在敦促我思考，往往自尊心敦促下的思考都不成样子。蚂蚁人没有说出任何令我吃惊的话。是的，没什么可吃惊的，99%，无非是一个普通人会过的人生，普通，但运气还不错的人生。而在我年纪小些的时候，在我有理想可言的时候，我之所以渴望成为1%，并不是因为我真的在渴望什么，而是因为我对所谓99%的人生心怀恐惧。

真可怜！班长说。别担心，好日子就要来了！行长愤怒地骂了他几句，这才继续往下说。这时的行长显然找到演讲的状态了，语气、口吻，都像一个在讲午夜鬼故事的广播员。

　　"你看，我对人类怀着敬意，毕竟你们是聪明的物种，甚至过分聪明。过分聪明的代价是，你们总能让幸福和痛苦相安无事。承受痛苦，并号称自己幸福，这就是你们存活的资本。然而我能责备你吗？不能。你没有错——只看你们当中的任意一人，都不算错。你们把毒素视为燃料，幻想出进步、成功、人上人。你们自以为占有得越多，就离幸福越近。为此，你们把世界视为一道陡坡——正在变高变长的陡坡。不努力向上爬的人就只好接受跌落，要保持原地不动亦需付出巨大的努力。然而，我的朋友，我亲爱的朋友，世界本一马平川，从A点走到B点既不费力，也无法招人仰望。即便你马不停蹄地走了个遍，所得也不过是看到了什么风景，交到了什么朋友。快快走和慢慢走毫无高下之分。你们常窥见这一真相，却仍在不由自主地爬坡，因为周围的人无一不在爬坡——爬这道并不存在的坡。身在队伍当中，无人能拒绝爬坡的诱惑。知道旅鼠的故事吧？旅鼠，角马……就说旅鼠吧。他们看不见世界，只能看见同伴的脚印，以便把自己的脚印叠加上去。一只旅鼠跳崖了，剩下的旅鼠也跟着跳崖，没人知道这一跳就是个死，就算知道也照跳不误——跟着大家一起跳总好过一个人在悬崖上活。旅鼠，角马，还有人。对于你们而言，真相只是爬不动时借来一叹的安慰。

　　"但我们不同。我们是虫。我们不穿鞋子，因为没有必要。我们不追逐，不抱怨，不奢望，因为没有必要。我们把握着世界即是平原的真相，紧紧盘踞在真相之上生活，甚至不屑与你们争辩。你看，要做到这些并不难，这是我们的本能，我们天生就能这么办，压根儿不需要自律。怎么，你要说我们不是智慧生物？就让你们这么说好了。因为智慧本身就是你们命名的，是你们的虚构之一，而真正的智慧即意味着无须追求智慧。你看，我们花了不少功夫才明白你们的多此一举。真的，为什么非要把自己与世界一分为二呢？割席断交？难道只有这样做才能理解世界？不不，你们把理解的地位抬得太高了，你们像发了狂似的想理解幸福的规律，给幸福裹上了一件又一件的外套，以外套的精美程度来掂量幸福的斤两，忽悠大家都攒钱打造同款外套，直到幸福感到闷热，缩身逃跑。你们说，人是万物的尺度。诚哉斯言，这是你们唯一能理解的尺度，除此之外你们还能理解什么呢？你们争抢，你们痛苦，你们分裂。我们分享，我们快乐，我们平等。你们吹捧不老的容颜，因为你们接受不了终有一死的命运。我们欢庆新的生命，如同拥抱旧的死亡，因为我们是一个整体，生和死都一个样。被你们视作敝履的那99%，恰恰能得到我们的肯定。我们之中无人想成为1%，毕竟，所谓的万人之上不过是沦为万人的奴隶。占有令我们恐惧，欲望是一种毒素，所有的位高权重我们都唯恐避之不及。我们创造艺术，我们享受友谊，我们适度劳作，我们惬意休憩。我们——生活！为什么要让生活寄生于欲望而放弃生活本身？你一定也这样问过自己。你是一个聪明的人，我的朋友，聪明的意思就是避免过分聪明。

“在你面前有两条路可走。要么，成为你们当中的1%，要么，成为我们当中的99%，除此之外没有第三种可能性能够称心如意。你不可能成为你们当中的1%，想必你也清楚这一点。最根本的，你从来没渴望过成为1%。你真正渴望的是所有的人相亲相爱，所有的人都成为1%，让1%成为100%。多么可爱的愿望啊！真的，难得一见的可爱。然而这是不可能的。如果不想把99%的人比下去，你就永远只能做那99%。可我们不一样。虽说我们也得安排出1%的劳力来管理、统筹，可这1%的可怜虫，也能得到99%的理解与同情，所以工作起来没有阻碍。99%固然不等于100%，可比起1%还是接近不少的，难道不是吗？"

说到这儿，行长蚂蚁人稍事停顿，似乎对自己的发挥颇为满意。

"我的朋友，还等什么呢？唤醒沉睡中的自己，加入我们吧，大门正在向你敞开，把行尸走肉留在门外！听听音乐，看看电影，当然能够吃饱！"

话音刚落，班长鼓掌，掌声热烈。我顿时有了参加夕会的错觉。

"代价是什么？"

我的声音一出，感应灯便再次亮了起来。

"吓死我了！"班长说，"哪儿有什么代价？！这不是专门给你送入场券来了吗？！"

"那好。入场券怎么卖？"

"认识徐伟吧？"行长说。

"我是有个朋友叫徐伟。"

"说服他。让他把蟑螂约出来，剩下的交给我们。"

我的心跳得更快了，一时间谁也没说话。

"哎呀，没人折腾徐先生，哪儿会逼你干出卖朋友的事儿嘛。"

这我倒有点儿没想到。我一直以为他们想抓的人正是徐伟。

"你们想对付蟑螂？"

"抱歉，这部分暂时无可奉告。"

我在心里骂了几句。蚂蚁，对付，蟑螂？单单是把这三个词连在一块儿都又好气又好笑。

"我现在一头雾水。我总得先搞搞清楚，才能谈下一步。"

"我们会尽量解答你的疑惑。"行长说，"不过，任何机会都是有窗口期的，希望你好好把握。"

"机会？"

"事成之后，太太一定完璧归赵。如果需要的话，我们甚至愿意教你一点沟通的技巧，以保证二位破镜重圆。"

"在你们的世界破镜重圆？"

"在我们的世界。"

我在想，蚂蚁人的沟通技巧实在不怎么样，若靠他们这套或趾高气扬或嗲里嗲气的路数和妻子聊天，指不定被削成啥样呢。

"是不怎么样。"

班长随即接口，吓我一跳。

"不好意思，不是故意充当你肚里的蛔虫。没办法嘛，你思考时的气味太浓烈，把我们熏得够呛。我们沟通的技巧确实一般，不，你仔细想想看吧，这里头没有技巧。如果不是为了和你们聊天，我们才不要学什么'语言'。天哪，能指与所指的距离像北极和南极那样远。内隐记忆明明已经够用，你们却偏偏要搞出一套外显记忆来产生阻抗——怎么就那么喜欢自讨苦吃？假如你能忘了你所记得的，你就能体验我们的沟通方式，你就会明白所谓的语言只是在狗尾续貂。"

虽然听不太明白，可我总觉得他说得有几分道理。

"为什么不直接找徐伟谈？"

"你看，他跑得太快，我们想追都追不上。跑得太快的人总是失去机会。"

"蟑螂招惹你们？"

"他兜售蠢物。"

"就那么看不上椰子鞋？"

"问题不在于鞋的种类。问题在于，我们不穿鞋子，因为没有必要。"

"别这么说。你的意思不是没有必要，而是不允许。你们不允许虫人穿鞋，对吧？"

门内默然。我试着从蚂蚁人的角度看待鞋子。他们说，欲望是一种毒素。所以鞋子这类不必要的东西都是欲望的结晶。是这个意思吗？

"你们的世界听上去不错。"我说，"挺唬人的。"我斟酌着。一时半会儿还无法完全理解蚂蚁人到底是什么意思，"但对我来说，没有多少吸引力。"

"说说看。"

"事儿多。"

"怎么还误会了？"行长的音量陡然高起来，"事儿哪能算多？比你现在可清闲多了！"

"不、不，不是这个'事儿'。规则，我是说，条条框框太多。"

"没有自由？"

“对，是这意思。连鞋子都不准穿的地方毫无自由可言。也许你们真的平等，真的过着美好的生活，我不知道。再好的生活如果不能自己做主，我都不想掺和。”

蚂蚁人轻轻地笑了一声，听起来像是班长在笑。

“就那么喜欢虚构的故事？”班长说。

突然被问到什么故事，我有些反应不过来。

“虚构的当然也可以，真实的更好。”

“跟你聊天怎么这么费劲呢？换个说法吧，你现在的生活就自由咯？”

虽然我已经猜到他迟早要问这个，可我还是觉得挺尴尬的。

“我知道你想说什么。”我边想边说，“确实，身边的人都在爬坡，由不得我不爬。也确实爬得不好。往后恐怕得像你们说得那样越爬越吃力，姿态难看不说，所得还寥寥无几。没错，我成为不了1%，我从众，我被他人裹胁。但是，对不起，归根到底这还是我自己选的，我认。”

“难道一个人竟可以自由地受到裹胁？”班长尖叫起来。

“你遇到过骗子吗？”行长蚂蚁人说，“骗子告诉你，有一位素未谋面的远房亲戚，死了，留下一笔巨额遗产，偏要给你。”

“没错！”班长说，“你当然乐坏了，再远也跑去认领，当然，认领也是需要入场券的嘛，那花费可比一只蟑螂多得多！”

“结果发现这一切只是骗局。”行长接口说，似乎他二位已就插嘴一事达成某种默契，“没有远房亲戚，没有遗产，没有人惦记你。所谓的自由就是这样一笔遗产，一切虚构的价值都是。当你以为能够得到它时，你会感到高兴，失去它，能让你沮丧、痛苦、绝望。可你想过没有？你从来没有见过它，你无法证明它的存在，你的得到与失去都无从谈起。没有人见过自由，没有。自由只是一块遮羞布，你却付出生命的代价换得一张入场券。它长袖善舞，形貌多变，你离它有多近，就得到多少痛苦。从前，现在，往后，当你感到寒冷，当你衣不蔽体，它都一如既往地高高在上，绝不屈尊为你裁衣。自由跟幸福老死不相往来。在幸福面前，自由无足轻重。看看你的世界吧，看看它已经被自由祸害成什么样子。"

我就蚂蚁人的说法想了想。不错，旧的信仰已经坍塌，新的信仰尚未建立，谁也不知道往后还能有多糟。

"所以你们不赞同追求自由？"

"不。你还不明白吗？这世上没有自由，你们没有，我们也没有。差别在于，我们天生是什么样，便安于什么样。你看，我们不需要变成另一个样子就能获得幸福，所以，我们不需要自由。它是个伪命题。"

"我不知道。"我说，"也许你说得对。我承认你想得很多。"

"承让。"

"但我不这么想，抱歉。"

"你尽管反驳好了。"

"不、不，反驳不了。只是不接受，不接受的自由总是有的。"

门内默然。

沉默的间隙里，我看了看手机。真不巧，正好11点。我点开通讯录，找到孟惊雷一栏，按动这个号码。妻子的联系人头像还是那日在颐和园里拍的。天空在燃烧，我的红裙少女对我回眸一笑。

　　长嘟声回荡在这楼道内。依稀地，门那头妻子的铃声作响。一下，两下，三下。我数着。长嘟声响过十下，门内安静了，门外亦然。我没能说出那声晚安。

　　"很遗憾。"行长蚂蚁人说，"看来，你们仍然不能交流，不能真正地交流。"

　　我看看那门上的猫眼，心想若不是你二位挡道，我俩早就能无缝交流了。

　　"不过呢，你们迟早能交流上的，在我们的帮助下。你在犹豫，我们知道这一点。"

　　我问他这叫什么意思，他说，好好想想你面前的两条路，想想。我问他这到底什么意思，不响，门里没有人回答我。开锁公司来电话了，说不好意思，临时耽搁了一下，这就过来。等待的时间里，我琢磨着该怎么跟开锁的人说明情况。只能说我们两吵架了，博取同情，没有别的办法。实话实说恐怕没人肯帮我开门。一个小伙招呼我了，拎着开锁需要的工具箱，看样子比我小十岁左右。我正给他讲吵架的事儿呢，邻居家的门霍地开了。一个女人站在半开的门内，脸上敷着面膜，穿着起球的姜黄色开衫毛衣，看不出多大年纪。这还是我头一回见到邻居，以前只见过邻居的垃圾。邻居看了我一眼，叫开锁小伙过去说话。这时我意识到她门上也有一个猫眼。我不知道她都看到了什么。

　　"这钱我不赚了。"小伙听她说完，对我说道。

　　那女人做着打电话的手势，瞪大眼睛对小伙说着唇语。她在说，报警。

小伙摇摇头，缩肘冲我比画出一个"拜拜"。我拦住他，我说真不行，这门你必须帮我开，我得看看我老婆。

邻居说，那你让她开门啊，你不是说她人就在里面吗？我说，这不是吵架了吗？她不肯开门给我啊。邻居生气地从门里跨出来，我来敲门！她说。算了算了，不合适，你敲！她对小伙说。小伙尴尬地摆摆手，说没事了、没事了，我就先走了。这时邻居尖叫起来，掉头冲向自己的门，说她也忘记带钥匙了。小伙站住，邻居问他开锁要多少钱，小伙说你这种的，要两百，邻居愤怒地转向我，说这钱必须你来给。我说这算什么事，你关的门，你不带钥匙，跟我有什么关系？

"我出。"

一个很冷静的声音在我们身后响起。是妻子。她不知何时打开了门。她穿着白T恤，红色家居裤，上面印着深红49人的人头队徽。橄榄球队深红49人。我们俩都不看什么橄榄球比赛，她只是喜欢这队徽印在红布上的样子。

小伙看看她、看看她，又看看我。

"他真是你老公？"邻居说。

妻子不作声，两道目光恨恨射来。挺好，这是唯有老公才配领教的目光。我感到尴尬极了。不知这邻居是啥时候搬来的，如果去年（或哪怕半个月前）能相互认识一下，也就没这些个麻烦事儿了。

邻居冷冷地道："不用你们出。"

我挤进家门，冲进厕所，冲进厨房，连床底和衣柜都找了一遍。床上只有一个枕头。没有别人，不论是班长，还是班长蚂蚁人。

妻子站在门边，一只手搭在门把手上。

我说："你没事吧？"

她说："你来之前都挺好的。"

我说："你听到我在外头说话了吗？"

她说："吵成那样能听不到吗？"

我看着她，看着她发怒的表情，心下稍安。我原本有许多话想对她说的，现在全忘了。

我小声说："你是不是和虫做过什么交易？"

她说："谁？"

我说："虫。或穿虫衣的人。"

她翻了个白眼。她的眼睛又红又肿。

我说："我十一点的时候给你打了电话，总给你打。你知道吗？"

她不说话。

我说："给我看看你的手机，就看看通话记录，我就想知道有没有我打给你的未接来电。"

她说："林有泽，你是不是有病？你到底怎么回事？"

她的手机就放在饭桌上，放在一沓文件上，旁边是她那台很旧的笔记本电脑。搬来这里使我们有了一间书房，但妻子还是沿袭之前的习惯，习惯在饭桌上加班。我非常想抢过手机来确认一下。我忍住了。我怎么也没想到分居后的首次见面竟是这等境地。

我没事。我试图拥抱她，她把门开得更大了些。我离开的时候，开锁小伙正在帮邻居开锁。

我说："要不我帮你把垃圾捎走吧？"

邻居说："你别动，我自己来。"

6

我开始走路。

很快，我走完了2018，走入2019。我预备走着回家。机械地走路让我镇定，冷风让我镇定。走了半小时后，我感到体力没了。我打开滴滴叫车，从软件上获知了自己的位置。

我说："我说清楚了吗？"

徐伟说："意思是，嫂子被蚂蚁人控制了？"

我说："像是这样。"

徐伟说："但是嫂子她自己不知道？"

我说："像是这样。"

徐伟不说话了。电话里，打火机的声音响了一下，然后又响了一下，这声音像是要一直响下去了。

徐伟说："就这么希望有虫？"

我说："我希望？"

徐伟说："我没有针对你的意思。好，就说约蟑螂。如果我不约蟑螂，他们能拿我怎么办？或者这么说吧，一个能对付我的虫，为什么需要我才能对付蟑螂？他们才是虫，他们都是虫，假如真有这么一回事。"

我说："刚和他们聊过。他们也想找你谈，平安夜那天晚上不是想抓你，是想找你谈。你跑得太快了，他们没追上。"

徐伟说："是，他们还要给你发入场券呢。"

打火机的声音又响了。这回，我听到了徐伟抽烟的呼气声。他问我在哪儿，问需不需要他过来聊会儿，我说犯不着。

我说："你要是真不信，就当我什么都没说过。"

我说："你不觉得两万的起薪太高了？不觉得顺利得过分？不害怕幸福来得太突然？要不先和你老板谈谈？山馆。没准儿她真的知道点什么。蚂蚁人似乎挺有把握的。他们知道你有没有联系蟑螂先生，知道蟑螂要在哪儿现身，什么时候现身。也许是某种信息素的效果，我不知道。"

我说："不是我不想和惊雷谈。他们弄的，没办法。我担心她，这你总相信吧？"

徐伟说："做人真他妈难。"

是啊。我听着他接连吐出烟气的声音。做虫会容易些吗？

徐伟说："这样吧，我写一个小纸条，把你说的事儿全写上，就压在灭虫剂底下。剩下的让蟑螂自个儿看着办。"

我说："写小纸条？"

徐伟说："有一本书叫《昆虫史上有趣的事实》，高级地摊货。看过吗？里面介绍到一种驱逐蟑螂的方法——写一封信给蟑螂。'蟑螂们，你们已让我痛苦太久，请马上离开这里，去骚扰邻居！'据说蟑螂收到信后会即日启程。我打算学习一下。有礼貌，用直白易懂的词，写一张小纸条给蟑螂。"

我说："对不起。"

徐伟说："别，是我对不起你。不该跟你说的。我也不知道怎么才五天，我就全想通了。"

我说："这你得谢谢蟑螂。你要再想不通，还谈什么称心如意？"

徐伟说："你有双休日吗？留点时间给我？我查了一下，北京最好的精神科在学院路那边，北医六院。"

我说我轮休，我说我今天刚轮休完。

挂了电话后，我在后座上伸了伸腿，试图让自己放松下来。

没准儿徐伟是对的，没准儿我真该去看看精神科。我感到头皮松开了，快要相信没有虫在针对我，我只需努力保住工作即可把生活过下去；可紧接着，一阵空虚和不甘袭来，倒像我满心希望世上真有穿鞋的虫了。

我大吃一惊。莫非我竟如此软弱，不想面对现实到了这个地步？自然，有了虫，我便能像《独立日》里的人类那样拥抱爱与和平，无须关注什么离婚或末位淘汰。总是这样，紧急的事儿一旦登场，重要的事儿便只能往后站。换句话说，一旦"重要"变成了无从下手的难题，"紧急"便应运而生。

我没法儿再往下想了。什么重要或紧急，一想就痛苦难耐。这么着，我反而开始专心思索虫。

蚂蚁人不会对蟑螂手下留情的。脑海中浮现出数只蚂蚁将一只蟑螂大卸八块的样子，乳白色的体液涌出，一只蚂蚁扛着一条蟑螂腿往巢穴的方向走，四五只蚂蚁围在蟑螂的脑袋边，触角像电报机一样来回接触，商量着该怎么对付脑袋才好。

我不知道蚂蚁吃不吃蟑螂。很少听说什么虫子以蟑螂为食。也没听说过什么人牵挂着蟑螂，这世上少了个把蟑螂大概不至于让任何人痛哭流涕。据说人类已经造出了能指导蟑螂行动的微型机器，蟑螂背着沉甸甸的装备潜入政要的办公室，完成窃听大业，小心翼翼地原路返回，绕开所有的脚，完美地带着情报回到饲养员的身边。肯定有专门研究蟑螂的人，有蟑螂研究中心，像是马铃薯有马铃薯研究中心。研究马铃薯的人与研究蟑螂的人可能都会对研究对象牵肠挂肚，梦见马铃薯或蟑螂。研究马铃薯的人会不会格外喜欢吃马铃薯？研究蟑螂的人会不会舍不得踩扁自己家里的蟑螂？

不知道。

可我只是一个银行柜员，99%，从小到大从未对蟑螂共情，见到就想尽办法把它踩扁。坦白说，如果牺牲一只蟑螂就能挽回我和妻子的关系，那我没什么好犹豫的。刚才和蚂蚁人谈判的时候我未免太没头脑了一点。应该先让他们兑现部分承诺，比如，先让我和妻子聊上一会儿，先使出你们的本领，让我见识见识所谓的真正的沟通，让我看到破镜重圆触手可及。然后，咱们再来谈蟑螂的事。

"你也是咱们教的？"

突然地，那滴滴司机开腔了。我没注意这辆滴滴是什么车。车内整洁，一股人工香精的柠檬味儿。

"啊？"

"'纯白教'。是教友吧？"

说着，司机转过身来对我咧嘴一笑。他看上去四十出头的年纪，头发干净，戴着厚厚的近视镜，穿款式斯文的薄羊毛衫，肩膀不成比例地显出魁梧，像是长期举铁或从事某种剧烈运动的效果。我还是头一次见到滴滴司机有橄榄球运动员式的体格。

他说，去年跑滴滴的时候，遇到过一个传教的人，自称来自

"纯白教"。

"那小伙啊，我看比你小不了几岁。他说他们跟飞天面神教很有缘……飞天面神教你听说过吗？"

我说知道，就是奉拉面为神，总聚在一起吃面的那个。司机愉快地说就是它，没错。

"小伙说，他们纯白教和飞天面神教一样，都是在2016年获得荷兰政府认证的合法教派。注意，只是教派，不是宗教。不收任何形式的费用，不需要供奉任何偶像。教义简单易懂：世界自纯白诞生。传教原则也很讨喜：上不传父母，下不传子女。一句话，爱信不信。"

说到这儿，司机友善地对我一笑。我回以礼貌的笑容，心想2016年发生的事儿还真不少。司机说："你要是不感兴趣咱就不聊。"我说"挺有意思的，您尽管说"。

"是吧，我当时也觉得挺有意思。我就问那小伙，那你们平时，哎，那话怎么说来着？礼拜活动？宗教活动？你们也总吃面吗？他就告诉我，不吃面，噢，就是说爱吃不吃，没人规定这个。但信教后必须保证每周和教友用纯白话术进行一次聊天。什么是纯白话术？但凡听不懂的都叫纯白话术。比方说，我们说到蟑螂，就是指小强嘛，害虫。他们不。他们说蟑螂，可能是说……比方说，蟑螂是指谁的老婆。不能事先约定一个词到底代表什么意思，必须在一无所有的基础上进行聊天。越是双方都摸不着头脑，仪式就越接近'纯白'，由此一次次洗涤自己的灵魂。还真别说，那天我在他的劝说下这么跟他聊上了一会儿，聊完后神清气爽，乐得不行，脑袋里还真觉出了'纯白'那味儿。怎么说呢，空白吧，大脑难得地接近空白，好像什么烦恼都没有了，像是一种冥想或禅修。所谓的'烦恼'一词变成了别的意思，某种白白的意思。空白有一股独特的香气。"

"于是我就加入了'纯白教'。"说着，司机递来一张宣传单，A4纸大小，带塑封，看上去经了不少人的手，并显然养护得很好。这宣传单非常能体现教义内容，上面白白的啥也没有，不出意外的话，这就是一张干净的A4纸过塑后的结果。

"所以你不是教友？"司机说。

"恐怕不是。"我说。

"有兴趣吗？我们后天会有一次线下活动，大约百来人，大家集体用纯白话术聊天，去十三陵。"

我想象着一百号人穿着白衣服站在皇帝的陵墓里瞎聊天的样子。

"你们穿白色衣服吗？"我说。

"不穿。"司机说，"就是说，爱穿不穿。在我们看来，任何颜色的衣服都是白色的。说到底这只是一个反射问题。"

我点点头，在剩下的路程中专注地看着手里的宣传单。我感觉司机所说的纯白话术从一个相反的方向出发并无限接近于蚂蚁人的沟通方式。车内昏暗，路灯昏黄，这宣传单反射出各式黄褐色的光芒，总之不是白色。然而看久了，就好像什么颜色都变成了白的。

包括我。

我的合租房位于9楼，两梯八户，20世纪90年代的房子。不带玄关，进门即是一道走廊，右侧贴墙放着个简易鞋架。很安静，两个室友都在自己的房间内，白袜住主卧，黑袜住朝东的次卧，我住朝南的次卧。我分别走到他们俩的房间门口站了一会儿，听里面打游戏的声音。

他们俩是不是正约着一起打游戏？我让自己试着思考这个。

睡不着，没有困意，身体则疲累极了。我把最近的脏衣服收拢起来，到厕所里一件件洗。有洗衣机，我只是想做点什么，什么都行。从刚才进门开始，我就老觉得周围的一切陌生得很，就好像我本人被蚂蚁人控制了，被他们圈养在这么一个三居室里。暖气片有这么新吗？塑料盆里逾10厘米的刮痕是什么时候又是怎么划的？肥皂以前就有股蘑菇味吗？原来我一直在用黄色的牙刷？

总是这样。偶尔定睛一看，就发现自己对自己的生活压根儿谈不上了解，总是这样。可今天这陌生感让我怵得慌。这时我有点后悔没加入那什么纯白教。倘若我加入了，大约能给那司机打个电话，谨遵教义，打乱所指与能指的规则，说一通谁也不明白于是便谁都称心如意的话。

洗完衣服，黑袜熄灯了，看来他们俩没有一起约着打游戏。当然，抑或是黑袜提前下线。我反复衡量着这两种可能性，回自己屋里晒衣服。衣服一共五件，一件黑毛衣，一条牛仔裤，三件光板T恤衫。我的房间带一个阳台，左侧用来晒衣服，右侧是一个简易衣架，上面挂着干净衣服。我找出红底带深红49人队徽的家居裤穿上。是的，去年妻子买了两条，两条39块包邮。我从不穿红裤子。我扯开吊牌，穿着这条红裤子躺到床上。

百度上搜不出"深红49人"，没有。我变换着各种关键词，奈何怎么也找不到这条裤子上的人头究竟是哪支橄榄球队的队徽。也许妻子说错了，也许我听错了，也许Google（谷歌）能搜到而百度不能。我不知道。

关灯后的房间显得异常空旷。有一种正在同黑暗四目对峙之感。蚂蚁人的声音，蚂蚁人的笑，登时反扑过来，无论怎么思考白袜黑袜都无效。什么都不想可真难，难极了，又无比重要。我琢磨着，该做点什么，做一点习以为常的事，能让自己镇定下来的事。于是我起身从外套里掏出耳机，点开网易云音乐的日推。

34首歌，全都不是中文歌。这事儿有一个好处：我可以要求自己努力听清那些歌词在唱什么。我的英文没有那么好，要听懂就想不了别的。

起先我听到几首熟悉的，比如塞隆尼斯·蒙克的"Round Midnight"（《午夜时分》）。问题这些玩意儿都是曲子，而眼下的我根本沉不下心。第一首有人唱的歌是"Whatever Will Be, Will Be"（《顺其自然》）。歌词的难度恰到好处，节奏慢，只要专心，我基本能听懂每一句。但有一个新问题，这歌唱的是一个女孩在问自己的妈，我会美丽吗，我会有钱吗，她妈就说，不可强求，顺其自然。可怕，这歌词把我的思绪又带回了蚂蚁人，带回99%与1%。我切到下一首。这首非常悦耳，叫"Ninna Nanna Reprise"，一听就是妻子会喜欢的歌。《睡吧，睡吧，我的水手》。甜蜜的催眠曲。问题这不是英语歌，像是法语或意大利语，而我不懂这些语。我开始走神，脑海中浮现出无数妻子的模样，忧伤的模样，笑的模样，而蚂蚁人总是伴她左右，充任称职的保镖。我看到他们仨站在冰封的路面上，她穿着薄底高跟鞋，裙袂随音乐的节奏飞扬。我看到她望向我的面孔，听到她对我说，我们分开一阵子，好吗？然后是另一种表情，说同样的话。蚂蚁人一左一右站着，背对着我，直到她转身离开。她的背影仍然坚定而美丽，蚂蚁人则转过身来，倒退着跟上她。他们在冲我笑，得意扬扬，他们说，看吧，你们没法交流，你们没法跑在同一个赛道。

下一首歌响起的时候我一时没反应过来。英文歌。傍晚的薄雾定居小镇，星星在溪边闪出微光。鲍勃·迪伦的声音。在我听来，他的歌都没有复杂的旋律，只有复杂的歌词，就好像他笃定这种方式能将字句逐一钉入听众的脑袋。

> 只是坐在这儿，努力避免饥饿爬进我的肠，
>
> 在最底部与我汇合吧，不要掉队，
>
> 带上靴子和鞋，
>
> 放弃，抑或竭尽全力……

我的呼吸变得平稳，被那舒缓的曲风带得渐渐平稳。虽说当年我查过、背过，可现在也忘得差不多了。歌词几乎没有重句，非得集中所有的注意力才能听个大概。我切换到单曲循环的模式，一遍又一遍地听着这首歌。

免不了地，我仍然无法将蚂蚁人赶出脑海。

我不知道该不该相信自己。我不知道自己该相信什么。

虽然我不认为感官是人生的尺度，可如果连自己的感官都不足为信，人生的尺度又从何谈起？我听到他们，看到他们，我仍然怀疑他们是否真的存在。正如我虽然从未听到、看到自由却仍相信它必在无疑。

我开始感到悲哀。我竟站在门外，同那俩不知是什么的家伙聊了一整个晚上，花掉2018年最后的时间。况且连聊天都算不上——我就像个好孩子似的，仰着头，听班主任以训斥的口吻开班会课。敲门有意思吗？打电话有意思吗？没有。我敲门，我打电话，因为通常进入一扇门的时候就得这么办，因为我三十年的人生里大部分时间都花在了这上面，因为我的武器早已束之高阁。我应该不惜一切代价把门弄开，是的。我应该做我最想做的事，并且什么也不说。什么也不说，除非对她说。除了她，没有人可以在我家里对我说三道四，没有。

是的，那儿是我的家，是的。

我的体力渐渐耗尽。入睡之前我在感叹，歌词真他妈长，妻子的脑袋得多好使才能全部记住。

这之后，我做了一个梦。梦从向后奔跑开始。

漫 游 奇 境

1

太阳的位置变了。看起来像是个下午，譬如下午三点。究竟是上午十点还是下午三点？

说不好。

我穿着羽绒服和马丁靴跑在步仙湖边，感觉不到热，感觉不到太阳的温度，也看不懂东南西北，所以实在判断不准时间。

当然，我是在向后跑：虽然手和腿都挥舞着向前跑的动作，但身体正向后平移。我跑得自然而然，仿佛跑步就该这么跑似的。

脚步声从身后传来了。啪嗒啪嗒，如雷贯耳，不容忽视。回头望去，不得了，竟是妻子。妻子穿着白T恤和印着深红49人队徽的家居裤，踏一双毛茸茸的拖鞋，正在朝我跑来。就是说，她正在向前跑，这就要赶超向后跑的我。她目视前方，微微地笑着，那表情中带有一丝我十分陌生却又分外向往的东西。

是什么呢？

大体上，她整个人都显得喜气洋洋，好像对手中的一切深信不疑，无论你抛出什么质疑，她都能给出一个自洽的答案。我被她散发出来的笃定吸引住了。

她很快注意到了我，加快速度朝我跑来。我想，就是从那一刻开始，有什么东西不一样了。

"故事始于下午三点。"妻子说。

这么说，现在是下午三点——我这样理解着。

"你知道疯帽匠是怎么跟时间闹翻的吗？"妻子笑吟吟地问道。

我想不起谁是疯帽匠，谁是时间。

"他说，今年三月，他和时间闹翻了。"

我只好似懂非懂地看着她。妻子嘴角弯弯，眼波流转，微微扬起的脸上骄傲淡了些，带出一点急于分享秘密的娇憨。

"在红心王后的音乐会上，疯帽匠唱了歌。王后不喜欢那首歌。王后说，他在糟蹋时间！剁掉他的脑袋！很遗憾，疯帽匠就这样与时间闹翻了。从此以后，他只能逗留在下午六点，就这样一杯接一杯地喝着茶，从夏天喝到冬天，再从春天喝到秋天。"

这时我大略醒过味来。妻子是在说《爱丽丝梦游仙境》吧？"剁掉他的脑袋！"我的脑海中浮现出海伦娜那颗畸形的大脑袋和红头发。

"不，我是在说那本小说。数学老师卡罗尔写的小说。"

我茫然地点点头。我没读过这本书。当然，我大致知道这故事讲了什么，知道的详细程度大致与99%的人相同。

"你不是不读小说吗？"我问。

"对！我不读。"她的声音斩钉截铁，"'不读'总是有一个起点的，从某一刻开始选择说'不'，否则就谈不上'不'，而是'没读过'。爱丽丝是我读过的最后一本小说，在我还没有选择说

'不'的时候。"

我只能说她大致是这个意思。她一开口就把我给绕晕了。

"凡事都有一个起点。"她说，"bang（砰）！然后，一切开始。"

她又说了几声bang，似乎想让我感受到一点儿什么。我乐意配合，便跟着她bang了几下。

妻子遂腼腆地抿了抿嘴。

"所以凡事也会有一个终点。"她说，"然后，一切结束。区别是，结束的时候没有bang！没有。"

说着，她做起bang的嘴形来。上下唇轻轻相触，慢慢分开，但并没有任何声音。我看着那个嘴形，渐渐地，伤感袭来。不错，结束正是这样的。明明想发出声音，却到底什么都发不出来，这就是结束显得绵长的原因。

"有意思的是，我并不记得自己读的第一本小说是什么，虽然那个bang来得响亮。我只记得最后一本，那个无声的bang。最后一本是《爱丽丝》。"

妻子从未同我说起过这个。

2

以前我喜欢读小说，我总是读掉手边能找到的一切小说。妻子说。

我说的不是通常意义上的小说。那时候，任何一本课外书在我看来都是小说。书都是虚构的，或多或少。人不可能写下事实。人只能经历部分事实，一旦动笔，纸上的事实就偏离轨道，被万有引力拉向四面八方。

但我的妈妈不这么看。我的妈妈接受事实与虚构的分野，不做多想。当然，也许确实没必要想这么多。对于妈妈而言，"事实"自有千钧之力，"虚构"则只是空想、闲暇、没事找事。有一道标尺、一根准绳、一座银河位于妈妈心的中央，世间万物都能按图索骥，分别纳入银河两岸。妈妈就像织女那样生活在此岸，"事实"在她的膝下承欢，与牛郎隔岸对峙。没有鹊桥。对于妈妈和她的盟友而言，喜鹊是最不受欢迎的客人。

所以，妈妈不允许我读小说。

到底什么是她眼中的小说呢？我们没有聊过。她是否知道课本里总是收录很多的小说，有鲁迅的、契诃夫的、莫泊桑的？那篇《口技》，讲口技表演者模仿火灾的声音把大家吓坏了的那一篇古文，到底该叫作散文还是小说？归有光写《项脊轩志》，怀念他有过的女人：祖母、母亲和妻子。她们都死了。写到最后他说，院子里的枇杷树已经亭亭如盖。有点物是人非沧海桑田的意思。

可是那院子里究竟有没有枇杷树呢？如果没有，如果那仅是虚构的树，仅是银河彼岸才长有的树可怎么办呀！

学那篇课文的时候，我便在担忧枇杷树的事。

你看，妈妈的标准简单明了。课本里出现的即是课文，试卷上出现的即是阅读题，不论它们到底是什么，它们都不是小说。它们是客观实在，是远大前程。至于其他，譬如《艾森豪威尔回忆录》就必然是小说。以《史记》为例，被选入课本的《将相和》《陈涉世家》或讲到鸿门宴的是必须记诵的课文，是道路，《刺客列传》则是小说，是水面上迟早要消散的雾。

一句话，有用的必须得到，无用的不能触碰。

所以我非常喜欢做阅读题，我喜欢"归纳中心思想""分自然段""聊聊这篇文章带给你什么启示"。是的，我喜欢这样干，完全按照要求这样干。因为，倘若一个虚构的东西能提供启示，那它就是有用的，读它似乎就不违背妈妈定下的规则。

所以你可以想见我为什么会对《项脊轩志》印象颇深。我没有得到什么启示，也很难归纳一个中心思想。我仅是感到伤悲，像作者失去挚爱那样感到伤悲。我不知道它有什么用。当然，它时不时出现在文言文翻译的题目里，也算有个用处。

（妈妈梦吗？）

假如我能够全盘接受妈妈的意见，事情就不会那么棘手了。问题就在这儿，问题就在于，所谓的无用，深深地吸引着我。我的初中在一条小街道上，街对面有一家书店，不足十平方米。这里是题目的海洋，散发着有用的气味，到处都是模拟卷、辅导书，居中的白色贴皮地柜上放着最畅销的习题集。收银台上排着一个个纸盒，里面插着黑色水性笔和专为答题卡设计的自动2B铅笔，叠摞着橡皮和透明胶。店主是一个腰膀圆厚的大婶，她总坐在收银台的后面，面相有点儿凶，颧骨凸出，脸颊凹陷，身上的肉都没长在脸上。我不讨厌她，因为她也总在读点什么。如果你走进这家书店，走到底，在你左手边的那个拐角处会出现整整三排小说。有《雾都孤儿》《红与黑》《欧也妮与葛朗台》，有《简·爱》《悲惨世界》《复活》。它们是这个世界上最幸运的小说，因为每一个书店都有它们的栖息之所。

初中时我总是利用一切课余时间写作业。我喜欢那种上完课就把当天的作业布置在黑板上的老师。我课间写、午休写，挑随堂作文一类的时间写，为的就是回家后能告诉妈妈，放学后我留在学校里写作业了。

妈妈对此总是很高兴。

我没有撒谎，我的确写完了作业，比我形容得更早写完，以便在放学后，钻进那家小书店，走到底，在拐角处选一本小说，后退一步，蹲靠在居中的白色地柜后头读，这样就没有人能从外头看到我了。我总能读上一个小时再走。我不喜欢巴尔扎克，因为他的故事里好人总在遭殃。我不喜欢菲茨杰拉德，因为他的故事里好人总是很软弱，软弱得跟个坏人似的。我也不喜欢勃朗特姐妹，因为她们的故事里好人总是过得很孤独，孤独至死。

可是我一本接一本地读着他们写的书，因为实在太好看了。

到了六点钟，我记下当日看完的页码，合上书，小心翼翼地将之放回原位，选择远离收银台的过道离开。我不敢看店主大婶，因为我一本书都没买过，和她对上目光怪不好意思的。我低着头走出书店，坐公交车回家，吃饭，洗碗，回到自己的房间。我像妈妈期待的那样摊开作业之外的习题集，端坐桌前。

　　我看着那习题集，那习题集也看着我。我的左手托住脑袋，右手时不时按动中性笔的弹簧帽。嗑嗒，嗑嗒，嗑嗒，脚步声来了。（，或），渐渐地变成一弯月亮，=，是一座桥，吊桥拱桥斜拉桥，我拽住5的耳朵，指挥它往桥上走，它是一位英勇的义肢武士。远远地，R这个两足怪正在和β这个巨唇怪打架，$\sqrt{}$ 是一间可以避避风头的平顶柴棚。有时我不在月亮上，我成了一个俄国的贵族小姐，穿鱼骨撑起的克里诺林裙和距离彼得堡150俄里（约160.02公里）的农民一起盖小屋。我们用树枝编织起小屋的架子，往上面糊泥巴。有时我是一个黑人男孩，和上百个年龄相仿的黑人男孩一道儿被关在小船里运往美国。我们吃发臭的肉，每天都要喝一杯变味的橙汁。许多男孩不肯喝，我便不停地跟他们解释什么是维生素C，什么是败血症。有时我是一个精灵，被关在一盏油灯里的精灵。待在油灯里非常挤，我的脚只能蜷在头上，而四周富含曲线的灯壁又不够光滑，还有一股煤油味儿。

　　我没闻过煤油。我想象煤油闻起来怎么样。总之，我胡思乱想，直到睡眠以另一种形式让胡思乱想存续。所以虽然我和尖子生做作业的速度一样快，成绩却始终中不溜丢。

　　我吸吮虚构，像蚂蟥吸吮血。诚然，虚构势必也吸吮着我。我试图反思自己的行为，我在想，是不是现实太枯燥，学业压力太大，妈妈又看得太紧，所以我总是逃往别处，逃往趣味与快乐，哪怕这份幸福是虚构的？可是我越是往下想，就越摸不清楚自己。虚构是否当真能给我带来幸福已经不重要了，

虫之履 Chong zhi LU

因为我已经将之建构为通往幸福之路，奔向它成为一种本能之选。有时，我侥幸考得不错，妈妈和颜悦色，甚至好脾气地带我出去吃她不屑一顾的垃圾食品（比如麦当劳），允许我点上一份额外的炸鸡。接过盛着鸡腿的餐盘，我立刻开始走神，眼睁睁地看着自己的心从胸口脱出，长出翅膀飞走。鸡腿变绿了，收缩，分崩离析，变成了一粒粒的豌豆，而倘若我能忍住不吃，就能把它们带回家种在花盆里，其中一定有一粒是杰克的魔豆。它会发芽，根茎粗壮有力，像雨柱般联结天地。我爬了上去，被吃人的巨怪追逐，狼狈下逃。天哪，豆茎实在太滑了，也没那么牢固，不停地歪来扭去。而巨人好重啊，他每追一步都触发一次小型地震，让我来不及寻找抓手。往下看，城市在视野里还只有墨渍般小，我到底没能抓牢，就这么坠落下来，即将粉身碎骨——

可我仍然感到兴奋，感到心满意足。即便真的粉身碎骨，也比无忧无虑地坐在那儿和妈妈一起吃麦当劳要好得多。

是的，无论我的现实生活到底枯燥还是有趣，我都在迫切地逃往虚构。并不总是需要书才能逃跑的，可我已经十岁还多、接近十五，小时候那种不假他物、御风而行的本领已经消失。我需要书，也许不是因为喜欢它本身。我只是喜欢它里面展现的可能性。它们为我提供养料，赠予我逃往虚构的999种办法，所以我喜欢待在那家不足十平方米的小书店里。如果遇到同学，我就站起来，假装自己正在挑选习题集。我担心他们会告发我。其实吧，他们当中没有谁认识我妈妈，我的担心毫无依据，仅是幻想成性的结果罢了。可我还是担心不已，担心妈妈已经知道我每天下午放学后都做了什么。

有一天，在我刚刚插好书，准备回家的时候，那位收银台后头的大婶叫住了我："小姑娘，你等一下。"

我登时觉得自己偷了东西，战战兢兢地走过去，却见她朝我走过来。她默不作声地走向拐角处，看了看书架，又看了看我。

"挑一本吧。"她说。她的声音和面孔蛮搭配，就是说，听起来多少有点凶巴巴的。

我谢过她。我说对不起。我说不出我没有钱。

"挑一本，我送给你。"

我不敢看她，只摇了两下头。

"别误会。我看你挺喜欢的，带一本吧，两本？想要什么就拿，反正也卖不动。"

"谢谢阿姨。我妈妈会说我的。"

听我这么一说，大婶竟叹了口气。我看她一副愁眉不展的样子便更是大气都不敢出了。

"这店我盘出去了。"她说，"这么多书，不好处理，尤其是这些闲书。我看你是真的喜欢，不要紧，就选本喜欢的带走吧，留个纪念。"

于是我不好意思拒绝了。我踌躇了好一会儿，选了《爱丽丝漫游奇境记》。只因为这本书是里头最薄的。

我比以往到家更晚了些。妈妈不大高兴，而我已经怕得快哭了，天知道她会不会打开我的书包看上一眼。吃过饭，洗过碗，我照例回到自己的房间，坐在桌前，摊开一本作业之外的习题集。

不知怎么地，我没法儿像平时那样胡思乱想了，因为我总在担心书包里的那本薄薄的小书会被妈妈发现。无论我希望能想象什么，妈妈发现那本小书的愤怒样子都率先被想象出来。我心里很慌，便开始真的写那本习题集，为一道数学题绞尽脑汁。

太好了，我被数学题带走了，我什么都不用想了。

终于挨过了同妈妈互道晚安的时间，我用被子盖住台灯，开始读那本讲爱丽丝的书。这时我才真正兴奋起来：我有了一本自己的书！是真的！我终于有了一本属于自己的书！

故事始于下午三点。数学老师卡罗尔这样写道。于是，光明吞走黑夜，我乘着太阳马车来到了下午三点，掉进了兔子洞中。

在那间遇到柴郡猫的房子里，爱丽丝不得不照顾伯爵夫人的小孩。那孩子太丑了，爱丽丝忍不住想，天哪，等他长大了，没准会变成一个丑得吓人的男孩，可如果他是一头猪，恐怕倒蛮体面的。我低声笑了起来，开始像爱丽丝那样一个一个地回想自己认识的人，思考谁变成猪可能比较体面。如果我本人是一头猪准会很体面的，我想到。"体面"这种词对我来说新鲜极了。

是的，我立刻进入了爱丽丝的世界，或说我照例化身为书中的人物。我像她那样和疯帽匠聊天，疯帽匠说："我和时间闹翻了，打那儿以后，我要求的事，时间一件也不肯干。"我就问啊问啊，想搞清楚疯帽匠都要求过什么事。我像爱丽丝那样找柴郡猫问路："劳驾，你能不能告诉我，要从这儿出去，应该走哪条路？"柴郡猫像回答爱丽丝那样回答我："那多半要看你想去哪儿。"

去哪儿呢？去哪儿都行！

你无法想象这些想象带给我多么大的快乐。柴郡猫有许多的牙齿，牙齿们浮在半空，从窗帘一直排到衣柜。我看着天花板上柴郡猫的面孔一点点变得透明，牙齿一颗颗消失。一颗，两颗，三四颗。然后我说："晚安，柴郡猫。"它便咧嘴一笑，总是把最后一颗牙齿留在原处，陪我睡着，星光般闪耀。

有几天我过得非常快活。没有哪本书像《爱丽丝》这样适合幻想。可是，没过多久，忧虑就战胜了我的快乐，像沉睡森林里的荆棘那样遮住窗户，遮住太阳。我开始日日夜夜地担心这件事被妈妈发现。如果她发现，她一定会没收我的书，她一定会勘破我为什么总是考得不够好。到了晚上，到了悄悄在被窝里打开台灯的时候，一丁点儿风吹草动都能让我分心。我总觉得妈妈起来上厕所了，晚饭时她不是多喝了几口汤吗？她会掀开被子，会摸一摸台灯是否发热，就像她每次留下我一个人在家时回来总摸一摸电视机是否发热那样。问题是，这回她会摸到一阵热，问题是我没法儿像不看电视那样不开台灯。我开始睡不着觉。当然，我仍然幻想，但这些幻想再也离不开现实，反而变得比现实更接近于现实了。我不停地幻想那些糟糕的事，我不再能顺利地成为别人。比如说，我梦到《爱丽丝》不知怎么地就跑到了书桌上，梦到妈妈叫我起床，然后一眼看到那本不该被拥有的书。早上，我睁开双眼，摸到藏在枕头底下的《爱丽丝》时总会松一口气。我把它藏在床垫下，藏在衣柜里，每天换一个地方。可但凡我离开家，离开它，我就总觉得妈妈会帮我整理房间。她会在床垫下发现它，在抽屉的最深处发现它，任何一个我想得到的地方她都想得到，她可是我的妈妈！期中考试开始了，马路对面的书店重新开张了，连招牌都没变，大婶不见了，柜台后坐着一位新的店主。卖的还是书，模拟卷、辅导书、习题集，拐角不见了，变成了一道直线，通向远大前程。期中考试结束了，我考得很不好，妈妈决定每天和我一起学习，面对着面，"及时发现问题，及时解决问题。"我接受了她的建议，我说，好的，带着感恩的表情。

（妈妈也梦吗？）

"劳驾，能不能告诉我，要从这儿出去，该走哪条路？"

"那多半要看你想去哪儿。"柴郡猫说。

"去哪儿我都不在乎。"

"那你走哪条路都没关系。"

"只要能去一个别的地方就行。"

"啊，只要走得时间够长，你准能去一个什么地方。"

天花板上，柴郡猫的脸开始消失。我不知道它还肯不肯留下一颗牙齿。

第二天，我把《爱丽丝》装进了书包。在等公交车的时候，我把它放在了路边的垃圾桶上。是的，我终于找到了一条摆脱烦恼的路——不读！我要选择不读，我自己选！我再也不要读任何小说了。这样一来，恐惧就能消失，我再也不用揣着秘密生活，再也不用害怕。

时间一分一秒地过去。我看着那本书，想象不一会儿它将被另一个人捡走，那感觉就像是我的一只手或一只耳朵放在了垃圾桶上。公交车来了，我在最后一刻抄起它冲进车门。我没法儿割舍它，现在还不行。一整天里，我按部就班地写作业，终于赶在放学之前写完了全部。然后我走进那家新书店，展示我的书——

"我可以在这儿读一会儿吗？"

新店主和善地点点头，显然莫名其妙。我蹲坐在那个熟悉的位置上，打开它，读完它，像第一次读那样聚精会神，把一整个我融化在这本书里。属于我的第一本书，属于我的最后一本书。然后我沉着地向店主道谢，走向公交车站。

这一次，我真的把它留在了垃圾桶上。

下午六点，公交车驶离车站。我站在车厢尾部的玻璃窗内，收回目光。

3

"所以，故事始于下午三点，结束于下午六点。"

妻子说。

"你听说过'红心王后假说'吗？"我说，"那些研究进化论的人借用了《爱丽丝》里的角色。红心王后说，在这个国度里，必须不停地奔跑，才能保持住原地不动。"

妻子眉头微蹙，仔细地思考着什么。我登时感到她不再是二十七岁的孟惊雷了，她是一个小女孩，一个跑个不停的小女孩，没准儿也和时间闹翻了。

"我可不是红心王后。"她说，"我不是！"

话音刚落，时间便像是离开了下午六点那样开始运转，妻子迅速地超过了我，向前跑去。虽然我拼命地向前方挥动腿与手臂，可身体却固执地向后跑，甚至无法原地不动。很快，我听不清拖鞋啪嗒啪嗒的声音了，她的背影便这样消失在深处。

"等一下！"

她能听到吗？

我听到了。

我睁开眼睛，肌肉酸痛不止。

4

我像往常那样起床，洗漱，来到支行，换上制服，坐进柜台，揿动叫号器。

梦境侵蚀着我的现实，现实变成了梦境的延伸。

现实中的妻子绝不可能这样同我聊天。是的，与刚刚梦到的孟惊雷相比，现实中的孟惊雷总是有所保留，那样子很像心不在焉。我想象不出她能对任何人讲什么小时候的事儿。

可我又不由得感到，梦中的孟惊雷是真实的，是因为她的存在，现实中的孟惊雷才是这个样子。

很难说这是一次聊天。从她的讲述开始，从那个无声的bang开始，时间便凝固了。她的嘴唇成为了兔子洞，把我吞噬在内。我化身为她，我看到柴郡猫的牙齿，看到那家毫无风格可言的破书店里蜗居着一个辉煌的拐角，闻到与习题集截然相反的油墨味道。我看到习题集上的括号起皱，试探，腾空而起，欢跃，膨胀，生发光芒，飞入空中成为月亮。我看到她看到的，只看到她看到的，视线里总有许多隐隐绰绰的影子，比如她那张窄小的书桌前方贴着无数的便笺纸，可我却一点也瞧不清那上面都写了什么。

假如能一次又一次地成为彼此的眼睛，彻底地，放下所有自尊与顾虑，像两条露出肚皮打滚的狗，我们还会不会分开？

这使我想起Run说过的话，谈恋爱就像剥小龙虾，必须得不停地剥啊剥，剥光所有新长出的壳。她当时是怎么说的？

（"是在这儿签字吗？……喂！在哪儿签字？"

"噢，对不起。空白处都可以。"

客户摇摇头，拿起笔，在签字屏上写下了自己的名字。我将电子签名归档到后台，打印回执递出去，等待着这位客户收拾好票据离开，然后再次揿动叫号器。）

说不定剥光了也会分开。人总是为相似的理由携手，为意想不到的理由分开。

莫非这就是蚂蚁人的沟通方式？莫非他们在向我显示自己的实力，让我体验一番真正的沟通，像我昨晚期待过的那样？

一想到什么蚂蚁人，我就脑壳发疼。

（B003号客户的叫号条滑进了传递槽，我伸手取出。

"您好，要办什么业务？"

我呆住了。）

"办信用卡，"她说，"不是说好了会有什么业务专员来找我吗？"

是妻子。妻子竟然，正隔着柜台的玻璃窗对我说话。

"怎么了？你不能当一回业务专员？办完了会算在你的业绩里吧？"

（莫非我还在做梦？

这种可能性也是有的。妻子怎么就刚好拿到了我的号？仅这一点也很像做梦。）

"算的。当然。"

"需要填表吧？"

我滞了一秒，扑向左侧的匣柜找出纸质表格。现在办理信用卡都可以在手机App里直接申请了，业务专员的上门服务，是为了争取到那些举棋不定的客户。如果客户主动到网点来办理信用卡，就由大堂经理负责引导客户填表，这个流程能在新型ATM机上完成。我们提倡无纸化办公，方便所有凭证直接归档到后台，环保只是个附加值。至于纸质表格，则多用于生僻字、团队办理这些特殊情况。当然，我可以像每一次推卡时那样引导妻子在App上申请的。

可那样未免太快。

妻子用黑色中性笔专心填表的样子，与梦中那个神经兮兮的初中女生重叠在了一起。

填写完毕，她用笔尖悬在纸上逐栏核查一通，将表格推入传递槽。

"稍等一下，这就为您录入信息。"

我开始对着电脑屏幕输入妻子填写的资料，其中的大部分我都记得，譬如身份证号。当年我们刚在一起的时候，她说要来柜台找我开卡，好算进我的业绩里。我跟她说开基本户这种业务不能按贵宾业务处理，而排队叫号太慢了，根本也很难保证刚好叫到我的号，更何况她单位附近就有另一处网点支行。可她还是舍近求远，跑来我的支行开卡。她站在大厅里，自己从ATM机那儿办理了开卡业务。"有泽！林有泽！"她挥舞着手中崭新的红色储蓄卡，压低声音叫我。"我这张卡得算给林有泽！"她大声说。大堂经理双手垂握，微笑着瞧着我。我那会儿刚刚能独立上柜，我紧张地瞟她，我叫她快走。她冲我吐了吐舌头，蹦蹦跳跳地离开了。

"申请好了。"我说。

"卡呢？"

"噢，忘说了。后台会对资料进行审核，这几天会给你公司打电话，确认你的职务、收入信息无误。然后会按照你给的地址，把信用卡寄过去。"

"好的。"她说。

"再见。"她说。

她起身离开。她穿了一件带兜帽的红色羊毛大衣。她已经很久没有穿这种学生气十足的款式了。

"等一下！"

我站了起来。

她拔腿向外跑去。左右的同事们诧异地望向我。我冲出了两道门把守的现金区，朝外头跑，我听到行长叫了一声——林有泽，你干吗呢？！

我干吗呢？我从后门跑到前门，我寻见那个穿红色大衣的女孩站在一个十字路口，正在等红灯。我跑过去，和她一起等。

5

"我昨天梦见你了。你肯定猜不到我都梦了什么。"

"很巧嘛。我也梦见你了。"

"啊？你梦见什么了？"

"不好说。嗯，还梦见你爸。我觉得你应该去探监，你好像很想去，你怎么那么久还一次没去过？你没有你说得那么潇洒嘛，明明心里过不去。"

我感到呼吸变得有些艰难，就好像正在裸奔。我们走过了斑马线，走进一条我经常见到，但从来没真正走过的路上。在身后的斜对角，那个卖煎饼馃子的大婶正在收摊打烊。

"吃过早点了吗？"我问她。

"我觉得吧，你那个《2048》的故事蛮有意思的。真的，可能得怎么改一下，胡说啊，我觉得有点轻易了。当然，我相信人们总是能相亲相爱的，但没有那么容易，不可能像你写的那么容易，最起码，人们连承认自己最渴望的不过如此都很难，往往很难。对不起，我只是说一点自己的感觉，外行话，你多担待。"

"没有，你说得很在行。矛盾冲突不够，确实是这样。"

"你真的知道我在说什么？"妻子突然转过头来瞪着我，"你真的写过什么《2048》？"

"写过。"

"写了也不给我看？提都不提？"

"这不是……你说你不看小说嘛。"

妻子翻了个白眼。

"你以前看过小说吧？"

妻子不说话。

"你其实挺喜欢看小说吧？比方说，巴尔扎克，菲茨杰拉德，勃朗特姐妹。"

"算是。"

"你还看过什么？"

"总之没什么好看的。我太容易掉进去了。我不适合看小说。"

"听歌就没事儿？"

"也掉。听歌很适合我。就几分钟，时长摆在明面上，没了，结束了，刚刚好。总是需要一点调剂的。"

我回想着妻子喜欢的歌。我发现那些歌都有一个共性，就是说，它们都在讲一个故事，一个虚构的故事。或多或少。

"你吃早饭了吗？"她说。

她说想吃煎饼馃子，然而路的前方出现了一家麦当劳。我们走了进去，妻子买了两杯豆浆和一个吉士堡。我问她口渴吗，要不要我去旁边的便利店买瓶宜云矿泉水？她摇摇头，举起一杯豆浆。

"我辞职了。"妻子说，"早上刚刚递交的辞呈。小老板还没批。他说我只是太累了，第一年往往这样。他说不想看到任何人在忙季撂挑子。他要求我先休息三天再跟他谈。"

我举起豆浆和她干杯，说出祝贺的话。低头喝豆浆的时候，我觉得自己傻乎乎的，可又不知道该怎么做才能显得聪明些。

"那你接下来怎么打算？"

"不知道啊，还没想。反正我想休息休息。到时候了。"

"也是。创业总是很辛苦的，跟你现在这工作没法儿兼容。"

"创业？"

"你和那谁不是总聊创业的事儿吗？"

"哦，创业。"

妻子大口地嚼着吉士堡，咕嘟咕嘟喝豆浆。我已经很久没见过她这么专注于吃饭了，近一年来，每次这么面对着面，她总有数不清的电话要接，数不清的微信要回。我见过那个和她聊创业的女人，她们互称"闺密"，可妻子对她的态度更像是学员面对导师。她是妻子上一份工作的老板。

"你对我们俩怎么看？"

我问她。

妻子将最后一口吉士堡塞入嘴中，仔细地将手里的汉堡纸叠成了一个小方块。

"你呢？你怎么看？"她抬起头来，一眨不眨地看着我。

"我觉得，我们还能试试看。"我说，"到今天，刚好是第十天，分居。我想清楚了，我还是想和你在一起。我不想分开。"

妻子点点头。她将那个小方块展开，又再一次将它叠成了小方块。

"没了？"她抬起眼皮。

"有，还有……我们应该开诚布公地谈一谈，不要吵架，不要老想着自己有没有受伤。噢，我是说我自己，我是说我不能再往后缩。我之前太拿自己当回事了，你知道吧，就是因为太拿自己当回事，所以你给我打一个低分，我才会给自己打一个更低的分，好让你打得像个满分。我觉得我们对彼此还有期待，我们应该承认这一点。"

"那你对我的期待是什么？"

这可把我问倒了。

毫无疑问，我当然有期待，但那都是不切实际的期待。我会期待她能是一个更温柔、更体贴的女人，期待每次下班回家她能给我开门，期待每次吃饭我们能聊一点儿自个儿的事，要不就聊远在天边的事，比方说《爱丽丝》。最重要的，我期待自己已百分之百满足了她的期待。但我不能这么说。我都能想象她会怎么反驳我：你就是想要一个贤惠的老婆呗，对你感激涕零，你就是想要有个人低三下四地哄着你伺候你崇拜你！而她的这类反驳总是会激怒我。我不明白，为什么现在但凡一个男人说自己想要一个温柔贤惠的老婆，女人就觉得受到了侮辱？

"我没有在期待什么。"我说，"我觉得你很完美，真的。这些年，你变得越来越好，朝着你想去的方向，我为你感到高兴。"

"你撒谎。"

"不是，我还没说完。非要说期待，也有。我希望你能再多相信我一点。怎么说呢，我们也不是第一天认识了，比如说，我可能就是一个没有上进心的人。我们对彼此的期待得符合实际——"

"所以你对我的期待落空了呗？你到底在期待什么？"

"等我先说完好不好？"

"哪儿不符合实际了？"

"你连句真话都听不了了？"

她噌地起来，转头就走。我也感到一股闷火憋在胸口。那个汉堡纸叠成的小方块还在桌上搁着，我巴不得把它剁个稀烂。真的，我已经把姿态放得很低，不能再低，她到底有什么好不满意的？她拉开麦当劳的门走出去，而我一丁点儿想把她拽回来的念头都没有。这次"开诚布公"果然要结束了，像这一年来每一次"开诚布公"那样结束，差别仅是这次我们是在一个麦当劳里吵，在公共场合，所以我们吵得体面，谁都没有把难听的话飙出来。

豆浆喝光了。我去到收银台，买了一杯冰可乐。这时我已经不恼火了，甚至觉得有点儿可笑。惹恼妻子的点很简单，她受不了我承认自己不思进取，肯定是这个。×他妈的，我到底能怎么"进取"？我已经使出浑身解数了仍然位居下游，难道我真就喜欢这样？难道我不该面对现实？难道她对我有几斤几两还没点儿数？就不能让我拿"不想要"来包装一下"要不到"吗？！

可乐来了。我猛吸一大口，浑身凉一哆嗦。这是舒服的。冬天的麦当劳总是暖气逼人，逼得人肝火旺。

一转身，妻子又推开麦当劳的门进来了，头也不抬，径直往刚才我们坐过的小桌走去。我原地转了个圈，对服务员说，麻烦再给我来杯豆浆。

"没什么。"她说，"至少我不该打断你，你把话说完吧。说到哪儿了？"

"说到期待。"

"主观不符合客观。"

"对。"

我把豆浆递给她，见她没有反应，我便替她插好吸管。她扫一眼，把嘴巴搭在吸管上。

我长舒了一口气。

我说："其实我真的不介意你比我强。"

她说："我介意。"

"我知道。"

"你知道？"

"你觉得我必须迎头赶上，是不是？"

"你觉得你做不到？"

"做不到。我能力有限，也就能听听音乐，看看电影。"

她苦笑一下。

"不过呢，咱们要是生了小孩，我会是个不错的爸爸，这我还是很有信心的。我能照顾好你们娘俩，我会给小孩解释妈妈爱你，妈妈在忙。我可以陪他玩儿，教他说话，扶着他骑自行车。如果是女儿，我就带她去买漂亮裙子，如果是男孩，我就教他踢球。总得有人出席家长会吧？得有人洗衣扫地，检查作业。并不是所有事都在你肩上。我还可以把饭做得更好吃。等以后我们的父母老了，我也能第一时间带他们上医院。这些事都得花时间。"

"女孩也可能想踢球的。"

"哦，那就是随口一说，一个比方。"

"你不能照刻板印象来养咱们的孩子！"

"绝不！是个'伪娘'我就负责买药！"

她终于笑了。

"可你不觉得憋屈？"她说，"你别跟我说你对这些事感兴趣。我知道你对什么事感兴趣。每个人都对自己那点事最感兴趣。"

"那你说，什么才叫自个儿的事儿？"

她没回答。

我仔细想了想什么能算我的事。

"惊雷，你是找到了自己的事，我还没有。我不喜欢说这种话，但既然你想听，那我就告诉你：我会找的，我会继续寻找既感兴趣，又能胜任的事儿。也许每个人都有属于他的那件事，那件非他不可的事，也许没有，但我愿意相信有。如果我听到了那个召唤，我就回应，不管到了什么年纪，不管有没有人看好。但是在那之前，我觉得我们的事儿就是我的事。憋屈吗？你真在乎别人怎么看？我也在乎。我更在乎你怎么看。大言不惭地说，我觉得你心里有我，真的，你也别不承认。分开吧，虽然对我是百害无一利，但是对你也没多大好处的。你当然能找到一个比我强的，如你所愿，俩大忙人，把日子过得跟风火轮似的。你觉得那样就比现在好？我真觉得未必。就像你说的，总是需要一点调剂的。"

我真的相信自己说的话吗？

什么是强，更强，最强？我拿不准。我不相信谁的生命只是为了成全另一个人，哪怕他们爱得一塌糊涂。爱究竟是什么呢？我拿不准。但这是一个陷阱：任何事但凡加上一个"究竟"，我总是拿不准的。所以这些话就从我嘴里说出来了，诚心诚意，甚至比头天晚上没来得及说出口的那一些更好。

"如果我还是觉得憋屈怎么办？"

"那就是你的问题了，得改。"

"如果我找了一个大忙人，我就什么都不干了。我就能是那个张弛有度里的'弛'。"

听她这么一说，我就跟吃了个绿头苍蝇似的。这是独立女性能说的话吗？要不是夺门而走的把戏已经先被她玩过了，我现在肯定得拔起脚来。可是谁想得到呢？她说完了这话，停顿了片刻，竟然趴在桌上大哭起来。我慌了，连忙换到她那一侧坐下，顺顺背，递递纸。现在麦当劳没有以前阔气了，买饮料只给一张纸，还比以前薄。我递出来的纸都有点儿湿。

"你根本不懂我！"她边哭边说，"我才是那个没找到兴趣点的人！这些个破事我只是胜任，擅长，我什么时候喜欢过？我没有别的选择，总得赚钱啊！而你明明找到了自己喜欢的事，我们刚认识的时候你不就在干自己喜欢的事吗？现在可好，你还准备养老了，难道我就只配赚钱？我拿什么时间去干我喜欢的事？我连喜欢什么都还不知道！"

别哭了，我说。哭吧哭吧，我说。你不是辞职了吗？我支持你，去找你想干的事吧，我不是还没辞职吗？咱换个小房子，旧点也无所谓，你想干什么我都没意见。她说，就凭你那点钱，我过了三十岁都不敢生小孩！我说那就再过几年，现在都是高龄产妇，她说你不是挺喜欢小孩的？我说没这回事儿，还没处过呢能喜欢到哪儿去？她说我舍不得海蓝之谜和莱珀妮，舍不得流浪包和酒神包。我一下子噎住了。我把豆浆递给她，然后喝了一口可乐。那我就没办法了，我说，就看你舍不舍得我。

她一下子笑了起来，擤鼻涕，然后喝了几口豆浆。

"林有泽，你早该脸皮厚一点了。"

"过奖过奖，总算被逼出来了。"

"你知道吗？我们刚认识的时候，我还以为自己找了个大导演呢。"

"啊？"

"是的，真的。我以为过个十年，我就能穿着晚礼服陪你去电影节走红毯，我一直把这个当作减肥的动力呢。"

"哦，那你真没必要减肥了。"

"你还说，你现在的工作只是一种过渡期，你说你迟早会真正地混进影视圈，迟早会拿着一个响当当的作品重出江湖。可是除了第一年，我再没见你打开过Word文档了。"

真的吗？我一点儿都不记得自己说过这种话。经她这么一提醒，我觉得没准儿当时的我真是这么打算的。

这时她幽幽地问，你是不是得回去上班了？你这样翘班出来，没事？一摸兜，我想起电话还锁在更衣柜里呢，出来时根本也顾不上。她说要不你甭干了，陪我走走。我说那不行，我得干着，好支持你不干。我们俩手挽着手走向麦当劳的厕所，再手挽着手在街上分别。我们花了好一阵工夫说着，快走吧，你先走。终于，她转身走了，回头望了我一次。

她在笑。

我很庆幸手机能锁在更衣柜里。行长会打电话过来的，行长会说，林有泽，怎么就把末位淘汰制忘了？知道自己排第几吗？

6

"半个早上，两个投诉。"

行长说。

"创纪录了。你也就叫了三个号，除了弟妹，另外两个客户都

197

投诉你。了不起！"

我面朝行长站着，他端起保温杯来大口地喝着茶水。

"我保不了你了，林有泽。本来想为了你在总行那边说说好话的，毕竟培养了你五年，搁谁都有点舍不得。"

实在地，我真该说点儿认怂的话：行长，再给我一次机会，求你了；就算结果不变，这点面子还是该给他的。可我的脑袋像发了烧那样热，心也跳跳的。我止不住地想着孟惊雷，想着若干年前踌躇满志的自己，我面带微笑，甚至听不清行长到底在说什么。

"听明白了吗？"

"明白了。"

"干到年前吧。"

我走出网点后门。那个原本在二楼做电销的轮休同事被叫下来替我上柜，现在把他换走不合适，毕竟人家已经创造了半天的业绩。破天荒地，我迎来了连续两天轮休的日子，甚至不用做电销。我给妈发了个微信，说今天妻子也休息，晚上可以一起视频。妈立刻回复我："你们是不是吵架了？"我正琢磨该怎么跟她说，她又发来了第二条消息："和好了就好。"

和好了吗？

我登时想到了蚂蚁人。

仿佛一只蚂蚁正钻入颅骨缝，脑浆渐渐搅成了一团糨糊。我开始怀疑到底有没有蚂蚁人的存在，怀疑自己到底有没有和蚂蚁人聊过天。越是回忆他们昨晚同我说的话，我就越是觉得不可思议。什么虫的世界，什么不存在的陡坡，什么抓捕蟑螂（然后便获得入场券），这一切难道有逻辑可言？而我竟在门外苦思冥想，试图理解，试图与某种东西周旋。

可是，倘若真的没有什么虫人，没有蚂蚁人，那我昨天晚上到底在做什么呢？

莫非我太困了，靠着门睡了一觉，做了个荒唐的梦？

我给徐伟打过电话去，告诉他太太主动来找我了，皆大欢喜，甚至不必伤害一只蟑螂。徐伟像是在开会，小声地说着那就好。

挂了电话后，我总觉得有什么地方不对劲，好比揿动叫号器之后却发现点钞机坏了。我好奇徐伟到底有没有给蟑螂写小纸条。我好奇的事儿很多。可眼下，我还有更现实的事情需要考虑。

我走进站前的7-11便利店，在货架前漫无边际地徘徊。行长说我可以干到年前，也就是说还有一个多月的时间。我想等找到一个下家之后再把丢工作的事儿告诉妻子。问题是，年前不是找工作的好时机。什么地方会要我？

"喂？班长你好，我是林有泽。"

是的，半小时后，我打电话给班长了。

7

妻子说，早点回家，想跟你一起看个电影。

我说好的，和班长聊完就散。

妻子对我和班长吃饭这事儿没有多问，似乎一点儿也不意外。一整天里，她都显得温柔黏人，像是一只受了伤的小动物。

腰肢纤细的领座员将我带到了班长跟前。这家店位于太古里北区的下沉广场内，许多等座的食客在玻璃门外排排坐，还好我提前订座了。班长驾轻就熟地点餐，半份烤鹅，香蜜鹅肝，要古法扣鲍鱼吗？算了，上火，拿两个鲍鱼捞饭吧，有什么酒？花雕酒？不行不行，拿两杯西柚汁吧，青菜都有什么？妹妹你看着办吧，来个新鲜的，炒豆苗？可以，炒豆苗特别好。

"有泽啊，你终于想起我了！我早就想要你过来帮我。"

班长一贯如此，能令人产生一种彼此熟络得不行的错觉，像一种催眠术。不、不，令我哆嗦的不是肉麻，令我哆嗦的是那声音本身，那声音和蚂蚁人的一模一样：班长蚂蚁人。

"知道我为什么喜欢你吗？"

班长笑起来的样子，有点儿像堺雅人。

"因为你这个人吧，充满了缺陷。"

说着，班长举起了西柚汁。我们碰杯。

"缺陷很好，你知道吧？在困境中和自己的缺陷搏斗，是人的唯一本质。"

我喝下泛着苦味的西柚汁。我很少喝饮料。今天喝过的饮料太多，简直是大凶之日。

"人呢，分为两种。"班长继续说，"一种人缺陷太少，靠本能就可以横冲直撞，不思量。另一种人恰恰相反，不得不费劲地思考，根据形势变换形式，以便能服务于任何目的，好从不断涌现的新困境中摆脱出来。这第一种人吧，我还从没见过。而你，恰恰就是第二种。"

我笑着点头，又喝了几口西柚汁，又酸又苦。

"我们就需要你这种人才。知道外面的人怎么看我们投行部吧？狼，都说我们是狼。知道什么是狼吗？狼吧，就是在日子好的时候做狼，日子变差就自愿被驯化为狗。狼就是生存，就是为了生存而不断改造自我的王者。你能成为一匹好狼，知道为什么吗？"

我答说知道，因为我这人充满了缺陷。班长顿时哈哈大笑。

"欸，开窍了！你还真别以为我在骂你。知道'潘多拉'是什么意思吗？那盒子，就那个啊，灾祸、瘟疫、战乱，什么破玩意儿都在盒子里的盒子。不知道？……'潘多拉'的意思是：'拥有一切优点的人'，毫无缺陷！没想到是这么回事吧？所以嘛，那些屹立在金字塔尖的人哪一个不是充满了缺陷？比如我自己，我这人就有许多上不得台面的地方。"

"班长您太谦虚了。"说到这儿，我卡住了。我很想找一个光辉的角度阐述一番"上不得台面"的好处。

"我喜欢你的野心。你要没点野心就不会给我来这通电话。每个人都想爬到金字塔尖儿上，古往今来……"

这时他发表了一通长篇大论，引经据典，将嵇康、陶渊明、苏东坡等人拉扯进来，论证每个人都想爬到金字塔的尖儿上，什么性本爱丘山那都是骗人的，都是在爬的过程中摔了跟头，与塔尖无缘后的结果，图个自我排遣。

小时候，做语文老师的父亲曾给我讲过"儒""道"两种文化。一个入世，一个出世，都是古代人内心的依靠，这样无论境遇是顺是逆，古人都不会太难过，都能有精神寄托。当我带着这种说法背课文，就对这些失意的古人心生羡慕，觉得他们无论进退都拥有尊严。而现在，班长似乎在说同一个意思，却给我截然相反的感觉，似乎失意是一种罪，唯有成功的人才是无辜的。

"时代发展到今天，要说进步，那是太多了。"班长开始总结。他的双眼放射出迷人的光芒，双手如同眼睛的触角般自如翻转，那感染力，比夕会中的行长强多了，"知道我眼中最大的进步是什么吗？不知道？……那就是，我们再也不自欺欺人！我们终于不再把野心污名化，我们终于敢承认自己的欲望。欲望即正义！这就是现代的活力，这就是为什么我们能不断向前发展的根本原因。人永远都不会自我满足，因为，每满足一个需求，新的需求就会诞生。这话不是我说的，是伯格森说的。伯格森知道？诺贝尔文学奖的获得者。"

我还真不知道伯格森获得了诺贝尔文学奖。他不是搞哲学的吗？诺贝尔文学奖果然包罗万象。

我说，那你觉得，人的需求是什么呢？

"说这个？摊开来说？且得说呢！算了，咱说马斯洛。你知道马斯洛既提出过五种层次的需求也提出过七种层次的吗？"

说着，班长将两种马斯洛需求理论分别背诵了一遍。除了最低的生理需求与最高的自我实现的需求，我记不清那些中间的需求了。想必班长背得毫厘不爽，他这人显然不可能搞错。

"我们就看共性。生理需求，吃饱穿暖，毫无疑问，得有钱。安全需求，保障，保险，得有闲钱。社交需求，比方说像咱俩这样请客吃饭，钱。尊重需求、认知需求、审美需求，更多的钱。自我实现就更不用说了，如果你有了钱，你也就实现了自我价值，如果你没有钱，你就还到不了这第七个层次（前面那六关都没走通呢）。对不起啊，我这人其实不喜欢谈钱的，但咱俩谁跟谁啊，犯不着藏着掖着，事实就是这么简单明了。"

我频频点头，嘴里塞满了食物。

"也不是所有需求都需要钱吧？"我说，"就说审美。你刚也说到乌台诗案。苏东坡被贬，落魄了，不也写《赤壁赋》？《卜算子》《念奴娇》《定风波》，都是这时候出来的。"

班长的嘴角挑高，笑容堪称邪魅。他慢腾腾地撺起一块闪闪发光的带皮鹅肉，筷尖探入焦糖色的梅酱中画一道圈，送入嘴中，那梅酱摇摇欲坠，却到底没滴下分毫。

"知道苏东坡被贬后任什么职位？"

我说不知道。

"黄州团练副使。"

"嗯。闲职，犯官，然后呢？"

"甭管他是忙是闲，也甭管他是不是被监管的犯官，注意，他总算是个官。知道苏东坡那个150文钱的故事吧？"

"知道一点。他在黄州的时候很穷，把所有的钱一吊吊挂在铁钉上，一吊150文，每天用画叉挑一吊下来，限定自己只能花这么一点。"

"这么一点！好！欸，我就喜欢和明白人说话！来，我们来算一笔账。150文，per day（每天），究竟是多少钱呢？宋神宗的时候，北宋已经有财政危机了，也不能说是通货膨胀……就说钱不值钱吧。具体说到黄州，米是20文一斗，一斗米相当于12.5斤，不少了。苏东坡家有多少张嘴呢？长子苏迈，次子苏迨，三子苏过，弟弟苏辙，妻子王闰之，著名的丫鬟朝云，好，再加上他自个儿，一二三四五六七。据说，他们一家子一天要吃两斗米，就让他多吃点儿，算50文钱吧，剩余100文，买点肉，足够了，攒几天余钱还能请客吃饭，社交需求嘛。好，问题来了，当时的穷人一天能花多少钱呢？听说过'不举子'吧？苏东坡自己写，'黄州小民，贫者生子多不举，初生便于水盆中浸杀之。'可怕吧？这可不是重男轻女，儿子也照杀不误。可他们为什么要杀掉自己的孩子，为什么要杀婴？因为那时候有人头税，养不起啊！人头税是多少钱？一个人，一年，注意，是一年！per year（每年）！需要向国家缴纳七斗五升米，7.5×20文，刚好150！刚好是苏东坡的一天！你说，这些一年都交不出150的小民，这些不得不将150文钱看得比自己的骨肉还重要的小民，一天能花多少钱？"

说到这儿，班长笑着往我的碗里夹了一块儿上好的鹅腿肉。

"就这样，苏东坡的'穷'还是令同僚心生怜爱。他们划给他一片地，坡地，足足有十余亩，让他自耕自足补贴家用，苏东坡这个'东坡'就是这么来的。一亩地可是666.66……平方米哪！那么你觉得，审美需不需要钱呢？"

我撷起那块鹅腿肉，蘸梅酱时，手竟有些发抖。不知为何，班长不再言语了。我们俩面对着面，像两个不惧怕沉默的真正的朋友那样吃东西，喝西柚汁。此时我觉得，西柚汁无疑是明智之选，这就像富人总爱嚼菜叶那样，鹅皮鹅肝太腻乎，总是需要点调剂的。

"你会不会想以后的事？"我说，"比如有一天，你获得了财务自由，赚到了你想要的全部的钱，你会想做什么？"

"财务自由？"

班长竟像是没听懂。

"我不是想说一个标准。我觉得到哪一步才叫财务自由各人有各人的考虑，每一种都成立。当然，可能你已经获得了财务——"

班长挥手打断了我。

"我鄙视这种说法。"他说，"向往塔尖的人，没有谁的奋斗是为了钱。财务自由？我呸！只有软弱的人才对这玩意儿感兴趣。什么叫以后的事？如果以后的生活才叫生活，那现在算什么？为什么要画地为牢？难道越过某条线还就不活了？人生没有上限，它只有一个结果，只通向一个终点——死（我可不相信什么来世）；可难道因为总有一天要死，现在就不活了？所以说，如果自由是'在×××之后'，那就等于没有。你赚到了100万之后，想的根本不是现在想的事儿。比方说，当你攒够钱了，买他一套房子，你就会盼着房价上涨，好以第一套房子作为跳板换一个更大的房子。这不是什么房奴的悲哀。恰恰相反，正因为拥有了一套房子的高度，你才能站在巨人的肩膀上够到更大的价值。我认识一些人，他们的手中握有惊人的财富（就还说财务自由吧），如果他们不算财务自由，那就没人能算。他们可以整天躺在床上什么都不干，有管家负责家务，有理财管家负责用钱生钱。他们都搬到了顺义，住在鸟不拉屎的社区里。干吗呢？为什么不今天飞南极，明天飞北极，潇洒又自在？当然，他们也飞，满世界飞，因为要看校的嘛，看校知道吗？实地看校，谁知道下一代该去英国读书还是美国呢？当然，也飞南极，要陪小孩参加夏令营的嘛，南极夏令营。怎么样，难道财务真能带来自由？那还不如说，自由根本就无处不在。有人为了生存杀死自己的小孩，就有人为了自己的小孩儿而生存，自由？自由算个屁！要找教练的嘛，比如孩子学'网棒球'（我不知道这是什么运动），不从美国空运一个懂行的教练过来，孩子怎么考藤校啊？要读国际学校，自己总得练个托福以上的英语水平吧，否则学校怎么家访呢？我的客户为了陪小孩学游泳，把恐水的自己游成了国家二级运动员的水准。你看，假如一个贫穷的家长把自己的人生寄托在孩子身上，把孩子当作理想来塑造，就会迎来一片质疑。你他妈有没有自我？你为什么不去实现自己的价值？你这样养出来的娃人格能健全吗？可如果是一个富人，一个财务自由的人在拼娃，风向就变了。人们夸奖那个孩子有智慧，见多识广，是毋庸置疑的牛娃。人们说，噢，你那么有钱，你明明可以选择不把人生奉献给下一代的，那既然你还这么干，就只能说明你真就想干这个。所以我才说，钱，是一切需求的基础。没有钱，就没有真正的尊重。有了钱，也就实现了自我，就不用出卖自我，别人就不会因为钱来否定你的自我。反过来说，实现自我不就意味着钱来了吗？我不要在失败孤独中死去，我不要一直活在地下里（我唱得还可以吧？），这他妈叫什么物质的骗局？明明就是对物质的向往嘛！如果一个人，真的梦想着以后的事，真的想'在×××以后'（比如，财务自由以后）就搬离城市，找一片地，盖一栋房，晨兴理荒秽，戴月荷锄归，那他现在就可以这样做，现在就可以，没人拦着他！可有谁真走？有谁离开樊笼？当然，有李子柒，好，你觉得她那五指不沾阳春水的样子，真像个复得返自然的人？"

末了，班长说："有泽啊，你必须想清楚这点事儿，你必须摆正自己的屁股。如果你只为了财务自由到我这儿来，如果你不把奋斗本身当作现在的生活和以后的生活，那就甭来了，咱们不合适。"

8

九点差一刻，我和班长在三里屯话别。我说"谢谢你给我上了一堂重要的课"，他说"哪里哪里，也就能在老同学面前班门弄斧，别嫌我烦"。那谦逊的表情和仪态，令我怀疑刚才吃饭时没人说话。

给妻子发过微信后，我掉头转进Page One（第一页）书店。店门一关，我感到班长连珠炮的余响终于消失了。

据说这家Page One足足有1500平方米，又开在租金昂贵的三里屯，为什么它不用卖习题集就能盈利？

想必有一个商业模式，想必班长能事无巨细答疑解惑。但我不想知道。我迫切地需要相信一点简单的东西，比如，人就是需要无用之物，即便无用得不能触碰，人们也照碰不误。拐角总是比直线迷人。我买了一本《爱丽丝》。《爱丽丝梦游仙境》，店里只有这个，和梦中所见的不是一个版本。书果然很薄，开本不大，能放进羽绒服的插兜里。

我开始往家走。相似的街道，相似的时间，就好像我正走在昨天夜里，走在2018年的最后一天。

如果班长与班长蚂蚁人见面会如何？我开始设想这种短兵相接的场面。他四位，班长，班长蚂蚁人，行长，行长蚂蚁人，正襟危坐，坐而论道。蚂蚁人表示幸福是无价的，为此必须适度劳作，必须将欲望这种毒素排出体外，班长或行长则认为欲望本身就是幸福，奋斗本身就是幸福。这时候蚂蚁人就要说，这是强词夺理！这是自欺欺人！这是在曲解幸福，好为痛苦让出位置！班长或行长便说，放屁！虫非人焉知人之乐？人的价值就在于不断奋斗！

罢了罢了，以我的脑袋，断断想不出他四位能吵成什么样子。

小区里十分安静，路灯散发含蓄光芒。走到楼下时，我站住了。我抬起头来，幻想自己能看到一点明亮的东西，比如柴郡猫的牙齿，一颗，两颗，三四颗。

但我甚至无法看到黑暗。

那是水泥色的苍穹，泛着淡淡粉红。那里面蓄积着这座城市的灯光、尾气、二氧化碳、来自北方或西北方的工业废气。它们遮蔽月亮与星，遮蔽云，遮蔽蓝色。蓝光的穿透力很弱，所以总是与大气层纠葛在一起，像个没人要的孩子那样被抛来抛去，反倒把天空染成了蓝色。可如果你再往上飞，飞向更高地方，天空看上去便成了紫色。因为紫光比蓝光更弱小，它们中的大部分甚至无法进入天门，无法被大气层来回折射。

我没有见过紫色的天空。我想象它看上去是什么样子。

一阵蹩脚的提琴声传来了，来自某一扇明亮的窗。是有名的曲子，巴赫的第一组曲前奏曲，大提琴。拉琴的是个练习生，也许是孩子。节奏时慢时快，音准差，偶尔因不熟练而停顿。尽管如此，那旋律仍穿透门窗，穿破水泥色的夜空，穿破一切遮蔽，抵达我的耳朵。

那孩子知道他已经能带给人安慰了吗？

现在是夜晚。太阳缺席每一个夜晚，每一个被遮蔽的夜空都是黑色的。我望着那黑色。我望着暂时无法被看见的黑色。我看到黑色的洞穴中群星闪耀。

9

妻子说："你在楼下看什么呢？"

我说："你看到我啦？"

妻子说："对啊，还以为你在看我呢。"

我说："就是在看你，一码事。"

我把《爱丽丝梦游仙境》递给她。她愣了一下接到手里，拿着它给我倒了一杯水，像是不知道该把它放到哪里去。她的反应比我预计得要冷淡，但也没什么，也许过几天她会旧事重提，我不着急。

我们俩靠在沙发上同母亲聊了几句。我负责说，她负责笑。以前，每次我和妈视频，妻子总会从哪儿摸过来打个招呼。她略带紧张地喊出一声"妈"，接着两人便互相叮嘱对方注意身体。在刚刚过去的这一年里，妻子常常会捎带着给我妈买些小礼物，爱马仕的丝巾啊，菲拉格慕的鞋啊，这些；往往在我们俩吵架之后下单。表达完感谢之后，母亲便会说省着点花，说你们正是用钱的时候，尤其得为以后攒钱。母亲说得含蓄，但挂了电话后，妻子总是敏感地指出那个"以后"是什么意思：

你们该生小孩了吧？养孩子很费钱吧？

母亲不知道妻子一度怀孕。

那都是两年前的事儿了。妻子还在那家小事务所里上班，准备考CPA和ACCA，想换工作。我们俩还没有领证。

有一阵子她的情绪波动得厉害，一会儿信心满满，一会儿垂头丧气，备考的压力和工作的压力把她挤在中间，而加班是我的常态，我回家后往往筋疲力尽。我们还住在那套带红色沙发的一居室里，卧室朝南，靠墙放一个长桌，桌子很旧，是桃木色刨花板电脑桌，我们俩买了贴纸自己改装，妻子还铺上了一条格子桌布。深夜，我睁开眼睛，便看到她在台灯下做题，《会计》《审计》《财务成本管理》《经济法》《税法》《公司战略与风险管理》。她说她也没有那么专心，做到头皮发麻，就看一阵子视频，譬如抗皱眼霜的推荐视频。她在淘宝上买了许多小样，涂自己的眼皮，也涂我的。她总能在我脸上发现我自己发现不了的抗老效果。

孩子就是这时候来的。

过年，我们各回各家，是初五吧，她趁一个人的时候和我连视频。你看这是什么？说着，她伸手从低处摸出一只验孕棒，把那个猩红的"="递到摄像头跟前。

显然，避孕套没能正确使用，我对此进行了深刻的反思。初七回到北京，我们开始聊结婚的事，养小孩的事，计算存款量，了解像我们这样没有户口的人如何在北京做产检。妻子反对由她妈妈帮忙看小孩，于是这个光荣而艰巨的任务将落到我妈头上。我还没和母亲说这事儿，我和妻子还没商量好。大约一周过后吧，情人节，《爱乐之城》上映，星期二的晚上，罕见地，我们俩都在正常的时间下班了。我们坐地铁到家附近的影城会合，在地下一层吃晚饭，我问她要不要吃寿司，她说不要，想吃锅盔，想吃点热的。我买了一盒寿司自己吃，又买了两只猪肉梅菜锅盔给她，我们走在热闹的地下一层里，边走边吃，等待电影开场，空气干闷，混杂各式食物味道，她说，我今天没有去上班。

这时我才后知后觉到她的脸色不大好。

我问她为什么不叫上我一起去医院，她说，先看电影吧。我们并排在黑暗中坐下，我握着她的手，屏幕亮起来，一群人开始堵车，开始在令人眼花缭乱的车辆间跳舞唱歌。城市的星光，红色的晚霞，那道通往大海的长堤。她哭了，脸上却带着笑意，就好像那时她已经打定主意要像片中的女主角那样抉择，要屹立在金字塔尖笑对往昔。

电影散场后，我叫了一辆滴滴，在后座上揽紧她的肩。我后悔没有提前买好戒指。当然，我没能提前买好的东西可不止这一件。我说，嫁给我吧，我们结婚吧。她说，我告诉你不是为了逼你说这个。我一下子就说不出话来了。她继续说，好的，我们结婚。

她的头安静地靠在我的肩上，令人想起摇篮中顺流而下的婴儿。我听着她喘息的声音。我们都坐在那只摇篮中了，潮汐随喘息涨落，水下，一个豆芽般大小的胚胎沉没，也许被鱼类吞食。我们再也没有提起过这个孩子。

她在家里休息了两天。她开始专心地备考，不再需要看任何视频调剂。我坐在床上，戴着耳机听歌，台灯下她的侧影像一个中学生那样绷牢。我睡着了。八月，CPA综合卷，九月，ACCA，F阶段的头四科，十月，CPA的六门专业课考试。到了十二月，所有成绩都出来了：

全部通过。

我们庆祝，买了两斤活虾和一瓶白葡萄酒。我说，老婆，你太牛了，你是我认识的人里头唯一一个六科全过的人，一次性，一年内，全部考过，我都感觉像在做梦。她说，ACCA还有十科没考呢，我说你着什么急啊，她笑眯眯地说，告诉你一个好消息，我下个礼拜就能开始新工作了。

年前不是找工作的好时机，但会计师事务所是个例外，他们常在忙季挖人。直到那一刻，直到一切尘埃落定，她才告诉我是什么时候通过的面试，说她如何运气好，赶上这间大所活儿多得忙不过来，急需做过上市的会计师。她中英夹杂地跟我说和面试官聊了什么，我说，难道我连分享快乐都不配了？我们吵架，印象中，那是第一次吵得这么凶。来年四月，她在大所跟的第一个项目成功上市，顺利得如同SpaceX（太空探索技术公司）的"重型猎鹰"将那辆樱桃色特斯拉跑车推入太空。六月，她又考了四科ACCA：全部通过。破产清算组缺人，通过内推，妻子被破格提拔为最年轻的项目经理，第一次出差是去澳大利亚。

我没能去机场送她。我在支行的更衣室里，和她通了视频电话。她说，我最近开始喜欢听摇滚了，她说，我在听"Space Oddity"（《太空怪谈》），我现在是马斯克和戴维·鲍伊的粉丝。

地面控制台呼叫汤姆船长，
你已经成功起飞！

我们在笑容中挂断电话。还有十分钟到上柜时间，我完整地听了一遍"Space Oddity"，然后将手机锁入柜中，坐进柜台，揿动叫号器。

你已经远离地球了吗？

地球一片蔚蓝，也许你已走过十万英里。

10

"你真的舍得？"

我问。

"费了那么大的劲，又是工作又是考试。你之前不总说跳槽后觉得自己潜力无限？"

我们正并排躺在床上。蓝牙音箱和手机连着，播放的都是我点过红心的歌。本来想一起看电影的，接连换了三个都看不下去，时间却已经很晚。

"我是挺自私的。"

妻子说。

"跳槽也是因为不甘心，现在辞职，可能也是因为不甘心。小老板还问呢，'你不要奖金啦？'是的，好几个项目都还没结算呢。他还说，'我们这儿干一年就是一年，每年的待遇都能往上走。'"

"那你还有什么不甘心的？"

这话一出口我就后悔了。我一时忘了她早上刚跟我说过想干真正喜欢的事。妻子没生气，只是显得忧愁。她躺在我的腋窝里，把我的胳膊拉到胸前抱着，时不时挠一下我的手肘。

"我还是爱你。真的。"她说。

我翻个身，好用两只胳膊抱住她。我对她说"我也爱你"，早就想这么说了。

"那么答应我一件事？"她说。

"多少件都答应。"

"不可以对我发微笑、握手、感谢这三个表情。"

"就这个？"

妻子仰起头，露出认真思索的表情。还真别说，她每次认真思索起来的样子，都和那什么微笑的表情有点儿像。

"从今天开始，把我的微信备注名改成一个可爱的昵称。"

我说"好的，还有吗？"

"听每一首我发给你的歌，看每一篇我点了在看的文章，去淘宝上通过我提交的爱人验证，订阅我订阅的澎湃新闻栏目，置顶我置顶的公众号，除了微博之外，关注我的豆瓣、知乎，当然，还有网易云。点开我的每一条动态浏览，告诉我你的感受。"

说到这儿，妻子停顿了一下，像是在确认柴郡猫的牙齿一共有几颗。

"就是这些。能做到？"

"还真能说出好多件！"

我吃惊地笑了。

"不，其实只有一件。"

说着，妻子翻起身来看着我。

"我只是想和你生活在同一个世界里。"

我拉下她的身体开始亲吻。好的，我也想，我一定做到。我调暗触控床头灯，发现她的确只穿了一件衣服。我们闭上双眼，抚摸彼此的身体，像是第一次那样迫不及待。蓝牙音箱里传出一阵熟悉的旋律，前奏很长，是西尔维奥·罗德里格斯的歌，"Unicornio"，《独角兽》。

"这首歌就是因为你喜欢，我才点了红心的。"

"嗯？"

妻子的声音有些颤抖。

"西尔维奥·罗德里格斯。呃，我说对了吗？你可以把学外语也加到'那一件'里的。"

"罗德里格斯……"

妻子的发音和我的一样蹩脚，随后是一阵喘息。

我突然感到恐惧。

本能地，我想要睁开眼睛，手上的动作也停了下来。

但我不想看。

她呢，她在看我吗？她没说话。我听到她的喘息声，这声音，我显然已经好久没听过了，我拿不准她的喘息声该是什么样子。她没说话，她在等待，像草丛中的大型猫科动物那样等待。不，像是某种更不容易被察觉到的生物。

比如，一只虫。

伸手一探，我摸到了一个硬邦邦躯体，手指划过她胸口时的触感如同刮到一棵塑料做成的树。窸窣声传来，我一躲，滚到了床下。这一跤跌得扎实，意识到时，我已经看到了她。

梦见的就是你

1

那玩意儿坐在床上。

它浑身油绿，锥子脸，大眼睛，眼睛足足大到占据了脸庞1/2的地步，瞳孔小而黑。背上四片薄翼随喘息扇动，半透明，翅脉清晰。颅顶两根天线岔开，约口服液吸管粗细，有我一条胳膊那么长。至于它本人的胳膊倒宏伟可观，分为三节，顺着肩膀长出的第一节中规中矩，第二节形似镰刀，下缘排布坚硬肉刺，最后一节纤细灵活，正在抓挠不存在的鼻梁骨。

它在挠什么？不得而知。倒也像是要撕开什么。不知该称为手指还是镰刀的部件继续摸索着，我不得不留意到这张脸的正中有一条缝，一条中轴线，一条——拉链。这玩意儿钩住拉襻了，虫面开始一分为二。

仿佛开关揿动，我猛地从地板上弹了起来，夺路而逃。卧室的门没有关，但我家那防盗门当然早关好了。手心从门把儿上滑下来，再按再压，我想起还有个旋钮反锁着。门开，我闯出去，一截前臂刺出，从后方划破我的脸。

这玩意儿绝不是我的妻子。

它是一只螳螂，母螳螂，《黑猫警长》里的母螳螂。

我在走廊上后退。搞不懂是往什么方向退，总之，我缩坐在一角，浑身发抖，既不敢看那截被门夹住的前臂，又不敢不看。如刀刃般锋利的前臂在抽搐，刀尖带红。那玩意儿会打开门出来的，没准儿。

楼道的感应灯灭了，亮了。我蹭着墙壁直起身。我要求脑袋开始运转。跑？报警？我想我必须得麻烦邻居了，邻居家的门看起来有点古怪，门边空空如也，那袋垃圾不见了，当然，邻居说她自己扔，想必是扔了。可是还有别的。邻居似乎换了一扇门。那扇黑色的，现代主义风格的厚实防盗门不见了，代之以一扇破旧的，镂空带纱网的老式防盗门，网内依稀透出鹅黄色木门的影子。当然，没准邻居天性拔群，非要以新换旧。

我继续敲门，可是没人搭理我。网纱上的灰扑噜噜落下。这楼道的地面也很古怪。那些堂皇的浅棕色大地砖上哪儿去了？为什么变成了水泥地？墙上为什么贴满了小广告？

最古怪的是，为什么这一切看上去是这样熟悉，莫非我竟来过这里？

"林哥……"

身后传来一个声音。

"林哥，你干吗呢？"

一双脚走过来，走到我眼皮底下，穿着雪白的袜子。

"林哥，你没事吧？"

另一双脚也走过来，穿着黑色的袜子。

身后是一扇熟悉的门，大敞四开的门，那上头没有任何手臂。门内有一个简易鞋架，上头放着我的鞋，白袜的鞋，黑袜的鞋。我正站在这门的外头，赤身裸体。我看见黑袜的脸上长着粉刺，又看见白袜垂着两团眼袋。

这里是我家，我的合租房，我和白袜黑袜合租的三居室，离支行有十分钟步行路程，离妻子的家有十站地。

2

镜子中，我的左脸颊被划破了一道口子。约十厘米长，自鼻翼上方斜下，直划到左耳垂位置。划得不很深，出血，但没到血流不止的地步。我用肥皂水认真清洗一通，在送药App上买了酒精和碘伏棉球。

"去医院吧？"

等待快递员上门送药的那半个小时内，黑袜时不时就这么来一句。我没问他说的是什么医院。

据我的这两位室友介绍，当晚我九点多回家，回家后就进了自己的屋没再出来。近十二点，我开门出去，当时他们俩一个在打游戏，一个在卫生间洗漱。在洗漱的白袜看到我赤身裸体往外闯，觉得有点儿古怪。不知该说幸或不幸，对头的邻居家还没租出去，里面没人。听到我的吼声时，白袜决定叫着黑袜一起出来看看，怕我出事儿。

没事儿、没事儿，我努力笑着，他二位松了一口气，各回各屋了。我打着手机上的电筒走在楼道里，查看各扇防盗门上是否有破损的铁丝、铁皮出溜。没有。闹不清我的脸是被什么玩意儿划的。当然也想到别个可能，我摊开手。我的十个手指甲里没有血渍。

我轻手轻脚地回到房间，紧紧地裹在被子里坐着，不敢睡，怕做梦，怕醒来又出现什么怪事，譬如醒在妻子身边。妻子的电话没有人接，这简直令我松了一口气。时间向后半夜下沉。我渐渐明白过来自己在索求什么。

我想和谁说说话，和一个正常人，还得是一个多少在乎我的正常人。

那几个学生时代的朋友大多已结婚生子。我们确实疏于联系，但疏于联系才是我们之间正常的相处方式，没有谁搞什么深夜谈心。母亲会接我的电话，然后她会焦虑，失眠，持续几天担惊受怕，犹豫着要不要来北京看我。我最不想打给徐伟。我会控制不住自己，会迫切地想要对他讲虫。虫。他是唯一一个能听懂的人。也许他也遇到了事儿，也想对我讲虫，而我不想听。也许恰恰相反，也许他已在幸福的康庄大道上一路狂奔，传送带，向前进，站在传送带上向前进的徐伟又要教教我什么是紧急或重要。

拨通Run的电话时，已经是凌晨四点钟了。

我说："对不起，这个时候给你打电话。"

Run说："也还好，我正准备睡觉。"

我说："'贝七'很好，真的特别好。那天听完就想跟你说一声的，有点事儿耽误了。"

"那天？不就是昨天吗？也是，现在该算前天了。"

听她这么一说，我才意识到时间居然能过得这么慢。

Run沉默了。我听着话筒里传来的电流声，感到缩成一团的神经在试探着舒展，感到心脏正一点一点爬回胸腔。

Run说："要出来吗？"

我说："现在？"

Run说："想不想去三联韬奋？"

四十多分钟后，我们俩在三联韬奋书店见面。在一截没人睡觉的楼梯上，我尽量清晰地讲了一遍最近发生的事。徐伟与蟑螂，班长蚂蚁人与行长蚂蚁人，妻子与母螳螂。我简要地讲了蚂蚁人对我说过的话，这部分最令Run疑惑，想必我自己也不明不白，所以便讲得不清不楚。

3

我们俩互相端详对方脚上的鞋。她穿着一双脏兮兮的黑色雪地靴，我穿着妻子送的麂皮马丁靴。她点评了一番我的鞋，大意是说这玩意儿华而不实，又重又磨脚。我不同意她的看法，但也懒得反驳。

"你就没觉得奇怪？"

Run说。

"同一个晚上，和太太梦到彼此，不约而同，似乎还都是那种又臭又长的梦。不觉得太巧？"

"奇怪。"我说，"现在觉得奇怪，诡异，恐怖。白天不是。白天只觉得挺浪漫的。浪漫多少都带着巧合。"

Run长叹一口气，冲我苦笑一下，像是想起了自己的什么事。

"总之呢……你其实并没有和太太在一起？但是你自己不

知道？"

"我不知道。"

于是Run针对我不知道的究竟是什么做了一番确认。

"好吧。就是说，有两种可能性。要么，有一个别的你，暂时称为A你吧。A你去银行上班，下班，回家，与此同时，B你翘班走人，和太太见面，聊天，和好，然后又看到太太变成了母螳螂，于是逃跑。从逃跑的那一刻开始，A、B合二为一，D你跑回了A的身体。不知怎么地，A你明明独自一人却也莫名其妙地脱个精光，就好像可以凭空和太太做爱似的。"

也许是体力不支的缘故，Run说的话令我感到云山雾罩，明白不过来。脑子里竟在想，和好与逃跑，还挺押韵。

"你这说的……到底是一种可能性，还是两种？"

"这是第一种。第二种，只有一个你，你去银行上班，下班，回家。但是因为你太想和太太和好了，于是就幻想出了那许多。这种显然更合情理，因为它简单易懂。"

我点点头，手指继续在头皮上来回摩擦。

"对了，你这裤子挺好看的。"Run说。

我穿着那条红色家居裤，上面印满了橄榄球队深红49人的人头队徽。

"太太就那么可怕？"Run说，"能把人家想成螳螂？哎，我这么说你会不会不高兴？"

"不知道那母螳螂是不是惊雷。"

要是沉住气，等对方拉开拉链再跑就好了，没准儿那后头有一张脸。我不禁这样想道。没准儿惊雷穿上了螳螂cos服呢？没准儿。

既然我都可能分裂成A、B两个，惊雷一分为二好像也不是什么大不了的事儿了。

"裤子是惊雷买的。"

"哦。"

"也不是所有母螳螂都会把老公吃了。只有饿坏了的母螳螂下得去口。"

Run顿时难以置信地瞅着我，瘪嘴，摇头。

"那你跑什么？母螳螂太太这么好，演一天的戏只为和你'赤诚'相见，你有什么好跑的？"

是啊，我跑个什么劲呢？

"我不知道我昨天有没有去上班。"我说。

"你一会儿去了就知道了。哎，你现在是不是特想去上班？"

确实，想到去银行上班我竟感到高兴。脑海浮现出一沓万元钞票被放入验钞机的画面，我在怀念那种刷刷刷的声音。想到自己即将成为一颗螺丝钉拧入一架金钱机器，按部就班地参与运转，被掏空所有精力，我竟感到安心。

"所以你一点儿都不相信什么虫的事？"我说。

"不信！"Run大声回答。

"这我倒挺意外的。"

"为什么？"

"那你怎么看多维宇宙、平行时空、灵魂出窍？你相信有外星人吗？"

"当然有外星人！怎么可能没有外星人！"

我发出了几声干笑。

"就不能把虫当成外星人？"

"不能。"

说着，Run坚定地摇摇头。她那寸头比上次见面时短了些，大约短了几毫米。也许刚刚剃过。

"怎么就不能了？"

"我应该把你说的全部录下来。"Run说，"你自己听一遍就知道有多离谱了。不是说了吗？我更相信那个简单易懂的解释，'如无必要，勿增实体'。幻听幻视没啥丢人的，快别给自己戴高帽了。异世界？我还想发现异世界呢！"

我点点头，愉快地展示脸上的伤口。

"我那两个室友估计心里挺别扭的。可能觉得屋里住了个疯子。"

"干脆出来自己住好了。"

"刚住没几天，还是季付的。"

Run又笑了，揶揄我几句。

"你不害怕？不觉得跟个疯子凑这么近很恐怖？"

"谁说你疯了？"Run的声音突然又大了，"反正也要被炒了，干脆再翘个班，我陪你去找太太聊聊？瞧你这一往情深的，总得让人家知道知道吧？"

是的，我想去找她。真是无可救药。我想念她，想抱着她，想掀起她的裙子，躺进她的腿间。即便她再变成螳螂我也想。

天亮了。Run在书店里买了上下两册《贝多芬书简》，背在双肩包里。我们商量去哪儿吃早饭，她想去不远的北新桥卤煮店。大清早的真能吃得进卤煮？她说"当然能啊，我要多加点猪大肠"。

我们顺着美术馆东街向北走，我的手机响了，来自一个陌生的号码。

"喂，请问是林有泽先生吗？"

大兴区的派出所给我打来了电话。

4

这位警察让我管他叫小罗，问我最近有没有和徐伟联系过。我说联系过啊，昨天还刚通过电话。罗警官问都聊了什么，我咯噔了。我说我们是老同学，时不时会联系一下，没什么具体的事儿。他问我具体是几点钟通的电话，我掏出手机来确认，越看心越慌。

"最近通话"里没有徐伟。昨天没有，前天也没有，我一直翻到了平安夜，什么都没有。

罗警官没看我的手机，又问徐伟留给我的电话号码是多少，都是怎么跟徐伟联系的。我照实回答，他点点头翻看一阵手边的资料，啪啪啪对着键盘敲打一会儿，停住了。

"罗警官，徐伟怎么了？"

罗警官欲言又止，匆忙起身离开，让我等会儿。

我此前也就进过一次派出所，为了居住证的事儿，当时只觉得派出所和我那支行一个样，大家都叫号办事，事情都又多又杂。这回不大一样了，罗警官把我领进了一间大办公室，每张桌上都放着许多材料。警员们进进出出，穿着黑色三保暖T恤衫，运动裤，一个上了年纪的男警官趿着黑色老布鞋，正用水果罐头那种玻璃水缸泡茶，结果一个哈欠没打完又被什么事儿给叫出去了。Run在外头的等待区坐着，我发信息跟她说了大致的情况，其间打了三次电话给徐伟：

"对不起，您拨打的号码是空号"。

这声音真叫人反应不过来。

像是等了很久，罗警官终于回来了。暖气很重，我那T恤衫看上去和他的很像，就差胸口绣个警徽了。

"你是不是搞错了？你俩没联系过啊。"

"那我再看看，可能他新换了号码。"

"我刚查的是你的通话记录。"

"罗警官，徐伟到底出什么事了？"

据罗警官说，徐伟可能在半年前就已经失踪。他最后一次与弟弟徐杰联系，是在去年的7月份。那时徐杰在深圳一间汽修厂打工，哥俩并不总联系，一个月也就发几条微信互相问候。7月16日，徐伟突然联系了徐杰，向弟弟借一万多块钱，说要还之前找别人借的钱。徐杰觉得有点儿奇怪，因为哥哥从没找他借过钱，反倒总给他钱。正因如此，徐杰不好意思多问，二话不说就把所有积蓄转给了哥哥。到了8月底，一个月里，徐伟一次都没再联系过徐杰，徐杰觉得不对劲："您拨打的号码是空号。"当地的派出所告诉他："你这事情得到案发地去报案。""案发地"？徐杰的头嗡地响了。他和汽修厂老板诚恳地聊了聊，对方答应在不辞退他的情况下放他几天假。徐杰只身来到北京。兄弟俩不知道彼此具体的住址，哥哥也没说过工作地点。徐杰只知道哥哥住在大兴区，于是便遵照之前民警的吩咐，走进了大兴区的一个派出所。

"接警的就是我师父。"罗警官说。徐伟的失踪不大符合立案标准。他是一个成年人,成年男性,基本不存在被拐卖、诱奸的风险。既不知道失踪现场在哪里,失踪现场的侵害痕迹更无从谈起。没有人(包括徐杰)能够证明徐伟有被侵害的危险。失踪前和别人有过重大纠纷吗?没有?得嘞。哦,有一万多块钱?微信转账?那不能算携带大量财物,这年头,谁出门不得带个手机,谁手机里还没点财物啊。

当听到徐杰说兄弟俩的父亲刚刚在年初病死,而哥哥徐伟为了给父亲治病付出了一切时,民警露出了意味深长的表情。

"老弟,听哥一句劝,该干啥干啥去吧。"民警说,"你哥就是找个地方躲起来了,他心里苦,总需要缓缓。你得给他点儿时间。我跟你说,这种事儿我见多了,不出三个月,人准回来!这就是为什么失踪原因不明得超过三个月才能立案的原因。"

徐杰回了老家,但显然徐伟并没有回老家,也没有和老家的任何人联系过。徐杰心事重重地回了深圳,回到了汽修厂,查看哥哥曾经用过的社交账号,比如人人网和QQ空间。徐伟已经好多年没更新过任何动态了,也不用微博,但徐杰总算是顺藤摸瓜地找到了几个哥哥的大学同学,比如我。一些疑点得到解答。那一万多块钱在7月16日的当天还给了我们这几个徐伟的大学舍友。徐伟在我们宿舍的小群里发了一串情深意切的文字,然后再挨个儿小窗联系,还钱,感谢我们在他刚刚得知父亲生病的时候倾囊相助。等每个人都显示"已收款"后,徐伟静悄悄地退了群,再没和任何人联系。到了11月底,徐杰再一次来到北京。这时候,徐伟总算是因为失踪时间超过三个月而被成功立案了。

"你上一次和徐伟联系到底是什么时候？"

罗警官问我。

手机里，2018年7月16日晚九时许，徐伟在微信里发了一段感谢的话，转给我5000元。我们简单聊了几句，末了，我说明后天要不要出来吃顿饭，他没有回我。这是我与他最后的聊天记录。

"应该，就是7月16号。"我说。

罗警官看上去年纪很小。他仔细地打量我，然后突然露出一脸"人畜无害"的笑容。

"林先生你别紧张。这就是个例行询问。您可不是什么嫌疑人。"

我并不是有意撒谎的。原本我压根儿不记得徐伟还钱退群的事儿，然而等罗警官说完，我再一想，当时的感觉、场景就都回来了。7月16日是个周日，正是北京最热的时候。那天，妻子六月份考完的那部分ACCA出成绩了，这回她收到邮件后就告诉我。但那仍然不是一个愉快的夜晚。徐伟联系我时，我的心情很糟糕，群成员里没了他的名字，我的心情更糟了。悲从心生，我没法儿再相信徐伟能东山再起了，低头一看，发现自己也像是早已习惯了这姿势，跪着活。

我感到恐慌。也许我知道的，和我忘记的一样不可信。

"你知道徐伟住在哪儿吗？"罗警官说。

我摇摇头。

"那这是怎么回事呢？"

说着，他把显示器转了转，我凑过去，看到了几张照片。第一张照片里有三个不大不小的纸箱，第二张，是那纸箱上的快递贴单，寄件人是我，收件人是徐伟，收件地址，即是记忆中几天前徐伟曾告诉过我的地址：大兴区民顺路上的一个小区。第三张照片里，罗警官举着一件黑色T恤站在镜头前。

不用看，我都知道那T恤的右侧袖口脱线了。

"是菜鸟驿站的人联系我们的。"罗警官说，"11月正式立案后，我们查到了徐伟曾租住在这个小区，到那儿了解情况，也询问过菜鸟驿站的工作人员，就像现在询问你这样。"

"所以徐伟确实在这儿住过？"我说。

罗警官不动声色地看了我几秒。几秒呢，大约有三秒。他的睫毛是我见过的男性里长得最长的。

"住过。今年3月底入住，一直住到7月16号。他那房租是季付的，相当于刚刚交了第二季度的房租，人就不见了。所以他的房东也没管这事儿，直到9月底，该交下一个季度的房租了才开始找人。"

"他是和二房东住在一起吧？二房东是一家三口，有个在读小学的女儿。"

"徐伟是什么时候告诉你的？"

这时我觉得不能再瞒着警察了。我好歹得为徐伟做点什么。

"我要说的可能有点古怪。"

"没事，你尽管说。"

"会把我抓起来吗？关进精神病院。"

"怎么可能！"

罗警官笑了。然后他发现我好像没有开玩笑的意思，倒显出几分紧张。他调整了姿态，用一副公事公办的口吻说道："警力有限，只要不危害社会安定，不扰民，不上街砍人，我们可管不了……"说到这儿他挥挥手。

那好。我问能不能去倒杯水，他说"你尽管去"。倒水的时候，我看到他端正地坐在办公桌前，没回头看我。我整理了一下思路坐回来，开始说这十天来发生过的事。

我在21号，冬至的前一天见到了徐伟，那天我们同学聚会，一开始我还没发现他也来了。我们在背巷里吃鸭脖，他跟我说，他在给虫人代购鞋子。后来又过了两天，平安夜，我们偶然在三里屯遇到了。当时他很慌，要跟我换衣服，他说，有两个虫人想抓他。这之后我们电话联系了几次，说一些和虫有关的事。

最后一次联系真的是昨天。

好在几个小时前已经跟Run讲过一遍，这一次，我讲得清晰连贯了些。

5

原本吧，我以为对方会像《美人鱼》里头文章和李尚正饰演的警察那样捧腹大笑，没准儿也得找张纸画一画虫人长啥样。然而罗警官十分认真，听得聚精会神，摊开笔记本唰唰记录，一遇到不明白之处就打断我问个究竟。（你是说那个像蟑螂的，想让徐伟代买冒牌货是吗？莆田鞋吗？是不是家族企业？有没有厂商竞争？什么，就买三双啊？好的没事了，你继续说。）对于我提到的一些地点，譬如同学聚会时的馆子，背巷的位置，三里屯的酒吧，徐伟上班的地点山馆，等等，他都打开百度地图挨个儿与我确认，收藏标注，想必需要实地调查。（你是说他在山馆还找了个女朋友？名字叫周宁？噢，凝固的凝？是山馆的老板亲自面试？老板叫山冉？好的，我看看天眼查……这美容院好像还挺火是吧。）我出示了滴滴打车记录，说跨年夜那天晚上，我在车上给徐伟打电话，这位司机应该听到了一些。（你觉得司机能听到徐伟的声音吗？什么，你都是戴着耳机打电话？好吧，我先记下司机的电话号码。）我没有说中山公园音乐堂里出现虫人的事儿，说起来太费事，和徐伟似乎也关系不大。然而不得不提到我和妻子糟糕的关系，否则无法解释蚂蚁人要徐伟帮忙联系蟑螂一节。

"所以说，你们俩为了避开那些怪人……呃，你们俩想通过混淆气味来避开那些怪人……所以他把衣服寄给你，你搁被子里捂一宿，再给他寄回去？前后一共寄过三次？最近的一次是昨天早上寄出的？"

"是的。"

罗警官往后一靠，使劲儿揉了揉眼睛。

"但是那些衣服怎么看都不像徐伟的，太大了。"

"我现在知道了。我估计啊，都是些我的衣服。"

罗警官点点头，再次面对电脑的时候长叹了一口气。他歪着脑袋看我，令我想起高中时的女同桌。

"昨天那一包里，有五件还是湿的，一件黑毛衣，一条牛仔裤，三件T恤。现在都臭了。这个你知道吗？"

"我现在知道了。"

询问到这时陷入僵局。Run不知何时走了进来，拉了把椅子在我身边坐下，把两个星巴克的三明治往桌上一搁，打开自己那份开始吃。

罗警官说："谢谢、谢谢！你朋友知道这些事儿吗？"

Run说："我知道。警察大哥，他是个好人。"

"你怎么看他说的这些话？"

"我会陪他上北医六院的，警察大哥。"

罗警官点点头，也开始吃三明治了。

"但我还是希望您能查查看。"我说，"比如这些地方，是不是总有能被监控拍到的？说句自私的话，我到底疯没疯呢？我也很想知道。"

罗警官说："可不能再乱寄衣服了。"

"好的。"

罗警官说："一会儿走的时候，把你那些衣服带回去。"

"好的，那太感谢您了。"

罗警官说："你要又想起什么就给我打电话，我的电话存了吗？快，你帮他看看。"

"他存好了，警察大哥。"

这之后，罗警官和Run聊起了吃东西的事。不知怎么地，话题从兰州拉面变成了贝多芬。我这才知道Run昨晚一直蹲在家里听"贝七"，小卡洛斯指挥的那个版本，来回来去。罗警官似乎很想同Run多聊几句音乐，他说自己只听过莫扎特，贝多芬太像战争片了，平时出警就累得不行，不想碰这么惨烈的东西。Run则说："没关系，你总会喜欢上贝多芬的，凡是喜欢莫扎特的人，终有一天都得喜欢贝多芬。"

两人聊得热火朝天，我感觉罗警官快要爱上Run了。

6

从派出所出来已经是下午三点。衣服还真不少，好在附近就有个菜鸟驿站。早上，我给行长打过电话，请好了霸王假。Run提出要陪着我一起去找妻子谈一谈，我拒绝了。我觉得这些事儿还是两个人说比较好。

"你打算怎么说呢，又把这通故事讲一遍？"

"讲吧，可能得讲。"

"也许讲到第三遍就无懈可击了，谁都能信。"

"也可能自己发现了破绽，全部推翻。"

我们两在路边道别，她与Ran有约。我独自走进了地铁站。电动扶梯将我运往地下深处，人流将我运至刷卡进站的入口，不多一会儿，那个长条形的，能引发风之呼啸的铁盒子停靠在站台上，它能将我运到别处。我随人潮一同涌入铁盒，厢门在警报声后闭合，我感到自己同那五件潮湿发臭的衣服差不多，总是被运来运去，且无人签收。差别只是，我靠自己的意志跨入盒内，靠自己的意志陷入被动。

我到底在这里做什么呢？

到底为什么要去找妻子？问她："你昨天和我和好了你知道吗？你和我躺在一张床上，想同我做爱，你知道吗？"

得是多可笑的人才能这么问啊。

该怎么做才能相信自己。我的苦恼、痛苦、渴望，似乎都师出无名，都是空穴来风。也许只有那个总在读《爱丽丝》的孟惊雷能相信我的话。是的，逃往虚构，以便从现实中获救。

车厢摇晃，似乎正在逃向某处。

我找到了一点信念，类似信念的东西。我相信那个初中的孟惊雷，必须相信，尽管我与她仅仅相识在梦中。

7

妻子供职的会计师事务所位于东三环。我经亦庄线换乘十号线，在金台夕照站下车。我在财富中心的A座写字楼做好访客登记，乘电梯来到16楼。"我找孟惊雷。"我对前台说。"您和孟经理约好了吗？""嗯，麻烦您帮我说一下，林有泽来找她。""好的，但是孟经理正在开会，您得等会儿。"

我顿时松了一口气，在开会，挺好，大约只有人才需要开会。没五分钟妻子便出来了。她走得那样快，浑身笔直得如一道闪电，光脚穿一双酒红色高跟鞋，半点没有初中生的影子。她在玻璃门内停住，看着我，脸上带着一丝疑惑和不耐烦，左手拿着手机，右手拿着宜云牌矿泉水，330毫升的小瓶装。我抬手示意，她的嘴唇遂显出一点微笑意思。

她推开了那扇玻璃门。

"怎么不先打个电话？"她问我。

是啊，怎么都不能打电话了，这正是我需要找她谈的事。

"要不我们约个时间？"她说，"你也知道现在是忙季，谁都脱不开身。"

我什么也说不出来，只望着她。如果换以前，换昨天，见她这样事务性地、冷静地婉拒与我见面，我恐怕就走了，并且也要做一副事务性的、冷静的腔调出来，走得体面。可现在我却感到亲切。这个状态的孟惊雷才是我爱的人。她变了，我不喜欢她的变化，但这就是她，不至于是母螳螂。当然，兴许母螳螂不止一只。

妻子抿了抿嘴，走近些。她看着我那深红49人的家居裤，微微蹙眉。

"惊雷，我们昨天见过吗？"

"你什么意思？"

"好，那就是没见过。你最近梦到我了吗？"

妻子哼笑一声，带着一丝笑意抬头看我。

我宁愿她不笑。

"好，我懂了。但我们前天总是见过的，对吧？你给我打过视频电话。"

"怎么？"

"你也去听'贝七'了吧？中山公园音乐堂。"

"你到底怎么回事？你这样很吓人你知道吗？"

"你就说前天你去没去。"

"我去了。"妻子说，"'贝七'挺好的。"

不知该说是高兴还是失望。我琢磨着，如果她非变成母螳螂不可，那似乎也没什么大不了，小时候我还羡慕过许仙呢。

"前天邻居跟我说，你在门口自言自语了好几个小时，怪恐怖的。"妻子说，"我说我不感兴趣，她还非要我一起去监控室看。"

"你去看了吗？"

"要不你等我一会儿，我们出去谈。"

"你看到什么了？"

"我没去。那女人用手机录了一段回来，非要我看。我决定搬家。"

"因为我在你门口自言自语？"

妻子看着我。我看到她眼眶里湿润了。我本能地想抱住她，她向后退了一步。

"徐伟失踪了。"我说。

"你那个大学同学？"

我点点头。

"你等我一会儿。"

半小时后，妻子拎着只Gucci（古驰）托特包，穿着一件黑色的长大衣出来了。我们乘电梯前往一楼，进了一家连锁轻食店，各自点了一份看起来十分健康的玩意儿坐下。

她说："你的脸怎么了？"

我说"被你划的"。

她就笑，举起盘子边的钢制餐叉瞧瞧。

"这么冷的天，光脚穿这么薄的鞋，不冷？"

"也还好，又不需要出来走。"

"你想过辞职的事儿吗？"

"辞职？为什么辞职？小老板待我不薄，大老板也看好我，刚进来就升了经理，多少双眼睛盯着呢，我要是辞职还想不想在这行业里混了？"

"你真喜欢这工作？喜欢整天和钱、数字、表格打交道？看到别人破产不会不舒服？"

"我们所的晋升通道很清晰的。你不是想说徐伟的事儿吗？我以为你需要个出口呢。"

"你不想做自己真正喜欢的事儿了？"

妻子没立刻回答我。她左手压着头发，右手握着钢制餐叉，慢悠悠地吃了几口。

"哪儿有那么多自己喜欢的事？"妻子说，"只有极少数的幸运的人，才能遇到那样的事。但我也足够幸运，能做自己擅长的事。我擅长的刚好是这个时代需要的事，让我赚到钱，让我获得尊重和成就感。我很知足了。"

我点点头。盘子里的饭加了高粱米、糙米、鹰嘴豆，嚼起来颇费一番功夫。

"你还记得《爱丽丝梦游仙境》吗？"

"哦，蒂姆·伯顿拍的那个？好像还有个续集吧。"

"不是，我是说小说。数学老师卡罗尔写的小说。"

妻子喝了一口黄瓜汁，用纸巾擦拭嘴唇。

"我跟你说过？"

"你说你曾经很喜欢读小说。"

妻子点点头，开始折叠手中的餐巾纸。

我看着她将那张纸一点点折成了小方块，感到心惊肉跳。

8

我也是纠结过的，当然纠结过。

妻子说。

你前天晚上提起过什么虫人，怎么说的来着，虫，或像虫的人？记得吗？记得？

那好。

我当时觉得有点怪，你走之后，这种古怪的感觉还一直存在心里。没办法，我只好放下工作，就这个问题仔细地想了一下。

好像，我真的见过类似你说的这种东西，在一个重要的时刻。如果不是因为这一年过得太充实，事儿赶事儿的，我肯定立刻就想起来了。

当然，是在一个梦里，在梦里见过。（这让我想起《甜蜜蜜》那首歌。）

你知道我为什么爱喝宜云矿泉水吗？（从我还没跳槽就开始喝。）不觉得没必要，不觉得装？又不是忘情水，干吗卖这么贵？你从来没说过这事儿。你不说，这让我觉得不舒服。我太清楚了，正是因为你赚钱少，所以你故意不说，不干涉我买任何东西。其实我没那么喜欢这些东西的，这些昂贵的东西。一部分吧，我现在的工作确实需要置办些行头，但另一部分多少出于怄气的缘故。你越是不管我花钱大手大脚，我就越想触触你的底线，想听你真实的看法。结果你没有底线，你真的无所谓我把钱花在哪儿，就好像我们俩只是各过各的，不需要为将来打算似的。小老板喝农夫山泉，大老板喝冰露，而我只是一个小小的项目经理。我没什么积蓄，钱都花光了。

挺好的。

不过宜云水多少有些不同，不能单说赌气。它是一个仪式，属于我个人的仪式。

前年的事儿吧？感觉像是很久以前。我还在备考，CPA和ACCA。大学的时候我就想考来着。大学的时候，在教辅书店看那些教材，那些历年真题，我突然觉得自己接受不了这件事。我觉得我活着不是为了拿证，不是为了赚钱，我明明才刚刚过完20岁生日，刚刚获得自由自在的资格，刚开始思索活着是为了干什么。我不知道活着是为了什么，只知道我不该为了什么。

对，那时候是这样的。

所以我就报名支边，去了西藏。其实我挺失望的。拉萨和任何一个三四线城市都没有分别，无非是太阳烈一些，氧气少一点，无非有布达拉宫戳在那里，像个商标。街上跑着相似的公交车，餐馆里卖着改良的川菜，我并没有感到自己置身于另一个世界。

当然，另一个世界哪里都不存在的，只是当时的我很难接受这个事实。

如果那一年没有去西藏，如果那一年用来考证，我的人生会不会变得不一样？

偶尔我会问自己这个问题。当然，结果可能殊途同归。就像现在。现在就是所谓的殊途同归。

爱上你是我最后的叛逆，是那种青春期叛逆的残留物，就像阿尔卑斯山检测出农药残留让研究员震惊一样。这么说也不确切。毕竟，我并没有真的叛逆过，你知道吗，我没有那个时间、精力去叛逆。我很早就明白这个社会的竞争有多么残酷，要生存下来就必须自我鞭策，不能浪费时间。我还是个中学生的时候就明白了。（你犯不着这样看着我。）这不是早熟，起码，我只不过和同班同学们知道得一样早。蛋糕分完了，不拼命连一点儿残渣都吃不到，我们就是这样的一代。

但时不时地，我会跳出来抽自己几个耳光。我会用你想象不到的出格的词儿来唾骂自己，鄙视这个只能活在规则内，没有勇气打破规则，更谈不上建立规则的自己。我活得很累。然后你出现了。在我贫瘠的经验中，你是那么夺目，充满了才华，天真而纯洁，竟敢在年近三十的时候还像三十年前的那帮热血青年那样漂着，没有稳定的工作，沉溺于音乐、电影与诗。

沉溺在所有真正美好的东西中。

让我换一种说法吧：爱上你是我最后的虚构。对，没毛病，就是这样。你像一位坐拥夏宫的王子在夜色中光芒万丈。你单膝跪下，邀请我成为你的公主，许下魔法永续的承诺。这就是你最初给我的感受。

你约我出来，带我去颐和园而不是任何一个商场。你和我聊小时候的事儿，你的父亲如何放任你读一切的书，甚至和你讨论《北回归线》与《南回归线》哪一本写得更好。你不知道我有多么羡慕你能拥有这样的父亲。除了放音乐，你居然不看手机。我从来没有在任何人面前唱鲍勃·迪伦的歌。

我从来没有在任何人面前唱过歌。

当我说黑暗焊住灵魂的银河，你竟知道下一句是什么。可是你知道吗？我没有读过特朗斯特罗姆的诗。我是在一个公众号里看到的，那篇文章在讲诺贝尔文学奖，在讲哪些人能获得诺贝尔文学奖，那三行诗只占里头1/50的内容。所以，当你说，快登上你的烈火马车，我的心中苦涩。我没有烈火，也没有马车，我只有被黑暗焊住的灵魂，我的灵魂里没有银河。

我在想，但你，你无疑是有的。你知道那整首诗讲的是什么。

我在想，这个人一定有真本事。这个人，能够冲破时代的遮蔽。否则他怎么可能有恃无恐，怎么可能一把年纪了还不焦虑？

是的，我断断想不到你其实没什么才华也能放任自流。这显然超越了我的经验，是发生在我的逻辑之外的事。当你说，你要找一个工作过渡一下，到银行上班只是个权宜之计时，我没有一丝一毫的怀疑，没有悲观地去预料任何结果。你能做到你所说的东山再起，我对此深信不疑。卡夫卡还干保险呢，只要你不忘初心，你在哪儿都是我的真心英雄。毫无疑问，这样的英雄总是充满了胆怯，总是容易被商业社会伤害的。

那就让我来做你的盾牌。就好比瞿秋白说自己想在梁山脚下开酒馆，为往来的好汉洗尘接风。

这样想着的我，觉得，无论自己需要与多少人竞争，无论需要付出多少代价才能在这个城市中保住属于你我的家，都没有遗憾。我甚至感到光荣。毕竟我没有那个才华做美丽的事，也没有那个耐心能忍受自己缺乏天赋。

你有。

而上天让我遇到了你，这就是我的使命。

我花了很长的时间去理解你。我花了很长的时间，看着疲惫一点点蚕食你的精力，我忍受这项酷刑。我觉得，我真的理解你了。

然后我感到失望。

真正热爱一件事的人不需要回忆初心吧？他必须每天都活在这个初心里，才能抵达某处，他没有一分钟的余暇能忘记这个初心。人生太短，要达成一件事是那样难。

你真的喜欢电影吗？我觉得未必。对不起，我不想这样菲薄你，评判你。我只是想说一点自己的感觉。

我想，在决定考CPA和ACCA之前我就预料到和你分开的结局了。我告诉自己，这是困兽之斗，这是我能为了你做的最后一件事。毫无疑问，如果我能考过，我就能进入更好的平台，获得更高的薪水，你就可以不用工作，回到你热爱的事业中。但我心里隐隐地明白，没有什么会被改变。即便你无须为生计发愁，你也拍不出能让你在这个世界上立足的东西，不会站在聚光灯下，不会。你像一条被堤坝截堵的河流，不，被淤泥阻塞的河流，有什么东西在妨碍你奔流入海。也许那个妨碍你的东西，同妨碍我的一样。我们都在分食蛋糕的残渣，这点养分不足以创造艺术。

也许什么都创造不了。

所以我更加需要这两个证书，为了我自己。为了在离开你之后，能有物傍身，能忙起来，以免被思念和痛苦拉进深渊。

　　不，我也没有那么悲观，真的。那时候吧，起码仍有一丝的我，像一个小孩那样的我，对你能够成为你自己，满怀希望。

　　2017年的春节，我们打算各回各家。分别前的晚上我们做爱，而后你很快就睡着了。我睡不着。惴惴不安。按说我该来月经了，已经推迟了三天。算日子，上一次做爱是安全期，但避孕套戴得太晚，我心里不安。可能太累了，也没能醒多久。我很快就做了梦，一个奇怪的梦。

　　我梦到自己在加班。我们干会计的年底总是很忙，有数不清的活儿需要加班。梦中，所里只剩我一人了，我正面对电脑做表，很奇怪，那个Excel（一款电子表格软件）总是输入不进去，总是一点击保存就变成空白。我焦虑得哭了，这时，一只手给我递来了餐巾纸。

　　我感到尴尬，一边道谢，一边抬起头来。

　　那是一个男人，他身畔还站着另一个男人。他们俩一高一矮，身上穿着扎成藕节状的黑色衣服，面料能反光。我立刻想到了"蚂蚁"，是的，那两人穿着的衣服让他们看起来很像蚂蚁。他们用一种哀伤的神情望着我。我还记得我的第一感觉里没有害怕。

　　我在梦里想，哦，蚂蚁，蚂蚁都是"社畜"，我把自己的同类梦得蛮形象嘛。

　　我经常在梦里思考的，胡乱点评一下自己的脑回路什么的。该说他们是蚂蚁还是男人呢，啧，就说蚂蚁人吧。蚂蚁人充满柔情地开口了："孟惊雷女士，您累吗？是不是总感到力不从心？"我说"是的，谢谢，对不起，一会儿再说好吗，我必须把这个表做完"。蚂蚁人点点头，静候一旁。这时再看Excel，我却发现那张表已经做完了。我仔细地核对了一遍，噢，我恍然大悟：这不就是年前需要做完的最后那张表吗？显然，我已经在白天做完了它。

我点击"保存"，关闭电脑。蚂蚁人似乎明白这都是怎么一回事。他们又凑近些，凑到台灯光下，他们问我："您口渴吗，需不需要喝点水？"我道谢后举起红色的陶瓷水杯，发现里头空空如也，一滴水都没有了。

蚂蚁人立马递过来一瓶水，一瓶宜云矿泉水，没拧开。他们的态度友好，甚至有点儿战战兢兢。我在梦里客套一番，毕竟不好意思喝人家这么贵的水，但蚂蚁人执意说没关系，尽管喝，多多益善。恭敬不如从命，我拧开一瓶，不知怎的，总感觉不喝则已，越喝就越是渴得不行。我接连喝了三瓶才作罢。这时，我半点焦虑都没有了，只觉得神清气爽，就好像刚刚休假了俩礼拜似的。

蚂蚁人对我能一口气喝三瓶显然非常惊讶，该怎么说呢，应该是惊喜。他们俩就像捡到宝似的用眼神互递喜悦。这让我觉得很不好意思，可喝也喝了，毕竟只是水，如果提出付钱也有点怪怪的。我这才想起来还不知道他们待在这儿是要做什么。我开始一个一个地回想所里的人，思考谁会是蚂蚁人要找的那一位。

"来找您。"蚂蚁人说。

"您是一位了不起的女性，"蚂蚁人说，"您能超越99%的平庸之辈，成为1%。我们就是为了这件事而来，为了确保您能成为1%的天选之子。"

你知道吗？我一听这话就兴奋起来，这是我当时万万没想到的。

蚂蚁人说："您常常感到疲惫，感到力不从心。别气馁，这是难免的。一个人若只睡五个小时，就有人只睡四个小时，这事儿没完没了。到最后，就会出现'20分钟睡眠法'——从不用完整的时间睡觉，每次累极了就睡20分钟，非如此不能完成工作。许多人败下阵来，无缘1%，只好成为1%压榨的对象。"

我迫不及待地问："你们为什么要跟我说这个？难道你们有什么办法让我不被压榨？"

蚂蚁人说："是的是的，我们就是为了这个来的，有志者事竟成。"

我苦笑道："有志者事未必成，当然，人各有志。"

蚂蚁人说："不不，人各有志只是一个托辞。即便是诗人，也希望自己能做衣食无忧的桂冠诗人，对吧？"

我说我做不了诗人。他们说："知道知道，您就做现在的自己，特别好。"他们说，"没有人是永动机的，欲望是人的燃料，被现实打败的人只是燃料告竭罢了。您也会这样，在欲求不够强烈的时候就自我怀疑，自我否定，心想自己是不是厌恶这个社会，心想自己是不是该逃到什么另一个世界去，然而世界只有一个，往哪儿逃跑都没有用的。怀疑与否定，带来巨大的内耗，事实上，如果没有这种内耗，您早就爬得比现在更高。"

"不这么觉得？"

我谦虚地应付了几句。毫无疑问，他们说的正是我对自己的认知。

这时，两个蚂蚁人露出心虚的表情。是的，就是说气势上顿时矮了一大截，就像伪劣商品的推销员还没有挨过试用期。他们小心翼翼地说："我们这儿有大量的未曾开封的欲望不知该倾倒何处，这事儿就和资本主义往密西西比河里倒牛奶一样，平白无故的浪费总是叫人心疼。"

"您愿意帮我们喝掉这些欲望吗？"

是的，就是这样古怪的话。

我在梦里笑了起来，我说"行啊，这有何难？"蚂蚁人大喜，对我千恩万谢，那架势，搞得我怪不好意思的。他们从带拉链的裤兜里掏出一个红色的小本子，说出一长串名字，譬如某空调皇后啦，某诺贝尔文学奖获得者啦，某第一夫人或女总理啦什么的，把我与这些人等量齐观。蚂蚁人说："嗯，在我们的帮助下，您大概能开一家与四大会计师事务所规模差不多的事务所，也许会面临转型，毕竟核算会计等业务不日将被人工智能替代……嗯，具体该如何转型，如何调转总舵找到最合适的风向，到了节骨眼上您自然就知道，您拥有足够的内驱力。"

"这样您还满意吗？"

他们担心地看着我，头上的触角像是在求饶作揖般微微颤抖。

我受宠若惊。是的，我可从没想过自己的前途能如此光明。那时候的我你还有印象吗？我没有那么自信，说话也吞吞吐吐。可是在梦里，在和那俩蚂蚁人见面的梦里，我表现得非常自然。也兴许是刚刚喝完了三瓶宜云水的缘故。

我说"满意，挺满意的。需要我帮你们什么忙吗？"

他们连忙摆手，说"不用不用，只要您当真渴求美满的人生，这世上就一定有您的位置，我们会助您一臂之力"。

"要注意的只有一点，"蚂蚁人说，"从此以后，务必喝宜云牌矿泉水。当然，实在不方便买的时候不喝也罢，不影响。方便买的时候请喝宜云水，哪一瓶都行，不碍事。剩下的就交给我们。"

我在梦里忍不住笑了，当时就想，等醒过来一定要跟你说说这个梦。我得有多虚荣才能梦见宜云水啊，难道还买不起一瓶水吗？

蚂蚁人见我答应下来，便问我借了一支中性笔，往那小红本上写下什么，想来是写我的名字。他们毕恭毕敬地倒退着走了，很像古装片里那些唯唯诺诺的大臣。我关掉台灯，似乎准备收拾东西起身回家，然后我又没头没脑地想着，噢，我在做梦呢，我只消醒过来就能回家了。

我立刻睁开眼睛，听到了你时断时续的鼾声。我在床上独自笑了一会儿。那天是年三十，我们俩的航班都是中午12点的，不用起那么早。我想让你多睡会儿，便小心翼翼地起床。

虫之履 Chong zhi Lu

我轻轻合上门，坐在门厅那个红色的沙发里，喝水，回味着刚才的梦。

渐渐地，它就变味了。

我不可能跟你说这个梦的，我意识到这个。

梦的寓意再明白不过：我是一个入世的人。竟是这样。吃惊很快就过去了，我发现梦境在揭示潜意识中被压抑着的那个自我。它是一个启示：我并非为了成为你的盾牌才那么努力，才削尖了脑袋往上爬，而是我本人有这个意愿，是我本人盼望着出人头地，什么盾牌一说不过个托辞，不过是不好意思承认自己的野心。

就是这样。

否则，为什么蚂蚁人说我能成为1%的时候我竟那么开心？是的，100%的开心，笑得合不拢嘴，前仰后翻，就好像我已经成为了1%似的。

而我已经很久没有那么开心过了。

也许该立刻告诉你的。对不起，说出来总是难以启齿。但搞清楚了自己的心意让我感到很轻松，不再纠结，不再拧巴，我想我终于知道自己想要为什么而活。

我终于具备了面对现实的能力。哪儿都不必去了。对，只需要原地不动，不需要逃往任何地方，这里就是现实，是我的主场，我必须面对它，然后投入战斗。

这时候对于我而言，你能否成为你自己已经不重要了，我能否相信你能成为什么，已经无足轻重。我度过了离开家乡之后最痛快的一个春节。我不再介意三姑六婆关心我的收入或恋爱，我知道了自己不属于那里，也就不在乎他们如何看我。我没看完"春晚"就回屋了，打开《税法》，这是我觉得最难记的科目。我把时间都花在了备考上，直到初五，直到我再次想起月经的事。不得了，推迟了一周多，你也知道，我的月经一向是准时的。

对，我怀孕了。

看到验孕棒上那个若隐若现的"="时，我感觉到自己的脆弱。我没法看《税法》了，竟真的这么脆弱。我渴望你能在我的身边，渴望我撒尿、拆出验孕棒的时候，能听到你在门外说"怎么样？怀了吗？"渴望当我说出那个肯定的答案，你能抱住我，旋转，离开地面，告诉我你的快乐，就像《茜茜公主》里茜茜怀孕时弗兰克为她做过的那样。

从地图上看，我们俩的家乡离得不远。但那终归是两个家，各有各的机场，各有各的方言。我和你再怎么相爱，也毕竟是两个人。我不知道该怎么向你形容我当时的心情。

你比我应对得更好。我看出你有过恐惧，不过仅仅恐惧了一小会儿你就开始查去哪儿产检之类的事。你还说你大学同寝室的舍友们半数都生了小孩，我们不用花钱买宝宝衣了。你说你会好好挣钱，要留在行里电销信用卡，你没有说自己还在做柜员是一件无望的事，我知道你不好意思说。

我的心情要复杂得多。我的恐惧都比你多。我也高兴过，憧憬过，甚至还有点儿自豪。但我还能背出许多数字，比方说我们俩每个月到手的工资减掉房租能剩多少钱。我还会开始想象"如果"，比方说，如果我没有浪费那么多的交通费跑去那个7-11陪你吃午饭，就能省出个无痛分娩。当然，我知道生活里不只有数字，或生活里没有"如果"，所以我要把握现在。我变得努力，主动揽活儿，向所里的前辈请教，积极尝试那些没做过的业务。所长注意到了我。她说这样很好，这样就对了，把圆圈画大，才能迎来躺在舒适圈里就衣食无忧的那一天。

能得到她的夸奖使我非常快乐。那天我发烧了，血也流出来了，幸好是冬天，裤子又多又厚，没人看见。

医生告诉我胚胎已经停止发育。她给我开了药，让我吃完过来复查，她说："如果剩余组织较多，就需要动手术了。"

"剩余组织"，这个词使我发抖。医生递来纸巾，安慰我："不要难过，注意休息，调养好了半年后一准能要上。"她的话使我更难过了。我觉得，是我使那个孩子变成了剩余组织。真可笑啊，我是在那一刻才真切地意识到那里曾有一个孩子，与我心灵相通，他或她，一定是不想我太辛苦才离开的。

印象中，有许多人跑过来安慰我，我不好意思面对她们，我讨厌自己做不到无动于衷，我明明已经学会了坚强。我在脑海中搜寻一切可以支撑自己的信念，终于想起了那个梦。

是啊，那个梦帮了我。它知道如果放我来选，我肯定会优柔寡断，错失良机，所以才替我做出决定。它在说，只有当你成为1%，你的孩子才有幸福的可能。

现在想来，当时的我有点反应过度。我好像必须相信一点新的东西，必须赋予这件事额外的意义，才能承受它的分量。《爱乐之城》在屏幕上亮起来的时候，我在想，再见，孟惊雷，再见，对不起，我像剃走一块肿瘤那样剃走了你。所以我一定要过得更好，我必须过得更好，否则我将无法面对今日的抉择。

如果爱情与事业，必须有一个变成白日梦，我愿意梦到爱情。

我在家里休息了两天。开始上班的第一天，我在便利店里排队，买黄金菜团当早餐。我的眼睛不由得被货架上的宜云水吸引住了。轮到我结账，我说"对不起，我再拿个水"。我拿着宜云水和黄金菜团，坐在写字楼的厕间里，一边哭，一边喝水，喝光了一整瓶。说不清为什么会这么难受，说不清我究竟是在怀念那个孩子，还是怀念那个深深爱着你的我自己。我还不能完全接受自我的觉醒，否则我就不会答应嫁给你了。我不好意思拿着那个水走进事务所。

但我要喝。我要加码，我要增加成本。这成本里有一个死去的胚胎和无数源自阿尔卑斯山的液体，每330毫升15元。我可不希望管它们叫沉没成本。

后来的事就简单了。考完CPA之后，我的办公桌上总放着一瓶宜云水。没什么不好意思的。同事们都说我变了。我大方地接受他们这么说。进入社会之后，没有谁会因为你变了就疏远你，除非你越变越弱。他们围绕在我的身边，给自己点餐时还会帮我捎一瓶宜云水，周末该带着小孩去哪玩儿都要问一声"惊雷你有没有推荐？"新工作也是当时的老板牵线搭桥的结果。她说她不想放我走，但她看得出来我迟早得另谋高就，那不如由她来成人之美，以后大家礼尚往来。现在我们还是好朋友。现在，她最热心的事儿是帮我介绍对象，当然，得等我和你彻底离婚。

但，我想我并不适合婚姻。有泽，我不会再爱上任何人了。我无法爱那些有钱却不可爱的人，又受够了那些没钱却可爱得不行的人，比如你。有时我会怀疑自己对你的感情，怀疑我只是把你用作一个盛放幻想的容器。我不遗憾。如果不纯粹的爱情也能让人肝脑涂地，一点杂质又有什么好挑剔？我的付出毫无保留。如果以后，你得知我与谁结婚生子，请别伤心。请你恭喜我，恭喜我找到了一个能为我所用的人。无论精神或物质，我将通过他，接近我自己，更近一步。我也是奔三的人了，真的很抱歉，花了这么长的时间才搞清楚自己，也连累了你。如果我一开始就知道自己真正喜欢的是什么，就不会把时间浪费在我应该喜欢的事情上。你恐怕就不用受这么多委屈，我们都不用。我不遗憾。如果一切重来，我还是会喜欢你，还是会爱上你，还是会做一个白日梦，以为自己能靠鄙视俗世的规则就获得俗世的成功。

没人能像这样获得成功。在众多的尝试者中，艺术家是最伪善的。

9

"那些蚂蚁人穿鞋了吗？"

"我不知道，我没低头。"

说着，妻子从Gucci托特包中取出一瓶宜云水，一口气喝个精光。她把空瓶子轻轻搁稳，十个手指打开，撑展，覆于桌面，她利索地抬起头来：容光焕发的笑容。

她说："你猜我在想什么？"

"猜不出来。"

"如释重负。知道得这么跟你说一通的。十天前跟你提分手的时候就知道躲得过初一躲不过十五。没想到这么快就说清楚了！"

我点点头，瞧着那个宜云水的空瓶子。

"你呢？你在想什么？"她问。

"'Born to Be Blue'（《生为蓝调》）。"

"切特·贝克？"妻子像听了个冷笑话那样笑得厉害，"真有你的，不愧是你！"

"怎么呢？"

"听听音乐，看看电影。你真的擅长这个。"

我点点头。盘子里，这个那个的米粒儿都冷透了，牛油果切片氧化发黑，甘蓝叶像是被鹰嘴豆海扁一顿那样提不起劲。

"说到切特·贝克，"妻子说，"我更喜欢他开口唱，比如，'I've Never Been in Love Before'（《从未爱过》）。"

"谢谢。"我说。说完，我又觉得不该说什么谢谢，"那如果我刚才想的是'Sugar Girl'（《甜心女孩》）呢？"

妻子诧异地看着我。

"你不是不听朋克了吗？"

"最近又听了一些。"

"那我选'To the Sky'（《冲上云霄》）。'To the Sky'，要不就摇篮曲，治疗乐队的摇篮曲。我忘了摇篮曲那单词怎么说了。"

我也想不起来。

我不喜欢，两首歌都不喜欢。可我偏偏记得它们在唱什么，偏偏明白她是从哪个角度喜欢的。

我打开手机，开始翻找。有无数首歌可以放给她听，但最终让我鼓起勇气的是一首老歌，"Come to My Bedside, My Darling"（《亲爱的，来我床边》），"四兄弟"的。

　　来我的床边吧，亲爱的。

　　过来吧，轻轻合上门。

　　温柔地躺在我的身旁，

　　就让衬裙滑落在地……

便是这样一首歌。

我在想，为什么我不哭？为什么就不能哭一下？怎么连这点事主观和客观都不能统一？A告诉B，你可以得到C，只要你做到一点：脑子里万万不能想到D；于是B一口答应，信心满满，结果满脑子都是D，就此与C失之交臂。这就是我与眼泪的关系。妻子渐渐地就不笑了，当然，她也没有哭。当然，我不该再管她叫"妻子"，该直呼其名，叫她孟惊雷。可我总忘了这个。

"你为什么会知道？"她突然说。

"知道什么？"

"爱丽丝。你为什么会知道我读过《爱丽丝梦游仙境》？我没有告诉过任何人，绝对没有。"

"你想知道？"

"你靠什么猜出来的？"

"我的看法是，你未必知道自己想成为什么。那是蚂蚁人动了手脚的缘故。"

怎么样，想听听看吗？

她看了看表。她戴着一块我没见过的表，应该是新买的，或是别人送的。她盯着那表盘，或是表盘上的时间看了好一会儿，然后说："我想听。"

于是，我又将这十天来发生的事讲了一遍。

这回讲述的重点略有不同。我着重讲了蚂蚁人与我隔门交谈的事。多讲几遍的确是有用的，当我像行长蚂蚁人那样说着99%与1%，我仿佛被他附身，对世界本一马平川、毫无陡坡可言之类的说法深信不疑。妻子听得津津有味，其间起身上了一次厕所。我的脑袋似乎能运转了。蚂蚁人说，通常我们对人类实行另一套政策，原来如此。原来，所谓通常的政策，便是将自己看不上的欲望向人类倾倒，如牛奶被倒入密西西比河。为了使虫的世界不受欲望污染，他们挑合适的人选来消耗这些毒素，比如妻子。要成为1%势必需要大量的欲望，他们看中了妻子燃烧的潜力。

当然，我也讲了孟惊雷与爱丽丝。梦想家孟惊雷，每一所中学里都会有的独行侠，无人分享他们的奇遇。

"怎么样？"

"蛮好。"

"你不信？"

"我信。我信不信其实没有意义。我什么都信,你不是知道了?我什么都信。"

她将那张餐巾纸打开,抚平,然后再次叠成了一个小方块。

"能喝吗?"她指着我的混合果汁。我递过去,她一口气喝完了一半。

"你梦见的蚂蚁人长什么样?是不是有一个和我那班长一个样?"

我问她需不需要看行长的照片,她摇头。她喝掉剩下的果汁,慢慢咽下,犹豫着什么。

"我梦见的是别人。"妻子说,"在我的梦里,递纸的蚂蚁人是我爸,站着不说话的那个,是我大学时的初恋。个高的是我爸,个矮的是那男生。那男生现在在加拿大定居了。我想我从来都没有爱过他。"

孟惊雷很少提到她的父亲。我只知道她的父母在她小时候就离婚了,母亲独自养大女儿,一直没有再婚。

我问她爸爸现在过得好吗,她说不知道,她说她得想想,她说她相信我说的这些,但总得想清楚到底在相信什么。我说好的,尽管想一想。她说,所以你觉得,徐伟是因为蚂蚁人才失踪的?他们想怎么样呢?我说我不知道,我还没来得及弄明白这些事。

"有一点恐怕是清楚的。"我说,"蚂蚁人已经达成了他们的目的,也许已经抓走蟑螂,不知做了什么,总归不是啥好事儿。否则,他们不会让我们俩像现在这样聊天,他们以此要挟我合作来着。其实我差一点儿就同意了。"

妻子笑了。

"真有你的，"她说，"谢谢你一直以浪漫的方式待我，连挽回都挽回得浪漫，和你谈恋爱很值。"

我望着她的脸。我总觉得，她笑起来的样子变了。既不像我看了五年的老样子，也不像我在梦里见过的新样子。

"惊雷，你快乐吗？"

"嗯？我快乐啊，我怎么还不快乐了？"

"把过去一笔勾销没关系的？"

那些变成了括号的月亮会怎么想？

她哈哈大笑："哇，都多久了？能放下过去让我快乐极了，能打败过去的自己让我感到自豪。我一点儿也不怀念什么童年或是青春。"

我突然想到了什么。我从羽绒服的插兜里摸出一张小票，来自Page One，上面印着昨晚的日期，印着价格与商品名：《爱丽丝梦游仙境》。

妻子接过那小票看着，她的眼睛越瞪越大，为了不哭。她说，谢谢你送我这个，这是我最想要的礼物。她又说，但是我不需要了。我说没送成功，错递到母螳螂那里了。妻子看着小票笑了起来，眼泪滑落。没事儿啊，反正我也不需要了。挺好的，有母螳螂替我教训你可真解气。她长得漂亮吗？身材怎么样？

擤完鼻涕之后，她在包中翻找一阵，找出一个护照夹式样的东西，把那张小票塞了进去。她拍拍托特包，拎起来。

"走吧？"她说，"接下来，你打算去哪里？"

我渴望看到她上下唇轻触又慢慢分开的样子，我渴望看到一个无声的bang。然而没有。没有。竟不能是梦。

大 鸭 蛋

1

导览图上显示，这家大望路的SKP一共六层。

说起商场，我对任何一家SKP都不熟悉。定位亲民的大悦城我去的次数多些，不过也谈不上熟悉就是了。西单大悦城走起来像天通苑，朝阳大悦城走起来像回龙观，找地儿必须得看导览图。

相较之下，大望路的SKP娇小、方正，飘散着别致的香氛味道，还把LV（路易威登）和博柏利都挤到了二楼。当然，也许大家已放下楼层成见自由栖居，其乐融融，此中细节我自然无从知道。有时，SKP会出现跨界快闪店，比如FENDI（芬迪）咖啡馆，提供带logo（商标）的奶盖拉花咖啡。此外，它不时会承办一些展览，比如兰蔻香水展、迪奥珠宝展，或是别个什么大牌的时装展，抑或是一些名头响亮的艺术家的装置、设计展。我一次都没看过。北京的展览很多。在那些能与惊雷四处逛逛的日子里，我们偏爱别处。

SKP的导览图里没有"山馆"。商场里的线下导览图上没有，手机里搜到的线上导览图也没有。我只好求助一楼那个站在圆形服务台后的英俊男青年，男青年客气地回答："您没找错，山馆位于本商场的顶楼。"

"直梯能到吗？"

男青年点头，笑容像中庭的造景一般悦目。我想，他能成为优秀的银行柜员，准能。

不过，我一时竟不想乘直梯了。也许是定位高端的缘故，SKP的布局显出古典味道，也就是说风格保守含蓄，似乎正竭力避免与"吃相难看"扯上干系。

比方说电梯。

大悦城的电动扶梯多是错开的，客人上到二楼，得走上一段才能再上三楼，这样一来，没准儿就进到沿途的某家店内，没准儿就刚好挑中一个什么，掏钱买单。这种布局技巧，各大超市运用得更露骨些，非得经过一段店面林立的曲径，才能抵达超市或是离开。去年春节，我开车送母亲去探监。上高速后不久，我俩停在一个服务区里下来上厕所。好家伙，那厕所便成了新的圣地，非得逛一圈服务区的超市方能朝圣。我站在室外等母亲出来，打量着那个服务区。我怎么都想不起来它和之前相比有何不同。当然，外观上不需要什么变化，只消把里面的布局稍加调整，便能规范出仅此一条的路，将厕所置于迷宫深处。倘若有一个什么人，站在服务区的横截面上，看着这一个个尿急肚痛的旅客穿行在烤肠、玩具、方便面或地方特产之中，不知会做何感想？

所以我才说大望路的SKP保守含蓄，有一种古典美。它的电动扶梯中规中矩地布局在商场当中，保证你随时都能上能下，而且连通各楼层的扶梯紧密相连，好像它不屑于用任何技巧打断你的步调，不屑于靠任何干扰提高销售额。

我对此佩服得五体投地。我一边佩服，一边"噌噌噌"上到五楼。

紧密相连的扶梯在此中断了。

和其他楼层相比，五楼的客人还挺多的。刀具、小家电、童装，各处立着"SALE（特价）"字牌。我穿行在柜台间，走了很久才找到迷宫深处的两道电梯，来到了六楼。

六楼紧挨着密闭天窗。"此区域正在施工维护，为您带来不便，敬请谅解。"四下空无一人，也没有任何店面招牌。

该怎么说呢？

走出电梯，这六楼便一览无余：连上扶梯占用的空间，六楼仅两百平方米大小，四围皆包裹着巨幅装饰画。"敬请谅解"的通告便印在每一幅装饰画的间歇处，白底红字。那装饰画看起来像是某个大牌的常规印花，乍一看像是Gucci，棕色调，等距排列着一个我没见过的logo，佐以几乎与底色混为一谈的圆弧菱形纹样。我绕着它走了一遭，其间拐入不同的巷道，看到一扇扇标有"空调机房""强电竖井"或是"设备间"的门，当然，也有厕所。我试着打开厕所之外的门。

所有的门都上了锁。

莫非山馆正在施工维护？那为什么服务台里的男青年不告知我改日再来？或者，所谓的顶楼，不是六楼？难道说我该去到"安全出口"，在那儿找一个楼梯，继续攀登？

正当我寻找"安全出口"的时候，一个漂亮的女孩从厕所里走出来了。我连忙拦住她。

"哦？"女孩浅浅一笑，"你也是会员啊？"

"太好了，您也要去山馆？"

"跟我来吧。总有人第一次找不到，我当时也一样。"

我道谢，跟上女孩。女孩走得目不斜视，脚上穿一双厚底白色运动鞋，身上是宽大的潮牌棉服外套，头上扣一个鸭舌帽。她领着我回到贴满了巨幅装饰画的扶梯口，在某处站定，信手拉开一扇门。

真不是我眼神不好。这门也就常规大小，上头印满了那个我没见过的logo，和装饰画无缝衔接，低调得有点儿过分。我脑海中顿时浮现出《哈利·波特》里的画面，海格带哈利去取魔法石，又丑又矮的小妖精伸出长指甲往墙上一划拉，门就醒了。

"你到底来不来？"

女孩说。

2

我随女孩进入到门内，将门轻轻关好。我们俩一前一后，向右拐，走入一条甬道，十步之外，竟是一个宽敞的大厅，光线又淡又暖，大约倾尽了调光师的匠心，如自拍一张则天然带滤镜效果。

少说，也有百来号人正在等待，清一色的女孩。年龄参差不齐，打扮各有风韵，每一个都在低头看手机。这场景似曾相识，令我想起7年前第一次见到Run的情形。"KTV，"Run说，"你是唯一的男生。"

如果日后同Run说起此刻该怎么形容呢？美容院，我是唯一的男生。也许不需要做什么解释。毕竟她曾出现在各式影视圈的饭局里，大约也听说过山馆。

曲调优雅的古典乐水雾般湿润宜人，像是德沃夏克的曲子，说不好。头顶上，奶咖色玻璃的天窗正送下日光，地面铺就棕色调地毯，墙上贴着驼色墙纸。地毯也好，墙纸也罢，都与外面那些巨幅装饰画上的图案一样。大厅里浩浩荡荡地放着一排排一列列的灰绿色按摩椅，每一个椅子的右侧设一木质几案，供等待的客人放包。若不是我预先知道这里是山馆，是个美容院，我准会以为自己进到了一个电动按摩椅的客户体验中心。那一百来号女性各据一椅，互不打扰，身畔挺括的皮包像个石化了的宠物狗。着奶咖色套装的男服务员静悄悄立在地毯上，一见到饮品不足半杯便上前添满，若不移动，身形就融在墙纸中。须臾工夫，大厅尽头走出了一连五位男侍者，按顺序走向不同行、列的按摩椅，轻声慢语，将客人引向深处。我看着那扇位于大厅尽头的门。更明亮的光从门内散溢，客人与侍者正两两成对朝那儿走，我不由得跟了上去。

　　"先生您好？请问您有预约吗？"

　　一个男服务员不知何时已翩然而至，对我半鞠着躬，轻轻问道。他说话的声音非常小，但又刚好能令我听得清楚明白。我顿时明白了为什么银行总嫌我们这些柜员的服务态度不好。可不是吗，若都像这位男士一般奉上服务，任谁都得多买点理财产品。

　　"不好意思，我没有预约。"

　　"这边请。"

　　说着，他又鞠了一躬，引我向前台走去。见我站定，他便向前台里的一位同事鞠躬示意，那同事还以弧度相当的一鞠，引我来的这一位便再次向我鞠躬，而后脚尖打一个旋，翩然离去。我望着他笔直的背影，倒想起了段誉的凌波微步。

"先生是第一次来山馆？"前台男士说。

"是的、是的。"

"请问是哪一位客人推荐先生来的？"

我顿时哑然。我不知道山馆有会员推荐入会的制度。

"那很抱歉，我们暂时不能为先生提供服务。"前台男士含笑致歉，那表情真像是听到了自己下铺的兄弟连考三年都没能考上研究生时的反应，"先生不妨在这里小憩片刻？我们可以为您提供茶点和饮品。"

说着，他的右手向旁边做出了一个"请"的手势。我顺着看过去，只见前台台面上放着一个五层的甜品架，每一层码有带包装的点心，呈扇形叠摞得整整齐齐。我只认得其中的一层是"白色恋人"饼干。

"不好意思，"我说，"我不是来美容的。我想找一个朋友，他应该在这里上班。不知道您能不能帮我问问？"

"没问题。请问您的朋友是？"

"徐伟。"

从前台男士的表情上看不出半点波澜，既能说他认识徐伟，又像只是礼貌客气。他请我稍等，而后面对一台电脑输入着什么。看上去，那电脑确实是iMac Pro，是不是顶配我判断不来。

"先生您好，我需要和同事对接一下。这段时间还请您暂时在等候区小憩片刻，可以吗？"

看来徐伟确实在山馆工作过。我竟没能释然些许，反倒觉得眼前的山馆也像是一座海市蜃楼。方才引我来的男侍者已候在一旁，我恐怕他又要鞠躬。果然，他开始了，脑袋徐徐垂下，牵引整个上半身延展弯曲，继而徐徐扬起，脚尖一旋，引我向某一个空闲的按摩椅走去。我经过那一排排的女性，心里好奇得不行，很想东张西望一番，看看有没有哪个当红女星。然而男侍者目不斜视，气度恢宏，我被他传染了一般，也走得昂头挺胸，好像担心跌份儿似的。我想起大学时学过的消费心理学。氛围，我想着。消费场景的氛围果然是门玄学。

须臾工夫，我被安置在一座按摩椅上。引导员单膝跪地，轻声向我解释这按摩椅的不同模式的针对性，又调出一个模式，向我推荐。我自己也算是个服务员，平日里最心疼别人兢兢业业地完成服务章程，连忙接住话头，可以、可以，感谢、感谢，揿下开始键。

几不可闻的电动声响起了，电热徐徐从皮套内传出，那真皮味道有点儿熏人，但多闻几下也就习惯。也许是太过劳累的缘故，我迷糊起来，感到周身放松到了极点。

3

这该是我连续翘班的第三天了。

我是说，倘若与妻子（母螳螂妻子）和好的那天不算在内的话。

那晚与妻子（货真价实的妻子，没准儿）聊完之后，我便成了一个脱线的木偶。说来奇怪，我们体面地道别，各自打车回家，我甚至能理智地克制住想靠流量听日推的冲动，能理智地在家附近的水果店里买两包水果，向白袜黑袜道歉致谢。我是说，我感受不到一丝一毫的痛苦，我的脑海里没有浮现出"痛苦"二字。我立刻就睡着了，那是酣畅无梦的睡眠，深邃宜人，一如高三时满怀希望咬紧牙关的睡眠。待我睁开眼睛，已是翌日正午。也许是我自己关停了手机上的闹铃。行长只打来一个电话，除此之外再无未接来电，微信静悄，唯有菜鸟驿站给我发来了短信。我穿着深红49人的家居裤前往驿站取件，一共三箱，是头一天从派出所出来之后我给自己寄的衣服。拉开窗帘，晾衣杆上空空如也，我感叹自己的幸运：要不是罗警官找我问话，我还真就没衣服可穿了。

我将手机关成静音，坐在布满灰尘的写字台前，开始整理这两天到底发生了什么事。2019年1月1日，妻子，括号，母螳螂妻子，括号完，来到支行找我办信用卡。我们去了麦当劳，聊天，和好。而后我回到银行，行长，括号，待确认，括号完，对我说只能干到年前，而后我去找妻子，括号，母螳螂妻子，括号完，我们在日坛公园里消磨时间，搂搂抱抱。晚上，与班长，括号，待确认，括号完，在三里屯吃饭，烧鹅店，然后我去了Page One，买了《爱丽丝梦游仙境》，括号，有小票为证，括号完。夜里，妻子像喝了黄酒的白娘子一般现出原形，变成了母螳螂，括号，空白，括号完。1月2日，与Run聊天至清晨，得知徐伟失踪，接受罗警官的询问，晚上，与妻子，括号，应该是真正的妻子，括号完。分手。给出Page One的小票。再一次分手。划掉。真正地分手。划掉。分手，没什么，就是分手。

好吧。分手。

所谓的脱线就是在这当中发生的。不知为何，我要么没来由地哭，要么跑到洗手间吐，总之几行字分几次才好歹写完。元旦假期已过，黑袜白袜都在各自的岗位上埋头苦干，我靠着冲水马桶，感叹自己的幸运：这要是国家换一个调休安排让黑袜白袜休假在家，得多别扭啊。

是的，我想弄明白徐伟怎么就失踪了，想弄明白我到底还是不是一个正常人。虽说罗警官看起来十分靠谱，是个实干派，可也许越是靠谱的人，越不肯在我这码事上花费精力与时间。我想起一些个疯子，比方说《禁闭岛》，他们对自己深信不疑，总觉得不相信的要么是傻瓜，要么是坏蛋；我想起另一些渐渐发疯的正常人，比方说《飞越疯人院》，他们对自由汲汲以求，故而越陷越深，终于被正常人掐死在向往里。

当然，也有皆大欢喜的。比方说《美丽心灵》。疯狂的自我与正常的世界和睦相处，皆大欢喜。

那么我呢？

我呕出胆汁，恍惚地看着马桶里扭曲变形的倒影，说那倒影是一只虫也毫不稀奇。

这就要彻底相信。我意识到这个。即将抵达100%。或此或彼，我都只差一点就能再无疑心。我正位于两岸边缘，扶着一座界碑，勉强站立。

4

"您好？"

我睁开眼睛，半天才明白是右侧邻座的人在冲我说话。那按摩椅已经停止震动好一会儿了。

山馆的按摩椅似乎有些独特，颈托大得可观，呈U字型包裹脑袋，一旦靠进去，左右两侧便什么都看不到了。扶手则是常规式样，不妨碍客人取食、饮水。也许所有的按摩椅都是这样？我坐过那种为了等电影开场而设的自助按摩椅，比较不好。以前没注意过按摩椅都是什么样儿。

邻座的女士前倾着身子，向我微微摆手——是刚才带我来到山馆的女孩。

"不好意思，睡着了。"

"我第一次来也睡着了。很舒服吧？"

我点头，她像是被夸到了自己家那样得意一笑。

"你的鼻子不错。"女孩说。

我茫然地摸了一下鼻子。

"你喜欢谁的鼻子？"女孩又说。

我开始回忆别人的鼻子。糟糕，我对鼻子实在没什么研究，可又想让聊天继续。我答说某冰冰的鼻子不错。

"冰冰的啊？"女孩往上一看，像是在端详一只近在咫尺的鼻子，"你知道吧？五官讲究相互配合，所谓的好与不好，都是就面相这个整体而言得出的判断。其中，鼻子至关重要，一鼻定乾坤！冰冰的鼻子固然精美，下钩也好，可是她面相实在女气，这种下钩的鼻型便显得过于有侵略性。为什么总传绯闻？就怪这鼻子了。我觉得，如果她鼻头稍钝会更完美，戏路也能宽些。你注意到她近些年改画粗眉了吗？一回事。不能画细眉，因为她不肯把鼻头改得钝些。"

我试图想明白冰冰的鼻子到底长啥样。我当然觉得她是个绝色美人，见到印着她的画像总忍不住多看两眼，可怎么也记不清她的鼻子到底下不下钩。想来，我连什么叫鼻头下钩都判断不好。我想与这位熟客多聊一聊，打听些山馆的事，于是费劲思索关于鼻子的话题。好在女孩立刻说起了一位刘姓女星，从鼻子的轮廓、鼻翼的宽厚、山根高矮、鼻孔大小，一一点评分析，赞叹她的鼻子巧夺天工，美不胜收。

"确实，她的鼻子很好。"我插话进去，"山馆……也做整形啊？"

"这是什么意思？"女孩十分惊讶，"你喜欢的鼻子，我喜欢的鼻子，不都是山馆的作品吗？"

那女孩愤愤然看着我，满脸对牛弹琴的懊恼。我意识到了自己的愚蠢。这就和身在教堂却偏偏请教上帝靠什么骗人一样。

女孩倒回自己的按摩椅中，不再搭理我。我探出头，瞄了瞄左侧的按摩椅，上头坐着一位中年女士，正在闭目养神。我目不转睛地盯着这位女士的茶几，准备等她喝水或吃点心的时候搭讪。

瞧着瞧着，我的注意力被那地毯吸引住了。

如前所述，这做工考究的地毯上印满了规律的花纹。每隔十厘米的距离，便出现一个一厘米直径大小的logo。整体思路与Gucci的常规印花相似，靠规则的线条连接每一个logo——并非Gucci采用的直线菱格，而是弧线菱格，弧度不小，像是一座接一座的拱桥，兜兜转转，总能把你送回起点。

我蹲在地上。这logo很有点意思。

乍一看，图案毫不起眼，可凑近些，仔细看，它却丝毫不简洁，甚至有些凌乱，令人想起复活节岛上的巨石阵，或是西藏的玛尼堆，总之，什么东西堆叠在了一起，可堆叠在一起的又不是方正的石块，而是椭圆形。鸭蛋、鹅蛋、鹌鹑蛋，紧紧依偎，仅靠切点保持平衡。莫非是些字母"O"？大牌不都喜欢在字母上做文章吗？双G，双F，双C。可这图案里一共有五个"O"，学得也太不像样了些。左侧，一个鹌鹑蛋摞在一个鹅蛋上；右侧，鸡蛋摞在鹌鹑蛋上，鹌鹑蛋再摞在鸭蛋上。左侧的蛋们与右侧的蛋们之间还有三道窄小的波浪纹紧紧相连。

简直毫无风格。

这时，一位男侍者的声音在耳畔响起了。

"林先生，谢谢您的耐心等待，这边请。"

我跟随他起身离开，脑子里思索着五个"O"能代表的含义。对鼻子颇有研究的女孩走在我前面五步远的地方，紧跟着她的男侍者。我们来到大厅深处，走向那扇灯火辉煌的门。门内是一条长长的过道，两侧排布一扇扇紧闭的门，女孩很快经男侍者的指引拐进了一扇门内。除了隐隐传来的音乐声，再不闻任何声响，感觉像是走在一家酒店里。头顶上，奶咖色的天窗一直连通至过道尽头。

墙纸上印着奇妙的五"O"图案，佐以低调的弧形菱格。

我恍然大悟。

这画的不就是虫吗？

显然是虫。左侧的双蛋乃是蟑螂，右侧的三蛋乃是蚂蚁。蟑螂的三对足与蚂蚁的三对足两两相握，正在跳舞。至于那些弧线，该是蟑螂宏伟可观的触须。

"您这是带我去见徐伟吗？"

"不好意思，我只负责引导。"

男侍者站住了，再次笑着向我鞠躬。

"请您径直走到底，您要找的人在那儿等您。"

过道尽头，是一扇四米宽的双开木门，与层高等高。右侧的半扇门虚掩，豁开一缝。

某人正在这里头等我。

好吧，我想。要么蚂蚁，要么蟑螂，是该见上一面了。

我在门边站定，做了一个深呼吸，缓缓推开了虚掩的门。

门内空旷。扫视周遭，仅有一人——一个剃小头的女孩。她坐在房间正中的办公椅上，冲我微微一笑。

"Run？"

那女孩嘴角扬高，示意我坐到她对面的椅子上。

5

有的人，碍于长相、服饰或气质，乍一看不免显老，常被错认成长辈。有的人恰恰相反，明明一把年纪了还总被人当成在校生。不论是哪一种，不论这人是否执着于扮演少年老成或少不经事，但凡你有缘与之凑近面谈，就会发现错误估算的年龄开始与真实年龄靠拢。时间诚不欺我。

而Ran的情况正是第二种。虽说她的外表与Run一模一样，甚至也素面朝天，穿着黑色毛衣与牛仔裤，但气质上来说，绝非一个生于1992年的女孩。

是的，这女孩是Ran，不是Run。当我一步步离她近了，便愈发确信这一点。

"Ran？对，山冉。抱歉，我把你认成雨润了。"

说着，我接过她递来的玻璃杯，坐下来喝了一口水。我们中间隔着一个敦实的办公桌。

她打量着我，仍然微微笑着。

"还以为你会更早些来。"Ran开口说道。她的声音听上去也与Run的如出一辙，怎么说呢，就像是十年或二十年后的Run在同我说话。

"我也想早一点。最近行动力不行，一小点事就能花不少时间。"

"事情办得顺利吗？"

"顺利吗？不知道算不算顺利。联系了班长，我大学时的班长。他说我确实请他吃了顿饭，聊了两小时，他不辞辛苦给我布置下人生课题，还准我到他那儿实习。也联系了行长，我那网点支行的行长。他说怎么还学会翘班了，他说他很失望。"

Ran笑着点点头。

"挺顺利了。"她说。

"是吧？大概是的。"

这时她说了声抱歉，离开座位，走向办公室左侧。那里另有两扇门，她打开其中一扇，里头像是个洗手间。

一首婉转的日语歌隐隐回荡在这个空间里，音量较外面稍大，我听不懂它到底在唱什么，又觉得似曾相识。Ran的办公室约合半个篮球场大小，方方正正，布置得也算是奢华精美，后现代古典主义，同外头一个风格。差别是，这里没有窗户。没有天窗，没有落地窗，连个透气窗都看不到。这倒与我对大老板办公室的认知多少相左。右侧沿墙布置着一个落地水缸，大长条，里面做了造景，看起来生机盎然。我站起身来，走向水缸观赏。缸内有些半透明的小虾、清道夫，沉木、翡翠莫丝、鹿角铁皇冠、趴地矮珍珠、绿羽毛、红松尾、蜈蚣草，各式水生植物营造出雨林感觉，都是些便宜货。我沿着水缸慢走，不一会儿瞧见一座岛屿式样的小山跃出水面，坡上青苔葱郁，几株暗色蕨类半掩。定睛一看，我倒抽一口气，后退一步。那蕨类叶下，卧着一只千足虫，一掌长，身上斑斓，颜色缤纷却又都带些灰度，让人拿不准它到底有毒没有。

原来也有莫兰迪色系的虫。我转看别处。除开水缸与门，墙上全是玻璃展柜，陈列着各式各样的鞋。目之所及，有一双维多利亚时期的木跟缎面绣花鞋，一排当代某品牌那种后跟插一对翅膀的细高跟鞋，红底高跟鞋，黑底绣龙纹的分趾武士靴，笨拙的毡毛短靴，罗列起来没完没了。没准儿也有拿破仑穿过的高跟靴子。有椰子鞋，自然是有的。

"确实有一双拿破仑穿过的靴子。"Ran说。

不知她出来多久了，我的心里愈发瘆得慌。她引我坐回桌前，又给自己倒了一杯水。当然，我可没顾上说出自己的所思所想。

"这么说，您还真是虫人？也精通所谓真正的沟通？"

"是不是呢？"Ran收回了目光，慢慢地旋转着手中的玻璃杯。那杯子倒很常见，窄口直身，运气好的话，淘宝上20元能买六个，包邮。

"我原本倒希望不是。"Ran说，"当然，如果不知道顾客的想法，我也就不可能坐在这里了。"

"母螳螂是怎么回事？"

"哦？你遇到了螳螂？"

我大致说了一下与母螳螂交手的经过，Ran遂眯起眼来，捂着嘴笑了。我想，如果7年前我遇到的不是Run，而是她，我们恐怕很难成为朋友。

"大约并不真想吃你。"Ran说，"螳螂与蟑螂同宗同源，你害了强哥，螳螂总是要解解恨的。"

"你是说真有这么一只螳螂？你是说，那螳螂跟惊雷没啥关系？"

"哦，你觉得很怪？"Ran说，"觉得身边充满了怪事，咄咄怪事，难以理解，无法解释？"

我答说"是的，你和Run长得一模一样很怪，现在同你这么聊天也很怪"。Ran轻声笑了出来，放下玻璃杯，校正它的位置，使它刚好位于一个圆形杯垫的中央。

"那就对了。你究竟想去哪儿呢？我不知道，你自己也不知道，所以你周围的一切都抓耳挠腮，不知该拿你怎么办才好。量变已经发生，质变尚未到来，谁都得经历这么个阶段。别着急，质变总会来的，届时你的生活就能恢复秩序。谁都无法原地不动。"

我点点头。量变质变，有一种上中学政治课的感觉。

"徐伟在哪里？"

"你不知道？"Ran原本用来捂嘴的右手向外一摊，像是真的惊讶极了。我想说"我知道什么你还能不知道？"没办法，也许虫对于何为"知道"另有一套标准，这我总是不知道的。

"你知道他和周凝的事儿吧？"

"听他提过。说是在你这儿工作的时候认识的姑娘，干采购的。"

"没错，还说想一块儿去治沙呢。都是好孩子。"说着，Ran叹了一口气，"你和徐伟不是商量过入场券的事吗？"

我不知她怎么会提到周凝，怎么又提到了什么入场券。我还记得跨年夜里和徐伟是怎么聊入场券的。可过了这么久也没见谁来找我聊下文，蚂蚁人办事还真是虎头蛇尾。

"是该有始有终。"Ran说，"不过蚂蚁人也挺委屈的。活儿多，压力大，无数个案子都在催，还哪儿都讨不到一个好。任谁都有照顾不周的时候，不是刻意针对你。"

"你是说他们对徐伟下手了？"

"你当我是个吃闲饭的？"Ran说，"甭管你们怎么闹，我总不能对自己人不闻不问。"

大约是我智商不够，总觉得听Ran说话像在猜谜，天知道她和Run都是怎么聊天的。我努力猜了一会儿，大概猜到个方向。

"你是在说周凝？周凝怎么了？"

"抑郁了。"Ran说，"跨年夜一过，就窝在里头不肯出来了。"

Ran笑着侧过头，望向那个落地大水缸。我也不由得看了过去，顿时明白她在看那只千足虫。莫兰迪，是的，徐伟不是说过吗？周凝就爱穿莫兰迪色系的衣服。我想起那些个电影来。说不上是哪一部，总之吧，如果我是里头的角色，就得戴副眼镜，以便此刻能摘下来好好揉揉眼睛。

"按照你们俩商量的结果，徐伟给强哥写了小纸条。强哥现身，恭敬拜读，大约只读完了前半句就被抓走了。蚂蚁人警告徐伟别再打鞋子的主意，忙着去办下一桩案子，留下一张入场券，让他捎给你。"

"徐伟没跟我说这事。"

"所以说他和周凝都是好孩子。你看，如果周凝不出来劝解，蚂蚁人怎么可能会轻易放过一个鞋贩子？可周凝一出来，徐伟就被吓得够呛。那晚上，徐伟大概想了很多。总之，天一亮，他和入场券都消失无踪，周凝就抑郁了。"

"你的意思是，徐伟拿着入场券去了那边？"

"不然呢？周凝蹲在鞋柜边把鞋子仔细数了一遍——一双都没少，徐伟果真学会光脚走路了。"

说到这儿，Ran咯咯地笑出声来。比起班长蚂蚁人的笑，她笑得似乎要好听些，可仍然令我毛骨悚然。

不知怎的，我一会儿想着徐伟光脚走路的样子，一会想着当时与蚂蚁人隔门聊天的局面，心里竟有一丝失落。不是说什么我值得礼遇吗？好家伙，竟然转眼就抛下我选择了徐伟。

"对蚂蚁人的话不能全信。"Ran突然说，"招生办、安保所、水务局，总之，蚂蚁人接受虫的委任，心甘情愿地做着管理员，成为1%。"

我忍不住问她1%怎么会是管理员，她笑说"那不妨换一个说法，统治者，统治者你是不是更容易理解？"

"蚂蚁人整天操心，尤其操心人口的事。对此，我们都深表同情。抓捕蟑螂也是为了避免劳动力的流失，哪里都需要人口红利。你也好，徐伟也罢，不过是计划表中的一个数字。别丧气，这不是对你本人的否定，若有夸奖，也不是针对你本人的夸奖。"

与Ran见面至今，我大体保持住了平静。没有震惊，没有悲哀，当然也谈不上高兴。我费劲思索，既觉得她说的都说得过去，又觉得假使全部推翻也能成立。兴许下一秒我就得开始呕吐，也许哭，也许吐。人总是很难用理智为情绪命名的。对此，我想我已经开始习惯。

"不必沮丧。"Ran说。

这么说，我大概正在沮丧。

"你不是有出路吗？"说着，Ran把我的玻璃杯接过去加满了水，"破镜重圆，前往虫的世界，与孟惊雷女士破镜重圆，你明明能接受这个。"

Ran的说法使我感到恐惧。莫非我当真能接受这个？当真肯做一只虫子？如此一想，与妻子和好如初也变得没什么吸引力了。

"入场券的事儿不用操心。哪里都需要人口红利，数量上多多益善。只要你下定决心，就能离开边境，去到你想去的那一侧。"

边境。limbo，我想起这个词，或说这个平板游戏。《地狱边境》，灵薄狱，不确定的停滞状态。原来这就是我身处之地。

"可我要真过去了，不就离她更远了？"

"那里也有一个孟惊雷，有的。这没什么稀奇，我们每个人不都既在此，又在彼吗？"

我接过水杯，勉强下咽。我觉得这杯子装的恐怕是宜云水，说不上来。每一种水都有独一无二的味道。

"Ran，"我斟酌着。不知该问问水，还是该问我此刻最好奇的事。

"Ran，你说不能全信蚂蚁人的话，那，你的话，我能信吗？"

"看你。看你想往哪边走。"

"你究竟是蚂蚁，还是蟑螂？"

Ran停顿片刻，小声答道："蟑螂，我当然是蟑螂。"

"为什么要告诉我？我是说，你为什么帮我？"

那首日语歌仍然婉转地唱着。我不清楚究竟是Ran设好了单曲循环，还是此处的时间发生了某种变异，一如掉入了兔子洞的梦。等待Ran回答的时间里，我便专心致志地听着那首歌："大鸭蛋、大鸭蛋、大鸭蛋……"喉音纤细的女伶竟总是这样唱着。我肯定听过这首歌，但我想不起来它唱的是什么。"大鸭蛋"在日语里究竟是什么意思？

"Run去日本玩儿了，日本京都。"Ran说。

我答说听她提起过。Ran点点头。

"本来要一起去的，我们。"Ran说，"我又失约了。我真的很讨厌这样。没有办法，凉山的厂子出了状况，冬天常有的事。蟑螂不喜欢冬天，蟑螂喜欢温暖潮湿的环境。我脱不开身。"

我表示理解。Ran遂掏出手机，问我想不想看看Run在京都拍摄的风景照。我答说不想。抱歉，暂时没有闲情逸致。Ran叹了一口气，把手机举到胸前，自顾自地看了起来。她的表情变得有些慈爱，像是家中长子在看妹妹照片。

"我问你，你会和Run绝交吗？"Ran边看边说。

几天前，Run似乎也问过我类似的话。我顿时苦笑起来，脑海中浮现出第一次见到Ran的情形。在那个漫咖啡里，Run曾向我展示过她的比肩民，与Run比肩的显然是Ran。是的，当时我还以为，Run把自己的照片P（修图）到了一起，画上各种粉色花纹。

"从没想过这个。"我说，"当然，世事难料，保不齐哪天真到了非绝交不可的局面，这显然超乎了我的想象。也不是说没有可能。尤其现在，现在我越来越相信一切皆有可能。"

Ran慢慢地点着头，靠在椅背上，脸上显出哀愁神色。比起开口笑，此时的她显然更像个人。

"我希望你留在这里。"Ran说，"能搞到入场券，你能。但我当然更希望你留在这里。有你在，Run多少好过些。我即将返回虫的世界，重新成为计划表上的一个数字。我本人。并不是受到胁迫的结果，没什么不满，这是我做出的选择，我本人。要说遗憾，唯一的遗憾就是Run。你看，我不想扔下她一个人，不想离开她，我不想让自己与另一个自己重回孤独。"

6

我和你是前后脚认识Run的。

Ran说。

当然，我做人的时间还得再往前算，可与遇到Run相比，来到人的世界，或是成为一个人，都不值一提。

Run说，她爱我。我当然也爱着她。这么说你会惊讶吗？会打听这是哪一种爱，亲情、友情，还是爱情？你们总是这样，不加以归类就什么都理解不了。

不问？好的。很好。

难怪Run会选你做她的朋友，难怪蚂蚁人说你向往的是我们的世界。

就用Run的说法吧。我们俩，我跟她，是彼此的比肩民。对，没有比这个说法更恰当的了，谁还能不爱自己呢？

不论是虫还是人。

遇到Run，就是在这个SKP里。夏天，室外热如火炉，室内冷似冰窟。那时候还没有山馆，我在三楼的一家咖啡店打工。你们管这种店叫跨界快闪店，是这样吧？一个做奢侈品的大牌，决定开一家咖啡店，为期两月。除了端茶倒水，我便负责把糖霜做成的logo贴到奶油蛋糕上，小心翼翼。蛋糕每天早上八点烤就，由中央厨房派送过来，但糖霜logo需要现贴，以免路程中位置跑偏，有失精美。

见到Run的时候，我刚刚在后台贴完十个蛋糕，正端着盘子出来。

只看到她的背影。是的，一个剃寸头的背影，身上穿着黑色的工字背心，毛边牛仔短裤，脚踏X型亮黄色乳胶拖鞋。低着头。但我立刻就明白，是她，是我自己，世界上的另一个我。没想到这么快就遇到了。我们这些叛徒终其一生游荡在人类的世界中，有时到死都见不上那个生而为人的自己，像我和她这样的故事只能称之为传奇。

她坐在深处的角落里，并非独自一人。她身边坐着一个男士，中年人，戴一对钻石耳钉。两人鲜有交流，但显然关系匪浅，时不时地，那男士会靠在Run的肩上，对她说一个什么。总是那位男士主动。短暂的交谈过后，两人的身体分开，又回到没有交流的状态当中。

经常有这样无所事事的客人。我们这儿与那些连锁咖啡店不同，很少有人在这儿谈生意、做作业。有人过来点上一杯咖啡，坐一下午。也有闺密结伴而来，身边放七八个大小不同的购物袋，聊一聊孩子、老公、健身教练。我们最喜欢那些来拍照的客人。几个人一起点一杯咖啡，买一个蛋糕，放在桌上轮流拍上几张，对着手机忙活几分钟，匆匆就走了。

那天，店里放的是猫王的唱片，其中有一首歌叫"No More"（《不再》）。

"你说，为什么现在的人不唱这种歌了？"结账的时候，那位戴钻石耳钉的男士问我。我戴着口罩，临时戴上的，因为一时还拿不准冲上去会不会把Run吓一跳。她站在店外，似乎正望着某处发呆，这位钻石耳钉显然没认出我和她长得一模一样。

他说的就是"No More"这首歌。

"对不起，我也不知道。"

"这还不简单？"他笃定地说道，"'一千次道别也无法尽除余火，亲爱的，我是如此爱你，我的心将永远属于你我相爱的记忆。'不觉得肉麻？现在哪儿有人能爱成这个样子？"

我一边点头，一边打印出小票递上去。钻石耳钉柔情蜜意地接过小票，笑眯眯看我一眼，手掌一转，任小票飘回台面，扬长而去。他的眼神很勾人。我看着他的手在Run的腰下贴住，两人一道儿径直走向不远处的电梯，心里五味杂陈。

悲伤吗？气愤？恶心？

不知该怎么形容才算准确。那男人当然不知道，刚才的照面已经足够我明白他们俩是怎么一回事了。

工作间隙，我拿手机听了几遍"No More"。no more，歌词里总翻译成"再也不能"的意思。如果再也不能见到她该怎么办呢？我后悔不迭。该上去要一个联系方式的，我在想。为什么会突然胆怯成这个样子？我百思不得其解。

那天晚上，Run又来了。这回只有她一个人。明明是我给她点的单，可是她头也不抬，看也不看我。她要了一份奶油蛋糕——就是我负责贴糖霜logo的那一种，坐到下午她坐过的位置上，蛋糕随手一放。她一动不动地坐着，没人知道她在干什么，桌上那杯水碰都没碰过。我擦拭台面、收拾杯子、整理票据，与同事时不时交谈几句。每有余暇，我便望她一眼。我在想该如何搭讪。一定不能再胆怯了，我反复告诫自己。

同事说："你注意到了吗，那人跟你很像，简直一模一样。"

到了快要打烊的时候，店里只有Run这一个客人了。她在等待？她在等我？这使我鼓起勇气走过去，脑子里仍然对第一句话该说什么毫无把握。她像是感受到了我的靠近，忽然就转过身来，我吓了一跳，因为她看起来愤怒至极。没等我开口，她已经一拳打在我脸上，然后是蛋糕，我没感到疼，只是眼睛被奶油糊得睁不开。同事尖叫一声跑来，但不是为了我。Run仰倒在地上，两个鼻孔流血，怎么喊都没反应，倒像是被我给打晕了。

同事翻出Run手机里的医疗急救卡，说她叫雨润。雨润。我当即决定把自己的名字改为山舟，"山舟"，这两个字追随雨润二字跳进了我的脑袋。是的，我有过一个别的名字，靠那个身份得到当时的工作，可是我遇到了我自己，就会想换一个真正属于我的身份了。

一个与她有关的身份。这显然更能代表我。

我送Run去了医院，守在她的床边。医生没检查出什么毛病，只叮嘱我稳住她的情绪。我们被当作了一对双胞胎，刚打完架的双胞胎。

Run已经醒了。她一醒来便看向我，就好像她昏迷过去只为了等我出现似的。她的脸上含笑，双颊渐渐红润，目光炯炯有神。

"你是谁？"

"我叫山舟。"

"Ran？"

我愣了一下。我能感觉到她想说的是英语，可这词的发音又和"舟"多少有点儿像，便答说是我。她傻笑几声。

"你是我的比肩民吗？"

我不知道比肩民是什么意思，也不好意思承认自己不知道。那时候吧，我对许多事情都是不好意思承认的。

"我是。"

"那太好了。你住在哪儿呢？"

那之后，我搬到了她的住处。三元桥附近的凤凰城小区，大平层，有四间卧室。不知是不是小区自带的精装修，墙壁、地板、厨卫，一应俱全。但也仅此而已。Run睡在客厅里，或者说，客厅靠阳台那块五平方米大小的空间，是她的栖息地。她的全部东西都收拢在一个微波炉的包装箱里，地上放一个2米

×2米的方形床垫，遮光窗帘半开着，她没有洗衣机、吸尘器、冰箱、电脑，书读完了就卖掉，家务外包给了保洁公司，吃饭喝水大多靠便利店解决，用手机听音乐。

这就是她的家。

"你自己住吗？"

也不是非问不可。毕竟是虫，只要距离近些，谁的事我都能知道个大概。但还是要问。因为重要的不是事情本身，而是她究竟如何理解这件事，同一件事对于不同的人而言，理解起来千差万别。这么说也不准确。关于她的想法，如果我感受到的与她说出口的不一致，我会更看重她说出口的答案。因为，她究竟如何理解一件事，也许也不够重要——她以为自己是如何理解的，我最在乎这个。

所以我问："你自己住吗？"

"是我爸妈买的房子。"她说。

她陆续说起不少自己的事，总是由一件眼面前的小事牵扯起来，然后便滔滔不绝。譬如一起吃拉面，她就会说父母第一次带她去日本吃拉面的事。她喜欢说往事。似乎她存在的依据盘亘在往事当中。似乎，往事是一片深不见底的鱼塘，Run站在塘边，频频将手中的网抄探下，试图捞出一点什么。而我恰恰相反。直到现在，我都没有告诉过Run我来自何处。我是说，我告诉她的那一些不是实话。

会告诉她的，真的。也许等她从日本回来，就告诉她。毕竟，现在我的很多想法都变了。

但那时候是开不了口的。越是听她讲述童年时光，我便越是无法说出自己曾是一只蟑螂。那时候我显然对人类世界抱有许多期待，敬佩你们能自由自在地生活，不需要被安排，不需要被引领，就能承受自由的重量。

总是需要时间才能失望的。而那时候，失望离我还很远。

按照你们的评价标准，Run的童年幸福得无可挑剔。独生女，有一对恩爱的父母，家境优渥，只要想吃拉面就能去日本吃。用今天的话来说，那是一对佛系父母，对女儿没有任何要求。不追求一个好的分数，不追求日后能出人头地，不为平庸焦虑，不与任何别人家的孩子比拼。

他们喜欢与Run谈心。

润润，你怎么了？你是不是感到孤独？……哦？我也是，我在你这么大的时候也常常感到孤独，现在依然如此。你希望能交到一个朋友吗？……交到了？你觉得他是真正的朋友吗？不一定？别气馁，人总是很难交到真正的朋友。你有自己喜欢的人吗？……是男生还是女生？噢，是男生。别紧张，就算你喜欢上一只羊，爸爸妈妈也会理解和支持你。

大致谈成这样。

最近，我听熟客说起一个词叫"睡后价值"，所谓躺着就能赚钱，人赚钱总是赶不上钱生钱来得快。Run的父母便属于睡后价值里的高净值人士，所以他们有大量的时间能与Run谈心。他们渴望与女儿进行完全坦诚的交流，平等，自由，从不虚伪敷衍。他们百分之百地尊重她的意志，不打骂，不将自己的意志强加于她。

你怎么想？你想怎么选？好的，你自己决定。

他们爱她，我是说，爱的是真正的她。抑或他们需要的只是去爱，而不是爱一个特定的人。他们接受Run的脆弱，接受她的阴暗面，他们接受人就是如此，是不完美的存在，何况是自己的女儿。

小学毕业后，Run希望能留在国内，他们没有异议。初中毕业后，Run希望去国外读高中，他们没有异议。出国一年之后，Run不做声地休学回来，回到家中，对父母表示自己希望想一想之后怎么办，暂时不去任何一个学校。

他们没有异议。

他们根据女儿的喜好，为她联系音乐、绘画、剑道老师，买下隔壁的别墅，装修成学习室。每天早上，Run便七点起来洗漱、更衣，用早饭，骑自行车到隔壁报到，那儿是属于她个人的高中。这样过了两年，Run年满十八。她对父母说，希望能到北京去，一个人做点什么。父母问她是想做哪方面的事情，她对此很敏感，认为父母的言下之意是想要提供帮助。她表示做什么目前还不知道，可能也不重要，重要的是得靠自己去做。

"不要给我太多钱，"Run说，"钱太多就什么也做不了。"

"好的，你自己决定。"父母委托朋友物色合适的房子，Run便搬进了凤凰城。

起初，这套大平层里的东西应有尽有。就是说，不仅仅拥有地板与墙壁。Run变卖那些东西。桌子、椅子、衣柜、书架、书架里的书，沉甸甸的水晶吊灯，以及各种电器。单单留下床没有处理。床垫太重，拖动困难，而她总归是需要睡在一个稍软些的地方的。

倒不是因为缺钱。父母打来不太多的钱，以便Run能每个月去日本吃两次拉面。当然，这么说只是图个方便，Run也没那么喜欢吃面。

我问她为什么要卖东西，她摇摇头，害羞地笑。她说她为这些东西感到可惜。

"我没有什么用得上它们的地方。它们能找到更好的主人，真正需要的人才配得到它们。"

我问她："那你，那你自己，需要什么？"

"我不知道我可以需要什么。我需要的一切好像都有了，现在。"

说到这儿，她高兴地看着我。

我也很高兴。她这是在说，她需要我。

说句题外话：我常常觉得自己做人做得很不够格。我理解不了为什么会有人到我工作的那间快闪店里喝咖啡，也理解不了为什么他们能租赁一只昂贵的皮包，并以它的主人自居，还因此获得快感。是的，我理解不了我读到的大多数心事。

可是与Run相比，我倒更像一个合格的人。她显然更像虫子，如果地面光滑清洁，她可能真的连鞋子也不稀罕穿了。也许上帝弄错了，错使我成为虫，错使她成为人。也许真是这样，也许真有一个上帝。

就在她忙于变卖东西的时候，父母的朋友带Run参加了一个饭局。是一个庆功派对，庆祝一部电影的票房超过了10亿。那天晚上，Run认识了戴钻石耳钉的男士，对方邀请她到自己投资的一部戏里试镜。第二天，Run打车来到怀柔的影视基地。钻石耳钉表达了对她的喜爱。

开房后，钻石耳钉问Run想要多少钱。Run说，我不要钱。钻石耳钉说，那你想要什么东西？Run说，我什么都不想要。钻石耳钉又问，那你到底想要多少钱？Run犹豫一下，问他，你是不是一定要给我一点钱，心里才过得去？钻石耳钉不说话了。Run说，你通常会给多少钱？钻石耳钉摇摇头：但你不一样。Run说，好的，你看着给吧。钻石耳钉说，你真的很不一样。试镜可能得把你刷下来，因为你没有表演基础，也没有表演天赋，我虽然对导演不够负责，但总不好太离谱。我会补偿你的，你有没有什么别的需求？

Run想了想，说，有一个需求，我希望你不要告诉任何人我们之间的关系。钻石耳钉很惊讶，因为这也正是他本人的需求，是他常常会有，却往往无法得到满足的需要。他答应下来，接连说了几句我爱你，进入Run的身体。

Run感到一阵撕心裂肺的痛苦。这痛苦是一个黑洞，把她体内其他的痛苦悉数吸走。从此，她便只需拥有一种痛苦。她愿意只拥有一种痛苦，因为其他的痛苦都没有来由，无法命名。未成形的黑暗可怕极了。在那间黑暗的酒店房间里，Run感到自己正独自一人，与自己终于成形的痛苦在一起，这使她获得了久违的安心。

"我并不喜欢他。"Run说，"但是他说，他喜欢我。我很高兴自己能满足别人的需求。"

钻石耳钉喜欢在Run身上花钱。钱，皮包，化妆品，最差的时候是鞋子。Run对这些东西照单全收，钱花掉，花不完就存入银行，护肤品擦到脸上，彩妆、皮包或鞋子挂在闲鱼上卖掉。卖家具和电器的时候攒下了不少回头客，这一下就派上了用场。Run不过问钻石耳钉在做什么，与什么人交往，事实上，她很少能想起他来。钻石耳钉也不过问Run在做什么，与什么人交往，他对这段关系最满意的地方即在于无须交谈。他称赞Run：你提供给我许多情绪价值。Run在手机上搜索情绪价值的含义，表示愧不敢当。总是由钻石耳钉联系Run，有时吃饭，有时做爱，Run有求必应。偶尔地，钻石耳钉会忘记Run的需求，在多人的饭局上对Run做出亲昵举动，这种时候Run就鲜见地愤怒起来，甩开他的手，克制住自己想扇他耳光的冲动。有一天晚上，钻石耳钉喝大了，Run把他扶进后座，坐到他身边。司机安静地开着车，钻石耳钉突然就崩溃了。他一边哭，一边狠狠地抽自己耳光，大声说着我不是人。他说，雨润，如果不是因为你话太少，我会娶你的，我真会，你知道吗？你不要憋着，你有什么不满就表达出来，你跟我太像了。

在司机的帮助下，Run将钻石耳钉送回家中。她犹豫是否该留宿照顾，好在已经睡熟的保姆醒了，Run得以离开。"你跟我太像了"，Run想着这个。她感到惶惑。我真的跟这个人很相似吗？她不知道。她不希望自己与钻石耳钉"太像了"，她遇到了一个不找到答案，就寝食难安的问题。

妈妈，你睡了吗？

Run给父母打去电话。妈妈已经睡了，爸爸亦然，但两人接电话的语气一贯地心平气和，似乎并非刚被吵醒。

我不知道自己想干吗，Run说。

别着急，妈妈说。这种事就是很难找的。宝贝，爸爸说。我知道你觉得很难，但爸爸妈妈都在陪着你的。

那你们想干吗？Run说。你们找到什么了？

也找到过一些，妈妈说。总是过一阵子，就觉得那也不是自己想干的。又找到了别的，喜欢上一阵子，可那仍然不是自己想干的。

我们还在找，爸爸说，好在不用着急。我一直钦佩你妈妈寻找的勇气，虽然在别人眼里她已经年纪不小了，但我觉得她仍然是初次见面时的那个少女。

你发现了问题，这很好。爸爸妈妈说。重要的不是解决问题，而是带着问题生活下去。

听到这里，Run抱着手机哭了起来。爸爸妈妈安静地等在电话那头，既不催促，也不责怪。润润，你遇到什么事情了吗？爸爸妈妈说。

是的，是遇到了一个事情。我和一个男人谈恋爱了，像是这样。他以为他在包养我，每次做完爱都要给钱，不给他心里就瘆得慌。

你需要钱吗？妈妈说。

不，我的钱很多。Run说。

你可以试着跟他谈谈，爸爸说。有时候，只要沟通，误会就解开了。

问题不是这个。Run说。问题是，我似乎能接受这个，能接受自己被一个什么人包养。如果真的靠一个人包养才能生活下去，好像也无所谓。我不喜欢这个。

电话那头沉默了一阵子。这期间Run拿着手机上了一个厕所，洗脸，擤鼻涕，抹贵得吓人的护肤品。爸爸妈妈低声议论着什么，好像即将为这个问题达成共识。他们总是能达成一个共识。

润润，你听妈妈说。

妈妈说道。

人的活法有许多种，只要不伤害别人，每一种都成立，只有适不适合自己这一说。如果你觉得被这位男士包养也无所谓，那这就也是一种活法。爸爸妈妈对此表示理解。谈不上支持，我们也是受困于世俗的成见的。但确实能够理解。要知道，一切都是暂时的。你暂时地对现状感到满意，暂时地对现状感到无法理解，这都是人生的常态。没准你很快就想要改变现状，或是现状本身发生了什么变化，到时候回过头来看，你就能理解现在的自己了。

重要的不是解决问题，而是带着问题生活下去。

挂了电话后，Run明白了两件事。一则，爸爸妈妈虽然什么都没有找到，但他们找到了彼此。二则，自由是可怕的，也许是这个世界上最可怕的事。

Run乘电梯来到楼下。她想见到一个活生生的人，谁都行，能和她有点关系最好。但手机里日常联系的仅钻石耳钉一人。倒不是厌烦。如果能讨厌他倒好了，Run想。困扰她的是无法对他产生更多亲密感，她很努力地想要同他——或任何人，联结起来，却怎么也办不到。

已经是后半夜了，小区外的步行街仍然热闹。火锅店门口有食客谈天说地，几个年轻人在购物中心的台阶前跳上跳下，玩滑板车。一个老人背着编织袋，弯在垃圾桶边掏瓶子。稍远，一个女孩佝偻着身体对电话那头大笑，随手乱弹烟灰。从地铁站方向走来的是一个中年男人，步子很慢，被汗、油浸得反光的面孔紧绷，不知道在想什么，但总归想的是比Run经历的要严肃、严重得多的事。

Run想成为他们当中的任何一个人，想和他们当中的任何一个聊天、交换秘密、成为朋友，起码她自己是这么相信的。然后她走进经常光顾的便利店，盯着店员的脸，拿起收银台边看上去最贵的东西就往外跑。那个店员在门口拉住了她的胳膊，被她踢到了肚子，大约也回击了她。这之后Run晕了过去，鼻孔流血，把店员吓坏了。

"就那么喜欢？要不我送你吧？"

醒来后，Run听到店员这么问。原来她攥在手里的是一个奥特曼玩具。她抱住了不知所措的店员，没听清对方在求她不要向店长投诉，还在跑回家的路上哭个不停。

我到底在干什么？有什么好哭的？为什么我从来没为别人哭过？

Run愈发讨厌自己了。

她把床垫从床上拖下来，拖到客厅。她拍摄这张闲置下来的木床，拍齐床的四角，品牌标，上传到闲鱼上。想到自己能提供一张床给需要的人使她心安。

与Run相反，我明确地知道自己想要很多东西。这么说你可能会犯糊涂。我的意思是，与其他虫相比，我是欲望炽盛的那一个。

每一天，我们总是不约而同地醒来，开始活动。我们睡在各种现成的地方，扎堆生活，有一种微妙的平衡位于社群当中，数目既不过多，也不过少。如果挤入过多的虫，就会发生打斗，多余的那一些便另谋去处。打斗是一种习俗，或说娱乐。并非要置对手于死地才打，大家亮明家伙，弱小的那一方便知难而退了。

在所有的虫中，我们蟑螂无疑是最洒脱的。我们无须完全变态，所以不必像天牛的幼虫那样躲在树心里长大。我们不像蚂蚁那样对建筑美学怀有浓厚兴趣，专注于营造宏伟居所。我们也不像负葬甲、蚜虫、屎壳郎那么挑食，吃不到腐肉、汁液或粪便就生气。我们没有泥蜂那么矫情，喜欢和别人的幼虫过不去：挑上肥硕的菜青虫麻醉一番，好让自家孩子能每天吃上新鲜肉。我们也不向往蝉那类诗情画意，犯不着倒在泥土里做完春秋大梦才起身交配。

是的，我们很不挑剔，吃到肥皂也能让我们心满意足。所以我们也最令蚂蚁人头疼：蟑螂需要排泄的毒素总是最多。

我管他们叫蚂蚁人。倒不是因为他们看上去像人。在我眼中，他们看上去和其他虫子没有什么不同，也可以拉开拉链，也可以装上一个脑袋。但他们是管理员，是1%，所以总令我想到人类。

每一天，我们总是不约而同地醒来，开始活动。我们来到大街上俯仰皆是的自助储物柜，打开，取出里面放着的脑袋。我们拉开脖颈处的拉链，将一个脑袋安到脖子上，天冷就拉好拉链，天热，就让虫面像一个兜帽那样耷拉在背上。我们大摇大摆地进入管理员运营的商店，取用肥皂、香油、糖，或是别的什么蟑螂能吃的食物。我们一边吃，一边走向商店里的排泄器。那是一整排的宜云牌矿泉水瓶，瓶子里吧，有时空空如也，有时半满。我们对准瓶口，开始撒尿，直到一个瓶子被灌满，流水线开始输送，运走满瓶，放下空瓶。排泄结束的时候也是一天当中最惬意的时候。我们走向宽阔的草地，躺下，尽量找一个温暖、潮湿的位置，让自己躺得舒服。音乐从什么地方响起了，经气孔流入身体，在我们的体内共振。有时听着听着，大家就睡着了。天黑了，我们不约而同地起身离开，再一次进入商店取食，再一次排泄，然后打开储物柜，取出劳累了一天的脑袋，放回柜中。

你看，不必使用特定的储物柜，所以也不必安上特定的脑袋。究竟是谁的脑袋是无所谓的，谁的脑袋都需要适度思考，适度休憩。虫们共享所有的脑袋，一个脑袋若当了一天的蟑螂，里头便总是那些话题。总是肥皂、香油、糖，还有音乐。卸掉脑袋之后，我们回到住处，能想象吧？满屋子的无头骑士，从不寻找脑袋的无头骑士。不必睡在特定的住处，这取决于当天的我们醒来后究竟是往左转，往右转，还是向前走。虽然说在你们看来，我们总是向后走的，可向前走和向后走没有差别。不同的路，总是会有不同的储物柜、商店、草地与音乐，所有的路都是一条路。

我从来没听到过自己中意的音乐。

大家说，今天的×××可真好听啊！

是啊是啊！大家迭声赞叹，触须们满足地交织在一起。

但我却从来没听到过自己中意的音乐。

我觉得这一切都很没意思。不是说一天的时间不该这么悠哉地打发，而是说，如果每一天的时间都只能这么悠哉地打发，就太没劲了。

这个"从来"是不准确的。总得有一个起点，否则就说不清"从"哪里"来"。这么说吧，"从"某一天"来"，从某一天开始，我不再知足。在那一天之前，我不知道自己已活了多久，也没想过以后该怎么办。

所谓的某一天里，发生了一件微妙的事。我们不约而同地醒来，开始活动，走出头天晚上的栖息地，来到大街上，打开距离最近的储物柜。我当然也打开了面前的储物柜，可不知怎的，我注意到了里面的脑袋。那是一个女孩的脑袋，乍一看，似乎和以往使用过的并没有什么不同。她皮肤白皙，眉眼淡，鼻子小得毫无存在感，嘴唇又厚又小。我看着那个脑袋，心里徐徐掀起震动。

那个脑袋也瞪大了眼睛审视我。

同伴们大多已完成了取件流程，正快快乐乐地往前走。

可他们的脑袋看上去却与这个女孩脑袋不尽相同。

是哪里不一样呢？

我安上脑袋，苦苦思索，加入同伴的行列。

意识到时，脑袋正在肩膀上好奇地东张西望。它似乎有些兴奋，而我竟不能像平日那样对它的存在习以为常。

是眼睛。

眼睛不同。这下我想明白了。同伴们虽说也装有脑袋，可却眼神混沌，总是一副似看非看，似笑非笑的样子。

你能想象那画面吗？同伴们咧高嘴角，咀嚼肥皂、香油、糖，眼神却不受控制地呆看别处，我因此反胃、恶心。我将一截肥皂塞入嘴中，那味道实在不行，脑袋讨厌它，令我失去了吃下去的勇气。我看到同伴们摇摇晃晃地站起来，走向排泄器，嘴里打出响亮的饱嗝。我，或说我的脑袋，觉得这事儿很不合理。为什么要把排泄的场所与进食的场所混在一起？难道就不能睁大眼睛看看？就不能拉上一道帘子？难道就没有半点的羞耻心？

羞耻心。这个念头令我吓了一跳。

我走过去，哆哆嗦嗦，无法对准宜云水瓶窄小的瓶口。我尿了一地。当我看到自己连基本的清洁都无法保障时，位于脑袋上的双眼开始流泪。

那天晚上，我取下脑袋打量，却没能把它放回到储物柜中。这之后我仍然日夜地打开储物柜、关闭储物柜，可我再也不从里面取件、储件。开关柜门这个机械的行为带给我快感，看到同伴傻乎乎地戴上一个混沌的脑袋，带给我幸灾乐祸的快感，令我日日重温与众不同的美妙滋味。这是我的脑袋，不容他人染指的脑袋，我的心为之澎湃。

可是除此之外，一切都变味了，变得索然无味。吃饭、排泄、睡觉、听音乐，遇到合适的季节便两两交配，繁殖后代。索然无味。不得不承认的是，生活所需的一切已应有尽有，即便当时我都能明白这一点，甚至不需要忍受寂寞。我是说，从来也没有什么需要一个人应付的处境。

不孤单。是的，不孤单，但是我却异常孤独。一团和气令我反胃，什么也不曾经历却大彻大悟，令我反胃。

有一天，我试图与另一只蟑螂交流。我们掀动触须，友好地感受彼此的心意。

不觉得生活千篇一律地无聊？不觉得像这样活着还不如死掉？

对方似乎觉得自己弄错了，又一次掀动触须，与我的触须交织一通，而后它一脸茫然地看着我，将脖颈处的拉链拉满。

生活不就是千篇一律的吗？它的触须在说。都这样了，还有什么好抱怨的？

不想创造一点什么？我的触须在说。不想自己动手，制作食物，填埋排泄物，种植草地，躺下或坐着，写一首属于自己的歌？

何苦呢？它的触须在说。何必自讨苦吃？它的触须在说。每一首歌都属于我。既属于我，又不需要承受独属于我的负累，岂不妙哉？

妙哉，妙哉。大家都比我擅长顿悟，都比我懂得何为生活尽在此刻。大家都没有烦恼，只有我兀自烦恼不止。

我站在排泄器前一泻千里，接连灌满了三个宜云矿泉水瓶才罢休。水务局的管理员朝我投来混沌眼神，将脖颈处的拉链拉满，虫面转看别处。

想来，管理员也未必在使用自己的脑袋。在虫的世界，脑袋按需佩戴，不分你我，没有差别的脑袋才是好的脑袋。

你说我到底在烦恼什么呢？我不知道。也许某一个"我"是知道的。你看，我吃不准什么叫"属于自己的脑袋"，是因为有了这颗脑袋，我才得以看清自己的生活，继而心生不满。那么，之前的我呢？究竟是不是这样生活呢？不知道。没准儿仅是我那多余的自我意识使我看到半人半虫的怪异景象。没准儿我们仅是蜗居在某个音乐厅的木缝里，每天担惊受怕地溜进厨房，趁人类不注意的时候捡食残渣，趁人类不注意的时候聆听音乐，这也是有可能的。

有一天，我照例打开储物柜。那里面装着什么，却绝不是谁的脑袋。我看到两只几乎一模一样的东西，知道它们乃是鞋子已经是后话了。

当时我呆立在储物柜前，怀着好奇心，将它们掏出来一看究竟。同伴们大多已完成了取件流程，柜前只剩我与那两只东西。

我感到害怕。

是的，虽然我对日常生活心怀怨气，可真到了需要自己应付的处境，我却惴惴不安。我鼓励自己多做尝试，提着那俩玩意儿在街角蹲下，把它们放在腿上，逐一拎起来端详，来回来去。突然地，我意识到它的形状与我的脚有几分相似。我把其中的一只挪到脚边，忐忑地伸脚进去，发现它恰好能贴合脚的形状，可总有些不大舒服。我脱下来，换另一只脚试探，这下全妥了。我的心里既激动，又高兴，连忙将另一只脚也塞进那剩下的一只里。

我站了起来。刚迈一步，我就摔倒了。

正待我要起身时，我发现眼面前站着另一双脚，那上面也穿着什么东西，样式与我的不大相同，但总归是差不多一样的东西。

这人扶我起来。是的，他任由虫面奔拉在背上，一双人眼半瞟着我。他也是有眼神的，我意识到这个。他的眼神正灼灼望我。

礼物还喜欢吧？这人说。

在他的搀扶下，我渐渐习惯了穿鞋走路。

你是谁？我说。意识到时，话语已从我的嘴中脱口而出，触须像受了什么打击似的塌了下去。

孺子可教也！这人欣喜地说。

这人显然也是蟑螂，与我品种一样，背部也有左右两团大黑印子。他的嘴里插着一根牙签，左手揣一把油炸花生米，右手搭住我的肩，引我向一个没去过的方向走。我谢过他的好意，从他掌中取一粒花生米吃了起来。不得了，我从未吃过这么好吃的东西，意犹未尽。

是不是觉得这么过没啥意思？他说。一团和气无聊透顶，什么也不经历却大彻大悟，无聊透顶？

我点点头，拿不准他究竟是读到了我散发出来的信息素，还是同我有一样的想法。

一样，当然一样。你是我的徒子徒孙，同心同德，难道还能想成两样？

我很高兴能同谁交流心得体会，问他该如何称呼。

按理，你该叫我一声爷爷，要不就是曾爷爷。他说。但我和你情投意合，算是忘年交。你就叫我强哥吧。

我便叫他强哥。这时，我发了窘。那强哥该如何称呼我呢？我毕竟还没经历过需要一个名字的时候。

小强，他说。我先叫你小强吧。虽说人类的世界有诸多优点，可我也不是全都能看得上的。譬如倚老卖老，喜欢给后辈取名字这一点，我就着实看不上。反正名字只是一个代号，你先凑合使，日后想到什么自己喜欢的字眼再更名也不碍事。

我顿时对强哥心生好感，尤其喜欢他对人类的世界也随意褒贬这一点。

小强，我问你，你看我像一个人呢，还是一个虫？

听强哥这么一问，我不免停下脚步，仔细地把他打量个遍。若说他是虫，我可从没见过哪个虫使用牙签、穿鞋子、用嘴说话。可若说他是人，我毕竟也没同人交过朋友，仅是脑袋深处有个"人"的印象，知道那是既能带来食物，又喜欢把我们踩扁的活物。

强哥喜悦地哈哈大笑。

甚好，他说。答不上来吧？学会疑惑啦？甚好！开眼了！说明你开眼了。没有虫能见到人类，也没有人类能见到货真价实的虫，别介意，每个种类都只能见到自己人，见天地，见众生，见自己嘛。

我问他，那我们俩算怎么回事？

他便说，你我既是人，也是虫，大约能叫虫人，或人虫。不觉得周围充满了咄咄怪事？不觉得周围的人既像虫又像人很怪？不觉得其他虫明明看到了你总戴着同样的脑袋却毫无反应很怪？不觉得自己明明想要去往别处，却总是原地不动很怪？……觉得？甚好！别怕，量变正走向质变，总会迎来质变的那一天。你正徘徊在limbo当中，"灵薄狱"，周遭的一切遂忐忑不安，不知道该以何面目示你。

limbo，我当然吓了一跳，这发音听上去就不像个好玩意儿。

别怕，强哥说。依我浅见，你不日将前往人类的世界。这种趋势正日益明显，是你自己选择的结果。虫也好，人也罢，谁都只能顺势而为。不碍事，想去哪儿尽管去就好了，唯流动是不变的真谛。我一向主张自由自在。就像我。我偏就喜欢待在这灵薄狱中。

我问他如何前往人类的世界，他说他会助我一臂之力，譬如这鞋子，人类的世界非穿鞋子不可。需要注意的仅有一点：从此以后，切莫再往那破塑料瓶里撒尿。你排出的不是毒素，不是管理员口中的毒素，而是珍贵的佳酿，里面充满了你个人的欲望。记住，必须学会忍受痛苦，延迟满足，这样才能加速质变的到来。如果憋不住不妨一尿，喝掉就好。

说着，强哥带着我来到一处草地。草地上躺着各式各样的虫，大家都在听音乐，昏昏欲睡，脸上写有如出一辙的满意。我们也听，一起听。那片草地播放的是一张日语唱片。大鸭蛋、大鸭蛋、大鸭蛋，一个女声如此唱道。强哥与我手拉着手，跳起舞来，他的舞姿疯狂，佐以豪放的笑声，我不由得被他感染，也卖力地旋转不止。

大鸭蛋是什么意思？

我喊道。

夕・ヤ・タン，读作TA YA TAN！强哥大声回答。只是喊叫，无意义的喊叫，兴之所至的结果，不用管它到底是什么意思。

TA YA TAN！TA YA TAN！TA YA TAN！

我与强哥一起大声喊叫。夕・ヤ・タン，来自日本童谣女歌手的作品。女歌手出生于群马县，在洗足学园音乐大学念过书，曾与妹妹一道组成"安田章子"组合。除了夕・ヤ・タン或说大鸭蛋之外，夕・ヤ・タン还唱了别的：

我的心在跳，
我的心在唱歌，
当我依偎在你胸前，
我是那把吉他，
你弹奏的是我。

不过，知道这首歌的意思已经是后话了。我不顾强哥的劝阻，接受蚂蚁人的帮助，那也是后话了。

当时，在那片广袤无垠的草地上，我与强哥手拉着手，大声喊叫：

TA YA TAN! TA YA TAN! TA YA TAN!

那是我的心在跳，是我的心在唱歌，是我的心在渴望与某人紧紧依偎，把彼此奏响。享受着那一刻的我感到无上满足，憧憬着成为人类的时刻来到。

知 道 了

1

"喂？"

电话接通了。一个录播的女声在用日语说着什么。电流声，低噪声。车门关闭的动静。

"我到站了。"

Run说。

电话那头安静下来，我似乎也安静下来。我想象Run走路的样子，想象她正走在雪地中，走在京都某处。

"你在哪儿？"

"鸭川。"

"鸭川怎么样？"

Run沉默了。也许她走到了一座桥上，望着眼前的景色。雪霁的夜里，圆月高照，深邃的天空中亮着几颗星星。

"不想回来了。"Run说，"如果不是你打电话过来，也许我就留在这儿了。"

"鸭川很好？"

"还行。"

鸭川会冻住吗？厚厚的冰层上积满白雪？日本和中国的时差只有一小时。

"我一直觉得你是我的福星。"Run说，"认识你之后，好像许多事都变得明朗起来。"

"现在不明朗了？"

Run沉默不语。

"明天会去吃面条。"Run说，"吃面条，然后再决定一次要不要回来。"

"回来吧。"

"哦？"

"我今天见到了Ran。我刚刚离开山馆。"

电话那头隐隐地传来哭泣声。说不好，我还没见过Run哭的样子。

"对不起。"我斟酌着。我还没想好该说什么，"有的时候人会做出身不由己的选择，口是心非，言不由衷，这种情况很常见的。可能Ran也不知道怎么办才好。"

Run哭得更厉害了。也许我说错了什么，但还是得说。毕竟是人，Run不能只靠感受就明白对方在想什么。

"你像那个小男孩。"Run说，"《西西里的美丽传说》。"

西西里。丈夫断了一条腿回到家乡，在离开之际收到了小男孩的纸条。那纸条上写了什么来着？我是唯一知道真相的人？你是她唯一爱过的人？

"能唱一首歌给我听吗？"

Run说。

好，唱歌没问题。我点开浏览器，搜索歌词。考虑到她身在京都，唱一首日语歌也许更恰当，可惜我不懂日语。

"能听清？"

"你那边杂音有点儿多，但应该能听清。"

"唱了？替Ran唱的。"

"好。"

"No more do I see the starlight caress your hair⋯（我不会再看到星光亲吻你的发丝⋯⋯）"

是的，我搜到了猫王那首"No More"的歌词。我从座位上起身离开，走到车厢中央，抓紧那根滑腻腻的金属栏杆，把手机举到嘴边。

一千次道别也无法尽除余火，亲爱的，我是如此爱你，我的心将永远属于你我相爱的记忆。

地铁里空荡荡的。晚归的人沉默地坐着，我大声地唱了出来。

2

来到人类的世界之后，Ran与Run相识，接着创办了山馆。启动资金来自Run。

在山馆中，Ran告诉我这些，其间上了三次厕所。

因为遇到了Run，Ran浑身上下充满了干劲。她说所谓的成为一个人即是与某人联结在一起，某个人，或千万个人，一回事。不能仅接受嗟来之食，不能按部就班地遵照某个规则轻飘飘地活着，这是她为人之初的信条。

　　毕竟是虫，毕竟能靠近距离地接触就明白对方的所思所想，Ran的山馆总能为爱美人士提供周到、细致的服务。其他的美容院大多有固定的审美标准，仰赖于经验丰富的医师、技师对于美的理解，为五花八门的客户缔造美貌。如此一来固然能缔造出大多数人眼中的美丽，可总免不了千篇一律。高端客户最忌讳千篇一律。山馆便发挥自己独一无二的优势，为客人带来独一无二的美丽。Ran耐心地与客户进行沟通，比对自己感受到的心意，与对方口头表达的心意之间的不同之处，修正美容方案。有时，人们嘴上说着一码事，心里渴望着另一码事，有时，人们嘴上说的正是心里渴望的事，可真正能让他满足的却另有所在。人心扑朔迷离，Ran努力拨开迷雾，取出最闪耀的那颗钻石，递到客人面前。

　　客人很高兴，掏钱买单。Ran渐渐便有了回头客。有的回头客无暇再次与Ran进行事无巨细的沟通，索性把自己的美貌交到Ran的手中，让她看着办。Ran仔细地感受对方的心意，感受对方遭逢的新事旧事，修正美容方案。有时拆开纱布，客人无法接受镜子里自己的脸，失控发作。Ran便客客气气道歉，客客气气退钱。过个一阵子，客人躺回了美容床上，递上更多的钱。

　　还真是我。是我该是的样子。

　　客人们喜欢这么说，指着自己的脸对Ran说。客人们说这是对美容师最高的赞美。Ran因感受到对方的喜悦而喜悦，因自己能实现他人的心意而喜悦——原来生而为虫是有意义的——Ran喜悦地想着这个。

山馆的生意红火起来。客人们喜欢昏暗别致的光线，喜欢会员推荐入会的制度，喜欢风度翩翩的男服务员，喜欢"白色恋人"饼干，也喜欢灰绿色的按摩椅。他们说，凡事都讲究个分寸，而山馆的冷漠与殷勤总是分寸刚好。有时，客人们结伴前来，但只要进入山馆的等候大厅便像接受了催眠一般自动分开，转而跟随各自的引导员走向各自的按摩椅。他们停止交谈，任由按摩椅将自己带回记忆深处或舒坦的睡眠当中，享受着难得的安全与放松。

"什么分寸，我拿捏不来。"Ran对我说，"我统计我能够感受到的心意，完全按照统计结果打造山馆，或说打造我自己。客人们爱跟我打交道不稀奇。"

客人们喜爱Ran低调的作风，喜爱她不为山馆开设公众号、微博，不接受采访，不进行广告宣传，不出席社交活动，不混任何圈子，不创办分店也不接受加盟。她们喜爱她保守、含蓄的性格，认为她散发出一种古典的美。把自己的容貌交给Ran无疑是稳妥的，既然她不混任何圈子，她便不会在任何圈子里宣传谁的容貌，或说容貌的来源。

"可是我并非生性淡泊。"Ran对我说，"与虫的世界相比，人的世界是如此丰富多彩，我被各种色彩吸引，所以才想来到人类的世界。"

"每个人都有自己的想法，都竭力穿上自己喜欢的衣服，无须按种类披上一层外壳。即便是没有味道、颜色的水，也有上百种不同的商品任君挑选。如果不是因为Run，我大约会穿上缤纷衣服，出席缤纷宴会，大约会在自己的容貌上多做文章，体会不同的风格带给我的感受。但是我遇到了Run。而所有的事情都需要花时间。

不花时间，美好的容貌转瞬即逝。安娜·温特马上就70岁了，担任美版Vogue（《时尚》）主编一职31年，是她让Vogue站到了今天的位置。你知道她花了多少时间保持30年如一日的发量吗？我对头发兴趣不大。我希望把时间尽可能地留给Run。我赚钱的目的是保障和Run在一起生活，开不开美容院是第二位的。"

但是渐渐地，Ran发现自己无法如愿以偿。没有时间能留给Run，没有。要想保证现金流的稳定，势必要同千万人联结，不为人民服务就做不了长久的生意。服务业的奥义即是"用心"二字，虽然可以揣测客人的心意，但Ran毕竟无法凭空改变客人的心意，所以需要花时间研发美容液，需要去韩国进修学习，需要与各路人才谈判，使对方愿意为自己做事。单说装潢这一点，如果没有说动Gucci与自己联名设计logo印花，恐怕就会流失1/3的客人。

莫非所谓的初衷就是用来背离的？

Ran开始疑惑。

越是想要把时间花在Run的身上，就越讨厌不得不完成的工作。越讨厌，工作效率就越低。三心二意，接连出了岔子，客人流失，口碑败坏起来可比建立容易多了。一个疏漏总需要几倍的时间、精力去弥补，而无法完成工作，也就无法留出时间去陪伴Run。工作带来的成就感变少了，Ran开始心灰意冷。

为什么不停下来？Ran开始考虑这个。关闭山馆，切断自己与千万人的联结，只与真正在意的人联结在一起。

是的，与虫相比，我是欲望炽盛的那一个，可如果和人比呢？不敢比，一比就觉得只配打道回府。

问题是，Run不希望父母打来更多的钱。问题是Run虽然可以靠便利店吃饭、喝水，可她总归是要去日本吃拉面的，总不能不许去。

"干吗不问她？"我说，"也许对于Run而言，这些习惯都是可以舍弃的需求，唯有你是不能舍弃的。"

"我不知道她的需求到底是什么。"Ran说，"我不知道哪些是她能够割舍的，哪些不能。你可能觉得，既然我能感受她的心意，这还有什么难的？问题是，清晰明白的心意哪里都找不到的，言不由衷的表达也好歹是某种清晰。Run不表达需求。我当然感受过Run的心意，我每天都在感受Run的心意，可我还是不清楚她在需求什么。就这么说吧，有一半的可能，她经受住考验，愿意以她从未尝试过的方式生活，与我同甘苦。但也有一半的可能，她不知道那种生活意味着什么，等她知道了，就会发现我不再是她最需要的部分。我当然期待第一种可能，但我承受不了第二种。喜欢一个什么，然后发现自己并不喜欢这个，转头寻找别的。她能像这样随意地生活，她有随意的资本。"

　　我不想考验她。
Ran说。
　　我不敢。
　　你看，如果我生而为人就好了。如果我无从感受她的心意就好了。那样一来，我就会相信她自己的表达，相信我就是她的需求。可我毕竟是虫，毕竟能在话语之外听到一片杂音。

　　为什么不停下来呢？我开始考虑这个，作为一种望梅止渴的慰藉考虑这个，就像许多夫妻需要想到离婚也是一种选择才能忍受现状。我停不下来，也无法全身心地投入到工作当中。

我的心里有了怨恨，不单是面对工作。1%是可怕的，成为1%所需要的能量是无从想象的。我本以为人类的世界有缤纷色彩，本以为自己再也不用过那种千篇一律的生活，可到头来却发现在人类的世界里只有忍受千篇一律才能获得缤纷的色彩，并不是所有人都有一对安享睡后价值的父母。没有时间睡到自然醒了，没有时间悠哉地前往商店，慢慢吃一点什么，没有时间躺在草地上晒太阳，听音乐。这一切变成了一个遥远的承诺：只要你忍受千篇一律，那么，终有一天，终有一天你能美梦成真。

我对"终有一天"兴趣不大。鼠目寸光，贪图享受，说的就是我。当享受变远，这享受本身就变味了。

员工怎么办？易耗品怎么买？贷款支付的研发经费怎么还？店面租金不考虑了？给供应商写的欠条要不要撕了？维系新老客户所需的礼尚往来怎么往怎么来？

时间消耗在这些问号里。前方是一片苦海，而我真正渴望的东西如同彼岸的绿光般忽闪，可望而不可即。我不再想要缤纷的色彩，我变得食不甘味，缺乏兴趣，任何事情都让我感到疲惫。

任何事情。Run成为其中之一。

越是爱她，就越讨厌看到她无所事事坐着发呆的样子。越是靠近她，就越无法认同她未曾表达的想法。不是说什么要来北京一个人做点什么吗？做了吗？不是说什么不要给太多钱吗？什么叫多，什么叫少，不想知道？为什么接受别人的施舍还浑然不觉？为什么明明什么都不创造，却不为此感到痛苦？手握一把好牌，为什么不打？为什么连打得稀烂也不尝试一下？为什么说我们是彼此的比肩民，可是生活的压力却让我独自承担，而你仅是坐享其成还一副什么都无所谓的样子？

"我只在乎你"才是世界上最大的谎言。

我发了脾气，逃回工作当中，在工作中懊悔不已，心想下班后一定要好好道歉，好好同Run沟通。可真见到了她，我的心中却充满悲哀。我在意她，最在意她，所以也最不能接受她身上居然有我讨厌的特质。我对她心怀期待，不敢表达是因为自认得不到满足，还会把她搞得又累又烦，离我而去。失望令我愤怒，愤怒令我歉疚，而歉疚令我愈发失望，唯有见不到她才最是想念。我似乎需要距离才能靠近爱。

我没想到自己会变成这个样子。可如果不是偶然间与那个储物柜里的脑袋四目相对，又何来这样、那样？说起来，所谓的我，到底该是个什么样儿？

那之后，我梦到了虫。梦到自己没有名字，什么也无须设想地醒来，打开储物柜，装上一个眼神混沌的脑袋，吃饭、排泄、听音乐。×××是多好听啊，是的、是的！我的触须与无数的触须交织，齐声赞和，轻盈自在。我发觉自己看似叛逆，实则已被塑造。当生而为虫的生活成为过去，我反倒惦记上其中的好。单调不再是单调，而是单纯，单纯可爱；平淡不再是平淡，而是平静，平静宜人。我抠下米粒大小的肥皂，放进嘴中，它咸而滑腻，混杂着一股合成的香精味道，嚼起来不粘牙。也许我的嘴里就该充满泡泡。

有一天，我像刚做完一个梦似的猛然发觉自己站在了便利店里。我忘了到底要买什么，需要什么，怎么就跑到了这里来。我能够理解Run了，也许只因为那一刻我想问她的都是些自己也答不上来的问题。比方说，人类长得美不美跟我有什么干系？为什么我要为他们的长相操心？一个答案在心里浮动——只和自己联结是行不通的，是死路一条。我害怕这个答案。也许所谓的"成为一个人"，只是一个谎言。

　　这时助理打来电话，说什么当红男星正等在办公室里。我转过身来，恍然看到整个便利店里聚满了虫人、锈青步甲、弧丽金龟、隐翅虫、大红萤、长角蛾、卷蛾、蓑蛾，洋洋大观。收银员是一位大鳌土蜂，此时正警觉地盯过来，似乎怀疑我要偷东西。我闯出店门，逃回山馆，向客人道歉。客人的心意震耳欲聋，我不想听，只觉得吵。我开始打瞌睡，不受自己控制的困意控制了我的脑袋。我做了梦，梦到了便利店，梦到我成了一只大鳌土蜂，正警觉地打量一个陌生女人。

　　醒来的时候，办公室里空荡荡的。我错了三次才拨对助理的电话。助理恭敬礼貌，并显然莫名其妙。

　　"客人很满意。"助理说，"客人说下次会带上一个朋友，一起来。"

　　有这回事？

　　我试图理清头绪。

　　怪了。咄咄怪事。莫非我又回到了灵薄狱中？

　　办公室的门打开，两个身影一前一后倒退着进来，背上奔拉着的漆皮兜帽几乎扫到我的鼻子。蚂蚁人。蚂蚁人怎么来了？

"我们一直在观察你。"

说着，蚂蚁人转过身来，嘴角弯弯，看着我。他们俩一个使用着那当红男星的脑袋，另一个使用着便利店收银员的脑袋，都戴着墨镜。

"别担心，一早和安保所交接好了，不抓你。"说着，蚂蚁人从裤兜里掏出皱巴巴的袖章，表明他们来自水务局。

"是不是感到力不从心？"蚂蚁人说，"是不是感到自己不适合生活在人类的世界？别担心，这种情况很常见，我们经常相帮，最喜欢帮自己人。"

按照蚂蚁人的说法，只需要改喝宜云水一切问题就将迎刃而解。并非缺乏经营美容院的能力才出现工作失误，要怪就怪想要经营美容院的欲望不够强烈。并非真的对Run看不顺眼才吵架，要怪就怪想要与她相处下去的欲望不够强烈。时间就是一团海绵，只要渴望，就能挤出水。"你不是也知道吗？虽说与其他虫相比，你算是欲望炽盛的那一个，可与其他人相比，你那点欲望根本就微不足道。要想在人类的世界存活下来，这点燃料怎么够用？加满吧，你需要燃料满箱才能一鼓作气跑到底。"

说着，蚂蚁人递来一瓶宜云水，让我尝尝看。

我被恶心到了。脑袋里浮现出身为虫的自己往这塑料水瓶里撒尿的情形。这是谁的尿？我当即想要这么问。大约是学会了如何做人，"尿"这个字眼怎么也不好意思说出口了。

"我不想要别人的欲望。"我说，"别人渴望什么，不干我的事。"

蚂蚁人哈哈一笑。"你有了一部车，很好。"蚂蚁人说，"你看，车是你的，道路是大家的，我们只负责提供燃料，轱辘怎么转，往哪儿转，不还是你说了算吗？"

蚂蚁人拆开一整箱宜云水，在我跟前码成一排。

"你看，每一瓶都一个样，无色，无味，无毒无害。关键是喝水的人想做什么，不是吗？难道你还驾驭不了一瓶水？"

他们说话的态度客气极了，半弓着身子递水给我，裤兜里哩地又掉出另一个袖章来，新而板正——安保所的袖章。

他们笑眯眯地捡起袖章揣好。我拧开瓶盖，一咬牙喝了下去。片刻过后，我感到心旷神怡，久违的惬意充盈血脉，正如身为虫的时候刚刚排泄一空那般舒爽。我登时想到了Run，迫不及待地想见她，想和她待在一起。我离开蚂蚁人，离开山馆，买了当天的机票去日本与Run一起吃上了拉面。

没想到拉面能这么好吃，没想到Run吃拉面的样子这么好看。我加了一份面条，享受着Run专心看我吃拉面的样子。所有的广告都能看懂了，所有的广告都在帮我挖掘心中所望，替我诉苦，证明我的匮乏。周遭的一切都值得被渴望，都闪烁着通关绿灯，就好像不单单是我本人，而是整个世界都在焕发勃然的生命力。头发不再是头发，而是十万个长着媚眼的蛇虫精灵，大声说着"要我、要我！"秋波脉脉。我陶醉在充满活力的暖流中，我买来新的宜云水，我披挂上缤纷衣服，开始出席缤纷宴会，甚至发展出别的癖好，譬如收集鞋子。一些客人因为失望而离开，但更多的客人慕名而来。有时，虚荣心的膨胀令我羞耻。有时，那些拂袖而去的客人在脑海中躁动，掀起我的征服欲。我更像一个人了，只有人才会被各式各样相互抵触的欲望冲撞、消耗，欲罢不能，明明什么都还没做就已经筋疲力尽。某木门大佬的女儿与我交换藏品，我们坐在泳池边进下午茶。泳池一望无际，她的皮肤像散在蓝水上方的雾，我从来没见过比她更美的人。分寸，我想着；克制，我想着。我能做到。只需调转总舵，分寸也好，克制也罢，都能成为我新的欲求。而我已然能渴望更多。

那段时间我感到自己充满了力量，甚至相信自己无所不能。人永远都不会自我满足，每满足一个需求，新的需求就会诞生。前方没有苦海，因为值得被渴望的东西远不止彼岸的绿光。只要不断地产生需求，就能不断地追求满足，绿光无处不在。

然而，我对Run也有了更多的需求。或者这么说吧，我原本就对Run有许多需求，只不过有的需求多，有的需求少，有的多到我需要加以抑制，有的少到我本人都无法识别。现在它们统统变得强烈。

你说，人究竟想对自己做什么呢？也许每一个人，都想成为另一个人（看看我的顾客们吧），切断自己的根，顺流而下，也许腐烂，被鱼劫食，也许遇到沃土，蔚然成林。不安分总要付出代价，但我和Run的情况略有不同。我们是彼此的样本，游戏伊始，便比别的玩家多一条血槽。

不、不，我不够诚实。我只是不想面对自己对她做过的那些事。你看，想玩游戏的仅是我，而她是那个配合表演的替身，尽职尽责，服从调度，却也非乐在其中。有时候，欣赏她的痛苦也变成了一种享受，一种欲求。

她究竟是怎么想的？难道她只喜欢满足别人？我不相信她的忍耐是出于爱，我不相信爱能取之不尽，或者说，我已经忘记了那种相信的感觉。她就那么讨厌她自己？

她闷声跑过。于是追赶、求饶、发誓赌咒便成为我新的欲求。我总能使她回心转意。她默默地跟在我身后，我的心中充满了得胜的喜悦。一秒过后，是漫无边际的空虚与厌恶。我厌恶Run为什么这么软弱、无趣、召之即来。我也厌恶自己，为什么这么残酷、轻浮、反复无常。

在那一秒钟的胜利里，我能相信Run，相信我便是Run的需求，相信杂音只是杂音，无法喧宾夺主。可我已不是从前的我。我想改变自己，但缺乏足够的勇气。心里固然有力气，有动力，不多不少，和为人之初拥有的一样多，可现在感受起来却少得可怜。当初的我，竟敢揣着这点东西就信心满满地穿上了鞋，还以比肩民自居。她是怎么做到的？该怎么做才能再次做到？我走进便利店，买一箱水，拧开一瓶。

强哥很不高兴。

"干吗要理会什么蚂蚁人？"强哥说，"欲望虽好，可也不是多多益善。能想象隐患吗？巨大的隐患在前头等着你呢。现在踩下刹车，悬崖勒马，浪子回头，来得及。不要搞到什么积重难返的地步。不是说了吗？要学会忍耐痛苦，延迟满足，质变才能发生。"

我毕恭毕敬地聆听强哥的教诲，按照强哥的指点制作油炸花生米，摇晃啤酒罐直到毫无泡沫再拉动拉环。没有泡沫的啤酒喝来如同喝尿。久违的乏力感从一个相反的方向出发，抵达我的内心。我意识到某一种质变已经发生，不可逆转。既然已经习惯了丰饶，就再难回到贫瘠当中。抑或恰恰相反，占有使我变得贫瘠，失去了丰饶的原力。如果是现在的我站在便利店中，只怕会拆开剃须刀的包装，割破脖子。

货架上摆放着吉利牌剃须刀，也摆放着宜云牌矿泉水。

我取下后者。

不知不觉之中，我需要饮用的宜云水越来越多。原本一瓶水就能提起兴趣与Run同游，现在需要三瓶。渐渐地，除非水不离手，我就无法完成与客户连篇累牍的沟通。大量的时间必须花在小便上。一边小便，一边与助理沟通日程安排、与Run沟通周末怎么过、复盘刚刚结束的沟通什么地方需要改进。冲水马桶哗一声响，我拧开一瓶宜云水，山馆名声大噪，稳稳盘踞在美容业的高地之上。

到了去年三月，我本人成为了一个能安享睡后价值的人。可以停下来了，可以靠睡后价值自由地与Run消磨时间，吃遍各国拉面。我不想停。我不敢。我必须渴望更多，否则就会变成一无所望。

夜深人静的时候，Run进入酣畅睡眠，我一动不动地躺着，等待睡意战胜躁动。半睡半醒之间，我仿佛回到了真实的自我当中，那个自我像一粒压缩毛巾一般被扔在角落里。虽然我来到了人类的世界，可竟从未成为一个真正的人，连一只真正的虫也不像了，那个自我抱怨道。我为客人安排别致的灯光、培训风度翩翩的服务生、缔造独一无二的美貌，可那都是客人的心意，并不是我的。用心服务，我并不曾用过心。如果我也算有过一颗心，那么这颗心连喜欢客人都谈不上，如果没有被欲望驱动，我根本不想同这么多人打交道。我拥有了那么多漂亮的鞋子，可它们并不合脚，它们的归宿是摆在展柜里供人谈论，永远都不会脚踏实地，跋涉十里。我渴望赚取更多的钱，渴望生活得幸福如意，但是……这究竟是不是我本人的欲求呢？海水被绿光浸染，举目四望，没有别的色彩。诚然，所有的水都无色，无味，无毒无害，可如果只能取一瓢饮，便无须拐入隐秘的角落一窥究竟，而现在的我流连忘返，再难分辨路在何方。真奇怪，我需要不断喝水才能保持住热望的状态，我喜欢的似乎仅仅是欲望得以满足的感受，究竟是什么欲望，谁的欲望，倒变得无所谓了。无主的意志在我的体内信马由缰，我竟自愿为它们让出位置，自愿使自己变得微不足道。

我真的爱Run吗？我真的爱这个天真得可怜，近乎可耻的自己吗？

我看未必。

所谓的自我被关闭在一个没有钥匙的储物柜中，送来远方的呼唤。必须停下来了，哪怕一无所望也必须停下来。想到这个让我感到安心，于是睡意终于战胜了躁动。可当我再次醒来，与Run互道早安，想法就变了。

已有的一切无法割舍。

我当然是爱她的。我爱她，犹如爱那个没有面目，躺在草地上喝彩的虫。那是我，你是我，如果我连你都不爱，我便只是无根的浮木。

我拧开一瓶水，这是最后一瓶，我对自己说。如此日复一日，夜复一夜，一瓶又一瓶。夜深人静的时候，我需要花更多的时间角力，等待睡意战胜躁动。也许我终究是一只蟑螂，是强哥的后代，终究要学会忍耐痛苦，延迟满足，才能得到真正的质变。我开始享受那种半梦半醒间的角力，期待某一方面的力量能使土壤松动，将我连根拔起。远方的呼唤夜夜回响，那声音日益壮大，终于盖过一切杂音。

现在，我最强烈的欲求便是回到过去，回到虫的世界。我要取下脑袋，锁入柜中，忘记它曾经存在。

即便那里没有Run。

3

我坐在地铁一号线里，终点站是苹果园。我算过了，等到了苹果园还能赶上反方向的末班车。我还有时间。

深夜的地铁宜沉思，宜安神，有座位更佳。

我不知道Ran的话能信多少，就是说，我还没想清楚自己该往哪里走。也许是做惯了人的缘故，我对虫子抱有成见，实在不想成为一只虫，不相信听听音乐就能吃饱。

假设那里真有一个孟惊雷，难道我还要再卖一次打口碟，再去一趟颐和园？莫非那里也有一个颐和园？若真有，难道那里的孟惊雷也唱英文歌？当然，没准那一位孟惊雷记得打口碟，记得颐和园，也记得已经和我分手的事，否则她也就不是"孟惊雷"了。

不，我头疼的不是这个，不是这里那里，不是我要往哪儿走。怎么能放任她继续喝下去呢，那破玩意儿？我该做什么才能阻止她继续喝下去？我努力想着这个。

关于Ran的这些事我还没有告诉Run。倒不是觉得不可信，也不是碍于说了不负责任或是不该由我来说。没有想这么多。不想说，懒得说，想到需要说的居然这么多就望而却步，大抵如此。我对Run的事没法更上心了。打个电话互报平安，问问鸭川好不好，顶多唱首歌。日后她二人若真的一拍两散，我便买上两打啤酒陪Run一醉方休，这就是我所理解的仁至义尽。如果我与妻子有了小孩，那就还得打个折扣，譬如啤酒仅能买上半打，喝到微醺便粗暴刹车，绝不半夜跑去三联韬奋。

这么说来，我该是个重色轻友的家伙。

所以，Ran的这些事我一定得告诉妻子，原原本本，事无巨细，告诉她Ran的痛苦，告诉她宜云水再喝下去就会酿成大祸，使你不辨你我，深深迷失。向前也罢，向后也好，只要是你自己渴望的方向，我自然送上祝福。但首先得确定这是你，是你孟惊雷本人渴望的方向。

想到这个，我起身准备下车。抬头一看，距离苹果园还有五六站地。

一个什么人紧跟着我站起来了，一个男人。车厢玻璃映出他模糊的影子，他猛地站起，不着急下车。他离我半截车厢距离，正盯着我看。我转头瞟去，他竟脸一红，脑袋跟雨刷似的拨拉过去，又拨拉回来。

地铁在万寿路站停靠，我走出车厢，走向对面站台。那男人跟着我走了过来，与我隔一个等候区站立。他看起来二十出头，穿着鼓囊囊的面包服，背上印着夸张的英文装饰字母，牛仔裤、运动鞋像是新买的，配色乱七八糟。双手插在上衣兜里，戴眼镜，颅两侧的头发剃成寸头，顶上半长，似乎抹了发蜡。这副打扮再配上青涩的表情，令我想起大学时那几个刚开始追求时髦的同学。

我当然没见过他。

五分钟后，驶往四惠方向的地铁进站了，我与他前后脚跨入车厢，各自找了一个空座位坐下。落座时，他又拨拉我一眼，像在确认自己的行李是否成功托运。

我浑身不自在。"滴滴"声响，这就要关闭车门向前行驶。我闯向门口，跳回站台。抬头一看，这小伙儿竟然又与我隔着一个等待区，安然站在了站台上。他扶住膝盖喘气，担惊受怕地瞧着我。

好家伙，难道真在跟踪我？

"蚂蚁人派你来的？"

我走过去问他。

他的脑袋来回拨拉，速度太快，真不像个雨刷了。

"蟑螂？"

看着他摇头的样子，我在想，拨拉得这么快，到底能像点儿啥。

"别走，来，咱俩聊聊，你为什么要跟着我？"

小伙儿体力还不如我，一口气喘这么半天。他好歹直起身，脸一红，倒像我想怎么着他了。

"我不知道。"小伙儿说。

"你什么意思？不知道自己在干吗？这么跟你说吧，我最近憋了一肚子火，今天不把这事儿说清楚我跟你没完。"

小伙儿竟加快了摇头的速度。噢，我想到了。拨浪鼓，头摇得跟拨浪鼓似的。说实话，我没玩儿过这东西，实在也不知道拨浪鼓长什么样。

须臾工夫，又一列地铁进站，这回是末班车。拨浪鼓小伙儿率先跨了进去，隔门喊话："哥，要不咱里面说吧？咱车厢里说。"

我犹豫着。我对他生起几分敬意。脑子不错嘛，车厢里不能大声喧哗，这是要逼我做个没素质的人吗？万寿路，我想着。从这儿打车到妻子家可不是个小数目，肯花这笔钱还不如用流量听日推呢。车厢又开始"滴滴"了，我跨了进去。

隔一个空位，小伙儿的笑容僵着。

"哥，不是骗你，我真不知道是谁派我来的。"

"那派你做什么事，总知道吧？"

小伙儿看看对面乘客，挨近了半个空位，声音又轻又飘。

"哥，派我来的人，要求我对您传一句话。"

"传话？好，什么话？"

"冲吧！注意，是感叹号。"

"冲吧？"

"冲吧！"

"然后呢？"

"就这个。"

"没说不冲有什么后果？"

小伙笃定摇头，我哑然失笑。

"好，那你告诉我，什么叫不知道谁派你来的？不是说派你传话吗？"

小伙儿掏出手机，背过身输入密码解锁。我心里愈发想笑。他叫我一声哥，手机凑来，我看到一个百度兼职贴吧的帖子。

"【招募】"，帖子里写，"真实兼职，一天入账1000元，想了解的加暗号×××不是×××。"

"加暗号是加微信的意思。"小伙讲解道。

他随即调至微信页面。聊天发生在昨晚，这位×××向小伙发送了我的照片，近照，看穿着，像是跨年夜那晚在地铁里偷拍的。需要你做的事很简单，×××对小伙儿说，明天一早，这位先生会前往大望路的SKP办事，你需要候在大望路的地铁站中等待，找到目标后，向前说一句话："冲吧！"注意，是感叹号。说完之后征得对方的同意，录一个小视频证明话递到了。

小伙儿回复，就这样？×××说，就这样。接着，两人聊了一阵给钱的事，×××对这1000元十分在意，坚持不提前支付定金，最后在小伙儿的软磨硬泡下终于先支付了100元。小伙点击收账，两人的聊天就此终止。

我点开×××的头像。好家伙，微信名果然和昵称一样。头像就是个白方块，像是冲着一张白色A4纸拍下来的，没有朋友圈，什么都没有。

地铁一站接一站地向前行驶，上来几个人，下去几个人，除了录播的女声提示音以外再无声响。

冲吧！

冲什么冲？谁会花上1000元传这么个消息给我？又为了什么？

是蚂蚁人在说反话？不希望我阻挠妻子喝水，不希望好不容易接洽成功的燃烧室就此关闭？可蚂蚁人多威风啊，又不是没法儿直接聊，何苦找这么个灰溜溜的在校生办事？那么，蟑螂？蟑螂倒像是能做出出人意表之事的样子。但时间对不上。昨晚，按说强哥已经被蚂蚁人带走了，是否处决不知道，但总不能还可以拿手机往外派活儿。也不一定，没准儿有别的蟑螂，没准儿有两打蟑螂喜欢徘徊在灵薄狱中，也没准儿Ran说的不足为信。问题是蚂蚁也好，蟑螂也罢，究竟是怎么得知我今天要来SKP的？难道是黑袜白袜出于恐惧办了桩这种事？不对，他们也不知情。

也许这也是某种信息素的结果。也许我身边充满了蚂蚁、蟑螂，而我自己并不知道。也许黑袜白袜都是蚂蚁。Ran人模人样，不照样自称蟑螂？

当然，还有另一种可能。如无必要，勿增实体，还有一种更简单易懂的可能。

我点开自己的微信，看到头像还是那日在颐和园里拍摄的风景照而不是一片空白，心下稍安。我点开转账记录，确认自己并没有给任何人转过什么100元，心下稍安。然后我想到自己身处何处。莫非我真的在什么limbo之中？莫非此事也只能归入咄咄怪事，无法理解，难以解释？莫非当真有某一个我——世上的另一个我抑或生而为虫的我——在我不知情的情况下找来一个不着调的人，向我本人传一句似是而非的话？那么，他，或说我，到底想干吗呢？

"哥……"

小伙儿开口了。

"能拍一个小视频吗？我还等着结款。"

我接过他的手机，对着前置摄像头，清了清嗓子。

"知道了。"我说，"滚你妈的，我他妈凭什么听你的。"

小伙儿大吃一惊，我点击发送。视频上传的间隙，我们像俩穿着开裆裤的小孩儿似的抢手机。我说"你别闹了"，他说他等着结款，我说又没规定我不能说什么，他说他不想惹事。微信响了，对方发了个大拇指表情过来。小伙儿瞪着手机，终于地，那对话框里弹出橙黄色转账框，小伙儿点击收款，笑了。"互删。"小伙儿发送过去。我想到了什么，连忙掏出自己的手机，"新的朋友"，我搜索"×××不是×××"：该用户不存在。

小伙儿一脸委屈地看着我。这事儿他倒是办得麻溜。

"你怎么不见到我就上来传话？你打算跟到什么时候？"

小伙儿脸一红，半天憋出一句："我有点儿害怕。"

"我看着不像好人？"

"也不是……哥，你摊上什么事儿了？"

"哦？"

"没摊上事儿，别人犯不着这样吧？"

可笑的正是这个。我摊上什么事儿了？我自己也不知道。冲吧？好，如果我知道自己正在往哪儿走，冲了也就冲了。问题是，我到底在往哪儿走呢？

不知道。

我看着这趟空荡荡的列车，心里恐慌。

它真能把我带向某处吗？这里当真是北京被挖空的地下吗？实在地，那黑乎乎的窗外倘若正是虫的世界倒也说得过去。

五年前，父亲入狱的时候我就什么也不知道。该怎么做才能大展宏图又保全自己？不知道。所谓的宏图长什么样子？不知道。水清濯缨，水浊濯足，那么这水是清是浊，我的缨又是什么做的？

不知道。

本想找到一个答案再去见父亲的，本想找到一个答案，就走出家里的代步车，离开监狱的停车场，与母亲一道进去登记，见一见父亲。问他："爸，你当时到底怎么想的？你究竟是身不由己，还是一直以两副面孔生活。"

倘若我有了自己的答案，也就不会惧怕父亲给不出他的答案了。

然而五年过去，我仍然没能找到确凿的答案，没有。五年过去了，却又像仅仅过去了一年，一月，一天。我老了五岁，好像每长一岁都懂得更多，又像每过一年都愈发怯懦。

"哥，你什么专业的？"

"我？金融。"

"哦，怪不得。赚那么多，是不是项目上的竞争对手想整你？"

我想说金融没有你想的那么好，没听说过金融民工吗？没说。体会一下高收入人士的感觉蛮好。

"那你呢，你学什么的？"

他报出某林业大学的名号。"高才生啊。"我惊讶道。

"我马上要去宁夏了，要去一个盐池荒漠生态系统的观察站待一年。"

我顿时想起徐伟，他提过想去帮什么教授治沙。为什么没去呢？我想问问徐伟，为什么治沙都不想去，偏要当什么虫子？

"想治沙吗？"

"不想，我那些去了回来的师哥师姐，皮肤可粗糙了，对象都难找。"

说着，小伙儿摸了摸自己的脸。

我倒有点儿想。真的。比起去班长的投行部实习，治沙倒更像一个答案。爸，我在治沙，你知道？我们国家的绿地面积增长率全球第一！虽然赚得少，但福利还不错，而且在沙漠里生活也想不起什么钱的事儿。如果能对父亲说出这么一番话，他一定会倍感欣慰，会的。

我还听说过许多森林集团诈骗案。妻子就审计过一个。

4

小伙儿在建国门站下车。我们隔着车厢门挥了下手。我又坐了两站，到国贸下，叫了辆滴滴前往妻子的家。须臾工夫，我看到了邻居家门口放着的那袋垃圾。莫非还没扔？不知道。垃圾门神依然故我，雄赳赳鼓囊囊。我环视周遭，满意地打量着光可鉴人的瓷砖、浅棕色大地砖、厚实的黑色防盗门。我面朝妻子的防盗门，咚咚咚敲了起来。

"谁呀？"

妻子的声音。

"是我。"

我一边答应，一边回头，冲邻居家的猫眼嫣然一笑。

脚步声来，班长打开了门。真是班长，不是什么班长蚂蚁人。

班长友好地问怎么不先打个电话，竟像我拜访的是他的家。我没接话，跨一步进来，习惯性地关好门。我手里像是提着一瓶酒，白葡萄酒，雷司令或是琼瑶浆，这就要听见主人客套："哎呀，吃饭就吃饭，怎么还带东西来嘛。"

客厅的窗帘半开，沙发前堆一摞压平了的崭新纸箱，电视机前敞开着六个已经装满了的纸箱，我一眼瞧见里面有那件带兜帽的红色羊毛大衣。妻子穿着件白色连帽衫，灰色家居裤，从卧室里出来，怀里抱一摞叠好的衣服。

"怎么回事？"我说。

"搬家，房子找好了。白天没空收拾。"妻子说。

"不是。"我努力想着什么，努力想把话说得明白又礼貌，"他怎么会在这儿？"

"我过来帮她收拾。"班长说。

说着，两人相视一笑。

"谁他妈问你了？"

妻子瞪我一下，尴尬地凑到班长耳边，冲他说了个什么。班长点点头，冲我眨眨眼。他走向那六个满当当的纸箱，撕开一卷宽胶带，将红色的羊毛大衣往里压压实。我看不了这个。我觉得他正在压的不是大衣。我冲过去抢胶带，妻子把我拉走。

"我陪你出去转转。"妻子说。

说着，她穿上一件挂在玄关处的皮毛一体大衣，打开了门。我看着她脚上毛茸茸的拖鞋，想着袜子的事儿。

"你不穿袜子？"

"我们就到一楼走走如何？不出去。"

好吧。我跟着妻子离开家。关门时，胶带的声音像是把什么东西给扯坏了。

5

"你现在觉得他配了？"

"他刚做完一单并购，标的方是做人工智能的，管理层保留。我和我闺密早就想和那公司接触一下，现在认识了。聊得不错。"

"我问的不是这个。"

"想吵架啊？"

不想，当然不想吵架。我们俩靠在这小区一楼大厅的窗沿下。虽说有暖气或新风系统，可那玻璃靠上去总是很冷。

"你不觉得这样很好？"妻子说，"不是聊过了吗？我们聊得很好，不是吗？"

"你是说分手？"

妻子点点头。

"我今天来找你不是想聊分手的事，我想谈谈你的事。"

"有泽，这样不太好。"妻子说，"能和平分手我很自豪的，你再执着就有点吓人了。"

"就聊宜云水的事。先不说别的，你能不能答应我不要再喝宜云水？要不喝巴黎气泡水呢？也是330毫升一瓶，不做活动的时候买起来也挺贵的，还是玻璃瓶。玻璃瓶不是更有范儿？扔垃圾的时候重些，缺点，但不是硬伤。"

妻子呵呵地笑出声来。

"有泽，我不爱他，真的，一点儿也爱不起来。"妻子说，"我还爱着你。这么说你心里会好受点儿吗？"

"还爱我，不爱他，但是哪怕和他在一起，也要和我分开？"

"你非要这么说干吗？"

"你说这像话吗？你自己说得过去？"

妻子不说话了。她刚换工作的时候，我们因为类似的事儿拌过嘴。也不能说类似，怎么说呢，那天，她和新同事们一起吃午饭，大家聊起了一个假设：假设有人给你一个亿，就跟你睡一觉，你答不答应？第一个同事说，答应，这有什么，一个亿欸，光是想想我都很高兴。第二个同事说，如果有人肯出一个亿只为了睡我，那这人已经算对我很好了，我妈都没有这么稀罕我。第三个同事也说答应，第一个同事就说，你不是有对象吗？第三个同事说，有是有，可要我有了一个亿，我还真不想给他花。大家哈哈一笑，没一个不答应的。妻子问我答不答应，我说这还用问，我当然不答应。妻子不说话了。我说，那你呢，你怎么应付他们？妻子说，我跟他们说会和你商量，如果你同意，我就答应。我说这像话吗？你跟他们有什么差别？妻子也生气了，花钱的地方很多不是吗？我当时就想，如果我有了这一个亿，我就买一套学区房，再买两套小户型新房等升值，剩下的钱找你存稳定理财，按月给息那种，万一家里谁生了病不就不用发愁了吗？我说，噢，你还想着怎么花了？问题是我怎么可能答应呢！你好好想想，我要答应了，我还是个人吗？你还会跟我在一起吗？妻子沉默了一会儿，说，我对我们俩的关系想得跟你不一样。我说，怎么又不一样了？她说，我总觉得，无论发生什么事，我们俩都能沟通清楚的。我说这根本不是沟通的事儿，这是原则问题，有的事情一旦发生了，再怎么沟通都修复不了。妻子说，你要不要这么夸张？又不是出卖灵魂！

我一听这话，简直气得发晕，连问了几次这怎么不叫出卖灵魂！她竟爽朗地笑了起来，倒像我只是她未经人事的儿子。她兴致勃勃地打开电脑加班，而我还在想灵魂的事，越想越觉得不可思议。总不能说灵魂栖身于阴道中。灵魂到底在哪儿呢？灵魂栖息于何处都说不过去，没准儿这就是灵魂压根儿就不存在的证据。

此刻想来，那个夜晚已变成了美好的回忆。多可爱啊，想到有人要花钱睡她，她的第一反应居然是如何为我们这个家庭开销。假设我躺在床上，马上要死，她会为了救我一命答应和别人睡吗？譬如我85岁她81的时候。

"先不说分手的事儿。"我说，"待会儿再说这个，先说水。不要喝宜云水了，这个行不行？"

妻子又不说话了。她从大衣兜里掏出什么来，正是一瓶330毫升的宜云水。她拿在手里端详，似乎在研究那红蓝配色的标签纸设计得如何。我想着这水，想着我怎么就这么来劲。莫非在Ran那里喝了这个？莫非那便宜玻璃杯里装着这个？应该问一声的，Ran，你现在还喝吗？就一个欲望了还需要喝吗？竟忘了问。妻子拧开来，笑眯眯看我。淘气。我见她还真要故意喝一喝，便一把抢过，将那水倒在地上。我捏扁了空瓶子，甩手一扔，这玩意儿在地上"枯隆隆"翻两下，不动了。

"你至于吗？"

"没事儿，一会儿走之前会记得扔。"

"这是公共区域！"

"不是什么阿尔卑斯山的山泉。是尿，是毒素，是虫子排的毒。"

"宜云小镇不就在阿尔卑斯山脚下吗？还每年举行女子高尔夫巡回赛呢！"

"我不知道别人喝的算怎么回事儿。但是你，你喝的绝对被蚂蚁人动了手脚。"

妻子白我一眼，走过去拉空瓶。我看着她。她在电梯那儿犹豫了一会儿，转身回来。她站到我跟前，脸上那种不耐烦的神情没了，像是想明白了什么事。

"其实我是相信的。"妻子说，"我相信你那天给我讲的故事。我想来想去，觉得事情可能真是像你说的那样。我当然不是什么天选之子，而是蚂蚁人的工具。我相信你了。"

我点点头，问她冷不冷。她答说不冷。我拉过她的手来握，她僵一下，任我握。她显然很冷。应该逼她把袜子穿上的。

"那么你答应了？"我说。

她说她要喝，她说跟喝水没关系，她摇着头斟酌了一会儿，"有泽，你还想当导演吗？"

"想又怎么样？我要想当，你就不喝了？"

"假设有一个什么人，譬如说灵感之神，缪斯女神。这神找到你，说你能做一个顶呱呱的导演，从此刻开始，他会往你的脑袋里灌注灵感、意志力、执着心，这样你便能当一个顶呱呱的导演。没有附加条件。好，你干不干？"

我心里着急，但毕竟是她问，我便努力假设。什么叫顶呱呱的导演？据说，某导演为了扳倒某导演，写了万字文，终于使对手的杰作无缘上映，他们俩倒都算得上顶呱呱，还爱过同一个女人。

"我不知道。"我说，"如果要靠别人来灌注才能想出一个什么，听上去真没劲。"

"好吧。"妻子说。妻子的眼神冷下去了，变得和手指一样冷。"我和你不同，我乐意当个工具。"她说，"你说人生最幸福的是什么呢？我不知道别人，我看你就跟我不一样。对于我而言，最幸福的时刻就是忘我，是投入在一件事情当中，全情投入，忘记自己的时刻。"

"我也喜欢忘我。"我说，"能这么有干劲当然求之不得，可也得先有我。如果那事儿压根儿跟我没关系，哪怕忘我又有什么可骄傲的？"

"怎么就没关系了？"她的声音一下子高起来，"做事的不还是你自己啊？！"

"好吧，这也许是一个悖论。"隔了一会儿，妻子平静地说，"如果被当作工具使用，可能就无法判断正全情投入的事情是不是出自本心；可如果总想着什么自己，也就无法体会到忘我的滋味。过度的自我关注是万恶之源。如果有什么人希望把我当作工具，希望向我体内灌注一点什么，那就来，就让它来。比起做成一件事情，我本人是不是工具有什么好矫情的？"

"不就是想拿算法淘汰一批劳动力吗？"我就纳闷了，"有那么高级吗？"我感到愤怒。哪怕她直接说自己是为了钱，我恐怕都能高兴点儿。

"有几个人喜欢干核算会计？你不也不想当柜员吗？解放生产力不好？我如果做成了，就能让许多人离开枯燥的票据、表格，去做他们真正想做的事，有什么问题？"

"谁说我不想当柜员了？我喜欢自己挣口饭吃，我和核算会计一样爱岗敬业！怎么就解放生产力了？被解放的只有你。"

不知道怎么就越说越远，我明明只想问一句：那你呢？你想做什么？可是，在我刚想说明这句话时，她已经见缝插针讲了十句。她在说什么对社会有用的人、要做一个对社会有用的人——"你爸妈没教过你吗？我现在有能力、有资源做 件对社会有用的事，你有什么资格在这里阴阳怪气？"我想说这就是个屁，我不相信什么人工智能能解放劳动力，我不相信那些被省下来的时间真能回到我们手里。我们会被按回工位上做别的什么活儿，不挨到九点就不能下班——而这已是好结局，更可能发生的是我们都被淘汰出局，找不到能领薪水的地方。可是，等我想好该怎么反驳，她已经说起了古代的事儿。她在说你知道没有自来水的古人每天得花多少时间挑水吗，你知道没有纸尿裤的时候，每天得花多少时间洗刷、晾晒、折叠吗——"为什么我们俩从来不为洗衣服吵架？因为有人发明了洗衣机！"

"行啊，你是不是还要说嵇康、陶渊明、苏东坡？好，我还就乐意挑水，我就喜欢沐浴着阳光，领一只黄狗，哼着小曲慢慢挑！人家古人呼吸的空气现在不得花个一万块飞到瑞士才有得吸？"

妻子生气了，开始说长白山的空气也很好，说我根本没使过扁担，凭什么说挑水的事。她朝电梯跑，拖鞋啪嗒起来。她跑得没我快。

"聊岔了，"我说，"你别失望，我们俩的分歧没有那么大，跟古往今来没有半毛钱的关系。我无论如何都不希望你被当个工具使唤，真的。要有主人翁意识，你爸妈也教过你这个吧？你不可能只为了别人活着。"

电梯门打开，班长走了出来。

"我就下来看看。"他说，"怎么了？怎么还拉扯上了？"

我手一胀，将班长打翻在地。

6

天快亮的时候，我躺在沙发上，左侧有一摞压平了的纸箱。我身上盖着空调被、羊毛毯，枕着我枕过的枕头。我的手机连着家里的Wi-Fi，密码没换，还是我们俩手机号末四位连在一起的那串数字。

书房里的沙发床上堆满了待收拾的东西。"要收拾出来吗？"妻子说。"不了，"我说，"沙发挺好。"

挺好。我感到心满意足。

右手肿痛。骨关节破了三个，掌撑不开。不该打脸，打人不该打脸。我还真不知道骨头打在骨头上有这么疼，早知道就该一拳打在班长的肚子上。我的肚子被他踢了一脚，当时疼得要命，可现在还不如手疼，十指连心嘛。班长的体力不如我，再打下去非把他踹进医院不可。

"长这么大，这还是第一次有人为了我打架。"说这话时，她皱着眉头，正拆开一个已经封了口的纸箱，把那个塞满了创可贴、碘伏球、三九感冒灵冲剂的双扣收纳箱翻出来，推给我。我觉得她心里在偷着乐。我们聊过这个。我们什么都聊过。有一次看到手机新闻说某某地铁站里发生打架斗殴，为了其中一位的女朋友。当时，妻子对此嗤之以鼻。"多傻啊，"她摇着头，"这种男朋友不分手留着干吗？这不就是有暴力倾向吗？"我说我也觉得挺傻。九岁之后，我就再也没打过架了。

收纳箱里有两支一模一样的温度计。那天她发烧了，请假回家，我下班的时候也买了温度计。她问我能不能退，她说要再买就该买耳温枪。我问她耳温枪是什么，她说没什么，后来行长生二胎，双十一，叫我们这些已婚的下属都买一个耳温枪。活动价太划算了，行长说，给小孩用，行长说，反正你们以后都得买。

我拆开了一把新牙刷，用了她的毛巾。牙膏还是那管，褐色的，双莲标牌中药牙膏。我以前不喜欢这牙膏的味道。

"明天早上我有个会，你走之前记得关好门。"妻子说。

我点点头。洗漱镜中，妻子戴好束发带，往光洁的脸上拍化妆水。她用棉片蘸取化妆水，"欻欻"涂抹，"啪啪"拍打。她说过这个，她说，生命在于运动，所以该让脸部的皮肤每天运动运动。当时我笑话她。我说"你整天开会说话，还嫌不够？"她说"你不懂"。

我确实不懂。为什么以前就不多看两眼？为什么总要到看不见的时候才知道自己没看够？褐色的牙膏沫子从嘴里流出来，我打开水龙头，用她的漱口杯接满了一杯水。水在嘴里咕嘟咕嘟乱动，尝起来，好像有股甜味。

"你要搬到哪儿？"

"不远。怎么？必须告诉你？"

衣柜开着，我帮她取下高处的东西。未拆封的年会奖品电磁炉一个、我大学时买的校徽文化衫两件、某新娘给买的伴娘抹胸裙一条、过期的蒸汽眼罩一盒，我妈寄来的电热毯，她妈寄来的燃气炉节能罩，其余杂物若干，譬如洗不白的白床单。三双过时的鞋，一双是我的，两双是她的。第一次见面时，她就穿着其中一双。灰色球鞋，魔术贴里缠了根头发，胶底老化变硬。单就款式来说倒也不过时，但现在妻子不喜欢任何带魔术贴的东西就是了。

"你的东西你带走。"妻子说，"其他的帮我扔了吧，懒得搬了。"

"哦？我帮你捐给希望小学？"

"好。人家要吗？"

"回头我找帖子问问。"

"闲鱼也管收旧衣物，十斤可以上门取走。闲鱼或者淘宝。"

"好，我明天约一下试试。"

再来就是那个拉杆箱了，衣柜顶上。是谁闲着没事儿放上去的？只能是我。

我打开来，随意抽出一张打口碟。"Cash"，约翰尼·卡什，封面是黑色的，"Cash"一词高悬头顶，下方是一个老男人的侧脸被一束光打亮，正闭目酝酿着什么，第一首歌是"The Man Comes Around"，《某人在附近游荡》。这么说，我们俩还一起听过卡什。我打开CD壳，发现里面的打口碟上印着一个金发美女，不是Cash，而是布洛瑟姆·迪里，*Once upon a Summertime*（《曾经有个夏季》）。她也唱过"Tea for Two"，但我们俩更喜欢的是萨拉·沃恩的版本。回想起来，这是两首歌吧？我想着。对，两首歌，不过都叫这一个名字。

好吧，卡什到哪儿去了？

我一通翻找，总算抽出了布洛瑟姆·迪里的CD壳，打开一看，好家伙，花团紧簇，竟是"粉红马蒂尼"的*Splendor in the Grass*（《草中的辉煌》）。"粉红马蒂尼"，翻唱了"Bitty Boppy Betty"的那支乐队，"周末她是你的情人，周一，你只能被尊称为'阁下'了。"欸，我想起来了，我回头听过那什么"大鸭蛋"，粉红马蒂尼也翻唱过它，这个乐队总爱翻唱些奇怪的歌。我把布洛瑟姆·迪里放回属于她的封套里，开始找粉红马蒂尼的CD壳。

"你想听歌？"妻子问。

"也好。"

"播放器找不到了。你买的那个MUJI（无印良品）挂壁机。"

"是你买的吧？"

"是吗？反正找不到了。"

于是我合上拉杆箱，开始找CD播放器。会在箱子里吗，已经封口的那些？不在，不可能。我找遍了衣柜、床下、厨房橱柜。我看着乱成一团的书房，没力气了。

"就那么想听歌？"

"想听。"

"你想听哪首？"

"刚才想听卡什。想听《个人基督》。"

妻子说"那还不简单"，然后她说："我的手机呢，欸，我的手机在你那儿吗？"我说"我打个电话给你吧"，结果发现我自己的手机也不知上哪儿去了。这下我们俩都慌了，开始到处找手机，越找越慌。最近一次拿起手机是为了做什么？想不起来。怎么会这么久都没想起来看手机？不知道。所有的柜门都打开，所有的封箱条都拆了，不在。要不来唱首歌吧？不记得了，哪一首歌的歌词都忘了。马上明天了，我怎么开会？手机里还有文件没看呢。

我在洗手间的垃圾桶边找到了妻子的手机。她还在找，认真地抖落沙发上的空调被，把手插进夹缝摸索。我们从来没有为找一个什么这样大动干戈。如果我丢了，她会找吗？不会，犯不着。只要找到了手机，还愁找不到一个我吗？是的，手机找到了。

手机里，卡什那总显得苍老的声音开始唱了。我与妻子并排坐在沙发上，我倒了两杯凉白开，她翻了一阵没看的文件，舒一口气，喝一口水。

"有一股味儿。"妻子说。

"应该买个净水器。"我说。

"双十一的时候我不是问过你？怎么说的，替芯换起来麻烦？"

"也有简单的。"我说，"那天听同事说起一个，好换，不贵。"

妻子又喝了一口水，皱着眉头笑笑。

"宜云水还是得喝。双十一囤的到现在还有两箱呢。净水器可以洗脸。"

"宜云水也可以洗脸。"

她又笑笑。

"需要我跟班长道歉吗？"我说。

"付了钱的。他还等着结尾款呢。"妻子说，"怎么，还是说你想道歉？想去上班？投行工资确实还可以的。"

卡什唱完，一阵欢快的打击乐响起了，是帕特·布恩，"Cherry Pink and Apple Blossom White"。我们俩都不自在地动了动，妻子伸手切到下一首。毫无前奏，充满弹性的黑人女声，这是"Tea for Two"，萨莎·沃恩唱的。

"下一首是什么？"我问。

"这首不好听？"妻子说。

我说好听。她点亮手机看一眼，Radical Face（一名美国艺人），她说，"Welcome Home"（《欢迎回家》），记得？

我点点头，是那张叫Ghost（《鬼魂》）的民谣专辑。风铃，手风琴，风、鸟、人。封面上，一个赤脚男人抱膝坐着，迎面撑一把小伞。小伞既像是为了挡风而撑，又像是已被风灌满，即将起飞。男人身后有一群鸟——如果撑伞是为了挡风，那么鸟就是在顺风滑翔；如果鸟是逆风飞行，那么男人便即将被伞带走，飞高飞远。

"我为这些歌创建过一个歌单。"妻子说，"不是要纪念什么，别误会。反正都挺好听的。"

不一会儿，"Tea for Two"唱完了，风的声音响起来。满屋子的纸箱迎风忽闪，哗啦啦啦。

"有一阵子没打开听了。"妻子说。

我轻轻地抱住了她，亲她的脸，亲她的嘴唇，压住她。她说过不喜欢舌头，我以前总忘了这个。妻子说，分手还是要分的。我说好，分。妻子说，你的手机呢，不找了吗？我嗯了几个。这之后，我们就顾不上说话了。

我睡到了自然醒。腰疼，背疼，肚子疼，手也疼，但睡得很好，好得过分。

妻子已经走了。

沙发上还留着她的味道，闻起来稍显陌生的味道。也许她换了香水。她为那些又贵又冷门的香水着迷有些日子了。

我打开窗户，走进洗手间，开始对着镜子刷牙，洗脸，慢条斯理。剃须刀当然被我带走了。我摸一摸胡楂儿，用手指按一圈牙齿，瞧了瞧藏在里侧的牙垢，走到饭厅坐下。

到处都是纸箱。到处都是放进去了，又被掏出来的东西。

我喝水，吃桌上剩下的半袋牛角面包。昨夜的温存还在脑海中游荡，梦般美好。我喝水，吃面包，冬日阳光洒遍全身。整个世界都如梦般美好，究竟身在何处简直无关紧要。

而我正位于这个美好的世界中央。

为此我该做些什么。为了无愧于这个美好的世界，我应该做些什么才对。

喂，行长吗？我想打个电话给他。对不起，今天恐怕又要翘班了，这就来办理离职手续好吗？

想来，正是柜员们忙着上柜，行长忙着鼓捣新年开门红的时间。也许行长大人听完说句等会儿的就把电话挂断。

问题是我的手机去哪儿了，对，这是个大问题。

我走进卧室，把被子抱到阳台抖平晾晒，拍打枕头，抻平床单。我环视周遭，哪儿也看不到什么手机。

我走进书房，在各式杂物中跨越，从书架上找到了一摞文件，一支圆珠笔。我看了看文件上的日期，去年的，于是便抽出一张，坐回餐桌前。我写下三个电话号码：我的，母亲的，妻子的。记不清Run的电话号码。行长的也死活想不起来。也罢，大约我真正需要联系的只三人尔。

首先想打一个电话给母亲。妈，我想回来一段时间，辞职了，不想干了。回来我们一块儿去看看爸，对，我想去看他。快过年了，也帮你做做家里的事。

不能说帮你做。不如说，"和你一块儿做做家里的事"。好的，就这么说。

然后打一个电话给妻子。惊雷，开完会了吗？好，就占用你几分钟时间。谨遵指示，分手会分，别担心，就当我们已经分了。也不纠缠宜云水的事。当然，我还是不希望你喝这破玩意儿，可你要真觉得这是你的选择，那我尊重你。只能尊重。哪怕你要喝，我也还是喜欢你，这总是没办法的。我有力气好好生活了，真的。现在想来，过去那几年挥霍得厉害，浑浑噩噩，简直不忍直视。但现在我清醒过来了，真的。比起现在尝到的滋味，以前失去的都不算什么，现在我要牢牢抓住手中的东西，任何一桩都不敢怠慢，不放走。也许一年，也许五年，我会回来找你的，也许还是没有钱，还是没能站在聚光灯下，但会有别的，我有信心。会让你见到真正的我，会兑现魔法永续的承诺。

大约说不出什么"魔法永续"，我想着；大约连"承诺"二字都实难开口。要说吗？要像猫王一样肉麻兮兮地说这个？

说吧。说出来，让她乐会儿。要纠缠水的事，要让她换个水喝。想到这儿，我便想掏出手机，给她买一台净水器。替芯要好换，维护要简单，售后要殷勤。她搞不清楚玻璃胶、管道、阀门，搞不清是谁在替她操心。当然，她有这个本事，脑子也好使，稍稍一学就会。

问题是我不想让她学。问题是手机不在兜里。

也需要打个电话给自己。我走到厨房，拆开那两箱宜云水，挨个儿拧开，倒入水槽。我一边倒，一边思索该同自己说一个什么。也许会有人接起电话。没准儿。喂？对方接起来，声音像是我的。喂，是我吗？是我。

说什么好呢？

几不可闻的声音在某处响起了，是我的手机铃声。我循声而往，再次来到卧室。那声音正是从这里响起的，我的手机在这里，在那个装满了打口碟的拉杆箱里。

来电显示一串数字，是我自己的手机号。不可能弄错，我刚刚把这11个阿拉伯数字写到了纸上。好家伙，"本机号码"，那串数字下方坦荡地显示着。

"喂？"

电流声，低噪声，除此之外一片安详。

"喂，"我说，"是我吗？"

"是我。"

听起来声音像是我的。

"说什么好呢？"

那人说道。

错不了，还真是我的声音。

"冲吧！"我说，"冲吧！注意，是感叹号。能听清楚？"

"能。"他说，"知道了。"

电话断了。我抬起头来，想看向合适的方向。

这到底怎么回事呢？不要想了。不要想了？我坐下来，买了一台净水器。客服说，确认收货后，能按照双旦活动价返差。

欢迎回家

1

行长说："离职表你拿走，我签不了字。"

我说："都5天了，按章程，旷工严重违反劳动纪律，旷工3天就可以把我辞退。"

行长说："你别紧张，中间还有轮休日呢，不能全算。"

我说："行长，《返岗通知书》我也收到了，接着不就该寄《解除劳动合同通知书》了吗？怎么还真留我呢？"

行长说："辞职要提前30天通知单位，不知道？你不按流程走，这个字我不能签。"

我掏出另一张表递上去，申请休年假，把签字笔递给行长。

行长说："旷工要罚款的，3倍，旷3天，罚9天工资。你这个月本来就没上两天班，年终奖不要了？"

我说："行长，我入职5年，每年申请休年假您都没批。不给休年假，单位该按我日工资3倍支付报酬。"

行长不说话，笔尖在两张表上方各悬停一下。他闭了会儿眼睛，拿过保温杯来吹。

终于僵下来了。我一早用单位的电子邮箱发了辞职信，抄送一份给自己的外部邮箱，接着去邮局寄了挂号信，最后打印表格来找行长。行长死活不肯答应，夸我是万中无一的柜员，要挽留，要沟通，现在总算到了好话说尽的地步。

行长说："这五年，我对你好吧？"

我说："挺好，真的挺好，谢谢行长。"

行长说："你和雨润到底是什么关系？"

噢，难怪。我说"行长您放心，我估计她短时间内不会把钱转入其他银行"。行长说："你别误会。急着回老家干什么？跟你说句交心话，来日方长，你怎么知道以后不会和我打交道？多一个朋友多条路，你回老家能干什么？我可以不给你签字。不签字后果想过吧？没法儿在下家入职的，社保也得出问题，下家找好了？找哪儿了？"

"没找，还没找。"我说。

"会找的，总得找。"行长说。

午休时，我请大家吃小炒。人不多，行长有事没来，还在上柜的同事来不了。一个同事说："下个月再走啊，年终奖还没发呢。"一个同事说："据说今年年会奖品不错的。"一个同事说："你着什么急，怎么跟逃难似的。"这之后谁都不知道说什么好了。突然地，那个新来的女同事放下筷子冲过来，弯下身紧紧抱住我，吓我一跳。她卖力地拍我肩膀，眼眶泛红。"别撑着了，"她说，"我们都知道的，行长说过，你是受了情伤。"大家不吭声。大约有人拔开了葫芦塞子，把声音吸走。

新来的女同事招呼店员上了啤酒，要求举杯欢送。拉环响，祝我一路顺风。啤酒凉冰冰的。不知怎的，我还真有点儿喝醉的意思。

2

通常情况下，我喜欢飞机多过火车。云层的尺度巨大，细节简直能长逾百米，令我产生飞行速度缓慢的错觉，慢到足够看清一切。而地面上的农田、房屋、树木，小得和人生一样短暂。它们在火车窗外4倍速播放的样子像一个大号指缝，通过它，时间或别的什么不断漏走。

此刻我坐在云上，怀念地面。

想象一对夫妻经由B25号登机口上飞机。座位号确认无误，男人为女人拨开滑溜溜的安全带搭扣，护着她坐进靠窗的位置。他感到为难。安全带的搭扣会不会太重？会不会太硬？会不会硌到肚子？初为人父令他变得小心翼翼。他们竖起扶手，腿贴着腿，议论这个2厘米大小的孩子该叫什么名字，今天的叶酸有没有吃，以及我爱你。餐车经过，食物的味道飘来，他撕开蜡纸清洁袋，凑准她的嘴。噗——清洁袋膨胀起来，一个气球，白色气球。他用指头拎着这个沉甸甸的气球飞完了全程，将它扔进着陆后的第一个垃圾桶中。

我坐在31C的座位上，身边是一对夫妇，年龄与我和妻子相仿。这是一架中型客机。我想起两年前曾短暂存在过的孩子。我没想过取名字的事儿，妻子也没有孕吐。没来得及。那天晚上我睡得很好，而她梦到了蚂蚁人，第一次喝到了宜云水，为怀孕的可能性焦虑。我不记得醒来后是否察觉到什么异样。时间很紧张，我显然睡过头了，也许为这事儿发了脾气。我们赶往机场，在地铁上办理网络值机，在安检口互道再见，对究竟在告别什么一无所知。我背着双肩包，她拖着拉杆箱，也许在告别时草草拥抱，手中握有令人失望的生活。那天，不必送她到登机口曾令我满意。每年的春节，我都买起飞时间稍晚于她的机票，一起出门，送她到登机口。两年前，我的起飞时间仍比她晚半小时，但我们在安检口互道再见。我按照登机口的指示牌往前溜达，琢磨如何打发这点得来不易的独处时间。接着我琢磨起扫兴的事儿，譬如欧容或耶茨，《登堂入室》或《革命之路》，×，这一百年到底诞生了多少个失败的丈夫（我怎么就不能想想《安娜·卡列尼娜》呢）？我在想，我没有那么老，也没有那么多的钱，快别操中产的心了。我在想一辈子都不结婚的可能性。我在想幸好没有孩子。

很神奇，那一天仍在这里。当时我已经开始失去她了，抑或更早。失去一个人绝不是一瞬间的事。可倘若再往前一年，两年，三年，我曾依依不舍地望着她消失在通往廊桥的走道尽头，然后立刻低头给她发信息。此刻我孑然一人，坐在31C的位置上，身边坐着一对夫妻。他们竖起扶手，腿贴着腿，聊着一个2厘米大小的孩子。登机前，我收到净水器已签收的消息，妻子回复了谢谢与微笑的表情。我老了两岁，仍然没有那么多的钱，仍然恐惧婚姻，仍然庆幸自己还不必成为谁的父亲。可我却想留住她，不可思议。想充当她的伴侣，与她一道吃饭、睡觉、搭地铁，与此同时恐惧婚姻。

那种站立在世界中央的确定感消失了，当归乡切近。

一个陌生的感受取而代之。它和舷窗外的云一样漫无边际，尺度巨大，重，却仍然悬浮。所谓的我在它的托举下离开地面，拉扯开，渐渐变成一张没有面目的薄膜。这就是自由。我们这一代人还没学会如何承受自由，更谈不上享受。我曾以为自己能够幸免。

我不是一时冲动才辞职的。事实上，在银行工作的每一天我都会想到辞职。晨、夕会的时候，做电销的时候，等款车的时候，我想到辞职。每一次揿动叫号器，等待客户走来的那几秒钟里，我想到辞职。我必须不断地想到辞职是一张王炸底牌，才能忍受工作。那些在地铁口排队进站的早晨，我随人群向前蠕动，手机、疲惫、早餐使我们头颅低垂。缓缓蠕动，比膝行更慢，海特医生，《人体蜈蚣》。

我想把脑袋拔出来透口气。

现在我做到了。脱离队伍。被陡然抛掷到十万米的高空，与地面失去联系。工作，爱情，家庭，或是我早已羞谈的理想，与我失去联系。锚爪不翼而飞。这么多年，我到底都干了什么？为什么要来北京，现在又为什么走？我没能辨认锚爪松动的时刻。我在登机口排队，分不清登机口与地铁口有何不同，而这种相似令我感到短暂的安全。旅鼠，毛毛虫，还有人。我们需要踩在前一个脚印上才能迈步，哪怕它来自一个陌生人。

前方是漫无边际的云层。云层上没有脚印。

平飞后不久，我起身让男人出去上厕所。他的妻子靠在舷窗上，不知是在闭目养神还是已经睡熟，双手松松叠搭在腹部。我在想云的事，锚的事，以及脚印。大约一泡尿的工夫，我起身让人坐进来——另一个男人。

"帮帮忙！"

这人说。

看到鞋，我才明白来人是杨耐克。他今天穿了一身灰色调的修身西装，春秋厚度，脚上仍是那双红钩白底的耐字鞋。我从没见过杨耐克打扮得如此正式。论穿着，他时髦标致得像一个抗日剧里的高级间谍，论风度，倒更像一个即将被剁手的瘾君子。杨耐克躬身坐在我身边，双手捂住口鼻，脚后跟不停地敲打地面。

"帮帮忙！"他说，"'贝七'没忘吧？《贝多芬第七号交响曲》，忘不了吧？我请你看的！人情得还，对吧？"

我的脑子一时转不起来。

"我帮你？"

杨耐克大幅度点头，脚后跟不停地敲打地面。

3

那位女士仍头靠舷窗，一动不动地闭着眼睛。她的丈夫不知上哪儿去了。

古怪。究竟是这位消失不见的丈夫古怪，还是杨耐克突然坐到了我旁边更古怪？说不上来。

杨耐克要我帮的忙也有些古怪：如何得知别人的真实心意——大略这么个意思。当然，这是我替他归纳的，他最初说的是"想通过聊天增加确定性"。杨耐克还是那个杨耐克，擅长的是"嗯"来"嗯"去。

"那你得把自己想问什么说说清楚，这样别人才能回答。你问得越准确，别人越好回答。"

杨耐克眉头一拧，脑门儿上出现了两个夸张的凹坑，像某种即将长出角来的幼龙。

"只要问，就可以？"杨耐克说，"能说实话？"

"不一定说实话，看你问什么。也不定非得说实话吧。你可以猜一下对方说的是真是假，这样不就知道点什么了吗？"

"怎么问？"杨耐克问道，"我也是说话的。得说，免不了得说。可我总说得似是而非，每多说一个字，都离似是而非更近一步。"

"你现在不就说得挺好的。"

"嗯。"

"嗯"完，杨耐克的脚动得更厉害了。我说"你能不能先别乱动，搞得我心慌心跳"。他说"来不及了，不能再'嗯'了，你必须监督我不再'嗯'"。

"你到底怎么回事？"

"有了一份新工作。"杨耐克说，"涉及到鞋子的事儿，含糊不得，况且老前辈有恩于我，一直照顾我、护着我、惯着我。我必须顶他的缺。还人情嘛，对吧，人情得还。况且能够徘徊、喜欢徘徊、安于徘徊的原本也没几个，我不顶上，事情就要乱套。乱套知道吧？乱套你总归熟悉的吧？但如何说服别人，如何让别人把鞋子给我呢？不懂，我不懂。不知道对方的真实心意是什么，真实心意就无法流通，鞋子也就换不到。真实心意！我喜欢这个说法。比什么欲望听上去美得多！你归纳得很好。"

我多少有些唐突地盯着他看。好吧，不能不问了，再不问倒像我不是人。

"杨耐克，你是虫吧？什么虫？不是瓢虫吧？"

杨耐克恍惚一笑，令我想起那些忘记掏出身份证的客户说稍等时的表情。他利索地解开西服纽扣，从内袋取出一个黑色皮质卡夹。卡夹内有一张长、宽约十厘米的正方形照片，杨耐克将之递到我手中。照片上，他穿着黑底带红色斑纹虫人cos服，正坐在中山公园音乐堂里，表情陶醉得能给"陶醉"二字做注。侧脸近照，看角度，简直像是那天的我按动了快门。

"拟瓢蠊，我是拟瓢蠊。"杨耐克开始介绍自己。祖籍在菲律宾群岛，但他本人（或说本虫）出生在马来半岛，曾随族群向北迁移（因为气候变暖的缘故）。实属拟瓢蠊中的异类，较之其他拟瓢蠊，他本人（或说本虫）更喜欢干冷地界，于是继续北上，两年前来到了北京。"旅居你老家的那几年，我很快活。"杨耐克说。食物好吃，方言不难听懂，租房子也便宜，总之那地方不错。

听一只蟑螂夸奖我的家乡总觉得有些古怪。

"请叫我蠊，"杨耐克说，"我不喜欢蟑螂这个叫法。但凡听到别人说自己姓'Zhang'，我就犯点恶心。蠊不一样，'Lian'，好听吧，让我想起家乡。我们那儿有很多莲花，各种颜色的莲花，还有名叫'莲花'的台风。一开始注意到你也是因为这个。你姓林嘛，感觉和'Lian'很接近，像是一码事，让我有一种亲切的感觉。"

杨耐克像个老朋友那般勾住我的脖子，抬指一弹照片，说他从小就很上相。他说，没想到有这么美的蠊吧？美丽的蠊有的是。哥斯达黎加、南美、东南亚，温热潮湿的地方诞生了各种各样美丽的蠛，金属色、马卡龙色，抑或所谓高级配色下的纹样斑点，应有尽有。

杨耐克滔滔不绝地说着，脚后跟也不乱动了，潇洒地跷起二郎腿。说他只擅长"嗯"来"嗯"去显然是我的自以为是。

我的身边到底还有多少虫？

飞行广播时而响起，旅客朋友们在各自的位置上休息、聊天、看电影，后排座位上有一个幼儿一直哭闹不止。每个人看上去都像个人样，穿着各色毛衣、T恤、拉链衫，胖瘦美丑各异，若说都是虫似乎也无可厚非。飞行广播时而响起，而原本坐在我身边的男人（或说雄虫）却不知上哪儿去了。也许那位正拿着话筒播报的乘务员是一只流光溢彩的虫，譬如八星虎甲，好动，猎食速度惊人，交配的时候，雄虫会用大颚固定住不甘不愿的伴侣。

"你比我能聊。"我说，"马来西亚，热带雨林，各种漂亮的虫。你就挑自己感兴趣的话题往下说就好了。"

"不行，不够。"杨耐克的眉头又出现了两个凹坑，"人贵有自知之明，我要么不说，要么就自说自话，自说自话根本不是聊天。我从没能让别人对我说话超过三句。"

"从没能让别人对我说话超过三句？"按说也不是什么复杂的话，但听起来就是莫名其妙。世界上竟还有这样的烦恼。

"你真需要别人说出来？"

"得说。是我的不足。我有这个毛病，我总是没法完全相信我感受到的东西。我能感受到许多事实，比方说你早上吃了煎饼馃子。可这些事实之间的关系是怎样的？搞不懂，很难搞懂。搞不懂，就没法儿相信。"

我大概也有这毛病。想来虫也不是那么好当的，也许该介绍杨耐克与Ran认识认识，交流交流，互相倾诉苦恼。

"你刚才是怎么让我开口的？就教我这个。所以我说你能帮我。"

"没什么特别的。我也就问了句你是不是虫，是什么虫。就跟刚见面的人互相问一下'您贵姓'一个意思。"

"嗯。"

"要不你问我吧。"我说，"就当练习。你问，然后我尽量让回答超过三句。先说好啊，挑几个复杂的问题，您贵姓这类的就免了。"

杨耐克并拢双腿，并拢手指，虎口死死卡住法令纹，憋气一般纹丝不动。

"你为什么要回老家？"

"换一个问题。"

"还需要更准确，是吗？好吧、好的，我试试，嗯，你说你想回去，和过去做一个了断，不，当然，你是这么想的，但没有说过。这么说吧，你想回去见一见父亲，和过去和解，对吧？这是你的真实心意？不是在逃避什么？"

实在地，我不想回答这个问题。

"我还是不会聊天，对吧？我只会让不确定性增加。"

杨耐克沮丧地看着我。他的声音从双手之间传出，听上去充满雾气。

"有人跟我说过点聊天技巧。也不是聊天，采访吧，采访技巧。也许对你有点帮助。"我说。

"大学的时候，我负责过一阵子校内放映活动。有些片子的主创会到学校做点映，我所在的电影社就争取做些人物采访，这一度是校刊里最受欢迎的栏目。有一次，我负责去采访一个女编剧。说点题外话。那个片子很糟糕，'玛丽苏'套路，女主那角色除了蠢毫无特点，要不是女社员多是男主的粉丝，我们电影社是绝对不会去联系片方办点映的。总之，男主的采访没争取到，但逮住了编剧。她是个小个子女生，长相平常，靠打扮和气质加点分那种。当时当然觉得人家是个长辈，其实比我也大不了几岁。她脾气不太好，怎么说呢，笑起来都有一种拒人千里之外的意思。我们在她家楼下的咖啡馆见面，秋天，坐在室外，蓝天很高。她掏出一瓶水，一包烟，往矿泉水瓶盖里倒水少许，将过滤嘴蘸湿之后点燃，抽一口咳嗽一下，缓一会儿再抽下一口。她打断我的开场白，让我直接问问题，我就问她是怎么考虑女主这个角色的。她摇头，下一个。我按照自己拟的提纲接连问了三个问题，女编剧接连摇头，将刚抽了三口的烟碾灭。她说，'你看不上这个片子吧，没事的，男生一般都不喜欢。'我多少有点尴尬，好在当时正是天不怕地不怕的年纪，于是毫不掩饰地说这种'傻白甜'的女主已经过时。女编剧笑了，没能变得更亲切。'我教你点采访的技巧吧，'她说，'第一个要注意的是：想让别人说真心话，首先要把自己的真心话告诉对方，先给，再要。'"

没准儿真是头一回听别人说话超过三句，杨耐克的眉头松开了，而我的心情也没来由地好了不少。

那天聊到最后，女编剧才提到了什么采访技巧。我说完自己对片子的不满，女编剧也有些尴尬，她又掏出一根烟，缓慢地蘸水点燃，然后问我有没有女朋友。当时我正在和女友冷战，初恋女友。她是我的高中同学，性格上多少有点"傻白甜"的意思，真的会在篮球比赛的时候站在场边大声加油，嚷嚷得全校都听见才满足。我一边不屑地吐槽她的幼稚，一边享受着她被我数落时微微仰头，战战兢兢的表情。这种享受终于变成了折磨。我们都考到了北京，在不同的学校念书，在找着米，她黏人、没主张、没理想，才读大二，已经开始憧憬婚后生活。她想回老家，还傻乎乎地说她那位在保险公司任副总的父亲能给我找一个专业对口的工作。而当时的我虽然还不清楚自己到底要干什么，但起码不想干什么已经一清二楚。回老家、结婚、努力挣钱，哪一件都令我作呕。我便将这些烦恼向那位女编剧倾吐。"如果我不能做我想做的事情，那么我的工作就是，不做我不想做的事情，这不是同一回事，但这是我能做得最好的事。"女编剧如是回答，说这是尼基·乔瓦尼的诗。我拿过她的烟盒，取出一支来，像模像样地点燃，问她有没有谈过姐弟恋。她说："我不反感姐弟恋，"微微一笑——仍然笑得冷若冰霜，"你开始会采访了，"她说，"想让别人说出点真心话就得这样，就得先说出自己的真心话才成。"

"但我没什么可说的。"杨耐克说，"总不能见到谁都说一通虫的事。当然，也能聊几句历史，虫的历史，比方说阿根廷帝国攻占澳大利亚的侵略史，阿根廷蚂蚁帝国。只可惜大部分历史和你们的记载有异，说多了只会平白激起愤怒，鞋子就更指望不上了。至于日常生活……还真没什么可说的。你也知道，无忧无虑，听听音乐晒晒太阳就能吃饱有什么可说的？不需要亲情、友情、爱情，一身轻。没有羁绊。我小的时候，被你们称为母亲的雌虫把我和数十个被你们称为兄弟姐妹的幼虫拢在怀里，用它的翅膀护卫我们，而我们变成若虫的第一件事，就是咬破襁褓。雌虫死在我们身后，或按照你们的说法：母亲暴尸街头。但对于我们而言，这只是自然而然发生的事情，没有人为此感到困扰。我一直都闹不明白，为什么你们会有这么多心事？"

"那你过来干吗？"

"嗯？"

"你干吗跑来做人？"

"啊，这个。"杨耐克跷起脚来，拍了拍鞋帮上并不存在的灰尘，"也没什么特别的。动了到处看看的念头，是那样一个年纪。遇到了强哥，他把这双鞋子送给了我。就这么来了。"

说着，杨耐克示意我看鞋。

"原本是一双耐克，货真价实。"他说，"但我风格如此。我喜欢似是而非的样子。就拿我本人来说，杨耐克，人不是人，虫不是人，我就喜欢这样。当然，穿了鞋才说得清自己喜欢什么，之前是不需要知道的。抑或是喜欢上了什么，才能穿上鞋子，鸡生蛋蛋生鸡。我改得不错吧？鞋子。"

我答说就算不以似是而非为标准也牛×。杨耐克无限怜爱地看着自己的鞋，说着过奖、过奖。

"可能正因为我是一个似是而非的虫或说人，才会在limbo中一直徘徊吧。"

杨耐克把limbo一词说得十分动听。较之我和Ran的发音，他的limbo有一股磁性共振，像街机游戏里的"K.O.（击败）"。

"强哥不也在徘徊？"我说，"你可以参考他的聊天策略。"

"你跟他聊过？"

"有一个朋友跟他聊过。一两个。"

"但强哥对别人的真实心意手到擒来。"杨耐克说，"他不需要聊自己的事，直接聊别人的事就好。啊，明明自己徘徊不定，却能一眼看穿别人的确定性何在，厉害。偶像啊，简直是我的偶像。"

我长舒了一口气。真想和强哥聊聊看，想听他说说我的事。也许他的确定性就在别人的确定性里，杯子空了才能盛水。他追求的不是水，而是舀水的快感。就像妻子说，大老板真的一点儿也不贪财，只是喜欢赚钱。

"还有第二点吗？"

"什么？"

"那个女编剧教你的采访技巧。"

"好像还说过，提问题的时候不要预设立场。"

"什么叫不要预设立场？"

"比方说，你刚才问我为什么要回老家的时候就预设了立场。你已经预设了逃避是正确答案，还这样平板地问出来，谁都得不舒服。"

"噢……对不起。"

"没事。很高兴能教你做人。"

"那你到底是不是在逃避呢？"

我笑着骂他傻×。

"唉，还是很难啊。"杨耐克叹了一口气，往后一靠。我说对不起，没能帮上忙，有个叫拉里·金的美国老头挺会聊天的，是个主持人，还出了一本书，没准儿对你有帮助。杨耐克说*How to Talk to Anyone, Anytime, Anywhere*（《如何随时随地与任何人交谈》）嘛，看过，这几天看了不少主持人写的书。可人家聊天的目的不是为了确定性，恰恰相反，唯有狠狠搅动确定性才能让不同的人从同一个答案里获得兴趣，节目也因此广受欢迎。

"你真的觉得我在逃避？就是说，你用虫的信息素或什么玩意儿的，感觉出我在逃避？"

"像是这样。"

"像是这样？"

"嗯。"

我打量着杨耐克的照片。我努力回想"贝七"的旋律。旋律想不起来了，能记住的唯有感受，十八岁时头一回听到的感受与那日在中山公园音乐堂里听到的感受混杂在一起。甚至感受本身都表达不清，能够表达的唯有对感受的感受。一种美妙的感受。听音乐的时刻是美妙的。美妙得足以忍受不确定带来的忧虑。

"餐车经过，请当心"的声音响起了。难道我们只聊了这么一小会儿？杨耐克收好黑色皮质卡夹，潇洒地系好三颗纽扣。他说："如果我能顺利执业，你愿意帮我买鞋子吗？"我说也许。他把那张照片送给我留作纪念，赶在餐车过来之前起身离开，向前排走去，消失在头等舱的门帘后。我那位初恋女友在大学毕业后出了国，比我晚结婚，嫁到了温州。去吃酒席的高中同学曾向我们吐槽温州的份子钱贵得离谱，继而又强调新人招待得讲究，去一趟稳赚不赔。"鸡肉饭还是牛肉面？"空乘小姐问道。我要了牛肉面，掀开铝箔，靠在舷窗上的女人苏醒过来，捂住嘴巴。我连忙抽出一个白底蓝字的清洁袋递过去，噗，她吐在了清洁袋里，一丁点儿也没洒出来。消失的丈夫回来了，连声致歉。他按动服务铃，把这只白色气球交给了空乘小姐。

4

我做过回家的梦。

两排正南正北的红砖房，六层高，两扇小院门咯吱响，朝东的通向街道，朝西的通往父亲工作的学校。我家住二楼，窗台下是绿漆栏杆的单车棚，石棉瓦铺的棚顶上有一只扁塌塌的破排球。往左看，玉兰花开，一树深紫红，两树洁白，石砌的花坛边有人挂香肠，有人拍被子，有人切西瓜，春夏秋冬混在一起。我的目光从树下游过，在一群打闹的小孩中看到自己。小男孩跑进窄而陡的门洞，潮湿气味，带网纱的防盗门旁，细密的灰尘如浮游生物般以阳光为食，壮大后飘落在地。家里新铺了木地板，由父亲亲自打蜡。他涂了两遍。那层蜡黏得能粘掉拖鞋，母亲总埋怨怎么也拖不干净。梦中，我的拖鞋掉了，心里亲切、安全，明白这是回家的意思。

这是我住过的第一个家属院。小学毕业后，我们一家人搬入了新的家属院，集资房，12层高的板楼，复合木地板无须打蜡。高中，我们有了一套市政府建的新房，在更新的新城区。周末，父亲偶尔会允许我独自过去小住两天，嘱咐我走之前记得打扫卫生。后来那套房子租出去了。

　　梦到回家与离开家乡似乎没什么关系。从小到大，我时不时会梦到那两排已经消失在旧城改造中的红砖房，玉兰花，黏力惊人的地板。而后住过的其他地方则从未作为"家"出现在梦中。也许所谓的回家就是回到童年。万幸的是，我的记忆暂且不需要接受改造。

　　小时候对飞短流长没有概念，反而觉得每楼每户都相互熟识的家属院十分可亲。做护士的母亲三班倒，有时，我会跟着做语文老师的父亲守晚自习。我喜欢坐在讲台里，那是个长不过一米、宽不过六十厘米的狭小空间，一坐就是一整晚。一屋子学生似乎都不觉得这事儿有什么稀奇。我在打蚊子吗？也许我带了玩具。我还记得湿热的气哈在木板上倏然消失的样子，有限的黑暗带给我遐想的自由。现在想来真是不可思议。

　　并非父亲要求我待在那儿。家属院里有一帮年纪相仿的孩子，但总有谁也出不来的夜晚。那时候是讨厌一个人在家的。

　　每逢寒暑假，我们这帮孩子就跟着任教职的父母一道儿出游，去步仙湖是最常见的安排。孩子们按照年龄自成两派，套泳圈的我们在一块儿玩，不套泳圈的哥哥姐姐们很少跟我们打交道。他们在水里待不长，总是三三两两聊着什么，要不就一个人闷在旅馆里。我五岁就能不套泳圈在湖里扑腾了，但也没能混进大孩子中，倒是顺理成章地成为了小孩子里的头儿，指挥他们游过来，游过去，还不知轻重地将比我大的男孩从泳圈里拽下来。母亲总在岸边担惊受怕，父亲则不以为然。我喜欢他那副不以为然的表情。我喜欢他不像其他家长那样自作主张地给小孩报一堆课外辅导班。

　　初一、初二那会儿，我的成绩不好。大约半个学期的时间里，放学回家的路上我总是经过那两排红砖房的所在地，目睹它被推倒，一点点变成花园广场。那时候我还不知道什么叫作怀念。为了成绩的事儿，父亲说过我。他没说那套端正态度，认真学习的老话，而是露出了一副不以为然的表情。不喜欢吗？他说。我说对，学校里教的没意思。他说，嗯，那就先练练字吧，先学会如何学习。"先学会如何学习"，这种话对我管用。父亲已经是中学校长了，我就读于初中部。他从没让老师过分关注我，后来我常常感激这一点。学校里另一个老师的女儿就惨得多。她母亲专门从高中部调任初中部当班主任，就为了管她，还当众与她争执，使她成了所有同学议论的对象。我怕丢面子，总躲着她。可是，在那两排红砖房里，我们曾住对门，谁出去玩儿都会先叫上对方。五岁的暑假，她敲门叫我。那天我们俩的爸妈都不在家，我家的防盗门被锁上了，我出不去，她进不来。她从自己家搬来了板凳，我们隔着防盗门坐着聊天。我找来一本大部头不带画儿的书，念给她听。念了几页，怪没意思。我把家里的东西一样一样搬来，每一样都能有一点意思。到了中午，我拧开一罐没开封的咖啡伴侣，用小刀划开防盗门上的网纱，递给她一把铁勺。我们吃光了一整瓶。晚上，父亲因为防盗门的网纱发了脾气，把我关到门外。她跑出来和我说悄悄话。印象中，我们说了很久。

　　等到了高中，新建的学校落成了，离我们那高新开发区的新家只有五分钟步行路程。学校里的树又细又矮，而她变成了所谓的问题少女，偶尔遇到父母带小孩一起参加的饭局，她妈妈便拿我作为优等生来同她对比，不停地夸我父亲教子有方。我讨厌这种对比，她讨厌我。

我们不再住对门，却比以往更频繁地听到对方的消息。家家户户的隐私流进同一根下水道，像抽不尽的油烟那样逮住门缝就往里钻。谁家在做化疗，谁家的孩子早恋后离家出走，谁家的哥哥留学回来得了艾滋病，谁家的姐姐年薪百万但嫁不出去，谁家在闹离婚谁家又在争遗产，谁都甭想不知道。三年后，这片新区已经有老区味道，新的新区遍地开花，尘土飞扬。

所以我也知道她现在过得很好。她复读了一年，学的英语专业，毕业后回了老家，在新东方里当老师，嫁给了一个海归硕士，两人合伙开了广告公司，日子过得红火。想必她也知道我父亲进了监狱，而我混成了庸庸路人。

回来的事我只告诉了母亲。说的时候语气轻松，挂了电话就不对劲了。北京是一个贴在脑门上的护身符，好像只要人还在这儿，我就仍在追求梦想，离成功不远。合租房没退，东西也没打包，关门声一响我就明白这间租屋迟早能成为离开家乡的借口。离家越近，我越是频繁地想起当初为什么铆足了劲儿想要离开家乡，同时也清楚这些伤感毫无益处，不过是证明我连面对现实都做不到。我说我想去见见父亲，母亲像有什么心理准备似的，只问这次回来是不是就不走了。红心王后发出的激光网扫来，下一秒我就会和《生化危机》里的倒霉蛋一样四分五裂，而我尚未看懂这是什么。我对母亲说，以后的事还没想好。她开始问我想吃猪蹄还是鸡。我附和着她提及的每一种食物，心里有些感动，但更多的是苦涩。

也许杨耐克是对的。当我决定回来，面对父亲，和这件困扰我很久的事情做一个了断的时候，我真的是为了打起精神重新生活吗？也许我只是想以此为借口逃离北京，逃离令我失败的战场，一如当我真的置身于故乡，回想起此地的人与事，看到熟悉而陌生的街景顺着出租车的车窗飘远，我便开始幻想逃离故乡，回到北京。

好吧，去哪儿都不过是一张机票的事儿。

然后呢？

在那个纸箱哗动的夜晚我分明感到手里握着什么。这玩意儿正在漏走，速度飞快。

我不想走进家属院。

5

母亲说："你想哪天去看你爸？"

我说："爸那边是不是得预约？看你工作上的安排，我无所谓的。"

灶上煨着鸡汤。我坐在板凳上剥蒜，母亲站在水槽边择一把芥蓝菜。先用自来水逐条清洗枝叶，再用过滤水浸泡十分钟，最后用小刀削去切口附近的硬皮。母亲拾掇芥蓝菜的方式三十年来一成不变。她说的话也一成不变。你瘦了，你看上去很累，你们年轻人不该总吃外卖。外卖，这是母亲想抱怨惊雷时的极限。用不了两句她又会说，不过年轻时就是该吃点苦，就是该打拼打拼。接着她会说起医院里的八卦，譬如院长新近与哪个护士有染，而这位护士又与科里的年轻医生暧昧不清。心情好她就加上一句："所以我当时打定主意不在本院找，结果就找了你爸。"父亲入狱前她就爱这么说。父亲会接过话来，夸她眼光不错。

母亲关了火，取一个中号瓷碗盛满，叫我给对门的李老师送去。儿子成家后，这位李老师一个人住。我踌躇着，问蒜够不够，要不要再剥一头。母亲切菜的手停下来。她解了围裙，不吭声地端着碗打开了门。我听到敲门声，听到她和李老师的寒暄。

她没提我回家的事。她的语调平稳，像面对病人那样带有刻意的温柔。她对外人说话一贯如此。我站在饭桌前，手里捏着一把蒜，汗液使蒜瓣滑动。

我拉开门，说"李阿姨好"。楼道里静了一秒，而后再次响动。

"你没必要说辞职的事儿嘛，等找到下家再说。"

母亲说。

"当初你爸的下属帮你打招呼，让你进银行工作，李老师他们都知道的呀，年年都要问你是不是已经当上行长了。"

她还在管人家叫"你爸的下属"。

"要么，回来算了？"

母亲当上护士长是哪年的事儿来着？我有些记不清了。

"回来吧！你要自己住我也没意见，反正新区的房子年后刚好到期，不续了，收回来，装修装修。北京有什么好的？两百万还不够买一个厕所。"

我说还没想那么多。母亲骂我一句，撰一筷猪蹄尖给我。她固执地认为猪蹄必须解成四瓣才入味，固执地认为蹄尖最好吃。

"我早知道你俩吵架了。"母亲说，"上个月我去了趟海南，和惊雷妈妈一起去的。"

"什么时候的事儿？"

"上个月嘛。要不是你俩，我能跟她出去玩？不好玩的。"

我很难想象惊雷的母亲会主动约什么人一起出去旅游，何况是约我妈。

"她妈妈那个人你知道的呀，缠着我打了半个月电话！先问什么时候休假，拐弯抹角，去海南还是桂林，九寨沟还是敦煌，非要请我出去玩。我还能让她掏钱吗？我就知道肯定是你俩有什么事不跟我说。"

母亲停下来，像是想等我说句话。

"头一晚刚躺下，她就问：'你知道惊雷她爸为什么给女儿取名叫惊雷？'我当然不知道啊。然后就吟诗了，'心事浩茫连广宇，于无声处听惊雷'。抑扬顿挫完，看我反应。我能说什么？'哎哟，亲家公好有文化。'她连这种话也爱听的，马上顺杆爬，说她老公是出过诗集的人，我说'是吗'，马上爬起来掏给我一本。"

母亲从饭桌边的坚果篮里取出书来拍打，递给我。

这是一本很有名的诗歌合集，收录了十五位工人写的诗。妻子只跟我说过父亲下岗了，没说还会写诗。

"是谁？"

"不知道啊。"母亲笑了，"你看看有没有姓孟的，没有吧？"

"惊雷是跟妈妈姓的。"

"是吗？所以才好笑啊！把书给我，完了也不说哪首是她男人写的，反倒说她一个人养女儿有多么不容易，好高骛远的男人不行，不像你能脚踏实地。"

"妈。"

"知道了，吃饭吧。"

我开始啃猪蹄。不管怎么说，我妈的猪蹄一向卤得不错。虽然她总说蹄尖最好吃，可她自己还一块儿都没动。

"你到底不满意惊雷哪里啊？"

母亲将猪蹄与鸡汤调换位置摆放，汤勺从碗边滑出来，洒出一勺油花。

"我挺满意的。"

母亲下巴一缩，瘪嘴摇头，像是在撒娇。

"妈，你有点儿想当然了。不是我不满意她，是她不满意我。先说好，这事儿不怪她。"

母亲抽了三张纸递给我，又开始说惊雷母亲了。一见面就使劲握手，走沙滩都穿着不时兴的肉色丝袜，非要拉着自己在"天涯海角"合影，总是装走每天派发的劣质牙刷，刻意只装走一把，蓝色条纹的涤纶正装和两家人见面的时候穿的那件一样。

三张纸用完，桌子上粘着纸屑，手一捻，像是某种纺锤形状的虫。

"那为什么惊雷妈妈说，是你不满意人家女儿？"

"具体怎么说的？"

"说你们闹情绪了。说惊雷情绪不好。"

"惊雷这么说？"

母亲摇摇头。

"她妈妈说，最近惊雷开始给她打电话了，以前不打的。上一次这样打电话，还是刚和你谈朋友那会儿。她妈妈说，希望我劝劝你，两个人好好过。"

和我妈不同，惊雷的母亲很少主动给女儿打电话。我心里有一种说不出来的难过。

"我答应她跟你说说看的。还用她说吗？我肯定得好好跟你说说。"

母亲等了我一会儿，起身到厨房烧水了。

她问："你们到底怎么了？"又等了我一会儿，然后絮絮叨叨地说着李老师的事。李老师离婚了，过得挺好，李老师的儿子也离婚了，现在和新找的对象也过得挺好。她说现如今离婚不算什么大事，没有小孩就发现问题最好不过，没有小孩的婚姻和谈恋爱没区别。母亲说这些话的时候语调平稳，但并不看我。她突然问："你是不是和别人好上了？你们俩是不是出现了原则问题？"厨房里发出各种响动，水，锅与铲，净水器的噪声，钢丝球。当时我和妻子决定不办婚礼，母亲是最反对的那个。

我没想好该怎么和母亲开这个口。当然不能说什么虫的事，水的事，可如果不说这些，事情就变成了我不想分手，是惊雷要走。这不是事实。事实是，恐怕有什么东西阻隔在我们之间，而我必须动手清扫。她说她还爱着我。我们相爱，隔着皮肤相爱，隔着许多层衣服相爱，隔着时间燃剩的灰烬或是消失的梦。某一首诗里写过这个，它说爱你，然后失去你。但我只想爱你。在那个纸箱哗响的夜晚，你的身体滚烫，眼泪从深处流出，与我的什么交融在一起。

我们短暂地击溃过所有阻隔。有限的黑暗中，许多声音呼喊，自你的身体内部。我试图听懂它们在说什么，但即便我听不懂，也能明白你还爱着我。事实是即便我们隔着坚硬的几丁质相爱，能够相爱已足够珍贵。也许我只是在相信自己想要相信的东西，并无视令我失望的现实。那么，什么才是现实？也许我的徘徊与犹疑就是隔在我们中间的东西。为此我必须做点什么，虽然我不知道该怎么做。我当然想把这件事当作拯救来看待，我幻想你需要被我拯救，我幻想自己即将成为某种英雄。你没有向我求助，你不会向我求助的。在求救的是我。我幻想自己能够拯救你，借此拯救我自己。

　　我把母亲叫过来吃饭，撩了块蹄尖到她碗里，跟她说不用担心，也就是闹了点儿小别扭，是我的问题。母亲说"你怎么了，你这是要哭了吗？"我应付着母亲的疑问，尽量让自己表现得轻松自在。说多了，好像我自己也开始相信这事儿没什么大不了，不过是寻常的吵架冷战罢了。我开始笑，母亲的表情渐渐松开，开始说她和爸吵得最厉害的那些事，说"你小时候在床上哭得震天响，我在厨房里都听得一清二楚，你爸可真行啊，就坐在床边备课，稳如泰山。我冲过来解开尿布就往他头上扣，他也火了，反手砸在我脸上，我把他的教案撕下来揩脸，然后就打，当然也吵，最后还不得我收拾。你倒好，尿布一解，舒服了，直接睡着了"。

　　母亲接连啃了两块猪蹄，抽纸，擦手。纸屑粘在她指尖，她抠着指甲缝，渐渐地不笑了。

　　"那你回来干什么？为什么不等惊雷一块儿回来？"

　　"惊雷不可能让她妈妈一个人过年的嘛。我早点回来，你不高兴啊？"

"我都跟惊雷妈妈说好了，今年她跟我们过，我给她买机票。"

"人家不会让你买。"

"我知道！我是真心想给她买的呀。她是很清高呀，头回见面你不记得啦？没几句就说什么不要彩礼钱，不要这个，不要那个，说她不是卖女儿，好像找家给什么都很脏似的，谁受得了啊！"

"那你们最后怎么定的？过年还来吗？"

"这不是得看你跟惊雷怎么商量的吗？怎么样？怎么说的？"

我说还没商量好，说我们会商量商量，脑海中顿时拨通了打给妻子的电话。

"啊，还有个事儿。"母亲抽出坚果篮下压着的另一本书，递过来，"也是她妈妈给的。说是让你转交。"

"让我转交？"

"说是这样。说是在垃圾桶上捡到的，搞得像传家宝似的，好笑吧？"

《爱丽丝漫游奇境记》，2001年出版，燕山出版社。

我的喉咙发紧，胃搅动起来。我试着翻动这本书，就是说，我真的能翻动它。也许我该试着给自己一耳光，或者把大腿拧青。一本旧书，软塑封起泡，卷起一角，纸页发黄，装订处略有霉点，里面没有任何勾画、字迹、折页，但显然是一本看了很多遍的旧书。它就在这里，一个客观存在。家里像是有什么地方不对劲了。我想问母亲一些奇怪的问题，譬如你是否真的在这里，譬如这里到底是哪里。也许我刚才吃的不是猪蹄，而是别的什么不该吃的脚。我伸手抓住了母亲的手，她似乎吓了一跳。那只手很暖和，略显干燥，猪蹄的胶质使指腹摸起来凹凸不平，手背上泛着一层护手霜的油光。我的妈妈一向把自己照顾得很好。

6

我在走路，羽绒服的左侧兜里揣着手机，右侧兜里揣着那本书。

握住母亲的触感还在手心里。不知为何，实在的触感令我感到巨大的恐惧。做一个看似现实的梦与看到梦变成现实是两码事。为什么连我妈都得搅和进来？如果只是做梦就好了，如果是梦中的母亲让我转交这本书就好了。那么，梦以外的现实就能稍显正常。

我在现实中还从未如此细心地感受过母亲的手握起来该是什么样子。也许我正在做梦，没准儿。

搭乘5路公交车，7站地，即可来到每次出现在梦中的家。我是说那个初中校园东侧的花园广场。有三拨人正在这里跳广场舞，互不打扰，生龙活虎。春天飞，蝴蝶飞，双双飞呀双双飞，其中一拨人像是在跳这个。另一首唱的是我在高岗望北京。主花坛里栽满一圈市政绿化矮灌木，圈住发黄的草，再往里，有三棵玉兰花树。一树深紫红，两树洁白，红花正值怒放，白花含苞。这肯定不是我小时候见过的那三棵树。因为树干的粗细和小时候一个样。

我在石阶前坐下。妻子没接我的电话。我想不出还能打给谁。也许我该打给Run，要不就打给行长，聊一聊请客吃饭的事，正常人总要请客吃饭。我摩挲着那本书。封皮卷起的一角捻起来触感不错，令人想把这层皮全部撕下。也许我该打给家属院里那帮发小。不是有这种说法吗？兜兜转转，最后能玩在一起的还是那几个。我掏出手机来，再次打给妻子。

电话竟然通了。

"你们会来我家过年是吗？你和妈。"

"噢，对不起，忘了跟你说。我妈确实提过。你怎么想？"

"妈还说让我把你的书给你。我现在正拿在手里呢，你的书。《爱丽丝漫游奇境记》。你们过来过年吧，我把书给你？"

"我还没想好该怎么跟她们说。我们得商量商量。你觉得过年见一面，当面说清楚比较好，是吗？"

"妈说，她是在垃圾桶上捡到的。"

"她还跟你说这个？"

"你还记得我做梦那事儿吧，梦到你看《爱丽丝》什么的。也梦到了垃圾桶。刷成棕色的垃圾桶，一个扔可回收垃圾，一个扔不可回收垃圾，顶上是银色圆形凹槽，很新，没有痰，没有烟头，你把这本书放在可回收与不可回收中间，架在那儿，然后跳上了一辆公交车，没有回头。"

"有泽，你没事吧？"

"我有点儿受不了了。"

"你在哪儿？"

"我不知道我在哪儿。我真的搞不清楚我在哪儿。"

"待在那儿别动。"

"哪儿？"

"待在那儿别动，我过来找你。"

　　我想听点什么。我需要熟悉的东西。我四处张望，用手擤了泡鼻涕。

　　她会从哪里来？

　　我能问出更多的问题。比如惊雷她真的会说这样的话吗，工作日的夜晚，她应该在千里之外加班才对吧，这个点还能买到机票吗；再比如，接电话的到底是她，还是一只母螳螂。她的声音听上去是那样自然而然，与眼前的景象，母亲的手，兜里的书一样真实，一样不可信。这些疑问在脑海深处4倍速播放一通，我四处张望，庆幸它们已悉数漏走。是她，我相信那就是她，百分之百。我相信我想要相信的。能找到想要相信的对象，感觉真好。

　　我看到她了，和梦中所见一样。斑驳的斑马线，红色的塑料拖鞋每一步都踏在白色之上，路灯昏黄。她穿着白襟黑袖的校服，黑色运动裤，背黑色双肩书包，半长的头发束在脑后。圆而窄的眼睛看起来有些肿，眉毛淡，嘴唇比现在红。我起身迎上，不确定她是否看到了我。有一阵子，我们并排朝某处走去，一阵子，抑或相当漫长的时间。她的脸上洋溢着淡淡笑容，显得神秘而灵动，我记得这种表情，每当她耽于幻想的时候就会这样。她走得很快，快得多少有些不真实，似乎看不到我，又会在我跟不上的时候放慢脚步，偶尔地，她转过头来，像是在笑着同我打招呼，又像在看我身后某处。我跟着她穿过跳广场舞的人群，走进花坛，一片深紫红色的花瓣恰好从她的头顶飘落。舞曲的混响渐渐远去，我们穿过我熟悉的中学校园。操场新换了塑胶跑道，没有人，我不知道为什么学校的门不上锁。我们走进一家生意兴隆的麦当劳，经活动台板钻进后厨，厨师正剪开半成品的袋装薯条，倒进滚油，颠了颠方形不锈钢炸网。她推开后厨的门，站着不动，我明白她在等我。我们仿佛在求证两点间直线距离最短那样迫切地赶往某处，穿过各式地方，狭小的书店，公共厕所，摆满绿萝的陈旧写字楼，冷清的广式速食店里，有两个年轻人面向而坐，聊一个叫林森浩的投毒杀人犯，搅动碗里的粥。总是有一扇门能被打开。我们走进一道漆黑的门洞，潮湿气味，爬上缺角打滑的楼梯。她拉开带网纱的防盗门，推开木门，两只拖鞋先后被粘在了地板上。我捡起她的鞋，那上面还残留着体温，边缘洗刷褪色，鞋面上有一道裂痕。我开始在这套熟悉的两居室里寻找她。这件事不难，她正等在我儿时的房间里，面朝窗口，我看到了灰色石棉瓦单车棚顶，看到那只扁塌塌的排球，还有那三棵树，树干的粗细和小时候一样。它们尚未开花，树叶葱翠欲滴，在路灯的照耀下鲜艳得不可思议。书桌变了样子，比我印象中的更小，更窄，那上面摊开着一本习题集，写满了她的字迹。当我抬起头来，排球消失了，但她还站在这里，仅与我相隔一肘。我能闻到她身上的肥皂香气。一条单行道铺在窗下，一个男人穿着白背心骑着摩托车驶过，后座上绑着一个绿色的塑料筐，不知为何，我像是嗅到了一样，清楚地知道筐里装满了青皮荔枝。老式的四格窗棂刷成了绿色，玻璃透亮，上面贴着十一张便笺纸，写有"自我控制是最强者的本能——萧伯纳"这类格言警句。我感受到她的感受，她的爱，她的憧憬、挣扎与脆弱与我的如此相似，我们因为共同的脆弱而渴望彼此。她向我伸出手来——这回她真的在看我，真的看到了我，眼睛里清晰地映出我的倒影；我将拖鞋递给她，她弯腰将拖鞋放在地上，幅度极小地摇了头。我恍然大悟，递出那本书。软塑封变得平滑无瑕，起皮的一角不见了，霉点消失，想必纸页簇新如初。她解下黑色书包，将书缓慢地塞进最里侧的隔层，拉好拉链。她光脚爬上桌子，打开窗户，再次向我伸出手。

我的心跳得厉害。我很清楚这里不是二楼，究竟是三楼还是四楼，说不好。满月如远方的航船泊在夜空当中，云丝环绕，却不曾挡住月脸分毫，仿佛那些云已升往更高处，漂浮在宇宙里，漂浮在月亮身后。习题集发颤了，是那些括号，是它们在动。纸页翻飞，没有风，纸页翻飞得越来越快，我看到无数的括号正在艰难起飞，似乎曾经被粘得很牢。它们不声不响地融化在月光中，融化在她的身旁，我爬上桌子，握住她的手。我们从窗口一跃而下，地面和她的手一样软，存续了一夜的夏日温度即将散尽。意识到时，我发现自己也没穿鞋子。

路上的行人越来越少，月光比灯光更明亮了，到后来，已看不到一盏灯。羽绒服很热，我浑身是汗。虫鸣声隐隐传来，越来越响。我的脚掌不时疼得厉害，也许破了，身体疲惫不堪，但丝毫没有困意。月亮下沉的速度很快，天色发白，雾气温热，我们走在山里，斜斜穿过，叶尖的露珠滴在我的头上。

可远在岁月如歌中找你

1

某一天，我透过水看见自己的脸。陌生的轮廓、五官、肤色，痣长在奇怪位置。它通常没有这么清晰，它通常模糊得像一块石头。我想到了什么。譬如我正在赶路，虽然我不知道该到哪里去。譬如我该寻找某人，虽然我不知道那是谁。

某一天，一个什么向我逼来，我扇动翅膀躲避，虽然我看不清那是谁。模糊的视界中，我舒展身体的一部分与他人的一部分交织在一起，像是握手、拥抱、做爱，或某种交流，脑海中只剩下欢呼这一种声音。俄而，乐声传来，那旋律随气孔流入身体，流入气管，与二氧化碳交换，不需要肺叶，不需要血。双翼之上，翅脉排布，那是曾经用来吸收氧气的鳃。

曾经的我只能将千分之一的神经用于感受，剩下的用来思想或记忆。而现在我能将几近百分之百的神经用于感受，实时做出反应。所以现在不需要"曾经"。不再被需要的曾经是一位频频造访的不速之客。当我突然看清了天空的颜色，当我想象天空之上的国度广阔，曾经便不期而至。我想知道天空是否偏紫，为什么无论我飞得多高，都无法触碰到它。疾风骤来，将我送往别处。上升，起伏，一座云上是另一座，浓郁的金光如瀑下泻，许多翅膀忽闪，螺旋状上升，起伏，也许我亦是其中之一。云层托住我窄小的影子，像是一个人的影子，一面镜子。影子比我更真实。

　　某一天，我与湖上的细腿雌性交尾。我想起她曾有一个诗意的名字，总在排卵后猝死，我想起曾经拥抱过一个人，用一双别样的手。我渴望那不足百分之一的神经能带我穿透雾霭，看清那双手的轮廓，遗忘却已倏然而至。我的视线再次模糊一片，由无数个六边形组成。她的卵，或说我们的卵靠数量战胜死亡，无师自通便能飞行。令我陌生的历史在新生的并列脑中交响，在说我们曾情同手足，你一无所有，而我天生能获得许多。我在此处听到一段历史，在别处听到另一段历史，分不清这是我们的历史，还是你们的历史。我做分内之事，无师自通便能做成，在感到疲劳之前加入欢呼的队伍。快乐令我失落，失落驱散雾霭，曾经不期而至，清晰的视线再次突破六边形的边界出现在脑海中。我想起曾经日夜感到疲劳，为求而不得受苦，怨恨所求之爱。遗忘开始，使我离开短暂的痛苦，加入欢呼的队伍。我们以同样的速度行走，不需要知道这是向前还是向后，不需要思想偶然好奇之事，排泄并心满意足。疾风将我送往别处，与一个骨骼坚硬体型巨大的家伙狭路相逢。他的心意涌来，那是另一段历史，在说我们曾情同手足，是一无所有使你所向披靡，不得不将沿途经过的一切当作工具使用。我看到自己流出苍白的血，震惊于血的颜色，未及记起死亡的含义，已在另一个身体中获得新生。我能看懂一米之内的所有变化，一米之外，雾状悲伤笼罩。

　　某一天，我透过水看见自己的脸。一张陌生的脸，像一个人。

我明白正是这种相似使我裹足不前，耽于怀念。我怀念的在水中等我。某一天，我曾穿梭在林间，用一无是处的平滑脚面走完一段长路，短暂地离开孤独。目的地是一片湖。

于是现在的我向水中走去。我要找寻的不是幸福，而是求而不得的痛苦。我的执着仅仅持续了一秒钟。一秒过后，水沁入气孔，恐惧使我遗忘，疾风送我向别处。有时我被松木的刺鼻香气包裹，必须不断啃咬才能重见光明。有时我用硕大的犄角打斗，有时，我通过咀嚼尸体为他人送葬。我时大时小，时长时短，进食，排泄，聆听似曾相识的乐声，与他人的一部分交织。我转动丝状触角末端攀上他人的触角，颤动轮生的毛，或用前脚跗节捉住一对翅膀的根部，然后，视界陡然清晰，我短暂地记起了何为拥抱。一个潮湿的红色沙发靠窗摆放，一团旋转的圆形花使旋律滑入耳廓，肺和血交换氧气。一片肤色之海在记忆中展开，痉挛式的抽搐使海面沉降，阴影匿于皱褶深处，汗液在那里聚集，散发味道。我与这片海洋贴面滑翔，用毫无用处的指腹将它泅渡。崎岖的山峰，消化酶，半睁半闭的双眼，一排齿印。海水沸腾，这使我想到了什么。譬如，我爱过一个人，在有限的时间内我们每天做爱。譬如我已经失去了她，而只有时刻记住求而不得的痛苦，我才有权追求幸福。于是我动身离开，而遗忘使我回来。我离开，回来，没有手机，没有表，并不清楚究竟花了多久才得以再次离开或再次回来，疾风送我向别处。

在寒冷的雪线上，一个孤独的身体爬行。这身体既像蚂蚁，又像蟑螂，没有翅膀，被冷与热赶入这一线狭小的庇护所。我短暂地看清了他那双大而圆的眼睛，左眼睑的下方有一枚花瓣形状的胎记，像早樱那样，瓣捎带着缺口。这个缺口令我想起花生、铺满花生壳的地面、上下铺与操场，理想、日益消磨殆尽的理想或浪漫主义、荤段子、工资、羊肉串与合租房，一双鞋子，一种病，或是一段令我成为我的关系。他该有一个名字，我该有一个名字。靠近，我感受到他的平静。混沌使他满足，满足使他平静，他活得足够久，足够睿智，用不足百分之一的神经记住全部历史。他在说世界上原本只有两只虫，或说两个人，或说一只虫与一个人。其中一位天赋异禀，只要衷心祈求，便可无所不能。另一位则一无所有，不得不将沿途经过的一切当作工具使用。

我在雪中爬行，追随他，想要听到更多。他在说警惕你的记忆，忘掉你是谁，唯一性是你脆弱的根源，所谓的你会随着这个唯一的逝去而消泯，忘我才能生生不息。他的智慧比雪更冷，我的体液开始凝固，使我挣扎，使我求生，直到意识模糊。这感觉似曾相识。某一天，我曾短暂地离开孤独，跟随她向湖中行走。她该有一个名字，湖该有一个名字，我该有一个名字。水从喉管灌入胃部，使我挣扎，使我求生，然而我没有翅膀，没有鳃，只有肺和血。水穿透肺部，破开胸腔。一道无声的闪电消失不见，愉悦随之而来，湖面松弛，一片树叶轻盈地顺流而下，水使它的重量上涨。六只脚，三点平衡，腐土、树液、朽烂的残骸，闪耀着油脂光泽的半片坚果，花朵比苔藓更多。我睁开眼睛，捕捉一米之内的所有变化，感受并做出反应，无师自通便能振动翅膀，衷心祈求即可无所不能。然而我渴望唯一，渴望闯入属于我的唯一，生生不息无法使我平静。我憎恶我憎恶过的，逃避我逃避过的，仍然恐惧死亡。曾经并不比现在更好，现在的我并不比曾经更好。但我的渴望无法止息。我在遗忘与记得的夹缝中渴望，我想要得不到的那一些，想要令我痛苦的爱，想要你。

今天我见到了你，于是便记起了自己。

2

为了抓住绳子，一只虫蹿到我前面去了，看样子是甲虫，身上也有股屎味。

嘿哟——！嘿哟——！

到底像伏尔加河上的纤夫，还是黄河号子？

没有谁在吆喝，没有任何声响，只是此情此景让我的脑袋拼命寻找比喻。可我并没有去过伏尔加河，也竟没有去过黄河。

最恰当的比喻是拔河。又一只虫蹿到我前面去了，为了抓住绳子。大约还是甲虫，某某大兜虫，背壳顶住我的胸膛时，我便喘不过气。虫子接二连三涌来，抓住绳子，绳子联通一座小丘，圆得可观的小丘，当我移动，才看到那个被小丘遮住的女人。她仰面躺在地上，小丘是她的肚子，绳子钻进肚中。尽管有数不尽的虫勉力拉拽，可女人纹丝不动。

她的脸离我越来越近。一个白色的什么被拉拽出来了，一个接一个白色的小玩意儿像断了线的珍珠般从她腹下泻出，累成一个谷垛，一垛白色的软壳鸡蛋，什么东西即将破壳而出。女人的肚子半点没有瘪下去的意思。我凑到她跟前，蹲下，想掏出几块钱递过去，像是在同情她的处境。她的眼珠在眼眶里颤动，忽然看我，开始流泪。我吓了一跳。

礼花绽放的声响结束了静寂。那些先前被拉拽出来的小东西们像是集体获得了成熟，腾上天空，争先恐后。天空被纯白色的卵之礼花燃透，万千流星状的焰絮从最亮的那一点开始下降。在这个正与我对视的女人身畔，一线纯白色的焰絮钻入泥土，它不是火，是一尾虫，叫不出名字的白色幼虫。无数的白色幼虫从四面八方奔袭降落，钻入泥土，我恍然看到自己以腐尸为食的画面。我曾是负葬甲，曾是蜉蝣，曾是蜂，乃至如今，我又是我了。我注意到自己的视界不再像打了马赛克似的被六边形分割一通，不再为捕捉变化而生。它们连成了一个整体，清晰得陌生，能够靠我本人的意志凝固为一个个永恒的瞬间。在这一个个接踵而至的瞬间里，卵之礼花再再燃放，而我终于辨认出了眼前的女人正是妻子，错不了。

要喊出她的名字竟是困难的。所谓的名字如同尘封的咒语，无法化为声音。身后有谁在挤我，推我，用一个什么拨弄我——干什么呢？！真想这么大吼一句，或干脆问问他是谁。是虫，虫服布满了尖锐短毛，方大的头或说带拉链的兜帽笨重得可笑。就在我刚开始琢磨这玩意是不是兵蚁的时候，大颚已经刺来，正中我的腹部。我旋即感到疼，来不及吃惊，也许扑倒在地，到底没能喊出惊雷的名字。

起初是饿，然后是痒。虫或虫人都不见了，草叶湿润，闻起来似乎有一点刺鼻。

胸前支棱着三对虫足，我忍不住伸手拨了拨。它们竟然动了——吓我一跳——猛然蜷曲又再次伸展，我感觉不出它的反应究竟来源于我还是别人的神经。我摸到头顶上长而弯曲的角，角，或是某种带角的头盔，分六岔，像个钉耙，不知能派什么用场。

我挣扎着想要坐起来，背上的硬壳立刻使我失去平衡。四围竟是一片草坪，使我想起刚才正是在此处见到了惊雷，草坪修剪齐整，像是谁家无聊的后花园。肚脐上方奇痒难忍，坚硬的前襟破了一道口子，半拃长，也许几丁质是上好的防弹衣，那副大颚未能将我洞穿。也对，兵蚁能这么办，能通过颚管向敌人的身体注射蚁酸。

这么说来，我见到的惊雷该是蚁后，或说惊雷正穿着蚁后的衣服。

我又是什么虫呢？可惜没有镜子。这身虫服拉扯起来还有些弹性，质地光滑，只是我暂时找不到"几丁质"之外的东西来理解它。我摸到了喉结下方的长方形拉链头，想查看伤口。树脂或几丁质做成的链牙平整地啮合至尾骨处，那儿另有一枚拉襻。我摩挲拉襻工整的形状，目睹链牙一点点脱开。工业感或说人工感使我的呼吸趋缓。借着星光，我看到自己赤裸的手臂，缺乏肌肉的腿，以及腹部那块红肿发烫的伤口。

没有鞋，我意识到这个。

一时间很难产生这是我的身体的实感，倘若我的哪里也同徐伟那样长有胎记，实感恐怕能来得便当些。虫服未能顺利脱下：这玩意儿与我的脊柱连在了一起，手能勉强摸到26个连接点，某种几丁质般坚硬的玩意儿贯穿进每一块椎骨中，一旦撕扯便痛彻骨髓。我将手脚回套进虫服中。这身连体服穿起来百般不适，但好歹能够御寒。

拉襻上赫然印着"YKK"三个字母。

有一首歌叫"The Not Real Lake"（《不存在的湖》），唱的是一个人在莫名其妙的地方醒来，发现他习以为常的一切都消失了。我比他幸运些，还能使用熟悉的拉链。

我默念着"YKK"三个字母，试图把它当作什么理解现状的线索。想不出个所以然。渐渐地，"YKK"究竟该怎么念才叫正确也拿不准了，好比盯着任何一个字看上一阵子都会觉得它是个错别字。

高中的政治课上，老师曾说世界上确实有很多科学无法解释的事，譬如某国的新娘在众目睽睽之下凭空消失，科学暂时无法解释这一现象。但需要注意暂时二字——老师强调道。只是暂时无法解释而已，要相信世界是唯物的，要相信科学迟早能解释她去了哪里。

当时坐在台下听讲的我一门心思地想着消失的新娘。我在想《东方快车谋杀案》。我认为那个新娘并没有消失，而是被到场的嘉宾、朋友、新郎，合谋杀死了。她的人缘就差到这个地步。

消失的新娘。我忽然意识到这是一个好故事，想必有爱，爱的变质，还有利益。比我那个温吞的《2048》好太多。容易理解的悲惨总是比难以理解的幸福更逼真。

春夏之际，公主蚁扇动翅膀，在空中追逐交配。婚飞结束，雄蚁死去，而公主蚁降落在地，挖掘藏身之处，折断四个翅膀，下定决心成为蚁后。在决然的孤独之中，她以自己的翅膀为食，精确计算要建立一个王国最初需要几只工蚁，并对随时可能找上门来的天敌无能为力。分娩开始，蚁后产下第一批奴隶，她们生而即明白自己的分工或说使命，为蚁后带来食物，开拓巢穴，搬运新生的卵。王国渐渐成形，蚁后分娩不止，既成为王国本身，也沦为王国的奴隶。

我们聊过蚁后。那天我们在家里看《贝隆夫人》，不是麦当娜演的那个歌舞片，是阿根廷自己拍的传记电影。惊雷说，以后会有更多的女性手握权力，由女性领导的世界会更和平，更包容，大略这么个意思吧。听罢，我多少有些闷闷不乐。与其说我尊重女性，不如说我认为尊重女性是男性风度的一部分，所以我不喜欢和妻子聊女权相关的话题。

蚁后不就是手握权力的女性吗？我说。蚂蚁王国是典型的女性王国，工蚁是不发育的小巧女性，兵蚁是没有生殖能力的壮硕女性，公主蚁是专司生殖的潜在蚁后，雄蚁是唯一的男性，屌大无脑，专供婚飞之用，使命完成就死掉。这些种类不同的蚂蚁由蚁后一人生下，在娘胎里就被画好了一生的命运，足见女领导有多么独断专行。

惊雷反驳了我。她说蚂蚁不能代表所有雌性，尤其不能代表女人。她说人也好，虫也罢，都是基因的奴隶，所以才不得不生育。她没有生气。她虽然喜欢以独立女性自比，喜欢我显示尊重女性的风度，但她更讨厌我示弱，讨厌我因畏惧而沉默。我笑着与她辩论，隆重介绍了新买的避孕套，压根儿没想过有一天我会套上虫的衣服，目睹她当众分娩。

白卵上覆盖着黏液，她的脸上全是汗水，没有血，没有嘶吼、挣扎、求助。惊雷怎么可能对自己的处境无动于衷呢？不，我不能思索下去，不能仅是思索，否则我将会否认那就是她，否认她的痛苦，以便把撇下她视作理所应当。她在哪儿？真想掏出手机打个电话给她，问个究竟，或起码点开百度地图看看自己的定位。没有手机的世界真像一场梦。

依稀能看到右前方的路，零星有树。有平房式样的建筑物，方方正正。东南西北，哪里都有一条路，都有建筑物坐落在道路两侧，方方正正。道路如标准的田字网络向四面八方蔓延，一模一样的方正平房伴生在道路两侧，一望无际。

我开始往前走，我找不出哪颗星星是北极星，也竟不知道哪里是前，哪里是后。我走了很多路，像是在梦中迷宫打转，始终无法摆脱一模一样的路或一模一样的建筑物，唯有逐渐酸痛的腿、干涩肿胀的喉咙、睁不开的眼皮在证明，所有的路我确实走过。那些建筑物都由红砖砌成，与儿时的家属院形貌相仿，却又大多装有当下门脸常见的玻璃双开门，不知都派什么用场。我需要意志力以便逼迫自己继续摆动双腿，我需要希望才能相信所谓的意志力。然而在这个方方正正的世界里，我没能找到惊雷，也没撞见"安全出口"的绿色灯箱，不知道希望究竟在哪里。太阳升起来了，各式各样无头的虫从那些方方正正的建筑物里鱼贯而出，欻啦啦打开储物柜安上脑袋，齐刷刷前往草坪活动，蜜蜂拨拉花朵，蟑螂切割肥皂，天牛的幼虫蠕动脖颈，用口器切割大树。想要以人的体格采集花蜜是可笑的，很难说它们正在劳作，倒像是某种机械表演，行为艺术，仿佛活着就只能这么办。当太阳高悬头顶，草坪上升起了一种含混不清的音响，使所有的虫放下手中未竟的事业，自然形成整齐的队伍，返回到建筑物中去。我站在玻璃双开门外张望，看到它们都在进食，每人面前的一次性纸碗中都放着一团圆球状的棕褐色东西。

我也饿，但不敢就这么走进去。是有那样一个教训的：吃了"这里"的东西，就别想再出去。

饿着肚子恐怕也出不去，然而饥饿也没能成为一个难题。草坪上的树多是果树，结满了榴莲、梨、无花果，找到椰子树，用石头凿开，便能解渴。只要身着虫服，倒地就能成眠。这境况倒与我做人的时候一般无二——没有真正的折磨，没有；唯一的问题只是走，走下去，往哪里走，靠什么支撑自己继续走。

有时我忽然就意识到自己站在原地，且不知已停下多久。举目四望，连个能遮挡视线的土包都见不着，诚如蚂蚁人预告过的那样，"世界本一马平川"。那么生活又在哪里呢？没有地图。没有谁驱逐我，逮捕我，或哪怕仅是发现我，问问我叫什么名字，要到哪里去。它们任由我取食水果，睡觉，闲逛，我不由得感到了惭愧，毕竟该往哪里走向来是个人的事。看到蜣螂团粪，我明白了自己穿着的正是蜣螂虫服。变成了一只蜣螂好像没什么值得高兴的地方，但我的确为找到同类而快乐过。这一点滑稽的乐趣很快便落空了：蜣螂和其他的虫一样眼神混沌，不需要观看便能生活，不论我下多大力气想要引起注意，它们也不肯表示出任何反应。一种温柔的剥夺。那位体形硕大的兵蚁真的曾经击中我吗？我还记得那种疼痛的感觉，然而腹部没有留疤，记忆未必可信。为什么就不能遇到一个强哥呢？或哪怕遇到一个如Ran般正在，呃，觉醒的虫？Ran所言不虚，虫人们的确喜欢对着宜云水瓶撒尿，喜欢麻溜地更换脑袋。我对它们喜欢干的事毫无兴趣。我想念在银行工作的感觉，想念牙刷、地铁、速溶咖啡，想念母亲。我甚至能够想念视界被六边形分割一通的感觉：做真正的虫，用触角沟通。如果那天没有在草坪上认出惊雷就好了，那么我便继续做虫，和徐伟一样在雪线上爬行，什么也想不了，什么也不必想。

必须找点乐子。该多去几次KTV的，该离华语歌坛近一些的。我感激那些旋律简单的歌，比如《两只老虎》《水调歌头》《那么那么地》。我能相对完整地唱出《我的祖国》《让我们荡起双桨》《团结就是力量》，而国歌总令我感动。那些自以为喜欢的歌我反倒不大记得清了，我惯常听的那些没有歌词的曲子也哼不出旋律，统统成了一摊走调的软泥。时间走调了，空间亦然。软泥持续稀释，乳白色汁水下渗，我入睡，醒来，入睡，天黑，天亮，夜空中，群星闪耀。想要认真思考一些什么已变成不可能完成的事。有时我努力想象做人需要背负的重荷，以便证明做一只虫是如此地潇洒自在，大可一直做下去。可惜我还没当过爹，我妈也算不上老，我失业的时间也不够长，我的人生里唯一的苦味，似乎就是变成了一只虫。我摘下一沓树叶，把它们当作百元钞票点数。我能数得很好，大约到了足以在点钞大赛中夺魁的地步。我想我迟早会偷走一颗人头，将它命名为星期五，把它当作鲁宾逊的那只羊或那只排球，一个患难中的朋友。梦里开始出现虫子，越来越多，很难再梦见一个人了。

母亲是一只豪气的大红蛾，父亲是一只皱巴巴的白蛾，他戴着脚镣，笨拙地坐下，作为毛毛虫而存在的我周身布满斑点，被父母交替抱着，快门声响，我们笑，全家福拍下。

有的梦极端暴力。醒来时那种血腥的恐怖之感仍周身弥漫，需要反复查看十个指纹才能稍稍消除。我能找到材料制成一把石刀，只消稍事放纵，我能将石刀插入任何一个虫人的胸膛，即便他用一对人的眼睛望着我。对暴力的渴望把我推下悬崖。我在荆棘密布的崖壁间向上求索，不敢回头。这是对获得反馈的苦苦哀求，一种被抛弃的绝望感，是无处可去时对周遭怀有的恶意。理智绷成了一条吹弹即断的丝线，浓浓的愤怒灌满我的喉咙，这个莫名其妙的世界，这个无能为力的我，使我愤怒。这种时候连惊雷都令我恨得牙痒，尤其恨她。是你把我弄到这步田地的，是你把我引入迷宫的，不由得就这么想了。我愤怒得浑身发抖，巴不得把见到的电人乱砍一气，好像唯其如此才能稍稍化解淤积的怒火。

　　但我到底没有这么做。我还能明白这一步绝不能跨过去，虽然脆弱，但这是维系我这一存在的最后一根丝线。必须战胜来自深渊的诱惑——我得以获得一个目标，得以调动全部的意志与之搏斗。这也是一种交流，由自己发出，由自己回答的交流，我试着这么理解，鼓励自己萌生感激。这时我便好像又成为一个人，因守住阵地，或说有阵地可守，我获得一点身而为人的实感，并在随后的几天里鼓足勇气摆动双腿，继续走，一直走，试着忘记没有目的地带来的焦虑。饿了便吃，困了便睡，孤独是毫无疑问的，却也惊人地自由，是的，我从来没有过这么自由的生活，也许我现在才尝到了自由是什么滋味，任何一种痛苦在它面前都相形见绌。然而我毕竟没领教过真正的痛苦，只是无法摆脱这该死的自由，去哪儿都无所谓了，只要能去一个别的地方就行。

　　啊，只要走得时间够长，你准能去一个什么地方。

　　头顶上那些异常明亮的星像极了柴郡猫没完没了的牙。我仰面倒下，睡在一块与出发地相差无几的草坪上，开始做梦。

3

醒来时，我浑身发软，腰椎疼得厉害。身下是那条红色沙发，两只拖鞋歪在地板上。惊雷站在门框里招呼我，说着"快来呀，你怎么睡着了"。

她在对我说话吗？

我不知怎的已直起身，随她一起出门，下楼。这是一道熟悉的水泥楼梯，没走几步，向下已改为向上，我们又回家来了，还多了些陶土旧花盆。我手里共有五只花盆，三只灰白，两只灰黄，惊雷手里更多，都是土红色。像是春天，因为她敞穿着那件红色带兜帽的羊毛大衣，里面只有一件灰色的T恤。尚未更换的防盗门灰扑扑的，开门时需要抓紧把手，往上提。门内正对一扇东向窗户，窗边放了那条红色的双人布艺沙发，几乎把门厅的面积挤光，我刚才便是睡在这里。我下意识地转头向右看，但那台挂壁式CD播放器还不在它该在的位置，还没买。噢，这是我进银行工作的第一年。

陶土旧花盆是几分钟前在单元门外的墙根捡的，不知谁家不要了，半点没破损。是惊雷招呼我过去看的，她一一抽出来检视，倒掉里面的尘土、纸屑，做棉花糖那样用食指绕出蛛网，然后挑选中意的直径、外观，分出五只给我拿。

"陶土花盆最好！"惊雷说，"透气又朴素。"

我拧开北窗边的老式水龙头，一一刷洗。惊雷不时递来手机上搜到的图片，星芹、月季、乒乓菊、风铃、苍兰、黑凤梨，她想养的植物都爱开花，都适合养在刚捡到的花盆里。洗净后，十一只花盆沁出新鲜泥土味道，仿佛雨后初晴，湿手印消失得缓慢，颜色清爽。

我们在白瓷窗台上铺了块抹布，方便花盆倒扣沥水。半开的玻璃窗外红霞浸染，晚风凉，轮休日即将结束。

"你说厕所要铺砖吗？我来铺吧。"我问她。

"会不会太麻烦？"她蹲在那儿，手中的刷子在厕所的水泥地面上摩擦出泥色泡沫，"不过洗衣机得搬出去。"

两平方米大小的厕所内，房东配的老式双筒洗衣机占了半壁，刷牙洗脸只能站在盥洗盆的侧面，很不方便。我拔出下水管收进滚筒里，把洗衣机搬到了门厅。

"要不跟房东说一下吧？我们自己买一台，搬家留给她呗。现在这个卖废品都不到50块。"

我出门猎得几串楼道小广告电话，请来两趟人。他们都摇头说这种洗衣机收不了，不过可以帮忙搬下楼，给20块就行。于是我自个儿把洗衣机搬下去了，在三楼放下来休息，回家告诉惊雷我是一口气搬下去的。

就着还没拆封的搬家纸箱，我们俩吃外卖，她找出一口锅，煮了一把小白菜。惊雷说有一个叫《美食、祈祷和恋爱》的电影，里面有一个住在巴厘岛的巫医美发师长着媒婆痣，美发师和女儿想建一座新家。想来巴厘岛上的家建起来多少不同，立好四柱就开始铺砖，那是玫瑰花大小、蓝色釉面的漂亮瓷砖，美发师赤裸踩在上面，说这是她们梦寐以求的家。美发师的脚棕黑健康，比手年轻二十岁，非常好看。

"我想要和她们一样的砖！"惊雷兴奋地总结道。这时我明白了，她是在说厕所的事。

电影开始了，美发师是穿着一双柠檬黄的橡胶拖鞋踩在砖上的，没说话，这个镜头仅有一秒钟。我们打开淘宝，挑选砖。世间的地砖应有尽有，但没有电影里的这一种。要么是纽扣大小的马赛克，要么是巴掌大小的地砖，总之，玫瑰花大小的找不到。

"不要马赛克，"惊雷说，"太小了，这么一块一块的，得铺到什么时候？"

这么说，她该是喜欢马赛克。卖家说别看砖小，下面是有织网的，铺起来和普通地砖差不多。我们买了最便宜的蓝色马赛克地砖，据说防滑效果极好。

地砖到货后的第一次轮休日，我找小区里正在施工的人家买来调好的水泥，装在乳胶漆桶里。马赛克优点挺多：砖块小，能像紧身衣那样贴合起伏的厕所地面，不需要考虑找平的问题；遇到下水管、马桶之类的障碍物，只需要普通剪刀就能破开织网，再拼凑合适的面积即可，不必切割瓷砖。一整个下午，我都沉浸在劳动本身的快乐当中。原本的地面没有为排水留好坡度，但有了马赛克，只消耐心地使用平铲修整水泥，这个问题也就能顺带解决。倘若同样的性价比能自制书桌、木地板、双人床，我真想请一个月的假，把这间租金划算的一居室统统翻修一遍。比方说那张桃木色刨花板电脑桌，侧面的封条已经脱胶，不仅难看，还容易划伤手臂。我站在厕所门口，欣赏刚刚铺就的蓝色马赛克地面，想着那张电脑桌。

我想起了妻子在台灯下埋头做题的侧脸，视界被六边形分割成马赛克的感觉，CPA，《爱乐之城》，验孕棒上猩红的"="。我想起了平安夜里走在她身边的班长，想到虫，想起了自己从哪里来。那段变成虫或虫人的经历顿时模糊了，一个缺乏意义，于是便无法被理解的梦。

人真的能相信自己无法理解的东西吗？然而就说此时此刻，当我回忆早上起床的感觉，吞下充当早餐的煎饼馃子的感觉，抑或是拎着那桶水泥回到家，由尚未成为妻子的惊雷为我开门，感受她扶着我的肩膀亲吻——它们也都像一团雾，遥远极了。《夏洛特烦恼》《乘风破浪》《重返20岁》，我都看过，不过眼下它们还没有上映。说真的，我不想穿越到任何一个"黄金时代"，如伍迪·艾伦所言，那里没有抗生素；而穿越到自己的过去则再好不过。我重新燃起了一种热望，说不清究竟是想得到什么，但就是想得到，必须得到，必须将一种生活一块接一块铺满铺好。

"你还在看啊？"惊雷笑了，"马赛克有那么好看吗？"

我看到她站在朝南的阳台上，正往一个花盆里培土。我是渴望冲过去一把将她抱在怀里的，又恐惧只要一下触碰，她就会消失不见。她站起来了，朝我走来，问我怎么了，捏捏我的手，大约想知道我为什么发抖。她这个稍稍侧着脑袋望着我的样子，我仿佛是第一次见到。

"惊雷，你有什么后悔的事？"

她说没有。

"那如果能回到过去，你还会原封不动，一步步走到今天吗？"

她想了一会儿，说起数学、英语和理综，说再来一次的话，希望高考能不要失误，起码把会做的题做对。

"是不是太可笑了？"她离我越来越近，"到现在还惦记着高考。"

"人都是这样的，即便不说后悔，但只要有机会，就会想改变过去。"

她的表情很受伤，往后退了一步，我这才意识到自己的语气有多么严肃，近乎于一种指责。我连忙说起那张电脑桌，打开淘宝，选了一卷玉色翻修贴纸，把手机递给她。她说这个颜色不错，尤其等到她种下的种子发芽长枝，桌面便能与阳台遥相呼应。拥有新东西的念头吸引住了她。快递员敲门了，我们配合，小心翼翼撕开、对齐，一旦开始粘贴，考验旋即开始：刮板排完一拃气泡，才能再往下撕开一拃。胶水味道刺鼻，如果没记错，得散半月有余。

"没想到你这么有耐心。"惊雷赞美道。

这事儿非有耐心不可，上一趟就草草了事，结果满桌均是气泡，非得买桌布才能罩住这些积年不消的疮。我剪开另一个快递袋子，把那摞书放上桌面：《会计》《审计》《财务成本管理》《经济法》《税法》《公司战略与风险管理》。

"注会的书我有的呀！"

"做的时候要专心，凭你的能力，一次考过6门不在话下。"

她不相信，也不接书，别扭劲儿盖过高兴。她说："你怎么跟我妈似的，你比我妈还管人。"这时候我也有点不清楚了，想不通她到底是喜欢干会计，还是不喜欢，或说喜不喜欢一件事到底要不要紧。人到底有没有资格选择一条路呢？我打开电脑，好歹找到一篇囫囵写完的东西，是那篇《2048》。好家伙，文档里的统计字数是2050，我顺手删了两个字，招呼她过来看。

"你这写的是小说还是电影？"

"是小说你是不是就不看了？"

"神经病。"惊雷笑着骂我,一溜烟看完了。

光标尴尬地停在空白处。我什么也没问她,我能理解她一脸为难的样子。真的,再看一遍,我自己都觉得不像样。人和人谈恋爱很没意思,两个拟人算法谈恋爱更加没意思。

"名字没取好,"惊雷说,"你是想蹭那个游戏的热点?可它不是已经过时了吗?你确定还有人记得那个游戏?还不如叫《2046》呢!"

我哑口无言。印象中,"2048"是个数学游戏,具体怎么玩我已经不记得了。至于《2046》,我只记得里头有明星,有旗袍,有梁朝伟,到底有没有张曼玉可不好说。

那么那么地,那么地爱你。惊雷点开手机,播放这首歌。就像梁朝伟,爱张曼玉。《那么那么地》,朗朗上口,我做虫人的时候都能唱上几句,现在真听到了,倒像是在唱"那么那么低"。我对惊雷说了许多话,比方说,我们结婚吧。她说神经病。我说真没开玩笑,我有预感,现在结比以后结好些,反正我们迟早得走一趟民政局。有一丝笑容正从她的脸上消失,然后她突然又笑了,比不笑更令人伤心。我从裤兜里掏出了一枚蒂芙尼的戒指,钱是找母亲要来的。其实,我梦想中的伴侣不需要婚戒便能相信爱情,不需要仪式便能永结同心,她需要的是真正的浪漫,而非对浪漫的模仿。但这只是过去的梦想,而过去的我毫无自知之明。我对惊雷说,大学时的班长混得不错,我想请他吃顿饭。惊雷说:"他也是导演啊?"我说:"这套注会的书是给我自己买的,从今天起我们就是同桌,你是我的老师。"

这之后,有两天的时间她在被窝里也穿着睡裤。到了第三天,她坐到了我身边。我低头闻一闻，玉色贴纸的味道像是散了。犯不着下载那部讲贝隆夫人的纪录片，我删掉了《2048》，删掉了《2046》，赶在夏天开始燃烧之前，与惊雷一同报名考注册会计师资格证。她说："你变了一个人。"我以那些关于虫的事作答，那些个漫长的启示。她说这倒是个不错的故事，比《2048》像样。

实在地，我不清楚眼下的日子究竟是不是一个梦，也不清楚自己是不是当真穿越回到了五年前，我只能将之理解为科学暂时无法解释的事情，把日子过下去。每一天，当我睁开眼睛，便会庆幸生活能够继续，仿佛我正活在无期徒刑开始的前一天，抑或翌日就会死去。台灯下，我合上一册做完的真题，她背过身去，窝在椅子里抠脚丫。她开始买那些眼霜小样了，也许仍会往我的脸上涂抹，而我总有一种返老还童的欣快之感，于是能从《轻松过关》系列辅导书里闻出诱人的甜味。金秋十月，我们同赴考场，这时我也想起高考了，我能够坦然地承认自己最擅长的恐怕正是考试。说到底，犯错的毕竟是我的父亲，和我有什么干系？我总得做点什么，总得学会疲累，这好歹是一幅能看得懂的地图。至于又能做事又不脏手的美差，我干吗要奢望这个呢？我凭什么敢把干净等同于美，把肮脏等同于丑，不，我为什么要把丑放到美的对立面？真是可笑至极。班长离MD还有些距离，我们成了朋友，我对他讲了一个故事，当然关于苏轼，引动他打着酒嗝，哈哈一笑。他搂紧我的脖子说："别人都以为我只为利益交朋友，他们都错了，我看中的是你这个人本身。"在母亲的引荐下，我拜访了父亲的下属，感谢这位叔叔之前帮我进银行，然后把班长介绍给了他。我和班长签了一份协议，借他的购房资质，在航天桥附近贷款买下了一套两居室。说服母亲急售那套新区的房子才换来了首付。说服母亲的过程可以概括为：我没想到自己竟能对母亲说出那种话，也没想到母亲竟会对我说出这种话，人性果然经不起考验。收到汇款时，我冷静地想着，我恐怕在作恶。有的人身逢绝境，暴露出人性中残酷的一面，可那毕竟是不得已而为之的结果，甚至意味着令人叹服的生命力。更常见的恶则悄无声息，它们毁掉善赖以存活的土壤，为腐烂腾出位置，比如所谓的考验。我没让大琢磨下去了。向销售转型使我忙碌，忙碌稀释了我擅长的自我怀疑，况且喝彩的声音此起彼伏。贴纸的味道像是总也散不尽，我买了一张实木书桌，花了20块钱，打发走了那张旧桌子。房本还没到手，已经有许多销售员给我打电话了，"中铁地产考虑一下吗？"原来有那么多新建的楼盘，那么多嗷嗷待哺的仓。我想象他们手持铅笔，面对表格的样子。该怎么回答呢？让他们在我的名字后面画×？画△？我顶讨厌删除线。也许他们有一套更具诗意的符号，判定"林有泽"值得再次争取，而我喜欢这种感觉。到了十二月，所有成绩都出来了：

全部通过。

我们庆祝，买了两斤活虾和一瓶白葡萄酒。惊雷只考过了三门，但同样值得祝贺。我在班长那里谋得了一份新职务，正在办理银行的离职手续。我劝行长另谋他就，想想三十年后会怎么样，想想。我将行长堆满了笑的表情演绎给惊雷看，她尴尬地弯弯嘴巴，我对她说，三十年太远，只需要提前知道未来五年会发生什么就能翻身做主人，这事儿甚至与什么世界毫无干系，关于你本人的那五年，仅此而已，然后你就已经改变了世界。

惊雷与我碰了碰酒杯。她放下杯子，擦了擦被虾濡出一股味的手指，拉开床头柜的抽屉，掏出了那枚戒指。她把手指套进这只箍子里，噗地坐在床上，忽然就哭了。"我是该醒醒，"她说，"但你真的想和我结婚吗？"

想，当然，一想到能把她置于我的保护之下，我就兴奋不已。该换一盏床头灯了，这只小瓦数的灯泡把她的半张脸映得太过于楚楚可怜。想到她的家庭，她读过的大学，她那双已经开始变硬的灰色球鞋，我简直不能理解自己到底是被她的哪一点吸引到这个地步。

"航天桥的学区不错的，"我说，"装修要有人盯，这事儿我们得商量商量。你想要什么样的婚礼？成家立业，意思是先成家，后立业。你喜欢男孩还是女孩？"

她一把将脸上的泪水抹掉，昂起头。

"你还爱我吗？"她说话的样子，像是要把什么东西吐出来，"我没有想那么多。我不是你计划表里的一个数字。"

我忽然感到一阵眩晕，仿佛那些CPA真题都是在梦里做完的，而此时此刻我才睁开眼睛。是啊，她还不是我的妻子，我大可不求婚，我为什么非要跟她结婚？为什么非结婚不可呢？我看到她缓慢地摇着头，似乎有些走神，她突然说"男孩吧，男孩好了"。我说"女孩也挺好，我无所谓"。她笑得难看极了，说"生了女孩，你们就会说儿女双全，我不想躺在产房里看你们那副表情"。

我不说话了。她钩起戒指到厕所洗了一通，洗了很久，然后把它收了回去。我以为她要同我提分手了，心中愤懑，然而她只表示虾是她煮熟的，现在该由我来洗碗。我掏出手机，在京东上买了一台洗碗机。没赶上促销的时间，也不一定合适刚过户的房子，但那又怎样，我不过想体会一下自由是什么感觉。我所钟爱的自由是不必像《勇敢的心》那样以断头为代价的，现在我可算是明白了。

我倒在床上，摸到她的手，摸到她的睡裤，我摸得很轻，以免证实了她还醒着。我花了一点时间思考ACCA的事，不知怎的就想起了徐伟，想起了Run。我手机里还存着Run的电话号码，我们已经很久都没有联系过了。没什么大不了，她怎么也能再找到一个朋友愿意听她讲比肩民或贝多芬。徐伟的父亲恐怕还没过世。想到这个，想到我竟现在才想到这个，我连忙打开手机，在明天的日程清单里加了一行"联系徐伟"，也许转给他一点钱。如果他最终仍回到雪线上爬行，那总不能算是我的错，毕竟做什么都是他的自由选择。自由，我旋即又想起了Run。她能爱听虫的事，也许该警告她Ran是一只虫子。那只拉杆箱还收在壁橱里，拍拍灰，我就能听一听小卡洛斯指挥的"贝七"，但恐怕没有时间。时间？可鄙的伤感钻进脑袋里来了，使我开始自嘲：还没有Ran那样的睡后价值，倒先开始做Ran那样的睡前斗争了？Ran的办公室可真大啊，我不得不意识到自己想要的远没有那么多，不过是一点体面的日子，不需要像Ran那样租得起一整层SKP才能开张，我也不明白为什么这点要求都需要考这么多证书，仿佛不参加竞争就不能证明我值得生活。ACCA似乎比CPA更难到手，但总没到登天的程度，再这么踌躇下去，等我获得了入场券，恐怕就已经老到无力享受成果。我按捺不住，翻身坐起，刚过夜里三点。台灯下，ACCA的辅导书已经好端端地摊开在那里，只等我握住一支笔。有什么动静在响，我回头望去，惊雷睡得纹丝不动。卧室的门被轻飘飘地顶开了，两个黑黢黢的后脑勺晃近，一前一后，一高一矮，旋即立正站好，转过身来。

矮个儿的那一位竟长着父亲的面孔，那么高个儿的呢？还真是母亲。我又快有一年没见到她了，不知她一个人过得怎么样。

"林有泽先生，"父亲蚂蚁人恭敬地开口了，"您能超越99%的平庸之辈，成为1%。"

我哧哧几声，没憋住，大笑起来。

两位蚂蚁人露出畏惧的神色。近乎本能地，我又望向床上的惊雷，她还在那儿，面对着墙，背对着我，纹丝不动。竟能这么在乎她睡得好不好？我不由得被自己感动了。然而，一想到这么大的笑声都不能惊醒她，不能引她问一句"你没事吧"，我又生了气。我看到母亲蚂蚁人牵着一股绳子，拖住一箱东西。裁纸刀在门口的鞋架上，我只好抓一支圆珠笔将那纸箱破开。果然是宜云水。

"请。"父亲蚂蚁人朝我鞠了一躬。

我花了好些力气才抽出一瓶，拿在手里。

"我明白。"我说，"会只喝宜云水的，这不算个问题。"

两位蚂蚁人对视一下，又说出一个"请。"我的手指摩挲着瓶盖上的纹路，惊雷仍然睡着，我记得她的睡眠一向很轻。

"不必担心孟惊雷女士，"母亲蚂蚁人温柔地说道，"等你醒过来就会明白，这不过是一个梦罢了。"

"一个重要的梦。"父亲蚂蚁人赞许地冲同伴一笑，手一指，"啪啪"扣响桌面上摊开的辅导书，"喏，你想要的敲门砖今天才刚刚发货。你连做梦都想要早日争得高地，一览众山小，我们看中的正是这个。机会只留给有准备的人，好征兆啊，不觉得？"

我定睛一看，可不是吗，桌上摊开的明明是一本CPA的辅导书，都已经快翻烂了，记录着大半年来我熬过的夜。我拧开了瓶盖，闻起来，确实没什么骚味。我对上了父亲蚂蚁人的眼睛，将水瓶往他鼻尖一凑，唐突了，父亲蚂蚁人向后避让，一些水泼了出来，泼在我们中间的地板上，染了手指，倒也没有受到腐蚀的痛，只觉得凉丝丝的，有点儿可惜。

"你不喝？"我问。

"不符合规定。"

"什么规定？你不想成为1%？"

父亲蚂蚁人的神态是那样地惶恐，一点儿也不像我的父亲。我不由得想起遥远的过去或未来，那时我还没见识过什么叫一马平川的世界，也没想过自己能比惊雷更好地适应勇于攀登的规则，于是我千方百计地想制止惊雷喝宜云水，为此哀求，发怒，无可奈何。但此刻想来，我制止她的原因仅是不满意自己没有喝水的资格。

"现在你够格了！"父亲蚂蚁人在房间里倒退着踱步，时不时朝母亲蚂蚁人挤挤眼睛。我冷峻地盯着他的动静，想起Ran来。真是可惜，生而为虫明明有那么多天赐的便利，开出了一条通途，可Ran却把这些资源都浪费了，白白耗在自我矛盾当中。如果她一鼓作气，排除干扰，恐怕能攀上真正拔崛而起的山峰。

"你想知道的'规定'正是这个。"父亲蚂蚁人突然站定，饶有兴致地看着我，眼睛灼灼燃烧，"我们不喝，因为我们消化不了，连Ran那样的异类也办不到。"

"而你不同，你毕竟是人。"母亲蚂蚁人说。我只能用甜蜜来形容她的声音了。

"不要把怀疑的眼光投向我！"父亲蚂蚁人说，"我们做了什么呢？不过是让每个人各安其所，过上自己想要的生活，不论他想做一个人，或是一只虫。难道这也叫一种罪过？"

他不该这么说话的，太见外了，如果他想靠安上父亲的脑袋对我造成什么影响，那么他正在终结这种便利。他真以为我能听信一条虫子？怎么，就凭他，无欲无求？那他还真是天真，甚至纯洁，可惜不够可爱。我大可以说出来，叫上一嗓子，就叫他回去补课，譬如报名参加一间小学的入学考试，叫他明白没有欲望的东西何谈立锥之地。可是他已经在我的沉默中受伤了，咬牙切齿，掏出一个红色的笔记本，抓起我的一支笔，笔尖在"林有泽"那三个字后头颤抖着。是呀，他们能靠信息素或别的什么玩意儿明白我的心意，可以在沉默中领受侮辱。多么可怜，这些天赋异禀的虫，他们需要多么强大的内心才能活着？未出口的恶意总是最多。

"好啦，"我温言安慰道，"你只是在照章办事，有规定在嘛。我从不为难被KPI（关键绩效指标）紧追不放的人。现在我们可以谈谈了。"

他含着下巴，下半扇眼白露出来，头上的触角转动。任凭他确认好了，我的脑袋里什么也没想，没有线索，好比过塑后的A4纸一张。大约为了挽尊，他在"林有泽"后头画上△。若不是看他动笔写字，我准得以为那是份打印稿。

"有人拒绝过你们吗？"我说，"不喝会有什么后果？"

"你可以做第一个说'不'的人。"父亲蚂蚁人干巴巴地说。

拿出一名柜员的修养，我真诚地对他一笑，装作一副什么都不懂的样子，好让他相信我的立场，并且是他此时唯一可以依傍的人，比那位只晓得唱和的蚂蚁人同伴更管用。谢谢你们肯送我喝水，我告诉他；可我不觉得自己需要它。你们找错人了，我绝不是什么野心家。当然，我吃了一点苦头，没准正是因为吃了一点苦头，所以才明白自己当不了野心家。我只不过在夹缝中求活路，过去如此，现在如此，未来也难有起色。一个人要扎下根来，过点日子，原来这样难，以前我当然不知道的。现在我看清楚了，原子状的人被倒入了巨大的网兜，网兜正没日没夜地可劲儿颠簸，我得挤破脑袋才能站到网中，否则连残渣都分不到。看看吧，人越来越多，活得越来越久，玩过多人蹦床吗？对，就是那样，站都站不稳！我总需要些自律，总需要做几个孜孜不倦的梦，才能勉强不摔下网来，哪怕每天晚上都在梦里工作、学习也说明不了什么，不值得你们专门跑一趟的。

"所以你才需要喝水，"他诚恳地对我说道，"现在是不成问题，问题根植于你的未来。太近了——你没看到吗？你离你渴望达成的高度太近了，这个距离才是问题的核心。拉开距离，渴望才能永远是渴望，这就是我们想要为你做的事情。想想你最终能达到的高度吧！我敢说你本人都会大吃一惊。不接近天空，怎么能看到紫色？你具备这个资格。"

"也许你说得对。我也相信喝水总会有些用处。但我毕竟认识Ran……"

"你不会再认识她了。"

"好吧，也许不会了，但我认识过。她也喝了水，当然，她得到的结果离不幸还差得远，但你不能否认那其中有许多，混乱。我是说，不管是虫还是人，谁又能够靠自由来决定欲望该往哪里去，该派进哪一个，比方说，哪一个燃烧舱？她喝了水，想要做成一番事业的欲望增强了，可杂七杂八的欲望也增强了。一个什么都想要的人怎么可能获得幸福呢？幸福一向和减法有关。对，我知道我到底想说什么了：我相信你，但恐怕不相信我自己。"

"哪儿有人自愿想做减法呢？"他嚷道，同我谈起了惊雷，谈起我近来心境的改变，想使我承认自己已经不再爱她，而是渴望爱上一个（或多个）更妙的人物。

我的脑海中浮现出若干女人的脸。我不由得开始想象她们脱光了衣服该是什么样子，很快便想起了那只母螳螂。我大吃一惊，终于又看到了眼前这张笑眯眯的、父亲的脸，安在坚硬、反光的蚂蚁服中，分明正围观我的想象。这使我倍感恶心。

"你错了，我爱她！"我恶狠狠地说。

这之后，他有些自说自话的意思了，无非是想证明我在撒谎。不用听他说我也知道自己对惊雷的爱充满了瑕疵，但我暂时只会这么爱。他打了个哈欠，起身朝同伴走去。他们俩头挨着头，低声商量起来，不知怎的，我能把那些个悄悄话听得一清二楚，也许只因为做梦的是我。原来，把我列到名单上的是母亲蚂蚁人，而这位父亲蚂蚁人则质疑我到底能不能做成1%——过分共情、优柔寡断、患得患失，他气鼓鼓地总结着，对这一整晚的无用功十分不满。母亲蚂蚁人一副垂头丧气的样子，时而看看我，时而冲她的同伴点头。我努力地咽着唾沫，在梦境中犯困了。

"你到现在都没意识到自己有多走运。"母亲蚂蚁人开口对我说道，"人的一生有几次做梦的机会呢？有的人一次都没有过。"

父亲蚂蚁人将桌上的那瓶水放回纸箱里，勉强地蹲了下来，从一个带拉链的裤兜里掏出宽胶带，撕开适当的长度封好，最后用大颚剪开。

"你会主动来找我们的。"他说，"到时候你还在不在名单上，可真是不好说。"

他们俩一前一后倒退着离开了。我锁好防盗门，不由得开始窃喜，继而竟激动得要跳起舞来。看来我顶住了诱惑。我感到这是迄今为止的人生里，头一回真正地胜利。我把自己笑醒了，听到许多动静。我看到惊雷走来走去，胸前挎着一只黑色的双肩包。她正在往里头装东西。

4

"我朋友搬了家，还没找到室友。我想过去陪她几天。"

她轻声地说着，拿起桌上的红色水杯，用洗脸毛巾擦干、包好，塞进双肩包里。看清她的表情后，我才明白了她是什么意思。我伸手去拽她胸前的双肩包。她的力气居然很大，双肩包被摁进了厕所。她一声不吭，蹲下查看，掏出那只水杯，幸好没有碎。我在想这是适合拍照的画面，蓝色的马赛克，配上正红色的水杯，很美。

"我已经想了很久，不是一时冲动。"她说，"我还没到25岁，我不想把自己过成35岁的样子，当然，到了35岁我也不想那样过。事情是明摆着的，你已经不爱我了，我们没必要互相消耗。"

又是这个。到底什么才叫"爱"？的确，我们有日子没做爱了。我把手机递给她，告诉她随便看，"密码还是你生日"。眼泪在她的眼眶里打转，她抱着双臂，不肯接过去。

"没说你出轨，"她生了气，"你还没顾上。难道我还真得等到那一天？把自己搞得那么惨？不至于。"

我努力耐着性子，问她到底不满意我哪里，她倒先发起火来："我说得还不够清楚吗？你不爱我了！哪个字你听不懂？还需要什么理由？"

好。爱。听懂了。和她聊天，显然比和蚂蚁人聊天难多了，"就是说，你感觉我不爱你了？就那么相信自己的感觉？"

"你要这么说也可以。"

"想要及时止损了？"

她冷笑一声："你如果还爱我，就不可能这么说。"

"我听不懂。"

"你就没把我当人看。可能你看谁都像在解读收益分析。好，那么你怎么可能爱我呢，对吧？我毕竟是一个人。"

"我怎么就不把你当人看了？"

"你的眼神不对，你的语气也不对。当然，你偶尔也做一点家务，那又怎么样？你一个人也需要干净。"

"眼神，语气。"我不知道我自己在说什么了，"你不能要求一个人，又做事，又要处处兼顾着什么眼神、语气，我脑容量有限。我最近是有点忙。那如果我什么都不做呢？你想想。脑子都花在眼神、语气上好了，你就喜欢？"

这时她的眼神温柔了些，也许觉得我又爱她了。

"什么都不做当然也不行。"好极了，我就知道她会这么说。她唠叨着不做事不行，只做事也不行，"你知道我的意思吧？"

"我不知道。"

"比方说，我不想天天去盯装修，因为我也想做点事。别跟我讲道理，钱是你出的，按理我是该出力。"

"你的确讲道理，看看那个'理'都把你委屈成什么样了。"

她想要反驳我，憋了好一会儿，然后抽抽搭搭地哭了起来。都怪我没忍住，现在前功尽弃，她肯定又要说我的眼神、语气都不对。我只后悔没把话说得更狠一些。她推开我递过去的抽纸，站了起来，显示出情绪稳定。

"我们真的不合适。"她说，"我只是想好好谈一次恋爱。我知道，迟早得考虑那些很现实的问题，也知道我现在的心态只是在逃避。我们开始得太仓促了，不觉得？不该那么快住到一起，我最近总在反思这个决定。说实话，当时决定搬过来和你一起住，也有和室友闹矛盾的因素在，没办法，合租就那样。一想到可以和自己喜欢的人单独住一套一居室我就很高兴，高兴得好像有多爱你似的。当然，和你住的确比和陌生人合租好得多。你说得对，我的感觉未必可信，所以我也不想那么仓促地分手，就暂时分开几天而已，十天怎么样？各自冷静冷静。你为什么能轻易地放弃自己热爱的东西？你现在连歌都不听了。"

听到她拿我和什么陌生人相提并论，我恨不能上去打她一巴掌。她又说到了那篇《2048》，"删掉它干什么呢？"接着就扯到安全感，说我忽然变了一个人。说到变化，我倒觉得她变得更多。不，或许该说她没什么变化，所以才显得陌生？我爱的究竟是谁呢？五年前（或说五年后）的她和一个穿校服的女学生混在一起，和现在的她混在一起，明明是一个人，难道我能说她不像她自己？她走动得快极了，牙刷、洗面奶、擦脸油、五颜六色的帆布挎包、红色带兜帽的羊毛大衣，她把这一切统统塞进了那只双肩包里，她甚至塞进了一台加湿器。

"你希望我怎么做？"我追在她屁股后头叫，"总归时间只有这么多。要不你养我？你绝对养得起。在家带带孩子蛮不错的，我不讨厌做家务。"

她热衷过的那些皮包在我的脑海中一字排开，说真的，我是看不出哪里好。她的屁股倒生得很好看。

"说话要负责任，"她转过头来，"你怎么可能忍受得了那样的生活？"

"哪样的生活？"

"你能接受依附别人过日子？"

"依附？"

"怎么了？"

"你觉得我是一个寄生虫？"

她背对我站着。家里一下子变得很安静，仿佛一晃回到了五年后。原来她当时是这么看我的。现在，我终于相信她想同我分手了。

"没说你，"她的声音变得干涩，"你很努力，充满了干劲，获得了认可。我是说我。我是个寄生虫。我恐怕得活得越来越像一个寄生虫，咬在你的血管上，一只蚂蟥。你说得没错，时间毕竟是有限的，得合理分配，还会有孩子。你的势头好，所以留在家里这个人理该是我。"

看她的表情，像是天都要塌下来了。她这是在跟我吵架吗？我不由得想起之前（或说之后）吵过的那些架。大约地，不论我是否有能力把她"留在家里"，她都不满意，而错的总是我。我不知道该怎么安慰她。当安慰仅是一件义务时，我总是不知道该怎么履行。也许可以说世界上不光有赚钱的能力，留在家里的那个能力更大，好比说最宝贵的劳动和阳光、空气一样，都是无价的。可如果大家真的相信这个说法，她也就不会觉得委屈了。共识，对，共识？强哥似乎拿共识来定义鞋子。我不记得他是怎么说的了，只想起一个老套的比喻，把鞋子与婚姻比到一起。

回过神来，我与她已并排坐到了那条红沙发上。我说我愿意找一份朝九晚五的闲差，大不了我们离开北京，轻松一点，也就不存在谁依附谁的问题了。本是想安慰她才随便说说的，但话一出口，我便有一种说出了真心话的窘迫感。为什么要留在北京？到底是为什么而努力？我得不出答案。可要说那种确定心意后总能感受到的充实、清晰与平和，倒也没有，只觉得一切都显出虚茫。如果好不容易才上轨道的生活能够那么草率地颠覆，轨道又算什么东西？

她显得更难过了。她开始说自己只是在使性子，闹别扭，犯神经病，放着大好的日子不过。

"我在做心理准备的，"她说，"我可以辞职。况且也不是永远辞职对不对？以后也可以再出来找工作，孩子进幼儿园就行吧？"

"不需要。"

"也是，现在想这些太早了。还没结婚呢，也不一定那么容易就怀上，是吧？好多人都要备孕一两年。况且还可以请保姆。可能我只是不喜欢干会计，不喜欢和表格、票据打交道。"

"我知道。"

"你知道？"

我把手机找来，像从海底打捞沉船那样好不容易才想起关键词，搜索《玩偶之家》，选中一行话，"你最神圣的责任，就是对自己的责任。"我读出声来才开始担心她会被激怒，这时候最不该提的词恐怕就是"责任"，不该居高临下，指手画脚，我拿不准自己究竟是想激怒她，还是真的想安慰她。

　　她让我继续读。跳过那些令我尴尬的语气词，我磕磕绊绊地发出声音。这部古老的戏剧赞美女人逃离家庭，独立生活。惊雷的脸庞明亮，急切，像一个正在专心听讲的好学生，期待被点名提问。我很想戏弄她，问一个刁钻的问题，再宣布她回答错误，譬如只有独立的女孩才是好女孩，但世界向来是坏女孩的天下。小饭厅里变得很安静，灰尘在光束里转。我们俩沉默地靠在沙发上。为什么不能换一个词？我在想。为什么就不能说成依赖，依恋，或仅是，共同生活？

　　"我真的太贪心了，"她喃喃自语，"既想变得独立而强大，又想嫁给同样独立而强大的男人。可我们能互相需求什么呢？"

　　"不是你的问题，"我说，"是'强大'的问题。为什么只有一种强大呢？你想。你被主流观念绑架了。"

　　"那你呢？"她哧哧地笑起来，问我为什么就乐意被绑架。

　　我不知该怎么回答。也许是被她的表情感染，我也不禁笑了起来，好像只要两个人都自相矛盾，也就没什么好痛苦的了。敲门声响，有人高喊着"快递"，要我签字。我告诉惊雷，我买了一台洗碗机。

　　快递员奇怪地看着我。我从他手里接过那箱沉甸甸的东西。原来如此，我早该想到的。我用鞋柜上的裁纸刀把纸箱破开。

"等我一会儿。"我只好对她说。

箱子里不是洗碗机，而是330毫升一瓶的宜云水。我将这箱水踢进厨房，一一拧开，倒掉。做这件事的时候我什么也没想，什么也想不了，只不过厌恶这只手居然无孔不入，摆布我的生活。没有谁发出任何的疑义，等我扔下最后一只空瓶子，门厅里已变得空荡荡的，防盗门敞开。我喊了一声惊雷的名字，冲下楼。哪里都找不见她了。在我的身后，一些个什么开始移动，我们租住在六楼，而现在只剩下了一层楼，真不知道一层楼究竟靠什么装下这么多虫子。它们浩浩荡荡地走开，欻啦啦打开储物柜安上脑袋，也许去往某处草坪。我的周围再次安静下来，安静得好像从没有谁开口说过话。鞋子自然是不见了。我呆立在这片荒漠上，不知过了多久，一张熟悉的面孔从单元门里走了出来，Run垂手看着我，短短的寸头包裹在萤火虫服当中。

信 则 有

1

究竟是怎么回事？

也许我刚睡醒，结束了一个长梦，抑或刚睡着，开始做一个长梦。哪一种都说得通，各有各的荒谬，荒谬且日常。没什么好震惊的，我告诉自己。没准儿古往今来的每个人都过着被虫骚扰的生活，所以世界才变成这副样子。

Run在问："你为什么这副样子？"

我答不上来，既不想解释自己是哪副样子，也实在打不起精神来关心她为什么会在这里。这里，我不知道这里是哪里——我站在这里，任由虫、草、树，及房子组成的景观照进眼中，这里头当然也有Run，有她不断蹦出口的话语。

Run说个不停，像画素描一样修正刚出口的话，短促的直线，不停叠加、修正、擦除，一笔一笔刻画阴影，直到最深处的图案涌现。很难说这是不是彻底的坦诚。太用力了，也许把真实推得更远。她只能这么办，我能理解。孤独使撒谎变成一种不堪忍受的浪费。她比我更需要沟通，毕竟我刚梦过，抑或刚开始做梦。当荒谬变成日常，我丧失的情绪便越来越多，什么都愿意理解，我仅剩的尊严便是去理解荒谬。

Run在问："你都吃什么东西？在哪儿解手？睡在地上？"

从前我们不说这些。不说我们在哪里睡觉，以什么为食，如何清洁牙齿。从前我们忽略生活的基础，把时间用来关心比肩民或贝多芬。

她似乎丝毫不介意我敷衍的回答。我仍在想着惊雷，Run则说起了Ran，说起她自己。

2

你唱歌可真难听。

Run说。

还记得那天吧？高音唱破了，转调僵硬，嗓子紧。

我是说你唱的"No More"。

我很惊讶你会唱这个。我是说，我很惊讶Ran记得这首歌。（她居然会跟你说？）她没跟我说过。我以为那天下午她没有注意到我。SKP，快闪咖啡店，店里正循环播放猫王的歌。最讨厌猫王了，我。我觉得猫王唱歌总是过分修饰，他唱的"我爱你"不是唱给爱人听的，是唱给观众听的，里头充满了吆喝。我转身想招呼服务员，想问能不能换歌，结果看到了她。世界上的另一个我端着托盘，躬身穿过半帘，托盘上有十个糖霜蛋糕。

我坐正坐好。吓坏了。

一整个下午，我靠专心听猫王来舒缓情绪，猜测父母是否遗弃了我的双胞胎姐妹，又为了什么。我听到了两遍"No More"。不知为何，我没那么讨厌他了。我觉得他唱的正是我本人的绝望。一种甜蜜的、矫情的、无所事事的绝望。

那时候我心里充满了各式各样激越的情绪，比现在更多。无处挥霍。容许我为之奋斗的一切我都拥有，而我得不到的那一些是绣在皇帝衣襟内的金龙，别说追求了，都不准看的。如果出生得早些，我会变成民国时期为一个口号献身的女学生，混乱年代爱好批斗父母的富家女，而我真正想成为的是像特里莎那样抛弃手中一切的人，终身贫穷。我想去爱一个谁，或所有人，迫不及待。可事实上我缺乏某种根本性的轴。我的爱很窄。情绪把我冲刷得越来越苍白。于是我抓住了第一个需求我的人，那人想同我做爱，想给我钱，想把我摆在货架上供人交易，且顾客只有他一个。而我固执地想要满足他，不过是因为这是一个引流的出口，能换来片刻平静。

但他无法满足我。

令我不满足的不是他有求于我的东西，不是所谓的道德感，不是他或谁把我当成了哪种人——而只是，他没那么需要我。远远不够。甚至在我们做爱的时候我都明白，他需要的不是我，不是我本人。他只在清醒的时候需要我——他意识到自己毫无价值，所有簇拥在他身边的赞美都不是为他本人而生发的，所谓的他擦不亮一丝火花就会死去，正在死去，或差不多没有活过。这时他便需要我了，明白我和他一样，和任何人一样。我便调动所有能量去满足他。可惜他清醒的时候很短。他清醒的时候往往喝醉了。

你看，如果没有遇到Ran，我会冲向更暗处。

鸭川上到底有多少座桥呢，我不知道。据说多达上千座。可鸭川这条河也就31公里长。长江比6000公里更长，上面有一百多座大桥，小桥无人计数。

鸭川有的都是小桥。

我最喜欢的是贺茂桥。鸭川诞生在这座桥下。西北方的贺茂川与东北方的高野川在贺茂桥畔汇流，像一个左右对称的V。合体后的两川被命名为鸭川，继续南下，穿过贺茂桥，穿过整个京都，向西去了。我喜欢沿着鸭川的东岸向北走到贺茂桥。

你在电话里对我唱歌的时候，我正在这么走。

从我的角度看过去，对岸的樱花树上白雪条条，河声缓，月亮的清辉洒遍水浪。冬夜的水香很浓。五十年前，鸭川曾严重污染，臭不可闻。五百年前，许多人死在这里，丰臣秀吉的养子一家在三条桥边被处死，河水红了。一千年前，日本还没有入殓师，人们觉得死去的肉体没有灵魂，是唯恐避之不及的"秽"。于是鸭川的两岸成为抛尸地方，生活在河滩上的贫民被称为河原者。他们会搬运、掩埋尸体，或与它们比邻而居，直到他们和它们一道儿被贺茂川的洪水净化。天皇住在西岸。东岸是泄洪的方向。

我听着你唱歌，想着这些事，幻想自己正是一个河原者。我总能这么想。这是我喜欢鸭川的原因。歌听完，我继续走，终于走到了贺茂桥，望见眼前左右对称的V。雪积在两川形成的三角洲上，小巧美丽的三角洲，蓬松而白，河水里没有冰块。

不远处，各有一座桥架设在两川之上，一左一右，贺茂川上的是出町桥，高野川上的是河合桥。夜色使边界朦胧了，两桥看上去挨得是那样近，好像只要伸手折叠，就会变成一个世界。

我常常觉得Ran是贺茂川。它更宽大，势能更强，是它带着高野川向前奔流，成为鸭川。我和Ran一起走过这条路。她说："你才是贺茂川。"我不信的。我觉得她仅是说出我想对她说的话，像河面反射我身上的光。

究竟是谁在水中望，是我还是她？

有时候，我更想做那个影子的。那样便不用处理洪水一般汹涌的情绪了。

我对你说，我要再去吃一次面条，然后决定要不要回来。这是假话。我完全清楚自己想要的正是回到Ran的身边。那两年我越来越频繁地离开她，庆幸她被工作缠身，只能放我一个人走。我离开，为了积蓄能量回来。如果你像我一样无法处理这些能量，你就会像我一样不介意这个能量能否抵达一个什么地方。重要的是出口，是倾泻的可能性，对我而言是这样。我不知道她为什么会变得刻薄，挑剔，永不满足。我需要越来越频繁地满足她，绞尽脑汁。在这个过程中，我本人渐渐被冲刷成一片平缓的三角洲，水流变得缓慢，软弱，我曾希冀的平静得以形成。这时我就出去旅行，离开Ran，让势能升起。我意识到我一直渴望摆脱的正是我需要的，是它塑造了我。

也许我只是上瘾了。

走下贺茂桥的时候大约是十一点多。我回到东岸，犹豫了一会儿，开始向北走。我走在高野川畔，不久便来到了河合桥。我该回去了。我住的酒店在御池桥附近，走回去要花一个小时。我站在河合桥上。两川汇流的平静景象使我着迷。我能看到西侧的贺茂川，能看到一点儿贺茂川上的出町桥。它比河合桥长些，一些树挡在了中间。我停留得越久，心里的悸动越是强烈：我觉得一定有一个人正站在出町桥上，看着我。

Ran。

她会穿着和我一样的黑色羽绒服，黑色牛仔裤，黑色雪地靴，毫无疑问。她的鞋子总是比我的要干净。

我开始向西走，开始跑。我跑进了那片积满白雪的三角洲。透过树和雪，那个人站在出町桥上，双手紧紧抱在胸前，脸色惨白，我从未见她这么沮丧。Ran正在看我，一如我正在看她。树给我带来麻烦，雪抖落下来，泼进我的脖子，我顾不上戴兜帽了。当我脱离障碍，当我和她之间毫无阻隔，她掉头就走。

我试图追上她。

她在向南走。我注意到一个不对劲的地方，她没有穿鞋，双脚赤裸，有时踩到雪；然后是另一个不对劲的地方：她明明走得很慢，我却无法追上她。我总能看到她正在前方不远处，走得不紧不慢，丝毫没有犹豫意思。而我跑得很努力，百米冲刺劲头，却怎么都追不上。没有进展。就好像我的全部力气只够与她保持相对静止，而夜色，街景，正从我们身畔呼啸而过，向后平移。这景色中也包括行人。

距离繁华地带大约有六公里，可我还没跑这么远，身边的行人已越来越多，皆盛装出行，宛如夏日里烟火祭来临时的夜晚。我很专心。满脑子都是她的脚。不冷吗？不会划破、受伤吗？我后悔没有带一双备用鞋子，然后我想到明天可以去买一双新鞋，去哪儿买呢？我想着这些。人潮熙攘。我已经喘不上气了，腿也像灌了铅那样重，但我还能跑，她也还在几步外，时而被旁人挡住。一个什么声音响起了。倏然间，夜空打亮，像是白昼自一个个点急速扩散，抵达大地，而后是新的光。竟真的是烟火祭的夜晚。当我意识到自己正被那些白色的烟火吸引以至于停住了脚步时——

我已经看不到她了。

忽明忽暗间，周围的人无不穿成了虫的样子。礼花将他们的眼珠清晰地照给我看，令我想起秃鹫或蛙。瞬膜。第三眼睑。它们用这种奶白色的半透明薄膜为眼球提供保护与清洁，我们人类也曾有过，只是退化了。可我身边的这些怪人却留着瞬膜，像是没有参与人类的进化，或是进化的方向与我们相反。我竟没有害怕或吃惊，愤怒把其他感觉都烧光了。

这该死的烟火！

否则我怎么会错过她消失的瞬间呢？不该好奇的。一些坚硬的东西箍着胸腹，使我喘气艰难。是衣服。我已穿着这身硬邦邦的破玩意儿，光着脚，和其他人一个样。

你看，Ran没跟我说过什么虫的事。她不跟我说的事显然太多。她总是用一副担惊受怕的眼神瞧着我，尤其是盛气凌人的时候。也许，我没告诉她的事也一样多。

很高兴你能来找我。

想这么跟她说一声的。想极了。

我喜欢萤火虫吗？不清楚。也许我的问题是把世界分到两侧，喜欢左边的，讨厌右边的，右边的总是远远多过左边，而我对两侧的需求一样多。但我就喜欢这么分。我没留意过萤火虫都长什么样子，没去找，也没能遇到。如果不是你告诉我这叫黑翅萤，我一辈子也不会想知道它的名字。

我讨厌这里。即便这里长得像京都也没用，遍地都是我中意的拉面馆也没用。你说这里不像京都，你不是没去过吗？好吧，在你眼中不像，其实它在我眼中也不像、更不像：山不见了，神社也不见了，塞进那么多的欧式别墅，没有河——竟敢没有鸭川！没有鸭川的这里轻飘飘的，一片缺乏厚度，不会下沉的假雪。

不够冷。

当然，这里能看到星星，很多星星，比我在世界各地看到过的都清楚。这一点也很讨厌。太清楚了，就好像这里没有云，没有粉尘，没有残留的人造光，没有，空气——甚至没有季节的变化，就好像地球不稀罕自转。你知道猎户星座吗？你看，那儿就是它的三连星，猎户的腰带。（你连这都找不到？那你看那儿，三颗星组成的大三角，看那些最明亮的星。）它们是北半球冬季星空的标志，我每年冬天都要看。问题是，从我来这儿的第一天起它们就在这个位置，今夜依然。不稀罕自转的地球可真没意思。

我还讨厌离开这里的方式。

难道你不知道怎么离开？

你看过自己的虫服吗？往里看。我是说这玩意儿和身体联结的那些点。（你看上去像一只圣甲虫，我在那些讲埃及的书上看过这种虫的图画。）你不觉得奇怪吗？只有头可以换。储物柜里只有头。为什么没有手，躯干，或一只脚，为什么身体不能随便换？

这才是千篇一律中的意外。

在这里，脑袋缺乏厚度，唯有身体具有分量。每个人都在使用自己的身体，高矮胖瘦各异，复制粘贴行不通。

没这么想过？

Ran的背脊上有26个圆形疤，像和尚的戒疤。

她不告诉我那都是怎么弄的，现在我自己弄懂了：她拔除了虫服，成为一个人，遇到了我。

我也会拔掉这玩意儿的。

每次在雨中洗澡的时候，这26个连接点总会被拉扯到。我讨厌这种无理取闹的疼痛。与其每次都疼，不如一次拔掉。

但现在还不行。现在，我要找到她。

是她使我来到这里，一如贺茂川带着高野川向南向西去，最终汇入桂川。我要做的就是找到她，当面问个清楚："你到底想在哪儿待着，是左还是右？！"

她告诉你，她厌倦了人类的世界，想做回一只虫？

我不信的。她说她要回去，一如我说我要离开。我们都需要一个人待会儿，积蓄能量，好再次倾泻。

如果你觉得我太武断，就别说。

我不明白事情为什么会变成这个样子。我是说，当我见不到她，便笃定地感到自己全然地理解她，懂她的所思所欲。可一旦我们见面，开始交谈——简短且误解杂生的交谈——我就什么都不知道了。她变得遥远，模糊不清，近在咫尺却无从把握。诚然，也许当真如你所说，她能通过什么信息素感知我的所思所想。可她不懂自己。不懂自己，知道那么多又有什么用？

所以我应当到这里来。到此一游，看看她生活的世界，想象她在这里诞生的时刻。在这里的每一天都令我感到自己在接近她的同时，也能把她弄懂。像有人写过的那样，这里是一块网球场大小的岩石，一座灯塔，我们被困在塔内。风一吹谁都得上来一趟，早晚的事。她不会介意我讨厌这里的。

"很高兴你能来找我。"

我能听到她对我说。

3

我任由Run继续讲下去。也许我只需要伸手触碰，她就会消失不见，拉开下一个梦的大幕。

她总是这样地笃定，而我好似今天才发现热烈是她的另一个特点。我感到难以忍受。她不关心我是否认真听讲，单是找到一个能听得懂她的人（而不是虫），已经足够令她一直往下讲。

诚如那位蚂蚁人所言，我不知道自己有多走运。可我总觉得真正的幸运是不必做梦，或不必醒。我仍然是足够幸运的人，起码身边有一个朋友，朋友的声音使我感到亲切，但难以与之共鸣。也许我应该为这种距离感而惊讶，面对一个仍然能够如此笃定、热情洋溢的人，我应该惊讶。然而所有的感受已变得淡漠得很。是因为懒，而不是克制，我才没有打断Run，没有告诉她你的所有希望都是徒劳，告诉她，去梦吧，然后醒来，在下一个梦里。多么友好的监狱。

有时，Run描述她本人的惊讶——怎么，你不觉得虫的世界和京都很像？你看到的道路是笔直的？你看到的建筑物都是红砖房？怎么可能？！多么神奇，我们看到不同的世界，身处不同的世界，却能并肩走在一起！

我告诉她我不想走了，因为没有什么需要我去寻找。她对此置若罔闻。我不知道她那些干劲是打哪儿来的，也许她也需要再做一次梦，梦里的一切都栩栩如生，称心如意，甚至不缺烦恼。也许她对"到此一游"充满了兴致，的确，这可比去日本吃拉面稀罕。她说："你的沮丧是暂时的，好比派终究会打败老虎，靠自己的双脚走回陆地。"然而我是另一个派，生于和平年代，为学会与自己的匮乏相处而筋疲力尽，因不曾领教便能无视世界的痛苦，只配在梦里与虎搏斗。

"打起精神！"Run说，"听着，召唤你来的是太太的核心。这才是同蚂蚁人交易的代价：出让最宝贵的核心，好为欲望腾出位置。蚂蚁人说过代价的事儿吗？喝水可算不得代价，总不能光吃免费的午餐。他们不可能说出真正的代价，不是吗？说了就做不成买卖。所以你太太的核心在召唤你，让你找到她，带她走，脱离苦海。你为此而来。怎么样，我这个马屁拍得还可以吧？"

"蛮好的想法。"

"但你不信？"

我回答不了。很难再相信这个世界上有一扇门，专门为我开。使我进来的是我本人的彷徨，仅此而已，救不了任何人。所以它毫无意义。意义是鬼，是一种迷信，信则有，不信则无。

"可是还能怎么办呢？"Run说，"总得相信点什么。"

这么说，Run是信的，止如她相信Ran能被找到，相信只需要解除作为虫的Ran经受的甭管什么，便能与之携手离开，就好像自由是一枚能被取下，也能信手别上的徽章。可是，难道这个生龙活虎的Run是真的？诚如惊雷所言，譬如在梦里，女人已无法忍受依附别人的生活。那么Run是怎么回事呢？一个依附一只虫的女人，难道她的渴望是真的？难道那个对我刻薄相向的惊雷不比这个Run更真实？

我不想辩论。不做回应的沉默使Run愤怒。她无法理解我为什么要去同那些个蜣螂做伴。她站在草坪外围，看着我如同滑稽戏演员一般竭尽全力地搅和大便，却连一个粪球都滚不圆。她冲我挥手道别，喊出一些个热血话语，启程去寻找Ran。我庆幸她放我回到孤独中。

至于我在做什么，老实说，我也不清楚。我很快便习惯了缺乏沟通的新生活，好像我本该这样活，做好一只蜣螂。我跟随蜣螂们进入宿舍，和他们一起趴在地上休息。晨光亮时，我们不约而同地醒来，前往另一座红砖房自助取食，一次性纸碗，圆球状食物，吃起来有一股金属味，大约很臭。然后我们团粪。仍散发着热气的牛粪、大象粪或长颈鹿粪卧于草中，某只凭我的能力无法见到的动物曾经过这里，畅快地排泄一通。我的同伴们将拉链拉至颅顶，表情严肃地弯下身体，像在对什么鞠躬那般缓缓推动头上的耙状虫角，将散发着草腥味的排泄物团成无可挑剔的球形。我试着像他们那样办，可惜办不到，我的虫足不听使唤，无师自通的劳动方式我不会。用十个手指团粪十分费力。诚然，像和面那般团出拳头大小的球体很容易，可若要像他们那样团出一个与自己的身量等高的巨球则难办极了。

　　我让到一旁，开始看。一只蜣螂弯下身体，头上的虫角像猪八戒的钉耙那样插入粪中，耙几下，剔走粗、硬的植物纤维，中意的原料则聚在胸前，两对后足将之松松抱住，前足则不紧不慢地扒来新的原料。怀中的球不断紧实、壮大，终于到了令他满意的程度，他换前足着地，用一对后足推起粪球，向后走。他走得摇摇晃晃，却几乎是一条直线。他随粪球不断向后移动，来到另一片草地，温度升高，太阳一点点爬升至头顶。音乐响起了，蜣螂们不约而同地离开粪球，重新集结为一支队伍，前往红砖房用餐。草地上留下一个又一个粪球，或大或小，像某种人造的古怪雕塑。我站在粪球中，试着推动较小的一个。球纹丝不动。它具有我难以撼动的重量，摸起来还有些湿润。没有坡度，草或泥土产生的摩擦力使粪球纹丝不动。一整个下午，我试图推动这个球。虫们在我身畔歇息，不设防地袒露肚皮，聆听走调的音乐，晒太阳。我背靠粪球，以黑乎乎的硬壳为着力点，向后使劲。连体服里渐渐浸满汗水，膝盖吃痛，肛门与背接连抽筋。我躺在球边喘气，拉开拉链，团起草清洁身体。凉风吹干了我。粪球到底没能推动。

　　我决心推动粪球。推动粪球又能怎么样？有什么意义？只要愿意去找，恐怕我总能给粪球安上一个意义。意义总能过度入侵，比起思考它，我更好奇该如何锻炼肌肉，以便推动粪球。

围绕这个偶得的目标，我的生活开始出现节律。早晨，蜣螂们耙粪便，手速惊人地团粪，而我围在他们身边跑步。这时难免怀念穿鞋的日子，光脚跑步真有些吃不消。第一天跑完两圈已挪不开步，第二天比第一天稍有进步。耐力稳稳地与日俱增。我跑得不快，有时靠听走调的音乐分散注意力，有时看虫，在他们混沌的眼神中找到了一种美。他们安于在最低的限度内活，接受太阳、雨露、土地带来的食物，水，音乐，不区分生活与生存的差别，内心与外表一样无言。我愿能学习这种静默。

到了第十四天，我能跑完六圈了。身体像是到了一个瓶颈区，不再能轻而易举地获得进步。我一边喘息，一边猜测如果卸掉虫壳这一负重跑个十圈该不在话下，若能穿双跑鞋则如虎添翼。想到这个心里颇有些得意，继而怀疑我是否还能习惯穿鞋的感觉。做俯卧撑时，鼻尖总被草尖挠痒。穿着虫服坐仰卧起坐的感觉十分奇妙，没法儿躺平，壳的弧度使收腹变得容易，可它的重量又抵消了这份容易。等到小学时习得的所有操练完毕之后，我仰躺在壳上，解开拉链晾干自己，等待音乐响起。蜣螂们不约而同地放下粪球，我亦摘取无花果、牛油果或山竹，随同伴们前往红砖房。我们排队，自取纸碗，从餐盒里取走一只圆球状的食物。我把刚摘得的水果倒在长条桌上。起初，没有谁看到那些果子，于是我将果子整齐地放进每一位同伴的碗里，观察他们的反应。有人以虫足轻巧地将水果拨开，有人嗅闻，其余的人视而不见，只触碰圆球状的食物，吃完便将那枚水果连同纸碗一道投入垃圾桶。只有一位曾咬下一口。她的人面苍老，双眼盲了，皱巴巴的眼皮蜷缩在眶里，兜帽外，头发已近全白。看到她咀嚼、吞咽，使我感动。我继续摘取，在每一餐饭时分发我微小的劳动，期待更多人能够享用。没有谁再吃下果实。但已经足够了，看到每个人或说每只虫面对一枚果实的不同反应，使我感动，使我继续爬树，晃动长枝，或将一粒桃核埋进土里。

下午，我努力推动粪球。双腿站成马步，双手叉腰，用背上的硬壳抵住粪球，尽量使意识专注于向后发力。有时运气好些，恰好有两只球相距不远，我便站入两球之间，双手死死撑住面前的球，以此为辅助向后发力。这时便难免想到武侠小说，吸功大法，降龙十八掌，独孤求败或小师妹。倘若蜣螂团出的粪球是精确的"球"，事情必然容易得多，然而蜣螂们团出的仅是像"球"的球体，与地面相切的远不止一点。想要持续向后发力是做不到的，每过一会儿，我必须停下来休息，松缓手臂、腿与脊背。球始终纹丝不动。想要与球保持相对静止，就需要浑身肌肉紧密合作，肉眼无从辨别的运动发生在静止之中。

倘若父亲看到这一幕会说什么呢？父亲十分开明地任由我闲逛一般地长大，可他是不满意的，我能感觉到。他很少说教，为数不多的几次，都关于坚定、长性、恒心，那是他理想中的孩子所具有的品格。大学毕业前夕，我们谈过一次，我说想成为电影导演。他沉默少顷，继而问："学金融也是你自己定的吧？"我说是的，但那时还不知道喜欢什么，只是盲目地填上一个热门的专业罢了。他点头，又问："是不喜欢还是学不好？"我说确实不喜欢，也确实没学好。父亲锐利的目光就此射来。在那样的目光下，我总觉得自己撒了谎。譬如，也许正是因为没本事学好，所以才喜欢不起来。

想到父亲也许正在心里如此评判我，斗志被扬起，我得以稳稳地对视回去，倒真像问心无愧的。是父亲先转看别处的。他说"想做就好好做，不过家里帮不了你什么，得靠自己"。我在莫大的胜利喜悦中起身，参加毕业典礼，吃散伙饭的时候心里的快活感远远多过离别之哀。现在我有足够的时间审视自己了，难免觉得逃避便是从那时候开始的。与父亲入狱无关，是离开了高考的我被突然到手的自由打得晕头转向，遭受了挫折，于是便开始逃避。如果能在本专业拿到漂亮的绩点，然后再将到手的一切扔掉，志愿成为一个导演，当然是一种更勇敢、更有底气的人生。然而我资质平庸，学不好数学，学不好微观经济学，还以为当个文科生能容易些。

我努力推着粪球，看着这些念头如丰水期的泉水从脑或某处涌出。

母亲的反应则天真得多。她开始喜欢看各种电影节的红毯转播，幻想我搂着一个女明星向四方微笑示意。她比我更熟悉影视圈的八卦，还总要打视频电话来问点我根本也答不上来的"内幕消息"。她的松快截止于父亲入狱的那一年。

然而现在，当粪球纹丝不动，我发觉母亲拥有着惊人的定力。她总能让生活在寻常的轨道上运转自如，能用同一套手法摘洗芥蓝菜，也许此刻就正在摘洗。没准儿恰恰是母亲，而不是我或父亲，能轻而易举地使粪球滚动起来，没准儿。

那么惊雷呢？她大约不会多看粪球一眼。她会一直走，像Run那样走，但并不是为了寻找谁，"我是不系之舟"。这是自然的，因为她本就不是蜣螂，只是我不确定她是否愿做蚁后。隔着一个世界，我思念她，远离面对面时的嘈杂，不再愤怒。我开始懂得她的困惑，以及困惑带来的痛苦，我们是否相爱变得无关紧要。

一天傍晚，粪球动了。对抗感倏然消失，身体摇晃，踉跄不止。我没能立刻明白发生了什么，站稳时，我看到这个一人高的粪球正在滚动。我本能地举起双手，推着它继续向前，一时忘了原本是打算向后走，像一只货真价实的蜣螂那样走。粪球滚动得十分缓慢，我的意志自然而然地汇聚于双手间，脑中一点杂念也无，只剩下一个想法：愿粪球一直滚动。我用光了所有的力气，夜幕在滚动中降临，就好像太阳这个火球是被我推下了地平线。粪球离开我痉挛的手掌，在惯性中又滚动了一小会儿，逐渐静止不动。

我仰面躺倒在草地上，背上的壳使我前后摇晃，像是谁的母亲在轻轻地摇动一架看不见的摇篮。我该是睡过去了一会儿，因为我不知道他是什么时候来的。

这只蟑螂站在粪球旁，赤足，脸已变得瘦直，原本丰润的嘴唇枯瘪，令人难以想象他眉头松开的样子。

他从怀里掏出一双旧鞋，递给我，是他的"耐"，他的半钩。

"你可以走了。"杨耐克对我说。

4

在飞机上同我告别后，杨耐克一路南下，返回出生之地，行于虫中。他告诉我，本以为关于鞋的贸易与卖打口碟、黄牛票没有太大差别，只需要学会一些个沟通技巧即可，然而事情远没有这么简单。

五位与强哥一样古老的师父愿意教导他，皆自称蠊。他们闪动狡黠的眼睛，等待杨耐克不懂就问。他们给出的答案总是似是而非，用话语织就迷宫，蠛们深谙此道，令杨耐克叹为观止。他在迷宫中求索，凭借聪慧的头脑与好奇，探寻蠛们的真实心意。渐渐地，他不再需要"嗯"来"嗯"去就可以自如表达，能靠眼神间微小的差别，判明真伪。

随便买来的鞋是不合脚的，蠛们教导他。唯有真实的欲求能撬动人类的心，使他们提供鞋子，也只有这样的鞋子能帮助一只虫走入人的世界；而人类自身未必知晓欲求何在。杨耐克感到，自己的工作便是下潜，拨开话语之浪，一潜到底。终于，他答出了五位蠛心底的渴求，师父们赞美他，欢迎他："欢迎你开始徘徊。"

杨耐克说："这一刻，我自认强大无比。"

随之而来的是脆弱。不堪一击，心中充满了迷茫。"受训使我明白，唯真实拥有力量。当然，受训是为工作准备，可工作却是欺骗与利用，以摆渡那些想成为人的虫。真实是慷慨的，只要你愿意看，便能看见。它对我毫无戒心，袒露它所是的一切。我怎么能够以它为材料，加以伪饰，只为达成一个未见得真实的欲求？"

"难道真的有想要成为人的虫？比如我。我真的想做一个人吗？"

杨耐克疑惑不止。

如Ran般能与蠛各取所需的网络遍布各地，徘徊之蠛所做的工作也已有既定成规：寻觅同样在徘徊的人类，探知他们求而不得之处，以欲求的满足作为提供鞋子的回报。如开始交易，蠛便依靠Ran们提供安全的场所，扰动徘徊者的信息素，使之所见皆所欲，所闻皆所欲，称心如意。

当然，所谓的称心如意只是信息素带来的幻觉，镜花水月，一个徘徊之人总等不到勘破一刻，便会引来蚂蚁人的追捕，最好的下场是接受招安，成为虫。蚂蚁人的尽忠职守为蠓们喜闻乐见，因为鲜有安于小满之人，每满足一个需求，新的需求就会诞生。每一个愿意提供鞋子的人，都是一个无底洞，他们的欲求层出不穷，蠓们不堪其扰，能有蚂蚁人"善后"倒省事些；当然，还得确保蠓们自己不被蚂蚁人逮到。兵蚁体型彪悍，善搏斗，工蚁则数量庞大，兢兢业业，零散的徘徊之蠓照说不是他们的对手。然而，终日在虚假中寻找真实的蠓们精于伪装，扰动虫的信息素不在话下，蚂蚁人不得不终日奔忙，无功而返，或错杀无辜的虫。双方的对抗最有趣的地方便是，蚂蚁人总避不开徘徊之蠓所遭逢的诱惑：他们游走在人与虫之间，逐渐陷入徘徊的泥潭，反对自己原本坚持的，理解自己原本反对的。比方说，不论蚂蚁人怎样吹捧虫的沟通方式，他们都只能靠语言同人类交流。自他们开口说话的那一刻起，变异便开始了。"愈是想要抓住敌人，便与敌人愈相似。"杨耐克说，"在我的五位师父中，便有一位蚂蚁。师父们告诉我，那些水务局的蚂蚁人中也有我们的朋友，只因它们离人太近。"

按照师父们的判断，杨耐克已经可以开始实习执业，但一个关于人的困惑使他徘徊不前：难道说，为了摆渡一只虫，就可以连哄带骗地把那些提供了鞋子的人置于危险境地吗？任由他们被蚂蚁人折磨？犒赏却仅是虚幻的满足？显而易见，天平的两端并不相称。

"什么是你们行事的依傍？"杨耐克向师父们求助。五位师父慷慨告知，并欢迎杨耐克继承自己的信念。一位师父是强哥的徒弟，信念自继承中来：唯流动是不变的真谛。一位师父坚定有力，对自己的种族有归属感：蠊的利益才是首要的，我辈当为此奋斗终身。一位师父是纯粹的个人主义者：很简单，这事最有意思，对我口味。另一位师父果决易怒，信任仇恨：你怎么不问问一个人一生要踩死几只蟑螂？这才叫不公平呢！

杨耐克尊重这四位师父的信念，但无法将之作为自己的信念继承下来。只有蚁师父的回答使杨耐克为之心动。

"真实往往流向虚假，反之亦然。"蚁师父说，"人的生活并不比虫的高明，反之亦然。但在摆渡的瞬间，真实一定存在，是那一瞬间的真，使摆渡得以完成。"

蚁师父的信念便是这一瞬间的真。杨耐克成为他的助手，学习他贸易鞋子的方式，期待自己能被同一个瞬间吸引。不同于强哥，蚁师父行事和缓。他花费数月为徘徊之人营造梦境，与之交谈。因为徘徊已久，这些人对虫的出现见怪不怪，可仍难以对一只虫畅所欲言。

杨耐克问："为何不直言此人的欲求何在？"

蚁师父答非所问："等待。"

对于谜底，杨耐克也有自己的判断，期望能够得到验证。可是蚁师父与人们交谈的内容却越来越琐碎、日常，仿佛故意避开核心，拖延道出答案的时刻。A告诉蚁师父，自己有一位好友，就说是B吧。A与B相知多年，供职于不同公司，在事业上互有增益，平静和睦，直到B推荐自己的好友C加入A的部门，成为A的部下。A对C日久生情，但A本人有一位忠诚伴侣，就说是D吧。A对B说，我最近很烦恼。B答，你希望我猜到，还是猜不到？A说，猜到。B答，你应该找一个理由把C裁掉。

"你采纳了这个建议？"蚁师父温和询问，似乎真的不知道答案。

"我最近与B结婚了，"A说，"但恐怕D才是真正适合我的人。"

杨耐克不知道蚁师父为什么能对这类司空见惯的琐碎烦恼报以那么大的热忱，他早就判断出A的欲求与婚姻无关。"我猜想，蚁师父与我的判断一致，可他对任何判断都避而不谈。"又过了两个月，A本人给出了答案，证实了杨耐克最初的判断。此时，蚁师父终于谈起鞋子的事。

"如果你愿意为我提供鞋子，我会试着让梦境成为你的现实。"蚁师父说。

没有人因为这句话而同意交易。他们往往没当回事，或愈发疑惑，或开始好奇。他们会询问什么是梦境，什么是现实，如果梦境逼真到现实的程度，会有什么后果。蚁师父凭借经验，据实已告，告诉他们谁需要鞋子，谁痛恨与鞋子有关的交易，如何与蚂蚁人周旋，以及自己为什么会从事这项贸易。但这并非话题的全部，恰恰相反，人们花费更多的时间同蚁师父谈论生活点滴，再次回到那些琐碎与日常中去。在这个漫长的过程中，杨耐克学会了沉默，习惯了安于无知。他听着双方讨论鞋子到底是什么，为什么是鞋子，你是怎样从虫的世界过来的，我又将怎样从人的世界过去。

"从来就只有一个世界，是彷徨使我们相遇。"蚁师父说。

人们信任蚁师父的真诚。在蚁师父的警告下，他们清楚地知道欲求达成的感觉将仅是一场梦，一个无限接近于真实的幻觉，换句话来说，此时此刻也并不比它真实多少。他们感谢命运让自己与蚁师父相遇，累月的交谈，使缺憾被吹成了一只足月的气球，清晰可触，仿佛只需戳破、排出，生活便能无恙。

混沌有了形貌。杨耐克惊讶地发现，欲求达成的过程已然开始，开始于徘徊之人的内心深处，他们自行做梦，以无数具体的细节填补那个缺憾，体会着称心如意的满足。每个人都能靠自己建筑一栋华厦，不需要假他人之手。与其说蚁师父帮助他们绘制出了一幅施工图，不如说蚁师父只是使他们看到了华厦的对立面，直视匮乏本身。

最终，人们总会礼貌地拒绝蚁师父，自信地表明已靠自己的能力获得了解脱。他们奉上精心包扎的礼物，里面是蚁师父想要的鞋子：虽说不再需要你帮忙了，但我还是想要谢谢你，我的朋友。

摆渡便在平静中实现。

蚁师父执业的技艺冠绝群蠊，而且比任何蠊都尊重人类，杨耐克明白这一点。他钦佩蚁师父，可要说继承蚁师父的信念，就此开始执业，却仍无法办到。"在摆渡完成的瞬间，真实得以存在"，杨耐克真切地感受到了真实在场，也感受到了它的存在有多么短暂。太短暂了。他的信念暂时还无法立于这么陡峭的地点。

"要命的是鞋子。无论过程再怎么体面，那些人最后还是得遭殃，会被蚂蚁人盯上。要是能和蚂蚁人谈谈就好了。"杨耐克说，"想当人就当人，想当虫就当虫，难道不该是这样吗？你说我为什么非得有一个信念才能开始工作？这一点也很心烦。你就能迅速地投入工作，不和自己较劲。"

"也较过劲的吧。"我回想起大学毕业前夕与父亲交谈时的感觉。如果父亲没有入狱，我恐怕会继续编写《2048》或甭管什么玩意儿，以理想青年自居。所以说还是当虫更轻松啊，吃点肥皂就能管饱，当然可以一个劲地思考信念，工不工作都不要紧。

"我向来讨厌肥皂。"杨耐克小声地说。

不管他都讨厌些什么，我知道他有多喜欢这双"耐"鞋。我松开鞋带，把脚塞了进去，偏小不止一码。当然，只要能出去，合不合脚无所谓。我起身走了几步。

"但你还是想试试看，对吧？像蚁师父那样做个摆渡者。所以才跑来送鞋。"

"我只是在想……"他尴尬地斟酌着，"你毕竟是个人，总会想回到同类中去。况且这是我的鞋，不会给谁添麻烦。"

"光是这样可不行，"我琢磨着，把鞋尖戳个洞能舒服多少，"不是说得有所求才能使鞋子奏效吗？鞋子是你给的，如果你什么都不想要，我穿着这双鞋又能走到哪里去？"

杨耐克黯然的眼中闪现出一丝光芒。低头一看，我总觉得脚上的鞋子变得不一样了，只可惜仍挤脚得很。

没准靠自己的欲望就行。想要鸡腿饭，也想要猪扒饭，可是又吃不完两份，我总会产生各种求而不得的念头，这时便买来一双鞋子，送给想得到鞋子的虫好了。只要足够真诚，我也好，它也罢，准能去一个什么地方。得到满足的是我，提供鞋子的是我，蚂蚁人也只好来追捕我。这样一来，天平的两端便得以相称。

这是杨耐克找到的信念。说起来，问题仍有一大堆，比方说，杨耐克究竟算不算一个人呢？我又算不算一只渴望得到鞋子的虫？

一个似是而非的杨耐克，向一个似是而非的我送出的鞋子，究竟能走到哪里去？

好像只能走走看才能知道点什么。想到此行不单是为了自己，我找到了一点走的动力。

"打开一扇门，哪扇门都一样。你能认出门外的路。"杨耐克说。

我步行到最近的一扇门前。又是一扇玻璃双开门。此刻，一种我叫不出名字的虫子正在门内进食早餐，沐浴着仿佛永恒不变的温暖日光。我弯腰紧了紧鞋带，向杨耐克告别。

"可能你还得找双鞋，如果你遇到一个剃寸头的女孩。"

"嗯。怎么称呼？"

"可能是Run，也可能是Ran，我不知道。"

"总之是跑？"

"跑。"

我告诉他Run穿着萤火虫的衣服，转身进入门中。

5

就在玻璃门关闭的那一刻，屋内原本充沛的光线灭了，我好不容易才适应了眼前的昏暗。

面前是一条长走廊，大概一米宽，左前方有一扇门，门边的墙角处装有一盏方块状的长明夜灯。十米开外，走廊向右拐，消失在视野中。我连忙转身望去，身后是一条同样的长走廊，不知道我是打哪儿进来的。

身畔静阒无音，人也没见到。这里该是一个什么建筑物的内部，像是个写字楼。我小心翼翼地向前走，始终没能想起这里是哪里。这里和我去过的所有写字楼都不吻合，可如果不是办公场所，还能是哪儿呢？走着走着，我看到了走廊尽头，一扇钢制双开门堵在那儿，一线光从底下透出，我欣喜地跑过去，握住把手往下压。

门缝外灯火通明。人头攒动，许多蚂蚁人正在忙活。在这个开阔的室内广场或说工厂内，蚂蚁人站在流水线旁，将各式各样的材料裹成球形，压制宜云水瓶与深红色的纸碗，或将成品运往哪里。蚂蚁人忙个不停，有条不紊，比那些我见惯了的虫劳累得多。我还看到了体格更大的蚂蚁人，是兵蚁，和那个曾将我击倒在地的家伙一样神气活现。每隔十来米距离便站着一个兵蚁，站得笔直，不知在守卫什么。没人说话，能听到的只有劳动的声音。一个兵蚁正在活动脑袋。他没有戴兜帽，脸上戴着墨镜，如果再近些，我就能看清他的脸。空气中，隐约能闻到一股什么气味，是香水的味道，我就快要想起这里是哪儿。呼吸停顿了。那个兵蚁转动脑袋的幅度、视线停留的高度我十分熟悉。也就是说，他能看到。

他的目光停在了我身上。

不要慌，我告诫自己。那两个闯进惊雷家里的蚂蚁人能说会道，也许眼前的这一位也值得聊聊。我将门打开，往前跨一步。立刻地，那股香水味更浓郁了，我突然明白了自己身在何处。我刚刚经过的走廊，是那些标有"空调机房""强电竖井"或是"设备间"的办公区域，而眼前的大厅则是卖场。大望路的SKP，是的。

那个壮硕的兵蚁正朝我走来，后退，退向我的方向。这些个大家伙都在朝我来。身后的钢制门合上了，响声震耳。蚂蚁人下颌处，那些挺括的大颚一左一右打开，高高扬起。

不妙。

我连忙掉头，可刚才还十分听话的门现在却卡住了，怎么也推不动。我不敢回头看他们现在离我有多近，已想好了求饶的办法，我要活下来，哪怕做一只虫。这时，我忽然想起了惊雷，想起她淹没在蚁后虫服里的脸。我转过身来，脑子一片空白，不知是想要求饶，还是想问问惊雷在哪儿。兵蚁那骇人的大颚直冲我来了，就在这时，一个什么人从里面将门打开，一把将我拽了进去，甩进哪里。

莫非就是惊雷在救我？我摔倒在地，左侧身体砸在一块板上，起身时脑袋顶又实在地撞了一下。听声音像是木板。

眼前赫然站着一双腿，穿的竟不是虫服。灰色西裤，裤缝熨烫得笔直，脚上却是一双廉价的塑料拖鞋，深蓝色，上面印着一个圆圈商标。

我从一个狭窄的木箱子里钻了出来，这才看清这玩意儿是一个讲台，陈旧的木质讲台。上面放满了一盒盒的老式粉笔。

"爸？"

我望着眼前的这个男人，目瞪口呆。

6

"你怎么还不走？！"

父亲冲我咆哮，然后又转身面对黑板，飞快地用粉笔写着什

435

么，口中念念有词。

我站在门边望着他。他把我拽下讲台，推到门边，指着我脚上的鞋子吼叫："快走！"

印象中，父亲没这么吼过。我没见过他蛮横、失态、歇斯底里，他对谁都很有礼貌，温文尔雅。当然，我也没见过他穿成这样：立领，四贴袋，带袋盖，竟是一套板正的中山装。我的父亲是一个不修边幅的低调男人，出于自信才不屑于穿着打扮。当然，父亲也许是迫不得已穿成了这样：毕竟他踩着一双澡堂拖鞋，鞋面印了一个圆圈商标，圈内是两个交叠在一起的半三角形，像两座大山，或一个"从"字。我没见过这个牌子，但也不难猜。

这该是监狱里统一派发的囚鞋。

可这里显然不是监狱。讲台，黑板，父亲正面对黑板奋笔疾书。但这里也不是教室。天花板上，垂着一个水晶吊灯，三层，擦得锃亮。门就在讲台右侧，而讲台左侧则是一整面的落地窗，窗外没有操场，取而代之的是莺歌燕舞的精美花园，再往外，田野，能隐约看到一辆拖拉机正从视野的左侧驶向右侧，然后是下一辆。

拖拉机，一亩，150元

挖掘机，一小时，180元

女工，一小时，90～120元

男工，一小时，150～180元

种子，2万元，余8袋……

父亲喋喋不休地说着这些，边说边写。他写得一手好板书，但这些字迹过于龙飞凤舞了，估计学生会看不懂。当然，这里没有学生。没有学生用的桌椅。空荡荡的，像是个能办舞会的大客厅，地面上全是些粉笔头，长长短短。

父亲很快便将整面黑板全写完了。他拿起板擦，动作又快又狠，霎时间，粉尘漫天。那黑板早已发了白，字影层层错错，他拿起一支新粉笔，继续写。

"爸？"

"你怎么还不走？！"

"爸，这是哪儿？"

"这是哪儿？"听他的语气，就好像我真的在明知故问，"你名下的另一套房子！看不出来？这套不错，办得干净，正适合养老。过几年我要再干一番事业！"

他说话时语气冰冷，脸上却带着狂热的笑容。

"你怎么会？你不是……"

我到底也没能把监狱二字说出来。而父亲，或说眼前这个男人则哼笑一声。

"那地方只关得了他。他坏了我的好事！缩手缩脚、只配进去、活该被抓！看清楚了，我才是你爸，不是他！"

粉笔应声折断。他将剩下的半截随手扔到了讲台下，取出一支新的。

562亩

22间房

可用耕地约300亩

写到这儿他提高音量，中气很足："好，很好，总得有个池塘！"

"不走也可以。"他说，"22间房，你自己去转转，挑一间。"

我看着满黑板密密麻麻的数字。562亩有多大？我名下到底有多少东西？

"您知道惊雷在哪儿吗？"

"这里没有小市民！"

他的语气令我忍无可忍。我礼貌地冲他一笑，转身想开门离开。

"站住！"

这倒是我父亲曾对我说过的话。回头望去，那两道严厉的目光盯住我。我按捺住愤怒与他对视，比以往的任何一次都要稳。末了，他再次转向黑板，将手中的粉笔轻轻地搁在板槽中。我沉默地望着他。他是想救我吧？他刚才救了我，从那些兵蚁手下。没准儿他真的是我的父亲，起码是我父亲的一部分，左，或是右。我不敢说自己真的了解他。

他骂了一句，声音有些低沉，然后突然开始吼，瞪着我，太阳穴跳动。

"和平年代的废物！不像他也不像我。轻轻一绊就爬不起来！眼睛只瞧得见自个儿却连自个儿都管不好！懦弱，狭隘，胸无大志！不敢登高望远，所以你过不好眼面前那点小日子！甚至不能自己犯错！不能，不敢，担不起。犯错的又不是你！"

我感到头痛欲裂，透不过气，然后是疲惫。我想，如果换一个处境，换一个时间，我恐怕会哭。父亲吼完，将他脚上的拖鞋隔空扔了过来，我本能地一躲，于是他又骂了几句。

"快滚！"他的声音哑了。

我拉开拉链，将拖鞋插进前胸的虫服内，固定好。球形门把那光滑的金属触感使我注意到手里汗津津的。我转身看着他。

"爸，我就问一个问题。"

我不知道他是不是已经猜到了。

"有不犯错的可能性吗？"

我想我问得并不恰当，但他显然明白我在问什么。

"别问我！"他的怒火再一次被激起，比之前更烈，"去问他！问他！"

我说好的，我听懂了。

7

门一关就我后悔了。我竟然从头到尾都没关心过他。没问他这些年过得如何，甚至没说一句谢谢，没告诉他我想他了，而他甚至肯把自己的鞋子给我。

有不犯错的可能吗？他的意思是有。一定是这样。因为他在对我说。

眼前又是一条长走廊，左右两侧每隔几米就有一扇门。我下意识地摸了摸父亲给的鞋子，定下心来。浅棕色地毯踩起来很舒服，墙上贴着壁纸，头顶的天窗外是蓝色晴空，那些蟑螂与蚂蚁手拉手的小巧图案印得到处都是。是的，我能认出门外的路，虽说只走过一次。

走廊尽头是那扇双开木门，Ran的办公室。山馆。

我快步朝那儿走，越走越快，推开门，立刻看到惊雷就在里头。身后传来动静，走廊里所有的门尽数打开，一个又一个的蚂蚁人涌入走廊，朝我来。我将门反锁。

这间办公室变样了。那些透明的展示柜还在，全空着，上面的鞋子没了。右侧的落地水缸倒像没什么变化，里头仍绿意盎然，不知道那只骇人的千足虫还在不在。蚂蚁人把门撞得震天响。惊雷躺在屋子中央，蚁后虫服，腹部蠕动，有什么东西想要向外涌。我拍打她的脸，试图叫醒她，这时我才第一次看清楚了她是谁。

是那个梦里的惊雷躺在这里，爱做梦的惊雷。她的脸上全是汗，是那些肚子里蠕动不止的东西使她虚弱不堪。

来不及了，我将怀里的拖鞋套在她的脚上。我想把她扛起来，但她这身行头太沉。我只好双手架在她的腋下往前拖动，办公室自带的洗手间还在老位置，这就是一扇现成的门。惊雷的重量超乎我的想象，我只能一点儿一点儿挪动，总担心那双拖鞋随时都得往下掉。双开门已经裂开了，一对大颚探入。

我没注意到她是什么时候醒的。

她说："她不希望我回去。"

我说："那你呢？"

她直愣愣地看着我，眼珠上游着一层雾，终于点了头。我专心使劲儿。我们离目的地越来越近，忽地响了一声，洗手间的门竟从里面被打开，一个什么走了出来，直愣愣地堵在门口不动。

一个虫人，身上软体虫服斑斓，脸是女人样子。我没停下，加快速度的同时打量这位不速之客。她眼睛上蒙着白翳，或是Run口中的瞬膜，没有什么可称得上表情的反应。门外的动静越来越大。我开始盘算该如何对付这个女人，然而她晃晃悠悠地背过身去，开始后退，似乎有意为我和惊雷让出道来。在她身上，无数双虫足从胸前蔓延到地面，背上的软体虫服随呼吸蠕动，颜色缤纷却又带些灰度。侧身而过之际，那软糯的虫服擦过我赤裸的脚。她直朝蚂蚁人所在的双开门退过去，用软体虫服堵住双开门上渐渐变大的窟窿。

　　我顾不上深想，打开洗手间的门，使出浑身的力气将惊雷推进去。拖鞋掉了下来，我再次套好。

　　"你不走？"

　　她的嘴动了动，像是问这个。

　　关门一刻，我觉得自己疯掉了。那个女孩还堵在门口，虫服稀烂，绿色浆液溅得到处都是，她好似一点儿痛觉都没有。她在帮我，她为什么帮我？我隐约感到自己见过她，可眼下不是胡思乱想的时候。我把她拽开，我瞄准墙上那些个展示柜，重心向上半身倾斜，双肘对准一道齐腰高的玻璃隔板砸去。一下，两下，像是我的手肘先断了。三下。隔板发出一声脆响，我将它拉扯下来，高高举起，像举着一把刀。我赢不了，我只是想做一次英雄。

　　切面锋利，粗糙不平，但我握得很牢。双开门已大敞四开，高大的兵蚁们正躬身进来，我趁他们转身之际挥刀砍去。我的个头只到他们腰线位置，这样正好，方便我出手。我不懂什么格斗，不要紧，不就是蚂蚁吗？所有虫子的腹部都是要害。在那一瞬的恍惚里，我仿佛化身为一个天下无敌的侠客，手持透明刀一把，杀人于无形。

定睛一看，我的力道竟不足以划破坚硬的虫服，而大颚已从四方刺来，戳进我的胸腹。手中那截隔板被一个兵蚁摘走了。我当然想逃命，但身体已不听使唤，意识也变得模糊，一会儿想到惊雷，一会儿想到父亲。也许父亲骂得没错，即便我想反驳。一个兵蚁正居高临下地瞧着我，两只虫足交替地颠簸我的隔板，像是闹不明白人类为什么会造出玻璃这么脆弱的东西。也许最初将我击倒的就是他。他发出一声几不可闻的哼笑，将位于头顶的拉链拉开，摘下墨镜，像是有意要我认出他的脸。

可我已经看不清了。

意识尽数溜走之际，我终于在脑海中又见到了惊雷。她立在地铁站台边，穿着红色的高领毛衣，齐耳短发蓬松，不笑的时候样子有点儿凶。我有许多话想同她说。

比如，我现在能相信自己了。

她像是听到什么，这就要回头看。站台变得明亮，花瓣翩然而至，欢快的音乐奏响。那是我所熟悉的，纯正的音乐，由人写就，由人的声音唱出。我差一点儿就想起了那首歌的名字。

8

起初是冷，然后是饿。睁开眼睛时，我只觉得浑身都在痛，尤其是手。

两只手肘和手掌都受了伤，右手虎口处划开一道大口子，肘关节像是坏掉了。我不敢轻举妄动。

身边是水，极冷，水没过我半截耳朵，我不知怎的躺在了水里。腿能动，我挣扎坐起，想挪到一个干燥地方。上下牙打架，鼻子堵，鼻涕挂在脸上。泥石湿润。

想象中那种脱掉虫服的松快感并没有来，我仍然觉得身上沉重。羽绒服和牛仔裤全湿透了。几缕细小的，半透明的绒毛粘在黑色的涤纶面料上，袖内的螺纹收口看上去是那么陌生。我的胸前有一条拉链，羽绒服的拉链，没有虫足。

不知那拉襻上是否印着"YKK"的字样。

我回来了？

倘若能醒在谁的身边该多好。我回来了？那个谁便回答，你回来了。我要接着问下去：到底发生了什么？

我能相信这个谁给出的答案吗？

晨光正一簇簇地从视野尽头往上蹿，面前的湖水波澜不惊。碍眼的木质栈道就在身后不远处，造得很高，露出结实的水泥桩子。往左看，一个白底红字的招牌戳在水中，上面写着"禁止游泳"四个大字。退耕还湖已初见成效。山坡上，那些曾经的民宅、旅馆都不见了，人工栽植的树木壮大不少，乍一看还以为是天然的。

步仙湖比我小时候见惯的样子更漂亮了。

最令我诧异的是那些高低不平的山包，它们沿湖而卧，将道路拧成麻花状的曲线。我看到了车，听到了车的声音，然后，刚刚经历的一切像一个飞得极远、极慢的回旋镖，扎入我的大脑。

虫人，虚弱的惊雷，锋利的、锯开木门的大颚，然后是疼痛，锐器戳破肉体带来的疼痛。

如此分明。

可此刻我竟好端端的，孤身一人，穿着湿透了的羽绒服。此刻自有千钧之力，将记忆的真实性一笔勾销。

难道父亲真是那副样子？

我不知该为什么而惊讶。固然地，我浑身都痛，可这个证据或说代价实在微不足道。如果回到人类的世界不过需要痛一痛或是感个冒，那我所经历的一切又算什么呢？我不敢说虫的世界是假的，正如我不敢说人的世界是真的。难道这三十年来我真的了解自己身处的世界？不，我能接触到的仅是被过滤的现实，我专注于自己那点琐事，因为唯有它们容我置喙。可现在我不得不注意到，真假莫辨的恐怕不止于外界。因为我本人也包括在外界之中，以虚构为养料。既然我所思所想的对象都在滤网上颠簸，沉降，那么，所谓的我难道不也是其中之一？无论我蜷缩得多么紧，总能有一双手足够长，它伸进来，为我安上一颗别样的脑袋。如果现在有一个谁告诉我，事实是这个世界本就属于虫，只是你不知道罢了——

我恐怕也只好信以为真。

那个陌生女孩。身上虫服稀烂。我真能为了她搏斗？然后一败涂地。

多么像一个噩梦啊。

可若再往前想，那些平淡的正常生活，也像一场梦。

我回忆着作为银行柜员而度过的生活，回忆自己与惊雷吵架、分手，偶有甜蜜或拼命挽回的生活，回忆我得知父亲入狱时的那一刻，它们都如梦境般似是而非，甚至比我在虫人世界度过的时日更显遥远。我努力回忆从前。每一天，当我在自己的床上醒来，昨日种种便已模糊一片。那时我的人生只有一条路，我度过着任何人都可能度过的昨天或明天，所以那种模糊的感觉熟悉而亲切，来不及困惑、质疑或体会，便被下一刻净化。总是有清晰的一刻，一刻又一刻冲刷而成的今天。

此刻呢？

我感到恐惧。

莫非我还在做梦？譬如我正睡在虫人的监牢中，做了一个回到人类世界的梦？或者，关于虫人的一切仅是一个梦，而我终于醒了？

我更恐惧的竟是后者。我恐惧的是什么都不曾经历过。我恐惧的是意义仅能建于乌有当中，而所谓的真实，仅存在于摆渡达成的瞬间。

这种可能性也是有的。

我冷得浑身发抖，挣扎着想要站起来。摔倒时，我发现自己穿着那双挤脚的"耐"。

鞋帮上，那一对原本鲜红的半钩已经黯淡了。

一阵陌生而熟悉的铃声响起。我的右手条件反射一般往衣兜里掏，触碰到那光滑冰冷的薄片，是它在响，是我的手机在响。它已经湿透了，响个不停。它没有防水功能，我现在该关机、晾干才对。但我没法这么理智。

"你现在知道接电话了？你妈都急死了！"

手肘把我给疼哭了。惊雷在怒吼，而我品味着愤怒中的担忧。

"你笑什么？怎么回事？跟你妈报平安没有？"

"惊雷，你在哪儿？"

"……你感冒了？你最近到底发什么神经？"

"我好了。"

惊雷不说话了。

我听着手机里若有若无的呼吸声，想起了什么。我咬着牙，一点点抬起左手，伸进左侧衣兜。水把衬布粘在一起。那本书不在。《爱丽丝漫游奇境记》，难道我没有揣着它出门？哦，我忘了，托两位母亲的福，我已经把它转交给惊雷，十五岁的惊雷。她会去找她的，也许正在路上，穿着两只不合脚的拖鞋。我该问问惊雷，你收到了吗？你能看到它吗？或者，你愿意再读一次吗？然后再同她聊一聊鞋子的事。

这时，电话那头的惊雷说了句什么，我没能听懂。

"待在那儿别动。"

她又说了一遍。